ASESINA DE DIOSES

ASESINA DE DIOSES
HANNAH KANER

Traducción de Aitana Vega

☾ UMBRIEL

Argentina • Chile • Colombia • España
Estados Unidos • México • Perú • Uruguay

Título original: *Godkiller*
Editor original: Harper*Voyager,* un sello de HarperCollins*Publishers*
Traducción: Aitana Vega

1.ª edición: octubre 2023

ISBN: 978-84-19030-67-2
E-ISBN: 978-84-19699-76-3
Depósito legal: B-14.560-2023

Fotocomposición: Ediciones Urano, S.A.U.
Impreso por Romanyà Valls, S.A. – Verdaguer, 1 – 08786 Capellades (Barcelona)

Impreso en España – *Printed in Spain*

Para mi padre, que se lee cada palabra.

Quince años antes

S u padre se enamoró de un dios del mar. El nombre del dios era Osidisen y a Kissen y a sus hermanos los nombraron en honor a sus atenciones: Tidean, «con la marea»; Lunsen, «luna en el agua»; Mellsenro, «rocas ondulantes». Y por supuesto, Kissenna, «nacida del amor del mar». Osidisen llenó sus redes de peces, les enseñó cuándo cabalgar una tormenta y cuándo refugiarse y los devolvió a salvo a casa cada día que salían a pescar. Kissen y su familia crecieron con el favor del mar.

Sin embargo, el dios no trajo fortuna a las tierras de Talicia y, al cabo del tiempo, una diosa del fuego, Hseth, sedujo a los pueblos de las colinas con promesas de riquezas.

Todo el mundo ansiaba la opulencia de los amantes del fuego. En nombre de Hseth, los talicianos quemaron sus barcos y talaron los bosques para forjar armas, fundir latón y fabricar grandes campanas que sonaban desde los acantilados hasta la frontera de la montaña. Las aguas de Osidisen se vaciaron y el humo se elevó sobre la tierra. Pronto, otras historias más oscuras de violencia corrieron de pueblo en pueblo, sacrificios, cacerías y purgas en nombre de la diosa del fuego, enemigos y familias antiguas quemadas para su deleite.

Una noche, al día siguiente del duodécimo cumpleaños de Mellsenro, cuando le entintaron los dedos con su nombre, Kissen, de once años, se despertó a causa de un humo extraño, espeso y dulzón. Le picaba la garganta.

Al recobrar el conocimiento, se dio cuenta de que la cargaban en brazos unos hombres que se cubrían la boca con paños, llevaban la cara embadurnada de polvo de carbón y el pelo adornado con campanillas que parecían pequeños farolillos. No se le movían los músculos y el pecho le pesaba como si los sueños se negasen a desprenderse de él. Reconoció el humo dulce; era una droga para dormir que se conseguía quemando semillas de amodina, pero también había otros olores que no conocía. Bajo la casa, el mar azotaba los acantilados. Osidisen estaba enfadado.

Kissen intentó hablar, pero la boca no le funcionaba bien y la lengua se le pegaba al interior de la mejilla. La cabeza se le cayó hacia un lado y entonces vio también a Mell, cuya mano cubierta de tinta fresca se arrastraba por el suelo.

—Mmmell... —volvió a intentarlo, pero su hermano no se movió. El humo de la droga se filtraba por las contraventanas y escalaba las paredes. Flotaba en el aire.

—Silencio —dijo uno de los hombres que la sujetaban y la sacudió. Kissen reconoció la voz y los ojos de color verde turbio.

—¿Naro? —preguntó, con un poco más de firmeza. Fuera, las olas fustigaban las rocas y el humo se agitaba cuando el viento marino se abría paso por entre las grietas de las paredes de madera. Sintió la fría caricia de la sal del aire en la cara y en los labios. Le aclaró un poco la mente. Naro la miró con pánico.

—Nos aseguraron que no se despertarían todavía —dijo tras la máscara.

—Date prisa. —Kissena reconoció también la segunda voz. Mit, el cuñado de Naro. Las máscaras los protegían de la droga—. ¡Date prisa!

La llevaron al interior de la casa, al hogar del centro.

—¿Qué hacéis? —preguntó, con la voz pesada pero clara. Todavía no podía mover el cuerpo.

Llegaron junto al hogar, una piedra redonda bajo un agujero en el techo de paja para que el humo escapase hacia el cielo. Alrededor de las brasas del fuego de la noche habían colocado una jaula enmarañada en forma de campana, forjada con madera y metal. Sus padres ya estaban atados a los bordes exteriores y a sus hermanos los estaba atando: tobillo, tobillo, brazos, cuello. Ofrendas. Kissen era la última.

Naro y Mit la arrojaron contra los barrotes junto a su padre. El viento del mar rasgó las vigas a través del agujero para el humo del tejado. Las contraventanas traquetearon y la casa se estremeció con el ruido del agua enfurecida.

—Naro, para —dijo Kissen, más fuerte. El humo de la amodina casi se había disipado, aunque todavía le pesaba en las extremidades—. ¿Por qué hacéis esto?

Naro le retorció las piernas para atarlas al pie de la jaula mientras Mit le amarraba las manos a los barrotes. Lunsen lloraba e hipaba de miedo. Había perdido de vista a Mell. Encontró fuerzas para forcejear mientras la ataban al metal, pero eran más grandes y más fuertes que ella. Fuera, repicaban campanas, un sonido roto y azotado por el viento creciente. El sonido bien podría haber pertenecido a miles de almas, aunque la aldea apenas contaba con un centenar de habitantes. Todos sus vecinos debían de estar allí. Lo habían planeado juntos, atrapar a la familia favorita del dios del mar. Kissen olía la brea caliente muy cerca. El terror le atenazó la garganta.

—No lo sentimos, *liln* —dijo Mit. ¿Cómo se atrevía a llamarla «chiquilla»? Ese era un apelativo reservado a los tíos, a los amigos. Él no era su amigo. Era un traidor—. Así es como debe ser.

Kissen sacó fuerzas de la flaqueza y le mordió la mano con sus afilados dientes. El hombre se apartó de un salto mientras se agarraba la yema del pulgar donde le había clavado los colmillos.

—Déjala —espetó—. Ya es la hora. No nos van a esperar.

Huyeron. Kissen temblaba. Escupió la sangre de Mit e intentó respirar mientras se retorcía contra las cuerdas para mirar a su familiar más cercano.

—Papá. —No estaba muy lejos—. ¡Papá!

Bern, su padre, respiraba mal. Tenía la boca rasgada y ensangrentada, la cara magullada. Debían de haberlo golpeado mientras dormía por la droga. Aquella boca destrozada había besado al dios del mar, pero entonces el carbón le embadurnaba la frente con el símbolo en forma de campana de Hseth.

El aire volvió a espesarse con humo, pero ya no era dulce, sino amargo y pegajoso, caliente y negro, y se elevaba desde el suelo. La aldea había encendido la brea bajo los pilotes que sostenían la casa.

Kissen tiró de las muñecas y las piernas.

—¡Papá! —gritó.

Le habían dejado la cabeza libre al morderlos. Se retorció y curvó el brazo en extrañas contorsiones; los huesos le crujieron al estirar el cuello hacia la mano más cercana. Ya casi. Iba a alcanzarla. Atacó la cuerda con los dientes, royó y tiró del nudo. Era cuerda de mar, hecha para no deshilacharse, pero no quería morir.

Tidean también estaba despierto.

—¡Desgraciados asquerosos! —gritaba y luchaba contra las ataduras, pero se ahogaba cuando le apretaban la garganta. Tosía por el humo—. ¡Traidores sin sal!

Tenía la voz áspera. El calor aumentaba. Kissen lo sentía en la planta de los pies.

—Calma —dijo su madre con la voz pesada por la droga—. Calma, mis niños. Osidisen nos salvará. Os lo prometo.

Aún no veían las llamas, pero el aire era turbio. El viento marino de Osidisen seguía abriéndose paso hacia el interior y el humo y el aire bailaban juntos como agua y aceite. A Kissen se le secaron la boca, los ojos y la nariz. Mordió la cuerda con renovada fuerza.

—¡Os lo haré pagar a todos! —gritó Tidean por encima de las promesas de su madre, pero estaba atado demasiado fuerte, más que Kissenna; por mucho que se moviese no le servía de nada.

El suelo empezaba a resquebrajarse. Una luz brillante asomó por entre los cimientos. Las paredes se ennegrecían. Entonces, una brasa, una chispa, una llamarada y la puerta de madera se incendió y despidió ascuas a los ojos de Tidean, que gritó y se agitó.

—Respira hondo, hijo mío —dijo su madre—. Todo va bien, Osidisen vendrá.

Mentía. Mentía para aliviar sus muertes y se mentía a sí misma. Osidisen era un dios del agua; no iría más allá de la costa, ni siquiera por ellos, igual que ningún dios del fuego se atrevería a nadar en el mar. Los dioses ya no podían salvarlos.

La cuerda rasgó la delicada carne entre los dientes de Kissen y la sangre le corrió espesa y caliente por la lengua. Gruñó y mordió con más fuerza hasta desgarrar las ataduras. Un latigazo de dolor, un rechinar en las encías y un chasquido. ¡La cuerda! Se había soltado y se había llevado clavado uno de sus caninos, arrancado de cuajo.

Kissen se soltó la muñeca y se puso a trabajar en la otra; dejó que la sangre salada le goteara por la barbilla hasta la piedra de abajo, donde siseó y humeó.

¡Segunda mano liberada! Lo siguiente eran los pies. Se ensangrentó las uñas de arañar las cuerdas mientras gruñía con desesperación. Ella los salvaría. Tenía que hacerlo. Notaba el aliento caliente y los ojos le escocían, pero no pararía. Su madre había empezado a toser.

—Respirad hondo, hijos míos —dijo. Kissen oía las lágrimas en su voz. Lunsen gimoteaba y los forcejeos de Tidean eran cada vez más débiles. Mell ni siquiera se había movido—. Dejad que el humo os duerma y Osidisen vendrá a buscaros.

Las cuerdas de Kissen cedieron y se soltó los pies. El suelo estaba en llamas y el viento marino no servía más que para diluir el humo y robarles la oportunidad que su madre deseaba: una muerte indolora.

—Papá. —Lo habían atado con mucho ahínco al metal, que cada vez estaba más caliente. Kissen lo escaló de todos modos y le ardieron las manos.

—Kissenna —murmuró él a través de los labios hinchados. Tenía los ojos abiertos y brillantes pero estaba aturdido—. Mi niña, huye.

—Voy a salvaros —gruñó entre toses—. Os salvaré a todos.

Kissen clavó los dedos en los duros nudos marineros; estaban muy apretados, pero era posible aflojarlos y liberar a su padre poco a poco. Le escocían los ojos. Mell se despertó por fin y gritó cuando las llamas alcanzaron los bordes del hogar y le pellizcaron los talones. Bien, todos estaban despiertos. Si estaban despiertos, podrían huir. Liberó la mano izquierda de su padre y se acercó a su pie mientras él se soltaba la derecha. Estaban perdiendo tiempo. El repique de las campanas de fuera aumentaba y se fundía en una sola nota, más potente que el fuego.

Las llamas cambiaron. Se retorcieron juntas, subieron por las paredes y cayeron al suelo en una columna de fuego, de la que saltaron chispas como si fueran nieve. Una risa crepitó entre el humo, áspera y complacida.

El fuego se extendió y florecieron unas faldas hechas de luz y brasas. Dentro de ellas, una mujer giraba con los brazos extendidos. Hseth, la diosa del fuego. El pelo le chisporroteaba en tonos amarillos y rojos envenenados, el calor brotaba de ella, resquebrajaba y partía la madera y las vigas.

—¡Dios del mar! —gritó y luego lo llamó por su nombre—: ¡Osidisen! Observa cómo se apartan de ti y me entregan a tus adorados humanos. ¡No puedes tocarme, vejestorio de agua sin agallas! Esta tierra me pertenece.

Hseth no miró a Kissen ni a su familia. No se inmutó por sus gritos. Atravesó el techo en un azote de llamas y el tejado se vino abajo.

Kissen parpadeó, conmocionada. Calor negro. Luego luz. Dolor. La jaula se hizo añicos bajo las pesadas vigas. Mell había dejado de gritar. Parpadeó otra vez. Su padre estaba libre. Le dolía la cabeza y tenía la boca llena de ceniza.

—Pa... —intentó decir, pero se atragantó.

Le estaba quitando los escombros de encima, pero no conseguía levantar el metal deformado que se le había clavado en la pierna derecha y se la había destrozado por debajo de la rodilla. Estaba atrapada, en carne viva. Iba a morir; lo veía en los ojos de su padre.

—Todo irá bien, Kissenna —dijo y le mintió como su madre, con la voz suave que Osidisen admiraba. Le acarició el pelo como si quisiera dormirla—. Sé valiente, mi amor, mi niña.

—Huye, papá —dijo con un sollozo de miedo—. Por favor.

—No llores, Kissenna —dijo él—. Es mejor así.

Dolor. Un dolor cegador y atroz. Le atravesó la pierna. Kissen gritó, pero el humo le taponó la garganta. Su padre sostenía en las manos un metal caliente de color naranja, que siseaba por la sangre de ambos. Lo levantó en alto.

—¡Su pierna por su seguridad, Osidisen! —gritó su padre—. Te lo ruego, sálvala de este lugar a cambio de su carne, sangre y hueso, mi propia creación.

Volvió a bajar el metal y lo giró.

Kissenna volvió a gritar mientras el dolor la devoraba más rápido que el fuego. Pero su padre no había terminado. La visión se le volvió negra y después blanca. Cuando recuperó el conocimiento, su padre la sacaba de entre los escombros, tras dejar atrás la parte inferior de su pierna. Tenía la cara manchada de carbón, emborronado por los surcos de las lágrimas que le caían por la barba.

Entonces Kissen vio el mar bajo las paredes destrozadas. Furioso e impotente, azotaba la base del acantilado. El aire salado se elevó. La espabiló por un momento. Las olas atrapaban los trozos de madera que caían de la casa y los destrozaban.

—¡Mi vida, Osidisen! —gritó su padre—. Mi vida por la suya, lo último que te pediré.

—¡No! —protestó ella con la voz ronca, apenas consciente.

—¡Me lo debes! Mi amante, mi amigo. Ahora se lo debes a ella. ¡Mi vida por la de Kissenna!

El mar se alzó y arañó el acantilado como si quisiera alcanzarlo. El rostro de Osidisen surgió de las olas, unos ojos tan oscuros como las mismas profundidades. Por un momento, Kissen esperó que se negara, que salvara a su padre en su lugar.

Pero a los dioses les encantan los mártires.

Asintió.

Kissenna intentó resistirse. No quería la promesa de un dios; quería a su padre, a su madre, a Tidean, a Lunsen y a Mell. Quería a su familia. Su padre la estrechó contra su pecho por última vez y le rascó la cara con la barba al besarla.

—Te quiero —dijo y la arrojó al mar.

POR ORDEN DEL

REY ARREN II

HÉROE DE BLENRADEN, SOL NACIENTE DEL OESTE,
EN EL TERCER AÑO DE SU REINADO

Tras salvar a nuestro país de la guerra de los Dioses,

EL CULTO A LOS DIOSES QUEDA PROHIBIDO DENTRO DE LAS FRONTERAS DE TODA LA NACIÓN DE MIDDREN

Esta ley afecta a todo el territorio, desde la frontera del
NOROESTE con las PELIGROSAS TIERRAS DE TALICIA hasta
el PASAJE DEL MAR DEL OESTE y LAS ISLAS DEL COMERCIO

La POSESIÓN DE ALTARES, TÓTEMS, AMULETOS y SÍMBOLOS asociados a un DIOS determinado está PENADA POR LA LEY	La PEREGRINACIÓN a LUGARES SAGRADOS se castigará con una MULTA, una PENA DE CÁRCEL y la FLAGELACIÓN PÚBLICA de los PIES de los DISIDENTES

LOS VEIGA, ASESINOS DE DIOSES, ACTÚAN AHORA CON LA BENDICIÓN DEL REY

Si VE o SOSPECHA de un ALTAR, un DIOS o un TRANSGRESOR
DE LA LEY, DENÚNCIELO A LAS AUTORIDADES LOCALES

CAPÍTULO UNO

Kissen

Era difícil matar a un dios en su elemento. Kissen se lo recordaba con cada maldito paso que daba por las empinadas laderas del medio oeste de Middren, la nación vecina y antaño más poderosa de Talicia. Hasta que perdió su ciudad comercial en el este, Blenraden, y a la mitad de sus habitantes a manos de las disputas entre dioses. Terrible para Middren, pero una ventaja para los monederos de los matadioses como ella.

El aire era espeso y estaba frío por la mañana; Middren apenas había empezado a liberarse de las garras del invierno. Aunque su pierna derecha estaba hecha para las caminatas de montaña y se había vendado dos veces la rodilla, ya notaba cómo se le iban formando ampollas en el punto de contacto entre la prótesis y la carne, que más tarde le causarían un gran dolor.

El estrecho sendero que cruzaba el bosque estaba lleno de barro y hielo a medio derretir, pero aun así Kissen logró rastrear la forma de un pie en el musgo en un lado, una roca volcada en otro e incluso algunas gotas de sangre dispersas que le indicaban que aquel era el camino correcto; era el tipo de camino que la gente seguiría para rezar.

A pesar de sus habilidades de rastreo, el amanecer casi había terminado cuando encontró la señal: una línea de piedras blancas en el borde del sendero, donde el terreno se nivelaba con un arroyo cercano, un umbral. Destensó los hombros y tomó aire. Tal vez podría haber atraído a la diosa a un altar más pequeño, pero eso habría requerido tiempo y paciencia. No tenía ni lo uno ni lo otro.

Cruzó la línea.

Los sonidos cambiaron. Desaparecieron el canto de los pájaros y el aroma de las hojas y el mantillo. En su lugar, oyó correr el agua, percibió la profundidad y la frialdad de la piedra y olió un leve rastro de incienso en el aire… y de sangre.

Era más difícil deshacer un dios que empezar uno. Incluso a una recién nacida como aquella, de apenas unos años. Más difícil aún era tentarlos con una moneda o un abalorio cuando ya habían desarrollado el gusto por los sacrificios.

El olor a incienso aumentó mientras Kissen avanzaba con cuidado por la orilla. La diosa sabía que estaba aquí. Se detuvo en las piedras mojadas para procesar el dolor de las piernas, el frío de la mañana y el agudo pellizco de las ampollas. No desenvainó la espada, todavía no. El río era poco profundo, pero la corriente era fuerte, blanca por la espuma de las cascadas cercanas.

El aire se enfrió.

No eres bienvenida aquí, matadioses.

El habla mental de los dioses era peor que te clavaran una aguja en el cráneo. Parecía que desgarraban la mente, una invasión en toda regla.

—Has sido codiciosa, Ennerast —dijo Kissen.

El aire silbó. Los nombres tenían poder y los dioses sentían el tirón de los suyos como un anzuelo en las branquias que los arrastraba a descubrirse. Sin embargo, Ennerast no iba a dejarse seducir solo por su nombre.

Ha sido solo un poquito de sangre —dijo Ennerast—. *Un ternero o dos. Nada de la descendencia de los propios humanos.*

—Por favor, los mataste de hambre hasta que cedieron —dijo Kissen y miró alrededor para evaluar el entorno—. Dejaste que el agua se llenase de enfermedades. Arrastraste a sus hijos y a sus ancianos hasta tus orillas y los amenazaste con la muerte.

Tenía pocas ventajas desde donde estaba. El río le lamía las botas.

El delegado local debería haber llamado mucho antes a un veiga. Ningún líder que se preciase de una población del tamaño de Ennerton debería haber permitido que un dios viviera lo suficiente como para volverse tan poderoso. Aunque los altares estaban prohibidos, los dioses no dejaban de brotar. Seres de poder, espíritus, dotados de vida y voluntad por el amor y el miedo de las personas, hasta que llegaban a ser lo bastante fuertes como para explotarlas. Los humanos eran criaturas tontas y los dioses, crueles.

—Les haces daño —dijo Kissen. Las aguas a sus pies habían dejado de fluir y se arremolinaban y retorcían junto a la orilla.

Me lo merezco. Soy una diosa.

—Ja. —Kissen se rio sin humor—. Te aprovechas de los temerosos, Ennerast. Eres una rata y yo tu cazadora.

Kissen se metió la mano en la capa de lana encerada y pasó los dedos por los bolsillos llenos de reliquias y tótems, herramientas e incienso, los trucos de su gremio. Encontró lo que buscaba por las pequeñas marcas estriadas del frasco y metió la uña bajo el corcho para aflojarlo. Dentro había un trozo de cuero enroscado con una inscripción.

El aire a su alrededor se tensó, por los nervios y la excitación. El agua empezó a espumar.

¿Qué es eso?

Kissen no percibía lo mismo que los dioses, el miedo, la esperanza, la desesperación; emociones con las que les gustaba jugar pero que no les importaban. Sin embargo, sabía lo que los impulsaba, lo que ansiaban.

—Es una plegaria —dijo, sin descorcharla del todo.

La deseo.

—La oración de un joven de un pueblo lejano. —Tocó el corcho con el pulgar—. Quiere que lo salven de la sequía y de los incendios en sus bosques, para salvar sus cosechas y a sus animales. Está desesperado por un poco de agua.

Dámela.

—Promete cualquier cosa, Ennerast. —Kissen sonrió—. Lo que sea.

Mía.

Las aguas brotaron hacia arriba y se retorcieron en un torrente verde que manifestó una cabeza lisa como la piedra y unos brazos gruesos como la maleza. En el centro, en el torso de agua corriente, flotaba una masa oscura. Un corazón de sangre. La diosa se lanzó a por Kissen, que afianzó los pies y desenvainó la espada en un solo movimiento fluido con el que rebanó los dedos de Ennerast. La diosa chilló, retrocedió y el agua volvió a formarse donde su carne hecha de río había sido desgarrada.

—Quema —dijo en voz alta, más sorprendida que herida. Tenía los ojos planos y grises, como guijarros.

La espada era ligera y más dura que el acero, duradera, hecha de una mezcla de hierro y mineral de Bridhid, como la pierna de Kissen. Podía cortar la materia de un dios con la misma seguridad que la de una persona, desde un dios diminuto de las cosas perdidas hasta el gran dios de la guerra. Una diosa como Ennerast, que se había manifestado no hacía mucho en aquel río de montaña, nunca había recibido una herida de una hoja de bridita.

La diosa enseñó los dientes, hechos de espinas de peces, y golpeó la orilla bajo los pies de Kissen. La tierra cedió y ella se sumergió en el río. Intentó levantarse, pero las algas se le enredaron en las muñecas y la arrastraron hacia el fondo. El agua le llenó la boca y la nariz y se precipitó hacia sus pulmones.

Kissen arrastró la espada por la maleza y hundió la hoja en el lecho del río. Golpeó una piedra y se quedó trabada. Bajó la pierna derecha con brío para ganar estabilidad. Con todas sus fuerzas, arrancó la espada del agua y cortó corriente y maleza con el filo. Se incorporó y atravesó de un tajo el brazo de Ennerast mientras la diosa intentaba hundirla.

La carne de Ennerast cayó en una cascada de agua. Chilló, la corriente se debilitó al distraerse y Kissen encontró lo que buscaba. Detrás de la cascada, había un destello de hueso, un trozo de una cinta de colores y una piedra: el altar de la diosa del río. Ennerast no era una diosa antigua, con tantos altares y plegarias que podía viajar por el mundo a su antojo, sino que era joven, aunque hubiera nacido salvaje; necesitaba su altar para vivir.

No le dejo tiempo a Ennerast para volver a formarse y saltó hacia delante con la espada levantada y lista para golpear.

La diosa cayó en la trampa. Se zambulló para proteger el altar y Kissen giró en el último momento sobre la junta de la rodilla para clavar la hoja hacia arriba.

Atravesó el torso oscuro y se clavó en la masa de sangre que era el corazón. La diosa bramó como el estruendo de una presa al romperse. Se abalanzó a por la mano de la espada de Kissen y la aferró con fuerza suficiente como para hacerle crujir los huesos.

—Por favor —dijo Ennerast—. Déjame vivir, veiga. Aún podrías necesitarme.

—No necesito nada de los dioses —dijo Kissen.

—Dice alguien con la promesa de Osidisen en su corazón. —El agua era una fuente de secretos; las historias saltaban de gota en gota, de riachuelo en riachuelo. Nada detenía las habladurías de un dios del agua.

—Puedo librarte de todo —dijo Ennerast y se inclinó sobre la hoja para acercar el rostro al de Kissen—. La promesa, las cicatrices, el recuerdo. —Le rozó la mejilla.

—Dioses más poderosos que tú me han hecho ofertas, Ennerast —dijo Kissen—. Los maté de todos modos.

Siseó.

—¡Entonces te maldigo! —gritó—. Te...

Kissen arrancó la espada por el costado de la diosa en un enredo de sangre y agua fría y el altar tras la cascada se hizo añicos. Ennerast no emitió sonido alguno cuando su carne regresó a la corriente y se hundió en el río Ennerun, liberándolo para que la ciudad y las aldeas a las que alimentaba prosperaran o fracasaran a su suerte. Sin embargo, sí lanzó una última punzada a la mente de Kissen.

Cuando Middren caiga a manos de los dioses, los de tu calaña serán los primeros en morir.

Los sonidos del río remitieron y el dulce aroma del incienso volvió a desvanecerse en la marga y la humedad. Volvieron los cantos de los pájaros.

Kissen se estremeció. Estaba calada hasta los huesos, pero no había terminado. La diosa había muerto, pero los dioses podían volver. El altar eran sus recuerdos, sus sacrificios, su ancla en el mundo.

Se acercó al altar. Estaba dañado, pero no roto del todo. Dos cráneos de animales se habían hecho añicos. La mayoría de los dioses exigían sacrificios animales antes que humanos. Kissen los barrió y los arrojó al bosque para que se pudrieran. El incienso se había desmenuzado, pero quedaban las cenizas. Vertió un puñado en un frasco de cristal y el resto en el agua. Muchas de las demás ofrendas de Ennerast seguían intactas. Suficientes, si las dejaba allí, para devolverla a la vida. Se guardó una tira de seda tejida, hecha a mano, con una oración en la tela y sangre mezclada con los hilos. Una petición de amor, parecía. Muy tentadora para un dios. Pocas otras plegarias merecían la pena. Amontonó los restos del altar y les prendió fuego, lejos del agua y en un anillo de piedras. Observó con atención cómo la pira improvisada se reducía a cenizas.

Solo conservó una cosa más, un tótem de piedra caliza, con una cabeza tallada de pómulos altos y ojos planos. Del tamaño de la palma de la mano. Se había agrietado por el centro al morir Ennerast, pero a partir de allí la diosa había adoptado su forma.

Kissen apestaba a vapor, barro y humo de alquitrán cuando por fin llegó con su caballo al final del sendero de la montaña y recorrió el largo camino de vuelta a Ennerton para ver al delegado que la había convocado. Los delegados eran cuidadores venidos a menos que instalaban en ciudades y otras zonas pobladas para ocuparse de los asuntos de los nobles que poseían las tierras. La Casa Craier, en aquel caso. A Kissen le daba lo mismo quién fuera el dueño de qué pedazo de barro mientras le pagaran.

Llamó a la puerta del palacio de justicia. La mujer mayor que le abrió la recibió con el ceño fruncido mientras se frotaba unas manchas de tinta de su piel aceitunada.

—Antes los veiga entrabais por la puerta de atrás —dijo.

Kissen sonrió y enseñó el diente de oro. Antes de la guerra por Blenraden, a los matadioses se los consideraba poco más que asesinos o exterminadores. A Kissen y al veiga que la entrenó les pagaban por debajo de la mesa.

—Ahora contamos con la bendición del rey —dijo Kissen—. ¿O quieres quejarte a los muertos de Blenraden?

La mujer se sonrojó, la dejó entrar y ella le sopló un beso. Ya no tenía que fingir que su vocación era un pecado.

El delegado escribía en los libros de contabilidad en su despacho, sentado a un imponente escritorio de roble ante un llamativo retrato enmarcado del rey Arren.

Levantó la vista con recelo cuando Kissen entró y el cascabel de los pendientes de cobre de su oreja izquierda destelló a la luz de la lámpara. Le habían dejado unas marcas azules en la pálida piel del lóbulo.

—¿Ya está hecho? —preguntó.

—Hola a ti también, delegado Tessys —dijo Kissen—. Creía que las tierras de los Craier eran más hospitalarias.

Tessys tenía una cara agria, como si se la hubieran pisoteado demasiadas veces.

—Necesitaré pruebas.

Estaba incómodo, paliducho. La prueba era el humo que aún ascendía desde la montaña en un día húmedo, justo donde antes se encontraba el altar de Ennerast. Era el rastro de rabia que se aferraba a Kissen como la estática de una tormenta agonizante. No importaba; a los hombres pequeños les gustaba sostener cosas grandes.

Dejó el tótem de piedra caliza roto de Ennerast sobre el escritorio. El delegado sabría que algo así solo se podía conseguir al arrancarlo de un altar. Se quedó mirándolo, asustado.

—Destrúyelo —dijo Kissen mientras se sacaba de un bolsillo de la capa los documentos de veiga envueltos en cuero para ponerlos en la mesa—. Sácate esa preocupación del corazón o volverá antes del invierno.

La miró, irritado, y luego a los papeles; agarró la pluma.

—Dijiste que la matarías.

—Los dioses son parásitos. Vuelven si hay miedo suficiente del que alimentarse. —Una Ennerast renacida seguiría el mismo camino, incluso sin los recuerdos del altar. Todos los dioses compartían las mismas ansias de amor, de sacrificio, de sangre.

El delegado bufó. ¿Debería denunciarlo por no haber eliminado antes el altar de Ennerast? Se enfrentaría a una multa generosa, si no a perder un dedo. Tal vez debería, pero así no cambiaría su naturaleza. Los dioses nacían de las plegarias humanas y nadie quería estar en el bando contrario a eso. Si le fuera con el cuento al caballero más cercano cada vez que alguien necesitaba a un veiga, no tardaría en quedarse sin trabajo.

Tessys sacó un sello del cajón y una bolsa de monedas de plata. El tintero ya estaba húmedo, así que empapó el sello en él y luego lo estampó en los papeles de la mujer, con el símbolo de tres puntas de los veiga. Kissen recogió primero la plata y la sopesó en la palma de la mano. Tal vez no fuera a denunciarlo, pero sí le había cobrado un extra.

—Ahora, vete —dijo el hombre. Empujó los papeles por la mesa y le hizo un gesto con la mano para que saliera, incapaz de mirarla a los ojos.

—¿No tienes más asuntos para mí? —preguntó ella, ¿por qué no?

—No hay más problemas de dioses por aquí —dijo el delegado con una sonrisa tensa—. Si nos hiciera falta, te haré llamar a través del delegado local de Lesscia.

Kissen se encogió de hombros y se embolsó la plata.

—No vas a ocuparte de eso, ¿verdad? —dijo y señaló el tótem de Ennerast.

En realidad, no era una pregunta. El hombre tenía miedo, no solo del dios muerto, sino de sus adeptos. Buscarían a alguien a quien culpar y el delegado era quien había llamado a una matadioses. Tal vez conservaría la reliquia; tal vez dejaría que lo sobornaran para recuperarla.

Las últimas palabras de Ennerast se repitieron en la mente de Kissen. *Cuando Middren caiga a manos de los dioses…*

Kissen desenvainó la espada y, con un golpe rápido, destrozó el tótem con la parte plana de la hoja. El hombre retrocedió de un salto cuando el rostro de Ennerast se desmoronó sobre la madera y dejó una gran abolladura bajo un montón de trozos blancos dispersos.

—Cómo te atreves... —empezó, pero vaciló cuando Kissen le dedicó una sonrisa con la que enseñó el diente de oro y levantó la mirada hacia el retrato del rey que colgaba detrás del escritorio. Apoyaba el pie en la cabeza de un ciervo y el sol se alzaba a sus espaldas sobre la ciudad en llamas. Era su palabra la que el delegado debía obedecer, opinaran lo que opinaran los habitantes de la ciudad, así que se tragó la rabia.

—Gracias —dijo con los dientes apretados.

Kissen se marchó por su cuenta del palacio de justicia mientras intentaba olvidarse de aquellas palabras. Los grandes dioses se habían desperdigado, su caza se había disipado y la guerra en Middren había terminado hacía tiempo. Las palabras de Ennerast no significaban nada, no eran más que el último aliento desesperado de una diosa moribunda.

Se llevó una mano al pecho, donde la promesa de Osidisen, el sacrificio de su padre, aún le pesaba en el corazón.

CAPÍTULO DOS

Inara

Inara Craier contuvo la respiración cuando el carro de madera en el que se escondía se detuvo. Era el día en que se repartía la leña en Ennerton, como siempre, aunque no tenía ni idea de adónde se enviaba. Aferró con fuerza a su peludo compañero, Skedi, contra el pecho bajo el chaleco y se asomó por debajo de la lona que cubría el carro. Se habían detenido ante un gran portón en una concurrida calle adoquinada. Dentro, había gente que practicaba con espadas y broqueles en el patio húmedo, vestida de azul pálido y gris, los colores de la Casa Craier. Sobre el portón lucía un emblema, tres árboles con un pájaro volando por encima. La heráldica de su madre, Lessa Craier, cabeza de la casa. Debía de ser algún tipo de cuartel.

—Respira hondo —se dijo a sí misma mientras se apartaba de la lona. El susurro salió acompañado de una voluta de niebla—. Respira.

Nunca había estado en Ennerton. En realidad, nunca había salido de las tierras de la mansión Craier, ni una sola vez en sus doce años de vida. El exterior le parecía maloliente y ruidoso. Y brillante. Demasiado brillante, demasiados colores.

Lo bastante ruidoso como para que no se fijen en nosotros —dijo su compañero—. *Haz lo que te he enseñado, ignora los colores.*

Inara tragó saliva y se deslizó por el lateral del carro. Su madre era valiente, segura, fuerte. Ella tenía que serlo también, por su madre. Por Skedi. Nadie la miró cuando se alejó del carro, sino que siguieron con sus propios asuntos: cargar, trabajar, gritar, reír. Los colores envolvían a todos los habitantes como una nube de luz, caían de sus manos, ondulaban alrededor de sus hombros y bailaban sobre sus cabezas. Un caleidoscopio inconstante y móvil que destellaba y desaparecía, parpadeaba como un relámpago y luego se atenuaba. Inara respiró hondo. Solo Skedi y ella veían los colores. Se esforzó en mirar más allá, a la calle y las caras de la gente. El resplandor se difumino en el fondo.

No corras —dijo su amiguito mientras se le metía por la manga para esconderse en el pliegue de su codo—. *Camina despacio.*

Inara estuvo a punto de chocar «despacio» con una mujer que salía de la puerta más cercana con una cabra muerta atada por las patas al bastón que cargaba sobre los hombros.

—¡Perdón! —dijo.

—Ahórrate las disculpas, tontita —dijo la mujer y la rodeó. Sus colores brotaron, anaranjados y agresivos. Inara se quedó sin aire.

Continúa. Solo son sus emociones, no te harán daño.

Inara se ciñó bien la capa. Skedi tenía razón, ya debería estar acostumbrada a los colores, tenues y exuberantes en torno a los criados de la residencia Craier o a los trabajadores que cuidaban los huertos, las estepas y el ganado. Los veía desde que Skedi había llegado a ella, o poco después. Cinco años de colores y secretos.

Era una noche fresca de primavera en la que aún persistían las heladas del invierno, por lo que había salido con una chaqueta acolchada, una capa de viaje y un pañuelo para cubrirse el pelo. Era la única que llevaba tanta ropa. En la ciudad, a pocas horas en carro desde la casa, el aire era más cálido. Inara se ajustó el pañuelo y agachó la cabeza para que no la reconocieran. Todos los presentes estaban bajo la tutela de su madre, pero nadie le dedicó una segunda mirada.

Inara se alejó del cuartel y sin querer se metió hasta los tobillos en un charco atestado de despojos de la carnicería cercana. Sacudió el pie para sacarlo y consiguió saltar y evitar una lluvia hedionda que alguien había lanzado desde una ventana del piso de arriba. El corazón le retumbaba en el pecho. Era una estupidez. Una locura. Iba a arriesgarlo todo y ni siquiera sabía adónde ir.

—¿La veiga tiene que quedarse aquí, delegado Tessys? —Le llegó un fragmento de conversación entre dos hombres que se abrían paso a empujones. El hombre que hablaba llevaba un cuello sujeto con una tira de seda arrugada y el otro unos anillos de cobre por toda la oreja. La túnica que vestía era de lana fina y botones de nácar. Alguien importante—. Sabes que los seguidores de Ennerast buscarán problemas. Es mejor que se vaya.

—Es una mujer grosera y orgullosa y quiere que todos lo sepamos —respondió el hombre de los pendientes. El delegado local, al parecer. A veces oía a su madre hablar de él—. Me niego a hablar con ella ni un instante más. Además, he oído que está muy ocupada flirteando con Rosalie, la tabernera. —Señaló una taberna cercana. Estaba rodeada de gente que sorbía de tazas humeantes que olían a vino caliente—. Sé prudente y hoy ve a otro sitio.

El primero se mostró incómodo.

—¿Y si...?

—Ya le he pagado. He cumplido mi parte.

Se fijó en que la taberna se llamaba La Voluntad del Rey y que el letrero mostraba un sol sobre una ciudad en llamas. Blenraden. Por supuesto. Inara solo recordaba algunos fragmentos de la guerra en el borrón de su infancia, pero ningún niño olvidaría ver a su madre regresar a casa en los días más oscuros herida, desconsolada y callada.

El día que terminó lo tenía más claro. Tenía nueve años, habían abierto el vino y el brandy de las bodegas y habían hecho estallar fuegos en el cielo para disfrute de los sirvientes. Lady Craier la había abrazado con fuerza. Sin embargo, para entonces Inara ya guardaba secretos.

Los buenos tiempos se habían esfumado y ya solo quedaban los secretos. Lessa Craier pasaba la mayor parte del tiempo en Sakre, la capital, en un intento de recuperar el favor del rey Arren, según decían los sirvientes. Cuando volvía a casa, sus visitas eran breves.

Había aparecido esa misma mañana en el desayuno, recién llegada del camino y con el pelo bien trenzado a la espalda, y había colmado a Inara de atenciones, la había interrogado sobre sus lecciones, la lectura y el tiro con arco, sin demostrar lo cansada que debía de estar en realidad.

Entonces había llegado una mensajera. Una mujer de aspecto ansioso, de la oficina del delegado, que se había alterado al enterarse de que la señora estaba en la casa, pues había tenido la esperanza de dejar solo una nota para informar de que se había contratado a una matadioses para lidiar con la diosa del río local, Ennerast. Inara no debía escuchar. Se suponía que debía ocultarse cuando alguien nuevo iba a la mansión y así había hecho, pero a esas alturas ya sabía dónde esconderse para seguir escuchando.

Una matadioses.

No eran comunes en aquella zona, o al menos no que Inara supiera. Era su oportunidad. Su primera oportunidad real de libertad. ¿Cuándo tendría Skedi otra? La mensajera se había marchado e Inara se había armado de valor.

Su madre estaba en el estudio, leyendo una carta y escribiendo otra en respuesta. El aroma de los limones flotaba en el aire, un agudo sabor cítrico. Desde hacía un tiempo, todas las cartas que escribía olían a limón.

—Ina —dijo lady Craier al verla y apartó el papel que estaba leyendo, no antes de que Inara vislumbrara un símbolo estampado en tinta marrón, como la rama de un árbol. Su madre parecía agobiada y preocupada, pero a diferencia de la mayoría ocultaba sus colores. Sobre la mesa había una vela encendida, aunque era de día.

Inara tragó saliva. Skedi estaba escondido en su bolsillo y metió la mano para que apretara la nariz contra ella.

—Quiero hablarte de dioses.

El color que brotó de su madre fue breve. Un desdoblamiento de gris y blanco, como un relámpago. Desapareció, pero no antes de que comprendiera lo que significaba. Pánico.

—No —dijo Lessa Craier—. No debes hablar de dioses, Inara, es peligroso.

—Mamá, es importante. —Quería hablarle de Skedi y de los colores, explicarle por qué había guardado el secreto durante tanto tiempo. Quizá si se lo explicaba su madre la llevase a ver a la matadioses que estaba en la ciudad; quizá conseguirían respuestas.

—Algún día lo entenderás.

—Pero...

—Basta. —Un destello de ira, pero después se acercó y le colocó un rizo suelto detrás de la oreja con cariño, como hacía cuando era pequeña. Las manos de Lessa eran de un color marrón dorado y oscuro, mientras que las de Inara eran algo más claras; su madre tenía el pelo negro y liso y ella castaño y rizado. Se parecía a su padre, le había dicho, aunque nunca le había dado más detalles—. Lo digo en serio. Sácatelo de la cabeza, vida mía. Por favor. Por mí. ¿Está bien?

Se había levantado y sus hombros bloqueaban la luz de la ventana. Lessa apenas estaba en casa y, cuando estaba, nunca escuchaba. Ni siquiera lo intentaba. Eran demasiado diferentes. Inara tendría que hacerlo sola.

Miente —le dijo entonces Skedi.

Así que lo hizo.

—Sí, mamá.

Inara entró en la taberna. El aire estaba cargado del humo y el calor de las hogueras y apestaba a sudor, perros y vinagre. La gente que bebía era en su mayoría lugareños. Se dio cuenta por las ropas, lanas cardadas y teñidas o algodones de cortes similares a los que llevaban los criados. Algunas, las más lujosas, estaban ribeteadas con hilos de colores cosidos con diseños extravagantes. También había otras personas con ropa de viaje, lana, cuero y botas gruesas. Ennerton era una ciudad comercial, lo sabía por su tutor; pasaba mucha gente por allí.

A pesar de su educación aislada, distinguió a la veiga de inmediato. La mujer estaba sentada a una mesa y vestía ropas de un cuero que parecía lo bastante duro como para servir de armadura y con un escote lo bastante bajo como para mostrar un tatuaje en la parte superior del pecho, una especie de espiral difusa. Nadie la confundiría con una comerciante o una campesina. Su aspecto era taliciano; pálida y pecosa, con el pelo rojizo recortado a la altura de las orejas y sujeto con unas trenzas toscas y una cinta de cuero.

La veiga charlaba con la tabernera y, cuando sonrió, la luz iluminó el pálido contorno de una cicatriz que recordaba a una tela de araña y se extendía desde el ojo izquierdo hasta la barbilla. Inara sintió un escalofrío. Solo había visto algo así en pergaminos y libros. Una maldición de muerte.

Una maldición significaba que le había hecho tanto daño a una persona como para que decidiera hacer un trato con un dios a cambio de maldecirla. Eso o que había enfadado tanto a un dios que le había puesto la marca negra de su poder sin que hiciera falta una plegaria ni el sacrificio de nadie. Una maldición de muerte significaba que la veiga había matado al dios o destrozado de algún modo su voluntad, por lo que la marca se había vuelto blanca como un hueso decolorado.

Quizá no sea una buena idea —dijo Skedi.

—La idea fue tuya —susurró Inara. La había ayudado a mentir para irse a la cama temprano, aunque su madre apenas se había dado cuenta, y a escabullirse de la mansión delante de las narices de todos. Su compañero se había emocionado al escapar de los terrenos y salir al mundo, pero al ver a la matadioses le había entrado el miedo. ¿Debería tener miedo ella también?

Mientras la observaba, la veiga levantó la mano de la tabernera y la besó en la muñeca. Un gesto gentil, humano. La tabernera sonrió y se inclinó para llenarle la cerveza mientras aprovechaba el movimiento para susurrarle al oído. La veiga ensanchó la sonrisa al reírse y sus ojos talicianos, grises como el mar, se iluminaron con picardía. Inara no veía los colores de sus emociones, igual que no veía los de su madre, así que tenía que fijarse en su cara para adivinar qué pensaba.

Un grupo al fondo del local agitó las jarras y las estampó en la mesa con agresividad para llamar la atención de la tabernera. Sus colores eran fáciles de distinguir: azafrán espinoso y rosa intenso. No les gustaba ver a la veiga flirtear con la camarera. La mujer apartó la mano, aunque con parsimonia, de forma que le dio tiempo a acariciarle la barbilla a la otra antes de irse a atender a los clientes.

Inara ya estaba allí; no había vuelta atrás, así que aprovechó el momento como una invitación.

Ten cuidado —dijo Skedi.

Se sentó en la silla frente a la matadioses y esperó.

La veiga la miró por encima del borde de la jarra mientras daba un trago. Tenía delante un plato de migas y huesos, limpios. A Inara le rugió el estómago. Ya hacía tiempo que debía estar en la cama y había estado demasiado nerviosa para comer mientras planeaba su escapada secreta. No importaba, comería cuando volviera a casa. Si no se había metido en un lío demasiado grande.

Apretó los dientes. Era un problema para más adelante. Por el momento tenía que centrarse en la mujer que tenía delante, cuya maldición rota parecía aún más mortal al verla de cerca. También tenía cicatrices en las manos, antiguas quemaduras que le retorcían la piel.

—¿Qué quieres? —preguntó la matadioses.

Inara parpadeó, sorprendida por algún motivo de que ella le hablase primero y de manera tan grosera. Se le secó la boca de los nervios.

—Eres una matadioses, ¿no? —comenzó. La veiga enarcó una ceja y no dijo nada—. Una mensajera dijo que habías venido a deshacerte de Ennerast, la que controlaba el río por sangre.

—¿Y qué le importa a una niña noble?

Inara enrojeció. Se había cubierto el pelo y se había puesto la ropa de montar más sencilla y abrigada que tenía. Pensaba que iba vestida como los criados... ¿Cómo lo había sabido la veiga?

—No soy noble.

—Ya. —Se encogió de hombros, sin importarle lo más mínimo—. Seas quien seas, esfúmate, *liln*.

Liln, un término taliciano que significaba «chiquilla». El acento de la matadioses era middrenita, pero tenía algo del tono más rotundo y grave del taliciano, como unas rocas antaño afiladas sobre la superficie del mar y ahora desgastadas por las aguas.

No le digas la verdad.

—Me llamo Ina. Necesito ayuda.

—Pues habla con la guarnición. —La veiga se golpeó el pecho y eructó—. No soy mercenaria ni niñera.

—No pueden ayudarme —dijo Inara mientras procuraba ocultar el asco—. No con esto.

Estalló un clamor junto al fuego cuando dos clientes se pusieron a echar un pulso y la gente empezó a hacer apuestas con piezas de plata. La camarera pasó de largo, sin inmutarse por el ruido.

—Rosalie —llamó Kissen.

—¿Veiga? —dijo la mujer con una sonrisa. Inara casi se sintió aliviada por el coqueteo; hacía que la matadioses pareciera más humana.

—Un vino, por favor. Tráete una copa para ti y ayúdame a librarme de esta haragana. —Inara se encogió cuando Kissen la señaló con la mano—. ¿A qué noble pertenece? ¿A la Casa Craier?

Rosalie la miró y a Inara le dio un vuelco el corazón, pero los colores de la tabernera se mantuvieron fríos y grises; no había rastro de reconocimiento ni sorpresa.

—No tenemos niños nobles por aquí —dijo—. Lady Craier ya no tiene descendencia y la familia está distanciada. Será hija de algún mercader.

Inara tardó unos instantes en reprimir una protesta a causa del orgullo. Era la heredera de las tierras de los Craier. Tal vez las gentes de Ennerton no trabajaran directamente para lady Craier, pero al menos deberían saber de la existencia de Inara. ¿Qué significaba ese «ya»? Skedi le dio un golpecito con la cabeza.

Mejor que te ofendas a que te atrapen.

Así que permaneció callada mientras Rosalie le guiñaba un ojo a la veiga.

—Traeré ese vino cuando pueda —dijo.

—Si no es una molestia. —La veiga señaló con la cabeza al grupo que las había separado la última vez.

—Son inofensivos —dijo Rosalie—. Son de costumbres fijas. Si me apetece pasar el rato con un veiga, no es cosa suya.

Kissen sonrió.

—Pues me alegro de haber decidido quedarme a pasar la noche.

Rosalie se marchó e Inara se cansó de que la ignoraran. Ya tenía bastante con su madre.

—Conoces a dioses, ¿verdad?

La matadioses suspiró.

—Si quieres a un sacerdote o a un erudio, no soy ninguna de esas cosas.

Estaba claro que quería que Inara se esfumara.

—No, yo… —Bajó la voz. Quería demostrarle a la matadioses que se equivocaba y que valía la pena escucharla. Pero lo último que querían Skedi y ella era que las gentes de Ennerton los descubrieran. También tenía que evitar mencionar el nombre de su madre, pero el trabajo de aquella mujer era ayudarla—. Tengo un problema de dioses.

La veiga la fulminó con la mirada, incrédula, e Inara vislumbró un canino dorado cuando parecía a punto de echarse a reír. Frunció el ceño.

—Sal, Skediceth —dijo.

No es lo que habíamos acordado —protestó él.

—Por favor. Por mí.

Skedi se deslizó fuera de su manga.

Esto no me gusta nada.

Fuera lo que fuera lo que esperaba la matadioses, no era ver la cara de liebre y la cornamenta del dios del tamaño de una ardilla que asomó la nariz por el puño de Inara, con unas alas emplumadas recogidas en la espalda. Skedi parecía un cruce entre una liebre, un ciervo y un pájaro.

En un instante, la veiga sacó un cuchillo. Skedi se redujo al tamaño de un ratón y huyó al interior de la manga de Inara cuando la hoja se hundió en la madera de la mesa.

—No le hagas daño —dijo ella y se llevó una mano al pecho para acunar al tembloroso Skedi. El metal de la daga era de un color gris más apagado que el hierro. Bridita. Lo había visto antes en los aposentos de su madre, en la espada que se había traído de la guerra. Podía matar a Skedi en un instante.

—¿Dónde está su altar? —preguntó la veiga. Una o dos personas miraron en su dirección, pero el ritmo de la ruidosa taberna apenas cambió. Inara se mordió el labio—. Respóndeme, muchacha.

—Tú no me das órdenes —dijo Inara con el tono de su madre. A la matadioses no le impresionó. Pero la necesitaban. Los dos—. No tiene altar —cedió.

—Todos los dioses tienen altares. Hasta los dioses salvajes. —La veiga extrajo el cuchillo de la mesa.

—¿Qué crees que hago aquí? —siseó Inara y miró alrededor. Skedi y ella habían pasado mucho tiempo escondidos, a la espera, escabulléndose y buscando. La matadioses se mordió el interior de la mejilla y se apoyó en el respaldo de la silla—. Apareció sin más. Hace cinco años. Está ligado a mí de algún modo.

Apenas era lo bastante grande para tensar un arco, pero se despertó una mañana con un dios diminuto en su catre que no podía alejarse de ella más de veinte pasos. Si lo intentaban, les dolía a ambos.

—Y no podemos decírselo a nadie porque me arrestarían—añadió—. O arrestarían a mi madre y lo matarían. No es culpa suya; no recuerda lo que pasó.

—¿Y qué te hace pensar que no voy a hacer que te arresten y a cargarme a esa rata por unas monedas?

Inara contuvo el aliento. No, eso era exactamente lo que no querían y ni siquiera le había hablado a la veiga de los colores que veía. ¿Qué haría entonces la matadioses? ¿La mataría a ella también? ¿Todo había sido en vano? ¿Lo había empeorado todo?

Huyamos —dijo Skedi en su cabeza. No podían; los atraparían o volverían al punto de partida.

—Porque, matadioses, he leído todo lo que tenemos en nuestra biblioteca y no he encontrado nada sobre dioses sin altares ni ninguna razón que explique por qué estamos atrapados juntos. Porque él no tiene la culpa de estar vivo y yo intento hacer lo correcto y dejarlo ir sin causarle problemas a mi familia. Porque si tuviéramos más opciones no habríamos acudido a una veiga maleducada y apestosa.

La matadioses entrecerró los ojos, pero antes de que llegase a replicar les llegó un grito desde la puerta de la taberna.

—¡Ahí está!

Inara se volvió hacia un muchacho que blandía una ballesta toscamente forjada que ningún armero habría vendido por pura vergüenza. Y apuntaba con ella a la matadioses.

—Me cago en todo —dijo la veiga mientras Skedi se escondía entre las faldas de Inara. Con una mano, la mujer levantó el taburete que tenía al lado y lo extendió delante de la chica. La silla tembló con el ruido sordo del proyectil al impactar, a un palmo de su cara.

—¡Eh! —gritó Rosalie—. No en mi…

—¡Muere, matadioses! ¡Por Ennerast! —Tres personas más irrumpieron por la puerta lateral de la taberna, uno con un hacha común para cortar leña en la mano.

La veiga volteó el cuchillo, lo agarró por la hoja y lo arrojó con efecto. El mango le dio al chico en el ojo con fuerza y cayó; el hacha le aterrizó en el pecho. Con la hoja hacia arriba. Qué suerte. Inara notó un tirón en el cuello y chilló con sorpresa cuando la mujer la levantó de la silla y la lanzó hacia la esquina junto a la ventana para alejarla del tumulto.

La veiga atravesó el suelo en dos zancadas y golpeó con el taburete en la nuca al chico de la ballesta. Cayó al suelo. La mujer que estaba a su lado llevaba un hacha más pequeña y gritó al levantarla, pero la matadioses le partió el taburete directamente en la mandíbula y luego se lo clavó en el estómago.

No se había dado cuenta de que el cuarto muchacho se había puesto detrás de ella.

—¡Cuidado! —gritó Inara.

El chico blandió una guadaña que había acortado y enderezado de cualquier manera para convertirla en un arma y la clavó en la pierna derecha de la veiga con un ruido sordo escalofriante.

La mujer ni siquiera vaciló y lo golpeó en las rodillas con el taburete. Se le doblaron las piernas y ella desenvainó la espada que llevaba en la cintura y le puso la punta en la garganta. La hoja era oscura, bridita otra vez. La nuez del chico se movió cuando tragó saliva.

—Adelante —dijo. Tenía la voz medio quebrada y chirriaba como una rueda mal engrasada—. Has matado a nuestra diosa, qué importa que me mates a mí también.

Inara contuvo el aliento. No lo haría, ¿verdad? Skedi habló en su mente.

Es demasiado peligrosa.

La matadioses bufó.

—No mato a personas —dijo y guardó la espada.

El joven cayó hacia atrás y, tras perder el último vestigio de coraje, rompió a llorar. El resto de la taberna se quedó inmóvil, a la espera de que ocurriera algo más.

La veiga se volvió hacia Rosalie, que la miró con una expresión apenada.

—No pasa nada —dijo con un suspiro—. Me marcho.

No se disculpó. Ella no había sido la causante del desastre.

La matadioses volvió a la mesa, con andares diferentes, aunque a primera vista no parecía dolorida. Recogió sus alforjas antes de atravesar a Inara con la mirada. La chica no sabía si alegrarse u horrorizarse por que la recordara.

—Tú —dijo la veiga, con una expresión que bien podría haberle lanzado una maldición—. Ven conmigo.

Inara no sabía qué más hacer salvo seguirla al exterior. La plaza estaba vacía y oscura; el sol se había puesto, pero la luna aún no había salido.

—¿Qué clase de dios es? —preguntó la veiga.

—Un dios de mentiras piadosas —dijo Inara, temblorosa, mientras miraba el caos del bar. Skedi se aferraba a su muñeca.

—Estupendo —replicó la matadioses, con un tono cargado de sarcasmo—. De acuerdo. Os llevaré a ti y a ese parásito de vuelta con tus padres. Llámame Kissen.

CAPÍTULO TRES
Elogast

A Elogast le encantaba amasar. Una y otra y otra vez. Era simple, atrapante. Lo calmaba, apaciguaba sus pensamientos y sosegaba los latidos de su atribulado corazón.

El pan era un ente vivo, agradable y fiel a sí mismo. El calor del horno, abierto para liberar un poco de calor, le soplaba las mejillas y agitaba el aire salpicado de levadura.

Era el final de un fresco día de primavera y su panadería en las tierras bajas occidentales de Middren había ganado un buen puñado de monedas. Entonces estaba preparando el pan que levaría durante la noche y hornearía por la mañana, además del que vendería a los trabajadores de la tarde, la cuadrilla minera que cambiaba de turno en la extracción de plata de las vetas cercanas. Tenía la puerta de la cocina entreabierta para refrescar la habitación y dejar entrar la fragancia de las lilas de la vecina mientras trabajaba. Pequeños placeres, se decía a sí mismo mientras marcaba el ritmo con las manos.

Por los dioses, cómo se aburría.

Una y otra y otra vez, la masa se ondulaba al pasarla por la harina de la encimera de madera. Era el orgullo de su panadería, encargada expresamente de madera ahumada irisiana, traída de las tierras de sus madres, del mismo marrón oscuro y cálido de su piel, en el que la pálida harina de trigo destacaba como estrellas o copos de nieve. Aquella mesa era una superficie mejor que las de las abarrotadas cocinas del Dominio en Sakre, el palacio de la capital de Middren, donde había sido escudero. Mucho mejor que las piedras planas y el barro de un campo de batalla.

Detuvo los dedos cuando empezaron a temblarle y un dolor tenso le oprimió el hombro y el pecho. Respiró despacio y volvió a meter las manos en la masa para sentir su suavidad y su delicadeza. Precioso. El dolor desapareció, igual que el temblor.

Elo cubrió la masa y la dejó en la cámara de frío para que reposara. Era una vida lenta. Una vida extraña. Apenas tenía treinta años, pero había abandonado la espada y los honores para los que se había entrenado desde los nueve. Después de tres años, aún no se había acostumbrado. Era como si llevara la armadura de otro.

Empezó con los namin, panes de masa fina con frutos secos, semillas y especias. Las avellanas, el aceite y el tomillo eran fáciles de comprar en los huertos locales, pero las especias irisianas se habían encarecido en Middren: el sabroso frescor de la planta de cítara, el crujido de las semillas de sésamo tostadas. Su madre que aún vivía le hacía envíos generosos cuando podía. El plato era originario del norte de Irisia, pero también una cena típica y bastante popular entre las clases trabajadoras al otro lado del Mar del Comercio. Elo había perfeccionado la receta junto a las hogueras durante la Guerra de los Dioses. Había estado bien comer en las luminosas mañanas a las afueras de Blenraden, cuando el sol se alzaba sobre la ciudad y sus torres rotas. Aún veía, si cerraba los ojos, las torres y a sus amigos, y el corazón le dolía, dividido entre emociones, el luto y… el anhelo. También al rey Arren, un príncipe todavía por aquel entonces. La luz del amanecer lo pintaba aún más joven de lo que era. Cuando Elo todavía no imaginaba que hubiera nada que pudiera cambiar su amistad.

Un paso en la puerta. El primer instinto de Elo, aún después de tanto tiempo, fue acercar la mano al cuchillo que antes llevaba en el cinto y que ya no estaba allí.

El paso cambió y vio un destello de luz en la pared opuesta.

Una hoja.

Levantó el rodillo que usaba para la repostería y se dio la vuelta para apartar la espada de un golpe, que se clavó en la encimera de madera; luego agarró a su portador por el cuello.

—Veo que no has perdido facultades, sir Elogast —dijo el intruso.

Elo lo soltó. El rey Arren sonreía, con la espada aún enterrada en su refinada encimera. No vestía ropajes de gala, sino unas polainas de piel de oveja, una capa de sarga forrada y una tosca camisa de cáñamo marrón que debía de haberle robado o comprado a un jornalero.

—Veo que sigues sin contratar a guardias lo bastante hábiles como para impedir que te escabullas, Arren. —Había sido un truco sucio; el corazón todavía le latía acelerado. Aun así, no pudo evitar sonreír.

—Si no recuerdo mal, a ti tampoco se te daba bien mantenerme encerrado, amigo mío. De hecho, siempre te engatusaba para acompañarme.

Aunque sus visitas eran poco frecuentes, Arren siempre aparecía sin avisar, sin ninguna carta y, la mayoría de las veces, sin motivo alguno. Sin embargo, aquella noche había algo diferente, como si al pensar en su amigo Elo lo hubiera invocado. La mirada le ardía con una intensidad que no había estado ahí en las ocasiones anteriores. Había casi un día entero a caballo desde el Dominio hasta la panadería de Elo en el pueblo de Estfjor y Arren tenía un aspecto medio salvaje, como si hubiera ido corriendo todo el camino.

—¿Qué pasa? —preguntó Elo. Arren parpadeó, le tembló el labio y negó con la cabeza.

—¿Es que tiene que pasar algo? —dijo. Aún sonreía de medio lado, como el escudero travieso que había sido. Las madres de Elo, Ellac y Bahba, ambas mujeres de negocios y propietarias de varios barcos, habían enviado a su hijo de niño al castillo para ser escudero por insistencia de él. Los hilos que habían movido le habían conseguido una cama en el vestíbulo, cerca del fuego y a solo unos pasos de distancia de aquel cuarto hijo de cinco, el príncipe menos querido de la reina. Así era Arren entonces, un escudero como los demás, que se saltaba las clases y lo metía en líos.

—Sigues mintiendo fatal, majestad —dijo Elo. Resistió el impulso de tocarse el pelo y asegurarse de que tenía buen aspecto. Se lo había dejado crecer y las finas espirales negras requerían mucha más hidratación y cuidados que cuando era caballero, igual que su barba; por entonces siempre iba rapado o llevaba trenzas protectoras.

—Déjate de títulos, Elo, que soy yo —dijo Arren. No le importaba. Lo había visto más desaliñado, con resaca en una mañana de entrenamiento o poniéndose la armadura mientras corrían hacia un ataque. Elo sacudió la cabeza. Desde que había dejado de estar al servicio del rey, había intentado pensar en él más como un soberano y menos como su amigo. No le había funcionado. Arren siempre sería Arren, sin importar los desacuerdos o que se hubiera marchado de su lado después de casi dos décadas de amistad y de sobrevivir a duras penas a una guerra.

Arren recogió el tarro de aceites y semillas mientras Elo ocultaba en la espalda las manos harinosas para disimular el temblor que le producía pensar en Blenraden.

—Este olor me resulta familiar.

Elo sabía que algo iba mal, pero Arren no sabía cómo explicar lo que lo atormentaba. Siempre había sido así. Culpa de su madre; a la reina nunca le había importado si a Arren lo golpeaban, regañaban o intimidaban. Al final, había sido Elo quien lo había protegido. Lo conocía como si fuera su propio hermano y veía claramente la ansiedad que lo rodeaba como un manto; era incapaz de estarse quieto.

—¿Es para vender esta noche? —preguntó Arren en lugar de decir lo que le rondaba la cabeza—. ¿Te ayudo?

Elo suspiró. Era mejor dejar que hablase a su tiempo. Tal vez fuera un tema de política. Por lo general intentaban no tocar el tema y se ceñían a rememorar su infancia y a comentar la dulce idiosincrasia de las gentes del pueblo. No querían acercarse demasiado al motivo por el que Elo estaba allí, vendiendo pan, en lugar de en Sakre, donde ambos habían nacido y crecido, siendo el comandante de Arren, como lo había sido una vez.

—Siempre agradezco un poco de ayuda —mintió Elo.

Separó una de las masas blandas que estaban en reposo y la aplanó con el rodillo; luego se la ofreció. Arren sonrió, metió los dedos en el saco de harina, agarró la masa y empezó a pintarla generosamente con la pasta de especias y frutos secos sin alterar la superficie. Elo sonrió. Su amigo no había perdido la destreza que le había enseñado. Le gustaba verlo trabajar con tanta delicadeza. Siempre había tenido unas manos ágiles, que se habían visto cubiertas de sangre en demasiadas ocasiones. A veces la suya propia, a veces la de otros.

Un destello de una armadura dorada en la oscuridad. Salpicaduras de rojo. Gritos.

Elo negó con la cabeza y se sumergió en el ritmo del trabajo, aplastando la masa y pasándosela a Arren.

—¿Aún eres feliz aquí? —preguntó Arren al cabo de un rato, cuando iban por el octavo namin.

—Sí —volvió a mentir Elo—. ¿Por qué? ¿Vas a intentar convencerme de que me escape contigo otra vez?

Lo había dicho en broma, pero Arren se quedó callado.

—No cuenta como escapar si vuelves.

Elo rio, aunque sintió una punzada en el corazón. Una parte nada desdeñable de él quería huir de sí mismo, de los terrores nocturnos, los recuerdos, el orgullo y el pasado.

—Arren, eres el rey.

—Elo —respondió con el mismo tono y sonrió satisfecho—, soy consciente. —La sonrisa no le alcanzó los ojos—. No sé cómo lo hacía la reina.

Rara vez llamaba «madre» a su madre. Cuando Arren era niño, el primogénito y el hijo menor de la reina Aletta contrajeron la fiebre roja. El mayor, Elisiah, murió a los pocos días, mientras que el pequeño, Mosen, apenas se aferraba a la vida. Para salvarlo, la reina había hecho un trato con un dios y el dios había aceptado lo que fuera que ella le hubiera prometido. Después de aquello, Su Majestad empezó a pasar cada vez más tiempo en Blenraden en lugar de en la capital, donde agasajaba a dioses y nobles y al preciado Mosen.

Arren no era Cana, el hijo superviviente más mayor, ni Bethine, su única hija. Era el menos querido, el abandonado.

El rey.

Cana y Mosen estaban muertos, asesinados junto con la reina al estallar la guerra durante una de sus grandes fiestas en Blenraden. Bethine también, su hermana mayor, que había sido abatida mientras intentaba salvar al pueblo de los antiguos dioses salvajes que aplastaban los barcos de refugiados en el puerto de la ciudad. Arren se había quedado solo para acabar una guerra que él no había empezado.

No, solo no. Elo aplastó la masa en la mano y le arrancó parte del aire. Aflojó el agarre. Aquellos tiempos ya habían pasado. La guerra había terminado. Habían sobrevivido, aunque por poco. Arren estaba bien. Irradiaba una extraña energía, pero bien. Y, lo más importante, vivo, cuando todos habían estado muy cerca de la muerte. Ojalá verlo no le trajera tantos malos recuerdos.

—Ya lo hablaremos más tarde —dijo—. Mete el primer lote en el horno.

—Sí, jefe —dijo Arren y empezó a darles la vuelta a los panes con la espátula mientras se sumergían en un cómodo y cálido silencio que se había formado a lo largo de los años.

Un estampido de botas llegó por la calle mientras el primero de los namin crujía en el horno. Elo se acercó a la puerta y plegó la bandeja que había confeccionado en la mitad inferior. Había una cesta grande para el pan y otra más pequeña para las monedas. Llenó la grande con los namin calientes.

—¡Buenas, Elo! —saludó Kelthit, el cabecilla del turno que se encargaba de reunir al resto para el trabajo. Dejó una moneda de estaño en una cesta y sacó un pan plano de la otra. Elo no les cobraba mucho por la cena a los mineros. La mayoría ya no tenían a los dioses que antes los protegían en la oscuridad bajo las colinas porque Arren los había prohibido. No les pagaban bien por arriesgar la vida bajo tierra—. Tu amigo ha vuelto para echarte una mano, ¿eh?

Miró a Arren con curiosidad, que permanecía de espaldas y con un ojo puesto en los panes. Los numerosos cuadros del rey que colgaban en oficinas, juzgados, tabernas y otros lugares de Middren no se le parecían mucho, como tampoco lo hacían las figuritas de bronce que se colocaban en los alféizares de las ventanas, pero bastarían unos ojos astutos y una memoria medio decente para asociar a Elo con el comandante Elogast y a su amigo con el rey de Middren, el Destructor de Dioses.

—Solo está de paso —dijo Elo. Kelthit se encogió de hombros. Ya tenía bastantes cosas en la cabeza; no necesitaba abarrotarla con reyes, dioses y caballeros.

—Mi hija quiere que vengas a desayunar mañana, así que llévale dulces de miel. ¿Dirás que sí esta vez?

—De verdad, Kelthit —dijo una mujer, que lo apartó a codazos de la puerta para dejar una moneda de estaño y recoger la cena—. Solo quiere verte la cara bonita. —Le guiñó un ojo a Elo—. Y él quiere que te cases con ella para jubilarse.

Elo sonrió.

—La próxima vez —dijo.

Kelthit volvería a preguntarle al día siguiente. Un día tal vez debería aceptar. Debería intentarlo. Aún era joven. Pero no sabía cómo echar raíces en aquel lugar; la gente trabajadora de Estfjor le parecía estar a mundos de distancia de la corte, los dioses y la muerte.

La fila siguió avanzando después de Kelthit, hubo un intercambio continuado de pan por un tintineo de monedas. Una o dos personas dejaron un guijarro con sus iniciales. Una promesa de que pagarían la semana siguiente, o cuando pudieran. Cruzaron algunas palabras sobre el tiempo o la repentina floración de la lila, algunas bendiciones al rey, ante las que Arren debió de sonreír con guasa. La vida que Elo se había labrado era solitaria, pero era buena. Debería disfrutar de estar vivo. Pero no lo hacía.

Cuando se marcharon, cerró la puerta mientras el atardecer se desvanecía en el horizonte y también las contraventanas de la habitación, luego encendió unas velas entre las brasas y el aroma de la levadura. Arren partió los panes que había guardado para sí y le ofreció un poco. Lo aceptó.

—Está quemado —señaló Elo al dar un bocado. Estaba bueno y la masa era lo bastante ligera, aunque había puesto demasiada sal en la mezcla de especias.

—Solo un poco, quejica. —Arren se lamió las migas de los dedos mientras en su cara se reflejaban una serie de emociones extrañas y contradictorias.

—Ya no vendrá nadie hasta mañana —dijo Elo—. ¿Vino?

Sospechaba que les vendría bien para lo que fuera que Arren había ido a decirle. Cuando su amigo asintió, Elo sacó una de las jarras frías de piedra que guardaba encima de la bodega. Si fuera a beber solo, lo habría aguado, pero para Arren llenó una copa generosa y luego fue a sacar la cena del horno. La había preparado antes que el pan y había dejado la olla tapada en la parte de atrás para que se cociera a fuego lento. Cuando levantó la tapa, brotó una nube de vapor. Era un pescado de río sobre un lecho de tuétano verde cortado, cítricos y especias. Lo había cubierto con grano molido y nueces trituradas, que habían quedado crujientes por encima.

No era suficiente para los dos, así que dejó el pescado en la encimera mientras Arren paladeaba el vino y fue a abrir algunos tarros de conservas del verano anterior. Cebollas en escabeche y queso de oveja blanco y cremoso, todo guardado en una olla con aceite y especias para conservarlo. Lo dejó en la mesa con la comida, junto con unas aceitunas, que ya estaban sabrosas y gordas después de remojarse en salmuera desde la cosecha del otoño, y una pasta de pétalos de rosa y pimientos que iría muy bien con un poco de pan.

Ya no quedaban namin, pero tenía media hogaza que había horneado por la mañana, una masa esponjosa, aceitada y salada con romero en la corteza. Un pan del sur de Middren, lo bastante bueno para una comida rápida. Se sintió aliviado al conseguir preparar algo decente y se sirvió un poco de vino. Su amigo miraba el horno y la luz de las brasas le bailaba en la cara.

Ascuas, el reflejo en los ojos de Arren. Elo sintió que una tensión familiar le recorría el hombro y le entraba en los pulmones. El miedo le había infectado el cuerpo, se le había filtrado en la sangre y los huesos; incluso tres años después, su día a día seguía manchado por él. Todavía le temblaban las manos. La guerra. La guerra siempre volvía, por mucho que quisiera olvidarla.

—*No te dejaré.*

—*¡Debes hacerlo!*

El golpe. Salpicaduras. Gritos.

Se llevó una mano temblorosa a la boca y bebió un trago.

Estaba maldito.

—Tenemos que volver —dijo Arren, como si sintiera el eco de los recuerdos de Elo.

Él casi se atraganta.

—¿Qué?

—Sabes por qué estoy aquí, Elo —dijo Arren—. Hagámoslo. Volvamos.

Se rio sin muchas ganas, pero la expresión de su amigo era seria.

—Arren, no puedes. No podemos. Según tus propias leyes, solo los caballeros que protegen Blenraden tienen permitido entrar en ella.

Arren se echó hacia delante para mirar la comida.

—¿No quieres volver? ¿Dejar atrás el pasado? A pesar de nuestras diferencias, de cómo terminó todo… nos apoyábamos. Logramos lo imposible.

Elo dudó. No se equivocaba. Habían ganado una guerra que había destruido a toda la familia de Arren y a la mitad del ejército experimentado y que los había echado de su propia ciudad. Pero había sido gracias a que tenían dioses en su bando. Dioses de la fortuna, herreros, pescadores y otros. Habían reclutado a plebeyos en el ejército para reemplazar a los caballeros que habían huido y los habían incitado a vengarse por la familia real, avivando su furia contra los dioses salvajes y la destrucción de la ciudad.

Después Arren había llevado su venganza un paso más allá y se había vuelto incluso contra los dioses que habían luchado a su lado, había roto sus altares y les había prohibido la entrada a sus tierras. Elo no podía perdonárselo.

Las «diferencias» entre ellos habían supuesto que las madres de Elo regresaran a Irisia para no perder la libertad de fe en Middren, a pesar de sus ventajosos puertos comerciales de este a oeste. Las «diferencias» eran tan grandes que Elo había renunciado a todo por lo que había trabajado, a su hermano juramentado, a sus amigos, a sus títulos y a su riqueza, para vivir solo en Middren, incapaz de abandonar el país en el que había nacido y por el que había luchado, porque no habría soportado defender las leyes de Arren.

Arren le palmeó el hombro.

—Ven, siéntate y piénsalo. Te llenaré el plato. Debes de estar cansado.

Arren empezó a echar la comida y Elo decidió acercar un taburete al fuego y sentarse. Quería volver a Blenraden para pasar página, para dejar atrás el constante recuerdo de la guerra, ver las ruinas de la ciudad y los altares rotos y dejar que se desvanecieran de su mente. Aún más, quería hablar con Arren de la distancia que sus elecciones habían abierto entre ambos. Quería volver a ser como una vez fueron.

No podían. No debían.

Arren le pasó un plato y luego se apoyó en la encimera con el suyo. Gruñó con aprobación después de mojar el pan en la pasta de rosas y dar un bocado. A Elo se le había quitado el apetito y apenas picoteaba la comida. Era demasiado repentino. Arren no habría acudido a él a menos que estuviera desesperado.

Te necesito para una última batalla. Solo una. Elo, por favor.

—¿Qué ha pasado para que quieras hacer esto? —preguntó—. Le prohibiste al pueblo entrar en Blenraden para que sus dioses cayeran en el olvido y así poder reconstruirla al cabo del tiempo. ¿Qué ha cambiado?

Un destello de amargura cruzó el rostro de Arren, pero se desvaneció rápidamente. Se llevó la mano al pecho y Elo frunció el ceño; sintió un escalofrío.

—La gente no ha tardado en olvidar lo que los dioses nos hicieron. Quieren que vuelvan, con su locura y sus plegarias. Quieren que yo me vaya.

—¿Tú? ¿Por qué?

—Hay dieciséis casas nobles, Elo, y no todas me tienen aprecio. —Dejó el plato en la mesa, se cruzó de brazos y puso la misma cara que cuando era niño y sus hermanos lo acorralaban, asustado pero obstinado—. Hay quienes alimentan la disidencia —dijo—. La rebelión.

—¿Quieren destronarte?

—Es una forma educada de describir el asesinato —dijo Arren con una sonrisa irónica y triste.

Elo posó también el plato.

—¿Quién? —dijo, enfadado de pronto. Había conservado la espada tras marcharse del ejército. La guardaba debajo de la chimenea. Su espada de caballero, un regalo de Arren. Sus dedos, firmes por una vez, la buscaron con ansia. Tal vez hubiera dejado atrás los títulos, pero Arren seguía siendo su amigo. Lo había protegido de sus torturadores infantiles y lo protegería de sus enemigos.

—Aún no lo sé, no exactamente —dijo—. Tengo mis sospechas. Ejercen presión contra mis leyes y se pelean por el poder mientras intentamos reconstruir una nación. Nos vuelven débiles.

—¿Sería posible apaciguarlos?

Arren chasqueó la lengua y se levantó; paseó en la oscuridad entre la encimera y el horno caliente.

—¿Apaciguarlos? —dijo. Tenía la cara pálida—. No, Elo. Estamos rodeados por todas partes por Talicia, Restish, Irisia y Usic y todos ansían vernos fracasar. Es imposible. No permitiré que volvamos a las luchas internas entre dioses o casas nobles, henchidos por su propia pompa y poder. Presenciaste de primera mano el daño que puede causar el poder, la devastación que los dioses le trajeron a mi familia, a cientos de familias. —Cerró las manos en puños. Parecía indispuesto, cansado—. No me doblegaré ahora —dijo—. No ante nuestros vecinos, ante la rebelión ni ante nadie.

—Arren, le arrebataste a la gente sus libertades básicas. El mero derecho a existir de los dioses. En Irisia…

—No estamos en Irisia, Elo —dijo Arren y se volvió para mirarlo—. Middren tiene demasiados dioses, todos diferentes, todos desesperados, y nos hicieron daño. Nos mataron.

Habían tenido la misma discusión muchas veces. ¿Qué le quedaba por decirle a Arren, el último superviviente de una familia destrozada por los dioses que intentaba mantener unido un reino que había estado a una ciudad de desgarrarse?

—Ahora no podemos huir a Blenraden. ¿Para qué? —dijo en cambio. Tomó aire—. Volvamos. A Sakre. Te ayudaré.

Tal vez lo convencería para ablandarse, para volver a acoger a la gente.

—No. —Arren negó con la cabeza y caminó más rápido, con los labios apretados—. Blenraden es la respuesta. Es importante que vayamos. Eres el único en quien confío. —Estaba más pálido que nunca.

—¿Más importante que un golpe de Estado?

Arren no respondió; se estremeció, luego tropezó y se desplomó sobre la encimera.

—¡Arren! —Elo saltó para atraparlo, pero él lo empujó. El movimiento lo hizo caer de rodillas. No había ningún asaltante; las ventanas estaban cerradas, no había recibido ningún golpe.

—No —gruñó mientras se agarraba el pecho con los nudillos blancos. Miró a Elo con desesperación—. Todavía no.

—¿Qué...?

—Espera... —Los espasmos lo sacudieron desde el pecho hasta los pies. Se desplomó sobre el costado y se acurrucó por el dolor—. Por favor, no. No quería que... me vieras así.

Elo volvió a sentir terror. Lo veía. Lo veía igual que entonces. No se dejaría apartar. Levantó la cabeza de Arren del suelo para intentar evitar que se hiciera daño.

Sangre en el suelo. Últimos alientos que preceden a la nada. Luego una chispa.

Una llama.

El temblor disminuyó. La respiración de Arren era irregular, jadeante.

Elo esperó hasta que se estabilizó y Arren levantó la mano para agarrarle el brazo con fuerza.

—Estoy bien —dijo, con un hilo de voz—. Estoy bien, Elo.

Lo ayudó a levantarse y a sentarse y luego acercó otro taburete al fuego. Se quedaron sentados en silencio durante un largo rato mientras nada más que el crepitar de las llamas perturbaba el ambiente.

—Amigo mío —dijo por fin Elo—, ¿qué es lo que no me cuentas?

Arren levantó la vista con expresión suplicante y después la apartó, avergonzado.

—No quería... no quería preocuparte, al menos hasta que estuviéramos allí. —Elo le pasó a Arren la copa de vino y él la sostuvo con inestabilidad—. Has hecho tanto por mí... Quería hacerlo por nosotros, no por... eso.

Elo estiró la mano hacia los botones de su camisa. Arren trató de detenerlo, pero cuando su amigo lo miró el rey dejó caer las manos.

La cicatriz empezaba justo debajo del hombro izquierdo. Un profundo surco en la carne donde hueso y pulmón habían cedido. Allí la piel formaba un nudo tirante y oscurecido con la escritura del humo, el lenguaje de un dios. A Elo se le aceleró la respiración y se le secó la boca. Hacía mucho tiempo que no veía el punto donde la cicatriz se ensanchaba y la piel se abría alrededor de un espacio oscuro, un espacio imposible. Algo que no debería estar, pero que había salvado la vida de su amigo. En la oscuridad, comenzaban las ramas. Un pequeño nido, recubierto de musgo, acunaba una llama donde antes había estado el corazón del rey.

Y la llama menguaba.

CAPÍTULO CUATRO
Skediceth

L a matadioses olía a cuero viejo, lana mojada y sudor y a Skedi no le gustaba un pelo.

Tampoco le gustaba no saber lo que pensaba. Los mortales eran un tumulto de pensamientos y los dioses tenían la capacidad de ver los colores que generaban y retorcían el aire a su alrededor con las emociones más poderosas. Los colores de cada persona eran diferentes, brillantes y manipulables. Skedi sabía distinguir a un mentiroso de un amante, a un bromista de un farsante. Pero no con la veiga. Sus emociones estaban bien envueltas, ocultas. Kissen. Un nombre extraño, pensó, para una mujer de aspecto tan duro.

Tampoco le gustaba compartir montura con ella, un caballo castrado de mediana edad que los llevaba por el camino de tierra por el que hacía nada había bajado con Inara, por fin, por primera vez en cinco años. Pero lo que menos le gustaba era estar al alcance de la daga de bridita de la veiga, se arrastrara donde se arrastrara. Iba sentado en el pliegue entre el cuello y el hombro de Inara, protegido por su capa y su pelo, mientras miraba el mango de la hoja con recelo.

Inara, por suerte, había seguido su consejo de morderse la lengua por el momento.

Tenía que pensar en una forma de sacarlos a los dos de aquella situación.

Dile a tu madre que te acaba de encontrar en el bosque —dijo Skedi en la mente de Inara.

¿Crees que me creerá? —replicó ella—. *Me ordenó que nunca saliera de la mansión.*

Haré que te crea. No tiene por qué saberlo. Encontraremos otra manera.

Otra manera de ser libre. Inara lo había protegido, había hecho todo lo posible. Skedi le estaba agradecido por ello, pero sabía que su sitio no estaba con ella. Un día los descubrirían y lo matarían. No quería morir, quería ser lo que era. Un dios. Quería un hogar, un altar.

No quiero mentirle a mi madre otra vez —dijo Inara.

Ella te miente a ti.

Inara se removió incómoda.

Hace lo que es mejor para mí.

No quiso presionar. Inara admiraba a su madre. Demasiado. La mujer ni siquiera se había dado cuenta de que se había escabullido o de lo contrario se habrían encontrado con un grupo de búsqueda en el camino. Aun así, lady Craier era lo más parecido que Inara tenía a una amiga, aparte de Skedi. Los momentos escasos que pasaban juntas, mientras Skedi se escondía en su bolsillo, eran sus momentos favoritos en el mundo.

No quiero morir, Ina —dijo, en cambio.

No dejaré que nadie te haga daño —insistió Inara. Pero ¿qué poder tenía ella? A ambos les había sorprendido que la tabernera ni siquiera supiera que lady Craier tenía una heredera.

Kissen detuvo el caballo y se quedó quieta mientras olfateaba la brisa.

Skedi la imitó; percibió un leve rastro de humo que luego desapareció. Estaban muy lejos de Ennerton y la oscuridad era densa, perturbada por los diminutos movimientos de otras criaturas entre la maleza, el revoloteo de un murciélago en el aire, justo fuera del alcance de la luz del farol de Kissen, que sostenía para iluminar el camino. En las inmediaciones solo estaban los caóticos sentimientos infantiles de Inara y las sombras mudas de la matadioses.

Pregúntale a la veiga qué pasa, Ina.

—¿Qué ocurre? —murmuró, afligida por el frío y la perspectiva de estar en apuros.

—Silencio.

Les llegó más humo, más denso. La veiga se estremeció y, por un instante, Skedi vio cómo sus emociones enrojecían y se enfurecían. Se arrimó al cuello de Inara, asustado. Los colores desaparecieron tan rápido como habían aparecido, pero cuando Kissen habló tenía la voz ronca, como una sierra al golpear una roca.

—¿Has dicho que tu casa era la más grande de por aquí? —preguntó.

Todo va bien —le dijo Skedi a Inara.

—¿Por qué? —preguntó ella, desconcertada. También había visto los colores. Ante la mirada de Kissen, respondió—: Sí. Una mansión, con patio y casas anexas. Ya casi...

Kissen apagó el farol y aceleró el galope del caballo. Salieron disparados por un camino que Skedi apenas conseguía distinguir al pasar, confiando en los sentidos abotargados de la bestia. Un movimiento brusco, decidido. Los mortales deberían ser más precavidos; no se curaban como los dioses. Skedi decidió que la veiga estaba demasiado distraída para matarlo por el momento. Se armó de valor y saltó a la cabeza de Inara, levantó la nariz al aire y enseñó los dientes. En efecto, humo. Demasiado.

—Skedi, ¿qué pasa?

—Todo irá bien —le dijo a Inara, esa vez en alto—. Veiga —tanteó, con voz más potente—, deberíamos dar la vuelta.

Fuera lo que fuese lo que le había provocado aquel terror repentino, no le apetecía correr hacia ello, y menos con Inara.

La matadioses no dijo nada. Rodeaba a Inara con un brazo y con el otro sujetaba las riendas del caballo, cuyos cascos traqueteaban sobre las piedras del camino. Una nube de humo les provocó un picor en los ojos al doblar la colina. Llegaron a una brecha entre los árboles y vieron las llamas.

La mansión ardía. No solo la casa. El patio, los graneros, los establos e incluso varias de las haciendas más alejadas, todo estaba en llamas. El valle entero estaba envuelto por el fuego. Kissen frenó al caballo. Inara enmudeció y sus colores se blanquearon por el pánico.

—¿Qué… qué ha pasado? —preguntó, como si el fuego fuera a responderle.

Skedi observó cómo se derrumbaba el tejado de la mansión. Los árboles de los huertos empezaron a arder cuando el fuego saltó desde el edificio. Se estremeció. ¿Lo habían descubierto? No, aquello era otra cosa. Algo más grande.

—Mamá… —susurró Inara y Kissen la miró. Su madre estaba en casa. Por una vez. Inara también tenía que estarlo.

Tenemos que ayudarlos —dijo en la cabeza de Skedi y luego lo repitió en voz alta, con la voz ronca—. Tenemos que ayudarlos.

¿A quiénes? No se veía a nadie que combatiera el fuego, no había gritos ni sonaban las campanas de alarma. El camino por el que iban era el único que conducía a la ciudad, los demás estaban a kilómetros de distancia, y no se habían cruzado ni con una sola persona que buscara ayuda. Skedi no veía nada, solo humo.

Plegó las alas contra el cuerpo. Todas las personas a las que Inara había conocido. Su madre, su única progenitora. Tenía que mentirle, tenía que hacerlo.

—Todo irá bien, Inara —dijo. La quería, casi tanto como a sus propias plumas. Tenía que protegerla de la verdad.

Estaban muertos.

—¡Tenemos que ayudar! —repitió ella e intentó espolear al caballo. Sus colores eran puro caos. El animal no se movió. Inara se soltó, saltó al suelo antes de que la matadioses pudiera agarrarla y echó a correr, con Skedi aún agarrado a su pelo.

—Ina, por favor —dijo y bajó a su hombro. Aún quedaba un largo camino hasta los edificios en llamas—. Detente. ¡Es peligroso! Harás que nos maten.

La matadioses había desmontado para seguirlos, pero estaba demasiado lejos.

Tenía que pararla. Creció y se expandió hasta alcanzar el tamaño de un gatito, una liebre, un perro, aumentando también su peso en consonancia. Se aferró a la espalda de Inara, le enganchó la capa con las garrar y la arrastró hacia abajo. Sentía el calor en la cara incluso a aquella distancia. No quedaba nadie. Quería vivir.

—¡No! —Inara lo golpeó y lo tiró al suelo. No avanzó demasiado antes de que Skedi sintiera un tirón desgarrador en el corazón. Inara lanzó un grito ahogado y cayó al tensarse la cadena invisible que los unía. Era un dolor insoportable, como si su mismo núcleo intentara salírsele del pecho. Ella sentía lo mismo. Los dos se desplomaron en el polvo, justo detrás del último grupo de árboles.

Una estampida de cascos. Kissen había vuelto a montar en el caballo y se les acercaba al galope. Se inclinó hacia un lado y levantó a Inara del suelo con un brazo antes de adentrarse en un matorral junto al camino. La niña, aún aturdida, no se resistió. Skediceth extendió las alas y las siguió volando, aún medio cegado por el dolor. La veiga desmontó, tiró del caballo para tumbarlo y sujetó con fuerza a Inara. Le puso una mano en la boca para que dejara de chillar.

Kissen se había dado cuenta antes que ellos. Skedi oyó más caballos, que se alejaban del fuego. No los había percibido, concentrado en detener a Inara. El peso de su corazón se alivió por un breve instante hasta que oyó a los jinetes. Se reían.

Los caballos se adentraron en la arboleda, eran veinte, y las personas que montaban en sus lomos iban vestidas con telas oscuras y ásperas. Sin embargo, no fueron esos colores los que asustaron a Skedi, sino sus emociones: violetas y rojas, con destellos de plata resplandeciente. Todos los humanos veían el mundo de forma diferente, pero latían igual, como un fuego moribundo; aquellos jinetes brillaban de pura violencia.

Calla, no hagas ruido —le dijo a Inara. Esa vez lo escuchó.

—Menudo jaleo armó la vieja de la trenza.

—Suerte que tienes buena puntería, Deegan.

—Aunque no le impidió gritar. No fue lo bastante lista como para preferir las flechas al fuego.

—Ya te digo, Caren ganó la apuesta sobre cuándo se rendirían.

Tethis, la vieja administradora, dormía con el pelo recogido en una larga trenza. Tenían que estar hablando de ella. La única otra opción era la madre de Inara, pero era joven, estaba en mitad de la treintena.

—Ha estado bien. Hemos acabado con todos. La casa Craier es historia.

Una ráfaga de viento dispersó el humo y la luz de la luna se coló entre los árboles. Skedi distinguió el brillo de una cota de malla bajo el cuero. Soldados o caballeros. No vestían los colores de ninguna casa en particular, pero las bridas de los caballos eran buenas y estaban bien pulidas, igual que las monturas. Tenían sangre en las manos, la olía. Cuando se les acercaron, vio los matices de sus colores, el brillo de la tranquilidad, la satisfacción, el orgullo. La fe.

Los verían. Claro que los verían. La veiga los había arrastrado apenas unos pasos del camino; cualquiera con un oído medio decente percibiría el movimiento de las ramas al volver a su sitio, sus respiraciones. Su miedo. Uno se detuvo y tiró de las riendas de su caballo. Skedi vio que Kissen se llevaba la mano libre a la espada y tuvo que tomar una decisión: arriesgarse con la matadioses, que aún no lo había matado, o con aquellos soldados, que llevaban la muerte escrita en sus colores. ¿Que habían acabado con todos? No con Inara. Ella había escapado. ¿Y si querían matarla también? ¿Qué le pasaría a él?

Susurró una mentirijilla.

Aquí no hay nadie. No hay nadie aquí. Aquí no hay nadie.

La lanzó al mundo y permitió que envolviera como una telaraña los colores del hombre que se había detenido, que enlazara su mente a la voluntad de Skedi. Sintió los roces de las emociones del humano y el aguijón de la violencia casi como si fuera suyo. Aplanó las orejas todo lo que pudo.

Aquí no hay nadie. Es hora de irse. Aquí no hay nadie. Están todos muertos.

El soldado dio media vuelta y se reunió con el resto. Kissen no se movió hasta que todos terminaron de pasar. Inara lloraba en silencio y sus lágrimas empapaban los dedos de la veiga.

Cuando se hubieron marchado, Skedi la vio soltar a Inara, pero ambas se quedaron sentadas para recuperar el aliento. Skedi permaneció en silencio, temeroso de atraer la atención. Para que él sobreviviera, Inara también tenía que hacerlo. Si ella se perdía, se rompería el vínculo que lo mantenía vivo sin un altar. No tenía ninguna duda.

—¿Quiénes eran? —susurró Inara.

La veiga escupió como para quitarse el sabor a humo de la boca y luego habló, primero a Skedi.

—¿Qué has hecho, parásito? Estaba a punto de vernos.

Skedi no respondió y se hizo aún más pequeño.

—Nos ha salvado —susurró Inara y le acercó la mano. Skedi sintió que le temblaban los dedos y estaban fríos—. Te lo he dicho. Es un dios de las mentiras piadosas. —Su voz sonaba muy débil. Skedi se agrandó a pesar de todo, hasta alcanzar el tamaño de una liebre, y le apretó la mejilla—. Habrías conseguido que nos mataran, veiga —dijo Inara con más fuerza.

—Mira quién habla, la que iba a lanzarse de cabeza al fuego —dijo Kissen. Estaba de pie y miraba hacia las llamas con el rostro sombrío—. Si no me equivoco, has escapado por los pelos de una masacre. —Volvió la vista hacia Inara—. ¿Quién cojones eres?

CAPÍTULO CINCO
Elogast

E lo durmió en el suelo y le dejó la cama a Arren. Por primera vez en mucho tiempo no lo despertaron los terrores nocturnos, solo el rostro del alba al presionar los postigos.

Se incorporó y vio que Arren también se agitaba. Tenía la camisa abierta donde ardía la llama menguante en su pequeño lecho de ramas.

Sangre en el suelo. Las respiraciones de Arren, más espaciadas, más ligeras, más lejanas.

Debería haber sido yo.

Elo enterró la cara en las palmas de las manos. En otra vida, su amigo habría tenido un corazón intacto y no cargaría con las responsabilidades de gobernar un país cuyos dioses se habían vuelto unos contra otros.

—¿Elogast? —dijo Arren al incorporarse.

Elo levantó la vista y juntó las manos.

—Deberíamos haberlo pensado —dijo.

—No fue culpa tuya —respondió Arren.

Elo se estremeció de vergüenza por el recuerdo; intentó respirar a pesar del dolor en el pecho y se alegró de tener ya las manos apretadas para disimular el temblor. Ninguno sacaba nunca el tema. La culpa los sepultaba en el silencio. A Elo por no haber podido salvar a su amigo. A Arren por haber elegido vivir atado a la voluntad de una diosa en lugar de morir.

Debería haber sido yo.

—Los dioses tienen buena memoria —dijo Elo—. Si vas a Blenraden, querrán derramar tu sangre en las calles. Incluso la diosa que te salvó te está matando. —No pronunciaron el nombre de Hestra en voz alta. No sabían si podrían convocarla a través del corazón ardiente de Arren—. Quería algo de ti y no se lo has dado.

Arren no lo negó. No podía.

—No me pidió nada... —dijo con desaliento. No había forma de deshacer una decisión tomada al borde de la muerte.

—Tú mismo has dicho que los dioses no dan nada sin tomar algo a cambio. —Elo se levantó despacio—. Asumió que conservarías su poder, pero no lo has hecho, así que ha decidido recuperarlo.

—Se frotó la antigua herida del hombro izquierdo y sintió los nudos de la cicatriz. Tomó una decisión—. Arren, no puedes ir a Blenraden, no ahora. No dejaré que nadie más de tu linaje muera en esa ciudad maldita.

Su amigo se estremeció y sacó las piernas de la cama.

—No tengo elección —dijo—. Blenraden es el único lugar donde tal vez queden en pie algunos altares a los dioses antiguos o salvajes que podamos encontrar sin vigilancia.

Sin embargo, había sido a los dioses antiguos a quienes no les había complacido que los nuevos se multiplicaran por el Mar del Comercio, aceptando plegarias y concediendo deseos. Menos les había gustado que la reina hubiera invitado a aquellos usurpadores a sus palacios y hubiera subido sus altares por el Camino de los Dioses para que fueran agasajados en la corte de Blenraden. Dioses de apenas una década de antigüedad venerados junto a aquellos que habían vivido mil vidas, junto a dioses salvajes más antiguos que la memoria y que la misma Middren. Solo era cuestión de tiempo que el favor de la reina derramara sangre. No tardaron en descubrirlo.

—Esos dioses mataron a tu familia por despecho —dijo Elo. Arren y él estaban juntos cuando por fin habían logrado irrumpir en

Blenraden tras seis meses de duras batallas, solo para descubrir los cadáveres de la corte, a su madre y a sus hermanos, desmembrados, mutilados y pudriéndose hasta los huesos. Los dioses habían destruido a las élites y reclamado la ciudad, habían desatado una caza salvaje a lo largo de sus muros y se habían negado a dejar entrar ni salir a ni una sola alma—. ¿Qué crees que harían con tu vida antes siquiera de que te diera tiempo a abrir la boca para negociar por ella? Iré yo solo.

—Elo, no. —Pero ya había empezado a moverse. Arren lo siguió hasta el salón que apenas utilizaba, adyacente a la panadería. Elo se acercó a la chimenea y metió la mano bajo la repisa. Allí encontró el pomo de cabeza de león. Tiró de la espada—. No te dejaré.

—Viajaré en secreto —insistió—. Pararé en Lesscia y buscaré algún grupo de peregrinación que conozca las rutas alejadas de los caminos principales. A través de las Bennite, probablemente.

Miró el pomo de la espada. Las nuevas armas de los caballeros de Arren llevaban estampados un sol naciente y una cabeza de ciervo. Elo no soportaba tocarlas, no el ciervo. Le gustaba el antiguo símbolo del león del príncipe. Tendría que envolverlo para ocultarlo. Si alguien lo reconocía como caballero, seguiría su rastro hasta Arren. Y nadie debía descubrir que el Destructor de Dioses necesitaba la ayuda de uno para vivir.

—¿Una peregrinación? —Arren soltó una risita—. ¿De verdad crees que la gente violará mis leyes de manera tan flagrante?

—Reza porque así sea —dijo Elo y enarcó una ceja mientras rebuscaba en una caja de retazos de tela que aprovechaba para remendarse la ropa una envoltura adecuada—. Si es cierto, significará que tienes razón y que los dioses poderosos siguen allí. —Se encogió de hombros—. Además, las personas no cambian solo porque se lo pidas.

Encontró un largo trozo de algodón blanco que usó para envolver la estatuilla con todo el cuidado. Le daba pena esconderla; era el mejor regalo que le habían hecho.

—Deberían —dijo Arren, con una altivez que le recordó por un instante aterrador a la reina muerta. La sonrisa de medio lado suavizó el momento—. No creía que hubiera nadie tan testarudo como tú.

—Ja —dijo Elo.

—Elogast. Por favor. —Arren volvía a estar pálido y respiraba con dificultad, aunque intentaba disimularlo.

Elo se detuvo. Arren apoyaba la mano en la repisa. Era imposible ocultar lo débil que se encontraba aquella mañana. ¿Por qué había viajado? Pronto alguien notaría su ausencia, si no lo había hecho ya.

—¿Cuánto tiempo te queda? —preguntó—. Contéstame con sinceridad.

Arren vaciló.

—No lo sé —dijo al cabo de un rato—. Tal y como progresa... tal vez un mes.

Un mes. Elo levantó la vista a las vigas del techo para recomponerse y que Arren no se diera cuenta de cuánto lo asustaba aquello.

—Si tienes razón y las casas planean una rebelión, tu ausencia será una oportunidad para que se hagan con el poder —dijo—. Peor aún, si mueres, Middren se sumirá en el caos. Ya lo sabes. Sabemos lo que ocurrirá. El miedo a los dioses fue lo único que impidió la guerra civil o una invasión mientras luchábamos en la ciudad.

—El miedo y el darse cuenta de lo rápido que podíamos reclutar un ejército entre tú y yo —dijo Arren—. El miedo y tú, Elo. Dijiste que debíamos reclutar a los plebeyos, asumiste el mando cuando nadie más estaba dispuesto y luchaste a mi lado incluso después de querer dejarlo. Quiero que hagas esto conmigo, no por mí. —Puso la mano en el pomo de la espada, luego dudó y lo agarró del brazo—. Tal vez no nos quede mucho tiempo para estar juntos. Quiero que actuemos como hermanos, quizá por última vez.

Elo agarró también el brazo de Arren.

—Majestad —dijo con tono decidido—, logramos mantener el mundo unido una vez y volveremos a hacerlo. Pero esta vez tú lo harás desde Sakre. —Arren era responsable de un reino, no de él—. Conserva la fe de tu pueblo y, por favor, conserva la fe en mí. Cuando acepté esta espada, te prometí mi vida, mi sangre, mi corazón. Lo dije en serio.

Arren negó con la cabeza.

—Pero no tu honor. Es lo que me dijiste cuando te fuiste. Tu honor te pertenece.

—Y mi honor necesita que haga esto. —Apartó la mano del brazo de Arren y la acercó al agujero de su pecho, donde sintió el calor de su corazón, que se enfriaba. El expresivo rostro de Arren reflejó el conflicto entre la esperanza y el dolor—. Tengo que hacerlo. Tengo que volver para hacer lo correcto y dejar atrás el pasado.

Entonces tal vez, solo tal vez, podría empezar a pasar página.

—Te lo juro, hermano mío —continuó Elo—. No me importa lo que haya cambiado entre nosotros, iré a pedir un regalo a cualquier dios poderoso que quede en Blenraden y te devolveré la vida que necesitas.

CAPÍTULO SEIS
Kissen

¿En qué cuernos se había metido?

Kissen había decidido pasar una noche en Ennerton para joder al delegado. Había querido celebrar un trabajo bien hecho con un trago y, por qué no, un revolcón con Rosalie. ¿Acaso era mucho pedir? Por lo general, quienes tenían problemas con ella escupían y le gritaban un poco, quizá le dedicaban una o dos miradas asesinas que consideraban aterradoras. Nada insoportable. Había sido una huérfana con una sola pierna a la que habían sacado del mar y vendido a la primera oportunidad; hacían falta más que palabras para hacerle daño. No había planeado que la atacase una muchedumbre de ingratos. Ni tampoco que le tocase las narices una cría que no quería que matara a su dios parásito. Desde luego, lo que menos había esperado era ver la Casa Craier quemada hasta los cimientos y tener que cargar con su desamparada hija.

No sabía qué hacer. Su vida se había convertido en cenizas cuando era niña y era incapaz de dejar a Inara Craier, con dios o sin él, abandonada y sola. Además, aquel era un problema al que no podía enfrentarse sola. Necesitaba ayuda.

Había tres días de camino hasta Lesscia y eso con la ayuda de un caballo robusto. El de Kissen se llamaba Piernas, una broma interna consigo misma, dado que él tenía más que ella. Inara viajó en silencio en su lomo, apagada y silenciosa por la pérdida.

Habían bajado al valle para echar un vistazo a la casa ante la insistencia de la niña, pero cuando amaneció estaba claro que no había supervivientes. Hacía demasiado calor para acercarse a los edificios, pero Kissen vio al menos cuatro cuerpos en la fachada de la mansión, ensartados con flechas y carbonizados por el calor tras intentar escapar de las llamas.

Según Inara, su madre estaba en casa y no conocía a nadie de la familia Craier más allá de aquellos muros. Kissen pensó que el distanciamiento familiar era un lujo de los nobles, aunque aquello no explicaba por qué la tabernera ni siquiera había oído hablar de la chica.

Se apoyó en el bastón para caminar junto al caballo y, con la pierna dañada como la tenía, sintió la protesta de los músculos y los huesos. Sin embargo, cuando hacía caminar a Inara iban demasiado despacio y era desquiciante; la niña avanzaba a trompicones, como si se moviera en sueños. La cornamenta del pequeño dios se asomaba de vez en cuando desde el interior de su capucha, con las orejas de liebre crispadas. Nadie con quien se cruzaron por los caminos se interesó por el pequeño grupo, lo cual le extrañó. Kissen atraía a menudo las miradas: una taliciana pelirroja con una espada larga, un alfanje y una maldición rota en la cara. Pasó un rato hasta que comprendió que era el dichoso dios de las mentiras el que desviaba las miradas. Si se concentraba como le habían enseñado, oía sus susurros en su mente y en las de los demás.

Hay una moneda de plata en el suelo. Tienes una piedra en el zapato, mejor sácatela. Mira, ¿esas nubes auguran lluvia? No nos ves. No somos nada interesante.

Mentiras piadosas. Inofensivas, dirían algunos. A Kissen no le afectaban, pues había aprendido a resistir algunas de las voluntades y poderes de los dioses bajo la guía de un viejo matadioses llamado Pato. La mayoría de la gente no notaba la presión de la voluntad de un dios, no si no se la esperaba, y por eso no prestaba atención al extraño grupito. Si no fuera porque la intromisión les resultaba útil, habría acabado con el parásito. Quienquiera que hubiera atacado la mansión quería a toda la familia muerta y, si descubrían que la hija de lady Craier aún vivía, irían a por ella. Tenían que pasar desapercibidos.

Inara se pasó casi todo el tiempo fingiendo que dormía para que Kissen no le hiciera preguntas. La mujer no la culpaba y sospechaba que cada vez que la niña cerraba los ojos veía el fuego en la colina. Había que obligarla a beber agua o a ingerir algo de comida. Estaba demasiado conmocionada para llorar. Ya llegaría.

A Kissen le rugió el estómago cuando por fin llegaron a Lesscia y guio a Inara por los puestos del mercado. Tres días de duro viaje, pero lo habían conseguido. Entre las hileras de los puestos, la gente transportaba barriles de pescado, aceites, frutos secos y las primeras verduras frescas de la primavera mientras se abría espacio a codazos. Salía vapor de una gran cuba de arroz y verduras y un poco demasiado humo de la leña fresca que no se había secado bien. El principal comercio de Lesscia era el conocimiento: papel, manuscritos, textiles, grabados, entintado, arte. Las bibliotecas de la ciudad se habían abastecido durante siglos bajo la tutela de la acaudalada Casa Yether, cuyas banderas amarillas ondeaban en las murallas cada pocos pasos.

A las puertas de la ciudad, un guardia que vestía una faja amarilla solo los miró de pasada. Kissen lo había visto antes y percibió un destello de reconocimiento, seguido de aversión, cuando la examinó y los dejó pasar. Echó un vistazo a los postes de la puerta, antaño tallados con la forma de la diosa de las artes y el saber que había fundado la ciudad y dominado sus altares. Scian había sido su nombre y las estatuas que antes sostenían el arco habían sido reducidas a irreconocibles trozos de piedra. En su lugar, destacaba un gran relieve de bronce del rey sosteniendo una cabeza de ciervo, enmarcado por los rayos del sol.

—¿Por qué estamos aquí? —murmuró Inara. Mientras pasaban bajo el arco, miraba los edificios de tres o cuatro pisos con carteles pintados en las fachadas.

—Así que aún tienes lengua para hablar —dijo Kissen.

Los cascos de Piernas hacían ruido al avanzar por las piedras planas y uniformes de las calles. Lesscia era una ciudad de olor agradable, ya que todo el comercio de alimentos tenía lugar en el exterior de las murallas. Le resultaba extraño; de niña se había acostumbrado al ruido y de adulta a la soledad. Lesscia era un punto intermedio.

—No es una pregunta descabellada, veiga —dijo la chica.

Kissen sonrió con satisfacción. Al menos a la chica aún le quedaba algo de mordacidad.

—Es mi casa —dijo—. Aquí tengo amigas que sabrán aconsejarme sobre qué hacer con vosotros dos.

—¿Vives aquí?

Quizá demasiado mordaz. Kissen se encogió de hombros. Las únicas personas con las que se cruzaron a una hora tan temprana eran archiveros de túnica gris o sirvientes que arrastraban o empujaban sus compras en el mercado exterior de vuelta a sus casas, o a las de quienes servían.

—En cierto modo —dijo. Inara frunció el ceño. Tal vez por eso no había hablado; no le gustaba lo que Kissen tenía que decir.

Cruzaron tres puentes que salvaban los canales, que desprendían un poco de la acritud humana más propia de una ciudad de aquella envergadura. Sobre algunos cursos del agua, las casas eran de piedra, construidas sobre la tierra. En otros, edificios con fachadas de madera y conectados por las cuerdas de los tendederos se extendían por encima de la corriente sobre decenas de zancos, como insectos que revolotean en la superficie con la esperanza de que no se los traguen los monstruos.

Kissen hizo que Piernas se detuviera en las profundidades de la ciudad, no muy lejos de uno de los canales más limpios. Se encontraban frente a un gran portón con el símbolo de un martillo y una rueda. La casa de al lado era de techos bajos y una sola planta, con una amplia puerta principal medio cubierta de hiedra.

Su hogar.

Kissen se sacó la llave de uno de los bolsillos de la capa y la introdujo en la cerradura. Giró, pero la puerta no se movió. Estaba atrancada. Maldijo. El sol de la mañana asomaba por encima de los tejados y los dejaba desprotegidos en la silenciosa calle.

—Yatho —llamó, aunque procuró no levantar la voz. El golpe en la puerta la hizo temblar en los goznes—. Es la hora del oro, Yatho, muchachita perezosa —dijo en voz más alta y le dio una buena patada a la madera con la pierna dañada, lo que le provocó un dolor punzante en la columna. Sintió un tirón en un lado de la cabeza, como si le desplumasen el cerebro, y, cuando se concentró, oyó la vocecita del dios.

No nos oyes, no nos oyes, no nos oyes.

—¿De verdad te crees que ese canturreo sirve de algo, parásito? —espetó Kissen cuando vio las puntas de la cornamenta apoyadas en el hombro de la fina capa de Inara.

—Deja de llamarlo así —dijo la chica.

—Lo llamaré como quiera.

Inara estaba a punto de replicar, pero la puerta vibró. Skedi se redujo al tamaño de una moneda y se acurrucó en su cuello. Abrió Yatho, pálida, desaliñada y malhumorada; acababa de levantarse y sentarse en la silla de ruedas, con la mente aún medio sumergida en sus sueños de filigrana.

—¿Qué cojones, Kissen? —dijo—. ¿La llamada de Maimee? ¿En serio? ¿En la puerta de nuestra propia casa?

—Me has dejado fuera, Yath. —Kissen se encogió de hombros—. Me ha recordado a Maimee.

Es la hora del oro, mis pequeños, la hora de hacer dinero.

Era una voz que detestaba oír en su cabeza incluso más que la de un dios. Maimee la Malévola, que compraba niños no deseados y los ponía a mendigar y a robar. Los bendecía si les iba bien, los maltrataba si no. Alejó los pensamientos de su mente mientras Yatho sonreía.

—Cómo se nos ocurrió suponer que llegarías a una hora decente, quizás incluso con un aviso previo —dijo mientras echaba el freno de la silla y se levantaba para abrazar a Kissen. Ella le devolvió el abrazo y la estrechó con fuerza. Los brazos de Yatho eran anchos y musculosos y le llenaban la camisa hasta las costuras. Hacía dos meses que no veía a su hermana adoptiva y se alegró de que tuviera buen aspecto, aunque tenía el ceño medio fruncido.

—De todas formas, ya era hora de que te levantaras —dijo Kissen, con un nudo en la garganta—. Ya ha amanecido. Hay que calentar los hornos, ¿no?

—Ahora tenemos a un chico que se ocupa —dijo Yatho. Volvió a sentarse e hizo rodar la silla hacia atrás. Vio a Inara y levantó una ceja negra como el carbón, pero no hizo preguntas—. Se llama Bea. Le diré que abra la verja para que metas dentro a Piernas. La dejamos cerrada desde los robos.

—¿Robaron?

—Lo intentaron.

Inara se encogió cuando Kissen se volvió, la bajó del caballo y la empujó hacia el interior de la casa. Luego llevó a Piernas hasta el portón, que se deslizó por los raíles unos instantes después, arrastrado por un escuálido muchacho de unos dieciséis años. Se tocó la cabeza en un gesto de respeto, pero evitó mirarla y después volvió directamente a bombear los fuelles de la herrería, tras darle una palmadita a la cabra lechera al pasar.

Aunque Yatho y Telle no tenían caballos, siempre tenían el espacio listo para el de Kissen. Encontró un comedero con heno fresco y un saco de avena. Piernas mostró alivio cuando le quitó la silla y las riendas y las colgó; luego lo cepilló con calma, segura de que Yatho se ocuparía de acomodar a Inara dentro. El animal la empujó con el hocico para que lo acariciara.

—No sé de qué te quejas —dijo Kissen y lo complació—. La chica pesa menos que yo.

Lo habían conseguido. Estaban a salvo. Pero había dejado entrar a un dios en su propia casa, la casa de Yatho y Telle, junto con una niña noble que al parecer nadie sabía que existía y que no sabía de su padre.

¿Y ahora qué?

Cuando entró en la casa, Yatho había encendido el fuego bajo una olla y estaba tostando una bolsa llena de almendras, que emanaba un olor delicioso. Inara miraba las llamas con los ojos secos y una taza de agua limpia entre las manos.

—El fuego sigue siendo fuego —dijo Kissen sin mucha energía. Si se sentaba, estaba segura de que no volvería a levantarse, pero su propia silla de ruedas colgaba junto a la chimenea—. Igual que antes.

—Ya lo sé —murmuró la chica mientras ella descolgaba la silla. Se doblaba por completo al guardarla, pero después de forcejear un poco y tirar de los travesaños para colocarlos en su sitio se convertía en un asiento de cuero de lo más resistente.

Se sentó con un gran suspiro de alivio. La pierna izquierda le palpitaba con dolor muscular en el pie y la pantorrilla y la rodilla derecha le ardía por las rozaduras. También sentía una opresión fantasma en la espinilla y el tobillo derechos. Se inclinó para frotarse las espinillas dentro de las botas, de las dos piernas a la vez. El dolor disminuyó en la derecha, pero no desapareció. Yatho entró con un cazo de leche tapado y una bolsa de avena en el regazo.

—Toma —dijo.

Le arrojo la bolsita, que provocó una explosión de polvo, y después le pasó la leche. Kissen la echó dentro de la olla con un silbido y avivó un poco el fuego con la bota.

—Pon también un poco de agua de la tetera —añadió Yatho y así lo hizo; la masa se enfrío hasta burbujear.

—¿Sabes que eres la única que me da órdenes? —bromeó Kissen.

—Déjame ver esa pierna.

Kissen hizo una mueca.

—Vamos, conozco esa cojera.

—No quieres verlo.

Yatho la atravesó con la mirada. Kissen suspiró y se inclinó sobre la pierna derecha, desató los cordones que unían la parte inferior de los pantalones de montar a la rodilla y luego aflojó las hebillas del tobillo. Le facilitaban el acceso en caso de que tuviera que reparar algo, aunque no se le daba muy bien. La tela se desprendió y trató de no mirar la cara de Yatho cuando reveló el gran hachazo que había sufrido el metal durante la reyerta en la taberna. La pierna era un trabajo experto, una mezcla de bridita y acero envuelta en cuero, con unas placas móviles que eran ligeras como el hueso y estaban unidas por un mecanismo interno que le daba más flexibilidad de la que jamás habría imaginado. Yatho puso una mueca; no le gustaba ver su obra arruinada.

—¿Qué cuernos le ha pasado? —dijo mientras Kissen jugueteaba con las correas de la rótula. Desenroscó la pierna, con bota y todo, y la estudió de cerca. Le había echado algún que otro vistazo por el camino, pero había temido que, si la miraba demasiado, se cayese a pedazos. No había estado muy equivocada; la mayoría de las placas eran insalvables. Era un milagro que hubiera aguantado desde las tierras de la Casa Craier hasta Lesscia. Miró a Inara, que, a pesar de su propia miseria, observaba con fascinación, pero se apresuró a apartar la vista.

—Un crío en una taberna me confundió con un hierbajo —dijo y se la entregó. Mientras tanto, se desató la parte superior de la pierna y se tocó la piel que había estado en contacto con la prótesis. Estaba áspera y le escocía. Cuando la encontraron tirada en una playa de Talicia, un grupo de mercaderes ambulantes la había rescatado. Habían tenido que volver a cortar la carne para desprender los fragmentos de hueso rotos y luego coserla antes de sacarla de contrabando de Talicia, donde las cicatrices de las quemaduras la señalarían como un sacrificio fallido. Habían hecho un buen trabajo, aunque solo hubiera sido con el propósito de venderla, medio muerta y entre gritos, a Maimee.

—Esto no tiene arreglo —dijo Yatho mientras quitaba el metal—. Está hecha para ser ligera, Kissen, no para interponerse en el camino de un hacha.

—Era una guadaña —dijo—. Está bien. Devuélvemela.

—Ni hablar. —Yatho la mantuvo lejos de su alcance—. Te estropearás las dos piernas por el desequilibrio. ¿Necesitas pomada?

Kissen refunfuñó y se recostó hacia atrás.

—No —mintió y fingió no ver cómo se crispaba la capucha de Inara cuando el dios percibió la mentira; no quería que Yatho se preocupara por ella.

—De todas formas, he estado trabajando en las piezas para una pierna nueva —dijo Yatho—, sabía que tarde o temprano te meterías en problemas. No tardaré mucho, pero tengo que pesarte para los últimos retoques.

—Venga ya. Peso lo mismo.

—La más mínima variación podría alterar todo el mecanismo... —Yatho se detuvo cuando Kissen empezó a imitarla y se echó a reír—. Remueve el caldero, pendenciera —dijo, en lugar de continuar, y se centró en Inara—. A ver, ¿quién es la chica?

Inara, que acababa de beber un sorbo de agua, casi se atragantó. No tenía buen aspecto. Llevaba el pelo fino y oscuro alborotado bajo el pañuelo y tenía la cara contraída por el miedo y la tristeza. Su mirada se volvió distante y Kissen supo que estaba hablando con su pequeño dios para idear una mentira.

No en aquella casa.

—Es la hija de lady Craier, al menos eso dice —dijo, antes de que la muchacha tuviera tiempo de soltar ninguna patraña—, y tiene un problema con un parásito para el que necesito la ayuda de Telle.

La chica la fulminó con una mirada capaz de cuajar la leche de la sartén.

—¿Lady Craier? —preguntó Yatho y se apoyó en un lado de la silla—. No sabía que tuviera hijos.

Le sonrió a Inara, que no le devolvió la sonrisa.

Tampoco Rosalie, pensó Kissen. Aun así, la creía, incluso a pesar de su pequeño dios mentiroso. Si hubiera tenido otro sitio adónde ir, no se habría quedado con ella, de eso no le cabía duda. Tal vez había nacido fuera del matrimonio, aunque en Middren daba igual quién engendrara o diera a luz a un hijo siempre que alguien reclamara la paternidad. Incluso el rey y sus desafortunados hermanos habían nacido de varios amantes de la reina Aletta.

Aun así, era un misterio. Los habitantes de Ennerton eran las gentes de los Craier, ¿cómo era posible que no conocieran la existencia de la hija de su noble local?

Más aún, ¿cómo había terminado la chiquilla atada a un dios sin altar? Dejando la lástima a un lado, si no se deshacía del dios, nadie acogería a Inara ni quebrantaría las leyes del rey, ni siquiera su propia familia. Tal vez Kissen debería haber matado al bicho mientras la niña dormía, pero los había visto caer a ambos cuando intentaron separarse. El vínculo que los unía era profundo. Cabía la posibilidad de que eliminarlo también la matara a ella.

—Tienes aspecto de heredera —dijo Yatho, en un intento de ser amable—. Los porteadores de Blenraden contaban historias de tu madre, decían que era toda una aventurera.

Inara bajó la vista a su taza.

—Yatho —advirtió Kissen—, la mujer ha muerto.

No había razón para manejar la verdad como si fuera de cristal. No se rompería al tocarla. La verdad era la verdad. Pero eso no impidió que Inara sollozara ni que las lágrimas la desbordaran. Le temblaron los hombros y la taza se le cayó de las manos. Se cubrió la cara.

—Mierda —dijo Kissen justo cuando saltó la bola de alas y orejas del tamaño de un gato que se había escondido en la capa de Inara; no saltó lo bastante cerca como para que pudiera golpearlo, pero sí lo bastante grande como para que el movimiento avivara el fuego.

—¿Cómo te atreves? —gritó—. ¿Cómo puedes ser tan cruel?

Yatho retrocedió.

—¿Qué cojones?

El dios se encogió un poco al darse cuenta de que se había descubierto y estaba expuesto.

—Ese es el parásito que te mencioné.

CAPÍTULO SIETE
Inara

S i Inara hubiera sabido que sería la última vez que la vería, no le habría mentido a su madre ni se habría escabullido en mitad de la noche. Habría abrazado a Tethis, la administradora de quien, estaba segura, se habían burlado los soldados, y a Erman, su tutor. Les habría dado las gracias por traerle siempre pistachos y miel. Se habría quedado. Se habría quemado.

Pero se encontraba en una casa extraña, pequeña y desordenada, llena de piezas metálicas y cables, con una matadioses y sus amigas y sin ningún otro sitio donde ir. Los colores de Yatho eran amables, azul aciano y lila apagados, y llevaba el pelo negro lo bastante corto como para enseñar unos bonitos tatuajes de unas hojas detrás de las orejas. Sin embargo, Inara nunca había conocido nada más que a su madre, su hogar y su título. Esas habían sido las certezas de su vida, que, como muros de piedra, la habían atrapado en su interior, pero también los habían mantenido a salvo a Skedi y a ella. Y habían desaparecido.

Entonces Kissen le había lanzado la verdad a la cara y el impacto había hecho añicos la frágil protección que había levantado alrededor de su corazón. Todo había desaparecido. Su madre había muerto, todos sus secretos, las cartas que le escondía y sus posesiones se habían quemado con ella. No quedaba nada.

Por si fuera poco, Skedi se había expuesto a causa de la consternación. Por ella. Inara nunca lo había visto tan enfadado; nunca antes había cometido semejante error por culpa de la furia. Pero todas las verdades en la mansión Craier se entregaban envueltas en paños de seda para parecer bonitas. Siempre le decía que era su naturaleza. Para él, aquello estaba mal.

—No puedes ser tan... brusca —dijo Skedi con enfado.

Inara vio a través de las lágrimas que se había encogido al tamaño de un conejo pequeño bajo la mirada asesina de Kissen y el horror de Yatho.

La puerta se abrió y, tras tres pasos furiosos, Inara sintió una mano en la espalda, cálida y firme. Era otra mujer, que se sacó un pañuelo de la bata y le frotó con él las mejillas para absorber las lágrimas. Tenía las manos secas y ásperas, pero cálidas, como las de Tethis, y chasqueó la lengua entre los dientes. Sus colores también eran como los de la administradora: frescos y brillantes, verdes y grises tranquilos. Inara agarró el pañuelo y se lo llevó a la cara para secarse. Cuando se lo devolvió, la recién llegada le dio un vaso de agua fresca y se sentó a su lado. Empapó el paño y se lo apretó contra la nuca. Calmante, refrescante.

Inara se calmó mientras respiraba con dificultad, hasta que por fin se armó de valor y levantó la vista. La mujer le sonrió. Era guapa, de ojos oscuros y unas cejas finas marcadas por tres cicatrices rectas que le atravesaban la cara, una de las cuales le causaba una profunda hendidura en el labio superior.

Debía de ser Telle. Fulminó a Kissen con la mirada, pero ella no se mostró avergonzada y empezó a usar la lengua de signos, para sorpresa de Inara. Solo había visto a su madre y a una de sus sirvientas comunicarse así. Lady Craier se lo había enseñado, como un lenguaje secreto que usaban los piratas o las personas con dificultades auditivas.

¿Cómo has sabido que era yo? —signó Kissen a Telle, que se rio y respondió también por señas.

Yatho no hace llorar a los niños.

—Llorar es bueno —dijo Kissen, por señas y a viva voz, claramente para beneficiar a Inara, sin saber que entendía cada palabra.

Telle debía de ser sorda—. Es de la Casa Craier y su hogar se quemó hace tres días, con su madre y todos los sirvientes dentro. Ella y el parásito sobrevivieron. Tuvieron suerte.

Suerte. Inara jadeó, temblorosa. No se sentía afortunada.

Se sentía atrapada más que otra cosa. Secuestrada por el destino.

El parásito —signó Yatho—. *¿Es lo que creo que es?*

Todas miraron a Skedi, que había replegado las alas. Se arrastró hacia Inara, con la cornamenta inclinada hacia delante, a la defensiva. Aun así, ella agradeció su indignación; la hacía sentirse menos sola. Alargó la mano para levantarlo y se lo llevó al regazo, donde se sentó sobre las patas traseras.

Yatho apretó los labios.

Esto es peligroso —signó—. *Los dioses son ilegales. Por fin han empezado a respetarnos aquí, después de llegar de Blenraden. Si descubren que tenemos a un dios bajo nuestro techo, nos denunciarán.*

Blenraden. Era la segunda vez que lo mencionaba. ¿Aquellas mujeres eran de allí?

Kissen desenganchó la olla burbujeante puesta al fuego con una herramienta de mango largo. Se la pasó a Telle, que la colocó entre el desorden de una mesa de trabajo situada en el centro de la habitación de techo bajo. Yatho fue a por cuencos e Inara se quedó callada, observando la conversación. Había perdido todo lo demás, pero aún conservaba los ojos y los oídos, y a Skediceth. Él le diría si se contaban mentiras entre ellas, la ayudaría a interpretar los colores de Yatho y Telle.

Es más que eso —dijo Kissen en lengua de signos, tras una mirada furtiva a Inara—. *El fuego lo provocaron soldados. Tal vez de otra casa noble. La madre debió de meterse en algo gordo y toda la mansión lo pagó con su vida. No sé hasta qué punto está a salvo.*

Deberías prestar atención a la política —signó Telle a toda prisa antes de pasarle a Kissen un tazón de gachas—. *La familia Craier está dividida desde hace una generación. Lady Craier era la única que gozaba del favor del rey.*

Inara frunció el ceño. ¿Favor? No, era todo lo contrario. Y eso de una división… Su madre nunca le había hablado mal de su familia; cuando Inara le preguntaba, le decía que algún día los conocería.

Nadie quemaría sus propias tierras —dijo Yatho—. *Eso solo pasa en Talicia.*

Miró a Kissen con una mueca de tristeza, pero la matadioses se encogió de hombros.

—Podría ir a la corte —dijo—, solicitar la protección del rey ese.

—No lo digas así, como si no fuera tu rey —dijo Yatho—. Te ha hecho rica.

—Me ha hecho tener que mirar su carita de niño allá donde voy —dijo Kissen—, como si ahora hubiera un dios en lugar de cientos.

Se metió la mano en la capa y dejó una bolsa en la mesita junto al fuego. Telle le pasó a Inara un tazón de gachas calientes.

—Kissen, ¿cuántas veces te hemos dicho que te guardes el dinero? —dijo Yatho mientras observaba la bolsa.

—A mí no me sirve de nada. Vosotras, en cambio, tenéis un negocio, una vida.

—Y nos va perfectamente. Lo guardaremos para que puedas...

—¿Qué? ¿Dejar mi trabajo? —espetó Kissen con una sonrisa burlona.

Yatho frunció el ceño.

—Hay trabajos más seguros que podrías hacer. Uno por el que no quisieran matarte.

Inara sospechaba que aquella era una discusión antigua.

El rey no daría cobijo a un dios —intervino Telle. Inara miró a Skedi, cuyos ojos amarillos la contemplaban preocupados. Por supuesto que el rey Arren no acogería a un dios; lo mataría nada más verlo y el apellido Craier se vería arrastrado por el fango. Esa era justo la razón por la que Inara había acudido a Kissen. No era justo.

Lo sé —dijo la veiga—. *Por eso necesito tu ayuda, Telle. Los dos están unidos de alguna manera; no tiene altar. ¿Has leído algo al respecto?*

Telle negó con la cabeza mientras levantaba un cuenco de gachas para ella. Tomó dos cucharadas y se detuvo antes de la tercera. Frunció los labios y la piel de alrededor de la cicatriz se arrugó. Luego signó con una mano.

Tal vez. Lo investigaré hoy.

Dejó el cuenco en la mesa, se alisó la túnica y se preparó para marcharse. Inara sintió que el corazón le temblaba. Telle la había ayudado. Le resultaba familiar, a diferencia de las dos mujeres más rudas, que parecían igual de dispuestas a intercambiar insultos que afecto.

Come un poco más, te entrará hambre —dijo Yatho a Telle. La mujer puso los ojos en blanco, dio dos bocados más y luego fue a besarla en la boca con las mejillas llenas de avena. Después apretó los labios en la sien de Kissen, le dedicó a Inara una sonrisa tranquilizadora y se marchó sin más preguntas, dudas ni reproches a Kissen por haber metido a un dios y a una niña extraña en su casa.

—Yo también tengo trabajo —dijo Yatho y se dirigió a la puerta—. Tengo tres encargos y otro juego de cartas.

—No te olvides de forjarme una espada —bromeó Kissen.

—Como si fueras a dejarme —dijo—. Duerme un poco, estás hecha una mierda. —Señaló a Skedi con la cabeza—. Y mantén a esa bestia escondida.

Skedi se apretó contra el estómago de Inara mientras la niña levantaba algo de avena con la cuchara y la dejaba caer de vuelta en el cuenco. En casa, desayunaba queso de cabra con higos secos y yogures fríos de la bodega, rociados con miel y espolvoreados con pétalos de rosa. A veces, la cocinera le preparaba un pastelito relleno de almendras y naranja roja en forma de flor. Inara acercó la lengua a la cuchara; la avena estaba insípida, sin dulzor. La leche se había quemado en la olla.

Afortunada.

—¿Debo sentirme afortunada? —dijo al fin. Se le habían saltado las lágrimas y se sentía acalorada, seca por dentro. Enfadada.

—Sí. —Kissen suspiró y se recostó hacia atrás—. Deberías, pero no lo harás durante un tiempo.

—¿Qué sabrás tú?

—Lo suficiente.

Otra respuesta vacía. Inara puso una mueca. La habían menospreciado, mangoneado y arrastrado lejos de su hogar y de sus tierras. No permitiría que le hablasen como a una imbécil o a una mascota. Su madre la había mantenido oculta, sí, pero aun así la había criado.

—*Estás destinada a la grandeza, mi amor* —le había dicho a Inara—. *Algún día lo verán. El mismísimo rey te verá tal y como eres.* Inara trató de sofocar la amargura que sentía en su corazón. Su madre la había dejado sola, sin nadie a quien recurrir.

—No dejaré que le hagas daño —dijo y metió los dedos en el pelaje de Skedi—. No sé qué clase de recompensa esperas obtener por ayudarme, pero no tengo motivos para confiar en ti.

Con cualquier otra persona, podía saber si le mentían, igual que un dios. Los colores de la gente parpadeaban de forma errática y contradecían sus palabras. Pero Kissen ocultaba sus colores e Inara no tenía nada en lo que basarse.

La mujer se rio.

—Te he traído hasta aquí, niñata desagradecida —dijo—. Y en cuanto a eso… —Señaló a Skedi—. Ya hablaremos de eso más tarde. Ahora tienes que comer.

Inara puso una mueca al mirar las gachas. Le rugió el estómago, pero se sentía enferma y perdida.

Cómetelo rápido —dijo Skedi, tranquilizador—. *Finge que es dulce y te sabrá bien.*

—¿Por qué estamos en Lesscia? ¿Quién es esta gente? —le preguntó a Kissen en voz alta.

Era raro que no se hubieran asustado al verlo, como si no fuera el primer ni el último dios que veía. Kissen se mordió los carrillos y no contestó.

—No puedes fingir que no existo, matadioses —añadió Skedi con valentía—. No posees el arte de la mentira.

Kissen no supo interpretar si aquello era un insulto o un cumplido. Gruñó.

—Son mi familia —dijo—. A todas nos vendieron o canjearon en Blenraden porque una mujer a la que llamábamos Maimee decidió que los niños con problemas valían para sacarles el dinero a los bolsillos compasivos y temerosos de los dioses. La miseria le conseguía un montón de monedas. —Kissen había hecho una mueca de asco al pronunciar el nombre de la mujer y miró la bolsa de plata que había dejado sobre la mesa, que ni Yatho ni Telle habían tocado.

Blenraden. Así que, en efecto, venían de la ciudad muerta que la guerra había destruido. No era de extrañar que sus amigas no se hubieran sorprendido al ver a Skedi. Era el único dios que Inara había visto en su vida, pero ellas debían de haber visto miles.

—Así que no tienen tiempo para dioses —añadió Kissen— y menos para mentiras, así que no intentes lisonjearlas, bicho. Telle es archivista en la Cloche y una de las pocas personas a las que aún se les permite leer los antiguos escritos sobre dioses. Si hay alguien capaz de averiguar cómo separaros, es ella.

CAPÍTULO OCHO

Elogast

Elogast no tardó mucho en empaquetar toda su escasa vida. No se llevó muchas cosas, solo algo de levadura y dos saquitos de harina para comer por el camino, junto con algunas de sus propias mezclas de especias con sal refinada del desierto de Usican. Como armadura solo se llevó los brazaletes, una almilla de cuero y un jubón sobre la camisa, pero nada más, y se sentía desnudo por ello. Aun así, con las provisiones para hornear y tras haberse afeitado la barba y el pelo hasta la piel, tenía la sensación de que todo iría bien.

El primer barco que partió de Estfjor lo llevó por los comienzos de la red de canales que Arren estaba construyendo hasta la maltrecha ciudad de Sorin, donde el canal desembocaba en el río Roan y viraba hacia el oeste, en dirección opuesta a Lesscia. Sorin había sido antaño una encrucijada estratégica especializada en campanas de latón, antes de que los metalúrgicos talicianos inundaran el mercado de ultramar; por entonces lo mejor que podía esperar era alquilar una yegua no demasiado roñosa y seguir la ruta oriental hacia Lesscia.

Lesscia siempre había sido un paraíso para los peregrinos que buscaban argumentos, historia y escrituras, a diferencia de las llamativas promesas y los carteristas de Blenraden. Desde la caída de aquella, se había convertido en la segunda ciudad más grande de Middren, después de la capital, Sakre. Había guardias apostados a lo largo de la ruta para mantenerla segura y el camino bien cuidado, para que el comercio fluyera sin dificultades entre pueblos y ciudades. Por entonces, apenas se tardaba un día y medio en llegar a Lesscia desde Sorin, cuando de niño Elo y sus madres habían tardado cuatro con un poni, tiendas y carros.

Elo llegó más tarde de lo previsto a las afueras de la ciudad de las artes, que resultó que estaba bastante más lejos de lo que recordaba. La última vez que había estado allí había sido tras el recorrido de la victoria de Arren de vuelta a casa. Elo se había colocado en el extremo más alejado de la multitud, pues ya no formaba parte del séquito del rey. Debería haber vuelto a casa por su cuenta desde Blenraden, pero había querido asegurarse de que su amigo regresara sano y salvo a Sakre, dado el corazón secreto que le ardía en el pecho. Nunca llegó a oír las palabras que Arren pronunció, pero había visto cómo derrumbaban las estatuas de la diosa que habían adornado las puertas de la ciudad durante doscientos años. A su alrededor, la multitud había prorrumpido en gritos, alaridos y aplausos furiosos mientras bramaban el nombre de Arren. Si había habido lágrimas o pena, Elo no las había visto.

En aquel momento, ni siquiera veía las puertas desde el final de las casas, que se habían triplicado en número y eran un mar de farolillos bajo la oscuridad invernal que aún pesaba sobre la tarde de primavera. Dejó a la yegua en una posada de las afueras, pero tardó otro kilómetro en encontrar los pulcros puestos y el ajetreo comercial del mercado exterior, donde se vendían los alimentos de la ciudad. Los guardias de los Yether patrullaban vestidos de amarillo, ayudaban a contabilizar las transacciones y a gravar la parte correspondiente de los beneficios. Elo atravesó con rapidez las avenidas oficiales y siguió un camino sinuoso hasta los puentes de las marismas que se extendían más allá de la ciudad, donde se encontraban los comerciantes más harapientos, demasiado pobres para permitirse una mesa en el centro. Sus madres siempre le habían dicho que nunca bajara allí; pocos guardias se molestaban en acercarse y los puestos estaban expuestos a los vientos del gran río Daes, sin la protección de las murallas de la ciudad, que se alzaban tras ellos. Por supuesto, solo habían conseguido que a Arren y a él les resultasen aún más atractivos cuando eran jóvenes. Allí habían hecho apuestas ilícitas y, en una ocasión, intercambiaron unas copas que habían robado del palacio por un montón de monedas y dos botellas de brandy.

Un puñado de gallos ensangrentados y cubiertos de costras cacareó cuando Elo pasó junto a sus apretadas jaulas, marcadas con sus probabilidades para la pelea de la noche, y se fijó en cambio en las tiendas que vendían aperitivos y ofrecían otros servicios: albóndigas rellenas, pasteles quemados, mensajeros y remiendos de ropa. A medida que las sombras se alargaban, se aventuró por varias calles llenas de puestos mientras buscaba una mirada amistosa o alguna muestra de fe.

Al cabo de un rato, divisó unos panes calientes servidos con curry fresco que vendía un hombre de uno de los muchos pueblos de Usic, la nación vecina de Irisia. Del horno de barro colgaba un amuleto reluciente. A apenas tres pasos, un trío de hombres pálidos jugaban a un juego con fichas y, en lugar de monedas, usaban semillas de amodina, una droga somnífera, que le habían comprado a un comerciante de aspecto hosco que discutía con su perro. A Elo le rugió el estómago y se dio cuenta de que estaba famélico.

Compró algo de curry envuelto en pan y se lo comió caliente delante del puesto; disfrutó del sabor hogareño que solo encontraba en Estfjor si cocinaba para sí mismo. Se fijó en la ficha que oscilaba bajo el horno. Bien podría haber sido un amuleto para la buena suerte o la etiqueta del fabricante del horno, pero entonces una brisa cortante le dio la vuelta y vio que tenía en el centro un relieve azul pintado a mano. La mano que da, la señal de un dios de la fortuna, uno que aún debía de estar vivo.

Elo sonrió para sus adentros; sabía que Lesscia había sido la elección correcta. Arren podía deshacerse de los dioses y prohibirles la entrada a Middren todo lo que quisiera, pero haría falta más que eso para purgar las bibliotecas de Lesscia y a las personas que se sentían atraídas por ellas.

Elo tomó otro bocado de curry y llamó la atención del dueño del puesto.

—¿Me respondería una pregunta de buena fe?

El dueño miró la espada de Elogast y se volvió hacia el horno; dedicó unos minutos a voltear los panes.

—¿Quién pregunta?

—Un peregrino —dijo Elo e intentó esbozar una sonrisa encantadora. Diantres, hacía tiempo que no tenía que encandilar a nadie—. Uno que ha perdido el camino.

—Los peregrinos ofrecen regalos —dijo el dueño con rotundidad.

Elo se rio. Los dioses de la riqueza rara vez atraían a almas generosas. Desenvolvió medio lingote de plata de su hilo de monedas y lingotes, que valía bastante, y lo dejó asomar entre los dedos, con la marca de su peso y el agujero bien a la vista. En Estfjor, una moneda de plata como aquella le habría servido para comprar medio caballo, pero en Lesscia solo valía para un buen soborno. Podría comprarle al cocinero del curry un día o dos en los niveles superiores del mercado exterior.

El usicano sacó otro pan, le metió un poco de curry y lo dejó en el barril junto a la mano de Elo. Elo lo cambió por el medio lingote y la plata desapareció en un destello de luz.

—El Camino de la Reina —dijo deprisa—. En los estrechos barrancos al noroeste de la Cloche. Es un buen lugar para que un peregrino se remoje la garganta.

Elo se apartó. El Camino de la Reina, cómo no. Alguien aún sentía debilidad por la monarca que los había llevado al borde de la ruina.

—Los caminos nos han perdido, amigo mío —añadió el propietario—. Nos volverán a encontrar. Muy pronto.

Elo dudó. ¿Qué quería decir? Le dio las gracias con la cabeza y se volvió hacia las puertas de la ciudad. No era nada. Arren ya sabía que había problemas; había vuelto a Sakre, donde estaría vigilado, a salvo.

Un guardia con faja amarilla registró las bolsas de Elo al cruzar las puertas de Lesscia, pero no consideró que sus pertenencias fueran objetos de comercio que pudieran dañar los manuscritos. Lo dejó pasar mientras sonaban las campanas de la tarde.

Caminó por las avenidas principales en dirección a la Cloche, la gran cúpula de cobre en el corazón de la ciudad que albergaba el más preciado de sus archivos. Lesscia estaba llena de gente. Los carreteros pasaban con una urgencia innecesaria, con los emblemas oficiales en sus abrigos y un guardia en la cola, sorprendentemente vestido con los colores de Arren, azul y dorado, en lugar del amarillo de los Yether. Los talleres seguían funcionando al anochecer y pasó por delante de un fabricante de azulejos donde varios niños corrían entre los pies de los adultos y recogían los fragmentos de arcilla que caían al suelo. A la hora del crepúsculo, la cúpula de la Cloche y los edificios blancos de alrededor parecían brillar.

Las amplias avenidas se estrecharon y el suelo empezó a elevarse. Los canales eran cada vez menos numerosos en el laberinto de callejuelas del norte de la ciudad. Aquella parte interior de Lesscia se parecía a Sakre, desordenada, sinuosa y repleta de luces de posadas y lugares de descanso, herrerías y zapateros. Elo sintió que lo invadía una oleada de nostalgia por su ciudad natal, aquella que Arren y él habían llegado a conocer tan bien como el uno al otro.

Cuando encontró la posada, no había ningún cartel, pero la imagen pintada en la puerta fue suficiente: tres peregrinos siguiendo a una mujer que portaba una corona. Elo negó con la cabeza. El Camino de la Reina.

Elogast había conocido a la reina Aletta de forma oficial una vez, para una inspección de la guardia. Había esperado encontrarse con una mujer fría y distante, pero el fervor había brotado de ella como la luz del sol, abrasador e impenitente. La última vez que había estado cerca de ella había sido después de irrumpir en Blenraden. Esa vez no había luz ni poder. Nunca olvidaría la cara de Arren al encontrar su cuerpo y los de los príncipes. Mosen apenas acababa de cumplir quince años. La hermana mayor de Arren, Bethine, la reina que nunca fue, había entrado corriendo con su armadura y había caído de rodillas, sollozando de horror y dolor. Pero Arren se había enfadado.

—*¿Cuántos han muerto para entrar aquí?* —había dicho en voz baja mientras su hermana lloraba—. *¿Después de que dejara que esto sucediera?*

—*Arren...*

Elo había intentado decir algo. Aquella solo había sido la primera atrocidad.

En la guerra abierta que se desató después, adoradores y dioses tomaron partido, se alzaron en armas contra sus propios vecinos e incluso contra el ejército de Middren. Elo no había llevado la cuenta de las muertes de aquellos ciudadanos, solo de las de los caballeros que tuvieron que sortear las piedras, tormentas, pesadillas y flechas de los dioses y sus fieles.

—*Contéstame. Por favor.*

—*Mil doscientos* —dijo Elo. Arren esperó—. *Cincuenta y seis.*

—*Mil doscientos cincuenta y seis* —repitió Arren—. *De todas las casas, de todas las provincias. Muertos. Por su estupidez. Ahórrate las lágrimas, hermana. A mí ya no me quedan para ella.*

Y esos fueron los buenos tiempos.

Elo se centró y entró en la taberna. Era sucia y angosta; un fuego de carbón ardía en la estufa para ahuyentar el frío primaveral, pero hacía que la pequeña habitación se volviera más sofocante. Las gruesas ventanas de cristal estaban forjadas con plomo y las velas de aceite malolientes que flotaban en cuencos de agua perfumada no bastaban para aligerar el aire.

Se dirigió a la barra. El tabernero fingía sacar brillo a una copa mientras lo observaba en el juego de espejos convexos de latón que había detrás de las botellas y los barriles; una forma cara pero inteligente de vigilar a la clientela. El hombre vestía un jubón sin mangas y tenía los hombros delgados como los de un matón. En la nuca llevaba tatuado lo que parecía una runa o un camino bifurcado. La tinta se le extendía por los hombros y los brazos desnudos, desde la nuca hasta los nudillos. Tuvo de doler.

—Tomaré un licor de esos, por favor —dijo Elo y señaló a una mujer que estaba sentada cerca con un vaso lleno de un líquido transparente con una especie de sirope en la base; desprendía un agradable aroma a cítricos o cáscara de limón.

El tabernero se volvió y enderezó la espalda mientras posaba la copa con un chasquido. Tenía el pelo negro, salpicado de canas, y escrutó a Elo de los pies a la cabeza; se detuvo en sus brazaletes y luego en su espada. La llevaba como si no tuviera intención de usarla, a la espalda, con la bolsa. El pomo envuelto tal vez hacía que pareciera robada. Esperaba proyectar un aspecto lo bastante dudoso como para que la gente no hiciera preguntas.

—No vemos a muchos irisianos por aquí últimamente —dijo el posadero, aunque la mujer de la barra, que se había puesto a recoger con prisas sus papeles, era claramente medio irisiana. Otros dos clientes empezaron a hablar entre susurros cerca del fuego y a Elo se le erizó la piel.

No podía permitirse probar suerte en todos los puestos y tabernas de Lesscia. Necesitaba desaparecer en los caminos secretos que los peregrinos frecuentaban en las montañas. Se convenció de que tenía sentido que en el Camino de la Reina desconfiaran de los recién llegados. También era de esperar que no hubiera ningún retrato de Arren colgado encima de la chimenea.

—Eh... —estaba a punto de decirle que había nacido y crecido en Middren, pero recapacitó. Muchos irisianos habían abandonado las costas de la nación para practicar su fe con libertad en otros lugares. Eso podría hacerlo parecer más digno de confianza— hace mucho que no voy a Irisia —dijo con una sonrisa. El tabernero vaciló y le brillaron los ojos pálidos—. Lo echo de menos.

Si hubiera tenido los sentidos de un dios, sospechaba que habría sentido cómo el ambiente de la taberna se relajaba un ápice.

—Debe de ser duro estar tan lejos de casa —dijo el tabernero. Elo reconoció el acento, de las zonas boscosas que se extendían desde el norte de Blenraden hasta la ladera meridional de Talicia. ¿Cuántas gentes de aquellas zonas, antaño ricas y después medio abandonadas, habían terminado allí? Explicaba la explosión de tamaño del mercado exterior. Los nativos de aquellas zonas pronunciaban las vocales más suaves, menos entrecortadas y afiladas que las de Sakre—. ¿Cómo te llamas? —Miró detrás de Elo. La mujer se había marchado y había dejado el vaso a medio beber, pero el resto seguía allí—. ¿Y qué quieres?

Alcanzó una copa transparente que repicó al dejarla frente a Elo, luego sacó un pequeño pico de debajo de la barra y troceó un poco de hielo del bloque que colgaba encima. Lo echó en la copa. Aunque no era un hombre corpulento, tenía unos músculos bien definidos y parecía que le habían roto la nariz al menos dos veces. Cuando se dio la vuelta, Elo vio con más detalle los tatuajes, que repetían varias veces el dibujo del sendero bifurcado. Debía de ser el símbolo de un dios, pero entrelazado con otras imágenes, bandas y espirales y, en un punto, un nudo plateado de cicatrices sobre el antebrazo. Llevaba los tatuajes sin disimulo y con tanta libertad que Elo sintió por primera vez el verdadero peligro de la rebelión de la que le había hablado Arren. No se trataba solo de algunas casas nobles ansiosas de poder, sino de la gente normal. Si ese era el caso, ¿quién sabía hasta qué punto se había extendido por Middren?

No era su lucha, no aquel día. Solo había ido a salvar a su hermano.

Salvaría la vida del rey y después él se ocuparía de la rebelión.

El tabernero sacó una botella de peltre de detrás de la barra, sin mirarla siquiera, vertió el licor sobre el hielo y luego añadió una cucharada de melaza de granada de un tarro abierto con una mosca flotando dentro. El líquido más espeso cayó hasta el fondo de la copa.

—Por supuesto, es auténtico licor irisiano —dijo y se adelantó antes de que Elo respondiera—. Hecho con dátiles, ¿verdad? Pedí un envío especial el mes pasado. Llámame Canovan.

Elo había elegido sin saberlo una bebida irisiana. Frunció el ceño al mirar el vaso. Nunca había visto ni oído hablar de un licor semejante, pero no estaba muy al día. No bebió un sorbo de inmediato, sino que inclinó el vaso para que una sola gota cayera al suelo, como hacían sus madres antes de beber, para dar gracias al dios del cambio por su generosidad. Cuando era niño y celebraban fiestas, las losas y los juncos quedaban siempre pegajosos por el vino de palma. Canovan lo observó en silencio.

—He venido en busca de pasaje a la ciudad perdida —dijo en voz baja—. Me llamo Elo.

Canovan entrecerró los ojos.

—Elo —repitió, como si mordiera una moneda para comprobar si era auténtica—. ¿Y por qué quieres ir allí? —La pregunta auguraba peligro.

—¿Necesitas saberlo? —preguntó Elo e intentó mantener un tono amable.

—Depende —dijo Canovan. Se pasó la lengua por los dientes antes de responder—. Algunos buscan consuelo, otros recordar a los muertos. —Se cruzó de brazos. Por un momento, le pareció que la tinta se movía—. Algunos buscan favores y poder. Tengo por costumbre sospechar de estos. —Volvió a mirar a Elo—. Es una espada de caballero.

Elo dudó.

—Lo era.

—No había visto una espada así desde que los caballeros destrozaron todos los altares de Blenraden. —Tocó el mango con el pico del hielo.

—Estuve allí —dijo y desconcertó a Canovan; la mirada del tabernero vaciló un segundo—. Seguí al rey cuando sus órdenes tenían sentido para mí, pero abandoné el ejército hace años. —Extendió las manos y se las mostró—. Mira, los callos de la espada han desaparecido. —Aún tenía harina bajo las uñas y las yemas de los dedos y los pulgares estaban ásperos de tanto amasar—. No soy caballero. No albergo ningún cariño por el rey. Viajo en busca de penitencia por lo que he hecho.

Canovan le miró las manos y luego el rostro, con la mandíbula apretada. No le creía. Tal vez no hiciera falta.

—Penitencia —dijo. Ladeó la cabeza como si escuchase y observó el aire que rodeaba a Elo, luego apoyó ambas manos en la barra y sonrió de forma tan fría y repentina que lo sorprendió—. Sí… puedes buscar penitencia. Mis disculpas. —Tuvo la sensación de que, detrás de él, la gente que seguía en la taberna apartaba las manos de cuchillos o amuletos—. Siéntate, maestro Elo, me reuniré contigo en un momento.

Elo exhaló y eligió el asiento que la mujer había dejado libre hacía poco. Había derramado algo sobre la mesa al salir corriendo, zumo de limón. Eso explicaba el olor. A pesar de todo, se quitó la espada de la espalda y la apoyó junto a la pierna. Enseñarle las manos a Canovan le había recordado que ya no tenía la misma práctica que antes, ni con la gente ni con la espada. Si hubiera dicho lo que no debía, sospechaba que se habría enfrentado al pico y el tabernero parecía más que capaz de arreglárselas en una pelea. Se había puesto en peligro, y también a Arren. Intentó no reírse en voz alta; si hubieran ido juntos, ya habrían acabado a puñetazos.

Bebió un trago. Era lo bastante fuerte como para hacerlo llorar, muy distinto del vino aguado que solía beber. Cuando Canovan regresó poco después, lo hizo con una cerveza en la mano y se había puesto una camisa bajo el jubón que ocultaba sus tatuajes. Se sentó cerca, demasiado para su comodidad, y Elo percibió un aroma a incienso en su barba, además de un olor oscuro a bosque, como a barro o musgo.

—Hacen falta agallas para entrar en Blenraden —dijo el hombre—. La ciudad de los altares es peligrosa y también lo es el camino. Puedo ofrecerte un mapa. Indicaciones fiables, puntos donde parar a descansar. Hasta te lo daría por la espada, si me dejas echarle un vistazo a la hoja.

Así que el tal Canovan había decidido pasar de perro guardián a estafador. ¿Quería echarle un vistazo a la hoja para comprobar si era de bridita? Elo sabía que no debía enseñársela; no era difícil distinguir el brillo del acero del metal opaco que mataba a los dioses.

—Viajaré en grupo —dijo Elogast y dio otro sorbo a la bebida. Joder, los irisianos no se andaban con tonterías a la hora de emborracharse—. Conozco el camino. —No era del todo mentira; conocía la ruta principal, las carreteras abiertas—. Es seguridad lo que busco, la seguridad en el número. —No mencionó la espada—. Y quiero partir mañana.

—¿Por qué tanta prisa? —preguntó Canovan.

—Eso es algo entre los dioses y yo.

—No me gusta que un caballero, retirado o no, quiera conocer las rutas a Blenraden a toda prisa.

—No voy a pagarte para que te guste, ¿verdad? —Sonrió.

Canovan esbozó una sonrisa, pero aún tenía tensión en los hombros.

—Siete platas y un oro —dijo—. Para partir al final de la semana.

El precio era desorbitado. Elo había comprado toda su panadería por seis platas y dos oros.

—Te pagaré cinco —dijo—. Y cuanto antes salgamos, mejor.

Un mes. No había tiempo para demoras. Se tardaban ocho días en llegar a Blenraden por el camino principal. Serían al menos diez si atravesaban las montañas.

—Seis y media —dijo Canovan y se rascó el pulgar con la uña.

—Cinco o me marcho.

¿Qué estaba haciendo? Apenas lo habían invitado a sentarse, pero si se mostraba demasiado dispuesto a desprenderse de la plata las sospechas del hombre volverían. Además, sus madres se avergonzarían si se dejara manipular por un maleante. Canovan no buscaba pelea, no una de verdad, pensó. Si era un insurgente, y ya no le cabía duda de que lo era, no querría atraer la atención hacia su taberna.

Se levantó, arriesgándose con sus deducciones, y Canovan lo imitó y lo agarró por el hombro, con fuerza. El olor a musgo se intensificó.

—Seis y partirás mañana —dijo entre dientes, con expresión de agotamiento—. ¿De acuerdo? Los peregrinos salen mañana al mediodía.

Elo sintió frío en el hombro donde la mano de Canovan presionaba, una sensación desagradable. Rodeó la muñeca del hombre y la retiró; se la retorció con una sacudida de cazador. Creyó ver una sombra desaparecer por la manga del tabernero, pero no había sido más que un parpadeo de la luz del farol en los tatuajes.

—Seis y mañana —repitió Canovan, pálido, sin la furia y la bravuconería de antes. Le estrechó brevemente la mano con desagrado. Y añadió—: Son dos cobres por la bebida.

CAPÍTULO NUEVE

Kissen

E l regreso de Telle despertó a Kissen de una atribulada siesta junto al fuego en la silla de ruedas. Había dormido durante las campanadas y el cielo se oscurecía. Fuera, el ruidoso martilleo de Yatho había parado. Seguro que había cambiado a las tareas más delicadas para respetar las leyes nocturnas de la ciudad.

Una niña indefensa y todas tus defensas se resquebrajan —signó Telle con una sonrisa.

Kissen le hizo un gesto obsceno taliciano, enrollando el índice en el pliegue del pulgar, y Telle se echó a reír. Se sirvió una cerveza mientras Kissen se frotaba el sueño de los ojos y luego le pasó otra. Cuando era una niña que lo odiaba todo, había odiado a Telle. Era más joven que ella, de carácter dulce, la favorita de Maimee y la preferida de todos los demás niños descarriados. Se aseguraba de alimentarlos y vestirlos e incluso les había enseñado a leer, a quienes querían, cosa que Kissen había rechazado, y a signar, lo cual había aceptado a regañadientes por la mera necesidad de saber un idioma que Maimee no conociera. Yatho había llorado todo el tiempo por las esquinas por la bonita Telle delante de Kissen. Cómo la había detestado.

Sin embargo, cuando había huido para seguir a un matadioses llamado Pato y aprender el oficio, había sido Telle quien la había

ayudado. Su obediencia había sido su escudo y sus silenciosas bonda-
des habían sido sus propias pequeñas rebeliones después de que la
entregasen a Maimee. Tras el estallido de la Guerra de los Dioses,
cuando Kissen se encontraba a medio país de distancia, Telle y Yatho
habían cuidado de los demás hasta que ella pudo regresar a salvarlos.

Después se convirtió en la esposa de Yatho y la hermana de
Kissen y la quería más que a sus propias manos. ¿Quién habría imaginado que una de las crías mendigas de Maimee acabaría siendo
archivera junto a un puñado de nobles segundones e hijos de mercaderes?

Esta vida te sienta bien —signó Kissen—. *Tienes buen aspecto.*

Telle fingió sonrojarse, pero estaba contenta. Había ganado confianza en sí misma desde que se había librado de la asfixiante presión de Maimee. También le había perdonado a Kissen su juventud
brusca y enfurruñada. Había vuelto a buscarlas y eso era lo único
que importaba.

¿Qué tal la pierna? —preguntó.

Kissen bufó.

Perfectamente. Yatho es una exagerada.

La lengua de signos no era sutil. Era directa, iba al grano. En
realidad, aún le dolía la pierna, siempre le dolía, pero estaba mejor
que cuando habían llegado. La silla de ruedas era una bendición. No
estaba acostumbrada y todo el tiempo quería levantarse, pero era un
alivio tener un lugar donde relajar las caderas.

¿Has encontrado algo?

Inara no estaba por ninguna parte. La había mandado a su cama.
Tal vez seguía durmiendo o tal vez había huido. Kissen no sabía qué
haría si la muchacha y el parásito huían.

Algo —signó Telle—. *Están todos en la herrería. ¿Te empujo la silla?*

El taller de Yatho daba al patio, iluminado por faroles y el resplandor caliente del horno. Kissen se sorprendió al ver a Inara bom-
beando los fuelles y a su pequeño dios aferrado a ellos. Un trabajo
sencillo, pero duro. Skedi se aferró a la parte superior mientras la
niña la presionaba con determinación. Agitaba las alas al caer y se
agarraba al poste al levantarse. Actuaba como un juguete, como si

no supiera lo que era. A Kissen le picaba la mano por las ganas de sostener un arma. Había dejado su capa de lana de cera con todas sus herramientas dentro.

Yatho trabajaba con uno de los martillos más pequeños que había visto para afilar un largo y delgado perno de metal incandescente, sin que el sonido de los golpes fuera lo bastante fuerte como para oírse. Detrás de ella, se enfriaban las diversas piezas de bridita de la pierna nueva de Kissen. Una maravilla. Yatho había empezado a fabricar cosas así con el objetivo de idear una forma de evitar que las endebles estacas que Maimee le encontraba a Kissen le clavaran astillas de madera en la rodilla. Se pasaba todas las horas libres en las herrerías cercanas al altar del dios de la guerra en Blenraden, observando cómo se fabricaba todo, desde rejillas y escurrideros para lavar la ropa hasta armaduras. Pronto se interesó por el trabajo de los carpinteros, los peleteros, los artesanos mecánicos y sus juguetes para nobles extranjeros. Había nacido para ser fabricante, para descubrir cómo se montaban y desmontaban las cosas.

Yatho sumergió la fina pieza de metal que Kissen sospechaba que iba a sostener su nueva tibia en un cubo de agua fría para enfriarla y luego levantó la vista mientras humeaba. Se le iluminó el rostro al verlas, pero sostuvo el metal hasta que el vapor disminuyó y luego volvió a levantarlo con mucho cuidado para inspeccionarlo. Con un gesto satisfecho, lo sumergió unos instantes más en otro cubo y luego lo colocó en un marco especial.

—Rastrilla las brasas, Inara —dijo—. Ya hemos acabado. Skediceth, usa las alas para alejar las ascuas de su cara, ¿entendido?

Los dos asintieron. Kissen frunció el ceño. Aunque el rostro de Inara seguía compungido, Yatho había conseguido sacarle más movimiento en una tarde que ella en tres días. Kissen había tardado años en volver a acercarse tanto a una hoguera. Incluso entonces el fuego estaba tan caliente que echó mano del frasco que llevaba colgado del cuello con una cuerda; prefería sostenerlo cuando estaba cerca de una llama, por si acaso. Yatho se acercó y se desabrochó el delantal de cuero que había confeccionado para su silla.

—Son una parejita extraña —le dijo a Kissen mientras Telle se acercaba a darle un beso de saludo; se reunieron junto al brasero aún encendido del patio, lejos de Inara y su dios.

—¿Has puesto a trabajar a una niña noble? —preguntó Kissen y signó también para incluir a Telle.

—Le ha venido bien estar ocupada —respondió Yatho de la misma manera—. La pérdida es un fenómeno extraño. Algunos se la tragan, otros la atacan. La chica no es distinta a ti.

—Dudo que a ella le guste oírte decir eso.

Telle se rio y se sentó en el taburete junto al brasero. Era una tarde clara y la brisa soplaba cortante y fría. Empezaban a asomar brotes verdes en el barro junto a la herrería, que pronto florecerían al calentarse los días, aunque unos cuantos ya habían sido masticados por la cabra. Kissen miró a Telle, expectante. Conociéndola, estaría impaciente por compartir lo que hubiera descubierto.

No hay registros de dioses sin altares, solo los dioses antiguos o los más poderosos pueden viajar entre varios, como el dios de las cosas perdidas o el de los refugios seguros. Cuantos más creyentes, más altares y más lejos pueden desplazarse. A veces es posible invocarlos mediante un símbolo o una runa fuera de un altar, pero solo durante un breve periodo de tiempo. Si el altar central de un dios es destruido, a veces puede sobrevivir aferrándose a uno de los otros que posea.

Kissen suspiró exasperada. Todo eso ya lo sabía.

¿El dios no tiene nada de esto? —preguntó Telle y Kissen negó con la cabeza.

Por la poca información que le había sacado a Inara, entendía que, si Skedi hubiera podido marcharse del hogar de los Craier, lo habría hecho. Un dios solo acudiría a una matadioses si no le quedaba otra opción.

Lo único que lo ata es la chica —dijo—. *Yo tampoco me lo creería si no hubiera visto cómo les dolía al intentar separarse.*

Telle asintió como si fuera lo que esperaba que dijera.

Creía que los dioses morían sin un altar —dijo Yatho.

No siempre —explicó Kissen—. *No de inmediato.* —Los dioses empezaban siendo espíritus que se sentían atraídos por los lugares adonde la gente viajaba y podía necesitarlos. Un día, tal vez reunían la fuerza de voluntad suficiente para soplar el polvo del camino en la dirección correcta hacia casa o provocar que el arco de un ladrón fallara en el momento perfecto. Entonces, alguien les daba las gracias, les hacía ofrendas y les daba forma—. *Incluso cuando se quedan sin altar, su poder a veces perdura. Un altar es como la quilla de un barco; los mantiene unidos.*

Telle sonrió y levantó las manos.

Sí, exacto. —Vaya, impresionó a Telle. Había una primera vez para todo—. *La quilla mantiene el equilibrio entre los elementos que los han creado: el agua sobre la que navegan es el amor de la gente, que los sostiene. El viento es el espíritu, la energía que los hace fuertes. Sin la quilla se desmoronan, vuelcan, se destruyen.*

—Menuda analogía —dijo Kissen en voz alta mientras se reía.

¿Por qué está el dios atado a la chica? —preguntó Yatho.

Telle levantó las manos y negó con la cabeza para indicar que no lo sabía.

Pero una separación repentina sería como romper la quilla. Lo mataría a él y podría matarla a ella también. —No era lo que Kissen quería oír y Telle lo sabía—. *Este no es un problema que puedas resolver con la espada o los puños.*

Aunque no fuera así, tampoco podrías —añadió Yatho—. *Son compañeros. Es su amigo.*

Kissen torció la nariz y se puso a pensar en una respuesta inteligente cuando Telle continuó.

Encontré un texto —dijo—. *Hablaba del traslado de un dios y el tótem de su altar al de otro dios más poderoso. Tal vez esconda algo de verdad. Si un dios regresa a un lugar de poder, tal vez podría...* —Le costó elegir la palabra. La deletreó con los dedos y Yatho asintió.

—¿Qué ha dicho? —preguntó Kissen.

—¿Todavía no te has aprendido las letras? —pinchó Yatho, como si no lo supiera.

—Cállate.

Telle chasqueó los dedos para llamar su atención.

El dios podría...

—«Enlazarse» es lo que ha dicho —añadió Yatho.

Enlazarse a otro altar.

Un altar. Eran ilegales en Middren, pero Kissen se encogió de hombros.

Hay miles por ahí —dijo. Una talla en la cocina de alguien, una ficha en un cajón para que no se peguen las cucharas, un montón de piedras junto a un almacén de troncos para mantener seca la madera. No tenía por costumbre ir por ahí asaltando las casas de la gente para quebrar sus pequeñas arcas de locura, pero sabía que existían.

No lo entiendes —dijo Telle—. *No sirve cualquier altar. Tiene que ser el de un dios poderoso, lo bastante fuerte como para permitir que uno más pequeño viva de sus «aguas», para compartir el amor que le ha dado un propósito.* —Dudó—. *Solo hay un lugar donde aún existe ese poder en Middren.*

Yatho se estremeció y el corazón de Kissen le dio un vuelco.

Blenraden —signó.

Telle asintió.

No me llevaré a una niña a esa ciudad devorada por los dioses —dijo Kissen—. *Para empezar, me volvería loca y luego la acabarían matando los dioses, los demonios o los caballeros, o todos juntos.*

La otra opción es llevarle una niña con un dios en el corazón al rey. ¿Sabes lo que haría?

Kissen se mordió el labio.

La esconderemos aquí —dijo Yatho.

No pienso pediros que cobijéis a un dios bajo vuestro techo, no después de todo lo que habéis construido.

No tienes que hacerlo —dijo Telle.

Kissen suspiró. El dinero que había dejado en la mesa de dentro seguía intacto. No lo necesitaba; ganaba lo suficiente para vivir, pero Yatho y Telle se gastaban constantemente sus fondos en familias y niños con dificultades. Incluso se había enterado de que el chaval de antes, Bea, al que Yatho había mandado a casa con su paga aquella mañana para que no viera a Skedi, era otro de sus actos de caridad, ya que su hermano no podía cuidarlo. ¿Podrían cuidar de Inara durante los meses que tardase en encontrar un lugar para Skedi?

Si dejáis que se quede, iré a Blenraden.

—Kissen —dijo Yatho mientras Telle negaba con la cabeza—. Juramos que no volveríamos.

—Ya rompí esa promesa la última vez que lo juré —dijo Kissen—. Y no me arrepiento.

Yatho frunció el ceño. Aunque Telle y ella ya eran mayores cuando estalló la guerra, todavía eran de Maimee. Le pertenecían. Podrían haber huido, pero habrían tenido que dejar atrás a los más pequeños y no fueron capaces.

Por suerte, Kissen había regresado justo a tiempo. Cuando los ejércitos invadieron la ciudad e intentaron desalojar a los refugiados, los dioses se volvieron aún peores. Los dioses salvajes destrozaron los barcos y recorrieron las calles a la caza de humanos, provocando incendios a su paso. Kissen, Telle y Yatho tuvieron que obligar a Maimee a liberar a los niños y Kissen los sacó a todos de la ciudad. Tres años después, por primera vez, todos los pequeños tenían un hogar, y Yatho y Telle eran libres. Si Inara iba a estar a salvo en alguna parte, sería con ellas.

Averiguaré si hay alguna forma de llevarla —añadió por señas—. *Y…*

No se le olvidaba lo que había dicho Ennerast. *Cuando Middren caiga a manos de los dioses…* No sentía un amor especial por la nación, pero era su hogar, era donde vivía la gente a la que amaba. No quería otra guerra, quería hacer su trabajo. Lo cierto era que no le importaba ver la ciudad muerta aunque solo fuera para confirmar que seguía así.

En Blenraden encontraré respuestas —dijo—. *Tal vez logre convencer a un dios de que se aparezca aquí, si mantenéis a la chica a salvo…*

—No.

Kissen giró la silla de ruedas. A pesar de su conversación casi muda, ninguna se había dado cuenta de que Inara había salido de la herrería con Skedi en brazos agitando las orejas. Lo soltó y el dios trepó para posarse en su hombro, con las alas extendidas para estabilizarse. Inara levantó las manos.

Iré a Blenraden —signó con rigidez.

Kissen se sorprendió casi tanto por verla signar como por su declaración.

Sabía que Skedi las entendía, los dioses tenían una asombrosa comprensión de todos los idiomas, pero ¿Inara? La lengua de signos era más frecuente entre la gente común que entre los nobles.

—No te llevaré a una ciudad maldita —dijo Kissen.

—No me quedaré aquí como un gatito callejero al que has rescatado —espetó Inara—. Skedi es mi amigo y si le encuentro un lugar seguro podré acudir al rey y averiguar por qué les ha pasado esto a mi madre y a nuestra gente. —Puso la mano en su pelaje. Lo trataba más como a un conejo que como a un dios—. Skediceth también es mi gente. Si hay una forma de conseguir que recupere la libertad, entonces... entonces será lo único que habré podido salvar.

Titubeó y la emoción amenazó con desbordarla, pero sus ojos se mantuvieron secos y decididos.

—Aquí estaréis a salvo —dijo y signó Yatho—. Los dos.

Le dedicó una mirada de advertencia a Kissen, que se la devolvió. Inara negó con la cabeza con vehemencia.

—Tal vez sea el secreto de mi madre, pero sigo siendo su hija —dijo—. No me quedaré aquí sentada esperando a que pase algo malo.

Blenraden es algo malo —signó Telle tras entender las últimas palabras.

Skedi se incorporó en los brazos de Inara y levantó los cuernos y las orejas. Se le movieron los bigotes.

No podemos quedarnos aquí para siempre —dijo y su voz divina penetró en sus cabezas—. *Cuanto más tiempo estemos juntos, más posibilidades habrá de que nos descubran. La elección es ir a Blenraden ahora o ir después. Si Inara dice que vayamos ahora, entonces confío en ella. Merece justicia por lo que ha pasado y no quiero interponerme en su camino.*

Yatho frunció el ceño. Se estaba dejando influir.

—Yath, no... —dijo Kissen.

Ya te he dicho que era como tú —signó ella.

Kissen frunció el ceño.

Es un camino demasiado duro —le dijo Telle a Yatho—. *Y más para una niña que lo ha perdido todo.*

Mi amor —signó Yatho—, *sabemos bien lo que es perderlo todo. ¿Nos ha detenido alguna vez?*

Kissen miró a Inara e ignoró el aleteo de manos a su lado. La niña la miró a los ojos, firme, decidida y furiosa. Se vio a sí misma mirándose. Suspiró.

—No hagas que me arrepienta, *liln*.

CAPÍTULO DIEZ
Inara

—Hoy parte una caravana de peregrinos —dijo Yatho cuando entró a toda prisa mientras rompían el ayuno por la mañana. Inara sorbía el té negro dulce que le había servido Telle mientras Kissen bostezaba malhumorada junto al fuego. Había dormido en la butaca con reposapiés que había enfrente, estirada como un gato grande. A Inara le habían dejado la cama de la matadioses en la pequeña habitación amueblada con una silla, una colcha de retazos y una tablilla de escritura rota. La niña ni se imaginaba cómo sería no saber escribir ni leer.

—¿Cuánto tiempo llevas despierta? —dijo Kissen sin fuerzas.

—Un rato. —Por el brillo en los ojos de Yatho y las bolsas que tenía debajo, Inara se preguntó si había dormido siquiera o si había estado trabajando en la pierna toda la noche.

Kissen suspiró.

—¿A qué hora? —preguntó. Estaba desplumando un pollo para la cena; ya había terminado de desayunar unos caquis secos bañados en miel y sal, una golosina que Telle había traído el día anterior.

Cuando el sol esté en lo más alto. —Yatho respondió a la pregunta con señas, pero el resto lo dijo en voz alta—. De la Fuente de las

102

Caras. Iban a marcharse a finales de semana, pero ese bastardo escurridizo de Canovan, del Camino de la Reina, lo adelantó.

Ojalá no jugaras con ese zorro —dijo Telle al leerle los labios—. *Es problemático.*

Solo está... enfadado con el mundo —signó Yatho y para Kissen e Inara añadió—: *Estaba casado con la herrera que hacía esos pajaritos de metal que cantaban.*

Los colores de Yatho se tiñeron de una tristeza púrpura e Inara sospechó que la herrera ya no hacía pajaritos.

—¿No es el tipo ese que odia al rey? —dijo Kissen—. ¿Ha aceptado enviar a una matadioses a Blenraden?

Yatho le sonrió con timidez.

—Me ha costado convencerlo. La verdad es que solo aceptó cuando le dije que eras una veiga. A lo mejor quiere que le debas un favor.

—Tengo una reputación que mantener, Yatho.

—Una reputación de gruñona.

Telle les hizo un gesto con la mano para indicarles que estaban siendo groseras. Inara intentaba no alucinar con la forma en que se hablaban. Con desparpajo y bruscas, pero ¿sin ser hirientes? Su madre no la había preparado para aquello. No la había preparado para nada.

Kissen se encogió de hombros y miró a Inara. La matadioses tenía cuidado con ella, como si temiera pincharla en un mal sitio y que se hiciera añicos.

—Hoy es un día tan bueno como cualquier otro —dijo.

Kissen no quería a Skedi cerca de su familia. ¿De qué tenía miedo? ¿De que les cayera bien o de que le cayeran bien a él? Su dios estaba sentado en la mesa, del tamaño de un gatito recién nacido, acicalándose los cuernos. Desde que lo habían dejado salir, se mostraba más audaz que nunca. No dejó lo que hacía, sino que habló directamente a la mente de Inara.

Vámonos ya —dijo.

Era demasiado pronto, ¿no? Aún se sentía destrozada y vacía por la pérdida. Skedi, por el contrario, estaba ansioso por irse. Había percibido el olor de la libertad mientras Inara trataba de sofocar la leve sensación de pánico que le producía el hecho de que deseara tanto dejarla atrás. Su amigo le tenía miedo a la veiga y no quería pasar demasiado tiempo en su compañía. Además, si se unían a una caravana de peregrinos, al menos estarían rodeados de personas que amaban tanto a los dioses que estaban dispuestos a arriesgar su propia seguridad.

¿Por qué esperar? —añadió Skedi con delicadeza—. *¿De qué serviría?*

Inara apretó los dientes y se recordó que el hecho de que Skedi quisiera ser libre no era algo malo.

—Me parece bien irnos hoy —dijo, a pesar de la frialdad que sentía en el pecho, y acompañó las palabras con las manos para que Telle las viera; Skedi agitó el borde de un ala con entusiasmo.

Kissen asintió.

—Yatho…

La mujer ya iba hacia la puerta.

—Está lista para ensamblar. Se está calentando al sol.

Telle se levantó y se estiró las faldas con un suspiro.

Tengo ropa que podría quedarte bien —le dijo a Inara. Una línea de tensión le marcaba la frente, lo único que demostraba la preocupación que sentía—. *Pero vas a necesitar una capa más gruesa. Las noches serán frías en el camino de los peregrinos; no pararán en posadas.*

Kissen se levantó de la silla y se puso de pie, estiró la pierna acortada hacia un lado, luego hacia delante, y se inclinó para crujirse la parte baja de la espalda. Volvió a sentarse y se desabrochó los pantalones. Inara se quedó mirando. La carne de la pierna había sufrido quemaduras y cortes; la piel estaba moteada de cicatrices.

—¿Por qué iremos con una caravana de peregrinos? —preguntó Inara—. ¿No deberíamos ocultarnos?

Kissen se sacó un paño fino del bolsillo y abrió el ungüento que Yatho había dejado en la mesa. Frotó el bálsamo con cuidado en la carne nudosa antes de atarla con el algodón.

—La unión hace la fuerza —dijo—. Yo no sé sobornar a los guardias. He oído que hace falta una buena suma de dinero para entrar en la ciudad, y buenas relaciones. No tengo ni lo uno ni lo otro.

Acomodó bien el suave algodón para fijarlo en su sitio y luego deslizó otra capa de tela más gruesa por encima, como un guante.

—¿Qué te pasó en la pierna? —preguntó Inara al cabo de un rato.

—No es asunto tuyo.

—¿Y si nos atacan unos ladrones por el camino? Has dicho que era peligroso.

Kissen se rio.

—Si nos atacan, te esconderás o huirás, y lo harás enseguida. No te preocupes por mí.

Inara tuvo que admitir que solo se había dado cuenta de que la pierna de Kissen no era de carne cuando el chico la había atacado con la guadaña. La matadioses peleaba como un demonio. Aun así, Inara se cruzó de brazos.

—No puedes darme órdenes así como así —dijo e intentó sonar tranquila y segura, como su madre—. Voy a confiar en ti, Kissen; necesito que hagas lo mismo. —Era lo que ella habría dicho, ¿no? Firme y correcto.

—¿Son las palabras de tu dios? —preguntó Kissen.

—Él no habla por mí.

—¿No? —dijo con ligereza, pero no era una pregunta.

—Te guste o no, matadioses, una caravana de peregrinos no dejará que alguien de tu calaña la acompañe de buena gana —dijo Skedi—. Espero que tengas preparada una buena mentira. No os parecéis lo suficiente como para ser madre e hija.

Kissen casi se atraganta.

—¿Cuántos años crees que tengo, dios? —preguntó, justo cuando Telle volvió a entrar—. *Telle, ¿qué edad aparento?*

La mujer dejó la ropa que traía en las manos en brazos de Inara. Eran ásperas y pesadas.

¿Es una pregunta trampa? —preguntó.

Soy un dios —dijo Skedi con desprecio—, *no entiendo de edades humanas.*

Kissen miró a Inara, que había tratado de evitar el contacto visual. Entre el rostro curtido, los tatuajes y las heridas, había creído que la veiga tenía más o menos la edad de su madre. Kissen frunció el ceño ante la expresión de pánico de la niña.

—Bah —dijo—. Tengo veintiséis. —Siguió con las manos—: *De todas formas, nadie se creería que somos parientes. Tú eres claramente de alta cuna y yo...* —Se señaló para terminar la frase. Inara no supo qué decir.

Yatho regresó con algo que parecía más una obra de arte que una pierna. Kissen se volvió hacia ella.

—Canovan aceptará una mentira, ¿verdad, Yatho?

—Canovan miente más que respira si le pagas bien —dijo ella y luego le repitió las palabras a Telle con las manos, que sonrió satisfecha y se acercó a la pierna, con deleite en la mirada.

—¿Qué nuevo milagro has obrado? —preguntó Kissen, distraída.

Se levantó de la silla con un saltito y se apoyó en la mesa para llegar al taburete junto a Yatho. La mujer giró la prótesis en las manos para demostrar su funcionamiento. El intrincado metal que había debajo de la placa se movía y se flexionaba casi como un músculo. Inara se acercó. Por dentro parecía un arco, pero cuando Yatho encajó la espinillera en su sitio tenía forma de pierna.

—Sería mejor si no insistieras en que te la encaje en la bota —dijo Yatho al pasarle la pierna a Kissen.

—Lo prefiero a que me vean venir —dijo Kissen y levantó la bota. De dentro, extrajo un trozo de madera con forma de pie de aspecto gastado y encajó la nueva pierna. A continuación, separó la tapa de la pierna con un ruido seco y se la encajó en la rodilla, donde la ató con una gruesa correa de cuero alrededor del muslo y dos finas tiras de tela que pasaban por debajo y alrededor de la mecánica. La parte superior tenía ensambladas unas tiras de cuero más finas que se metió bajo los pantalones y las abrochó a la faja de cuero que llevaba por encima de las caderas. Se fijaban en un ángulo que le permitía mover la pierna con comodidad y garantizaban que la tapa no se cayera. Estaba claro que Yatho también había diseñado la faja, si no la había fabricado ella misma.

—¿Te refieres a la gente que confunde tus piernas con hierbajos?

—Esa misma.

—Ya te has ganado suficiente reputación como para que la gente sepa que solo tienes una pierna.

—Pues es aún más importante entonces que no sepan cuál.

Kissen volvió a fijar la pierna a la articulación de la rodilla y apoyó el peso en ella. Se dobló y se retorció para comprobar el equilibrio y sonrió. Inara siempre había imaginado que una persona que se dedicaba a matar dioses sería monstruosa, pero Kissen era como un gatito con un juguete nuevo.

¿Todavía te duele? —preguntó Telle y se apoyó en la mesa.

Kissen asintió mientras daba un par de saltos.

¿Qué te duele? —preguntó Inara, aunque en realidad signó un simple «¿qué?» con el ceño fruncido.

Kissen simuló tener una espada en la mano y la empuñó hacia delante para probar, luego se puso en cuclillas y saltó.

—Eres una auténtica genia salada, Yatho —dijo Kissen. No le hizo falta signar. Su alegría la delataba. Se sintió joven por un momento, con la cara iluminada y boyante—. Está muy…

¿Equilibrada? —dijo Yatho—. *¿Verdad que se nota? Llevo semanas preparándola.*

Telle atrajo la atención de Inara.

Aún le duele la pierna —explicó—. *Los dedos de los pies, el tobillo, la espinilla, un dolor que no puede evitar.* —Se señaló las cicatrices de la cara—. *El cuerpo no olvida lo que una vez fue.* —Miró a Kissen con tristeza y añadió con gestos pequeños—: *Los corazones tampoco.*

Inara miró la ropa que tenía en las manos. Aún llevaba las polainas y las faldas con las que había salido de casa, la chaqueta de lana y el chaleco abotonado. Su madre le había dicho que los botones nacarados procedían de una de las túnicas de su abuela. Eran especiales. Olían a la humedad del bosque y a caballo, con un leve rastro de humo. Sin embargo, más allá de los malos recuerdos, había espuma de jabón y flores de manzano, pulimento de madera y paredes de piedra después de una lluvia primaveral.

—Podrías ser mi guardaespaldas —dijo.

Kissen la miró, ofendida. Telle le pidió que repitiera lo que había dicho. Skedi se incorporó sobre las patas traseras, orgulloso de que a Inara se le hubiera ocurrido su propia mentira.

A veces los sirvientes enviaban a sus hijos de viaje durante un mes o así —dijo la chica—. *Decían que era para que se formasen. Pero siempre se me ha dado bien escuchar.* —¿Qué otra cosa iban a hacer una niña y un dios salvo escabullirse, espiar y aprender?—. *Los enviaban para que los bendijeran. Podríamos decirles a los peregrinos que por eso estoy allí, por una bendición.*

—No soy guardaespaldas —dijo Kissen y signó un «no» con las manos y una buena dosis de petulancia.

—Será mucho mejor que les digas a todos los peregrinos que has ido para matar a sus dioses —espetó Inara, con un tono altivo que nunca le había gustado a Tethis; Yatho se echó a reír.

—Sabes demasiado para ser una niña noble —dijo Kissen con suspicacia.

Es lista —dijo Skedi mientras agitaba una oreja grande. Después, con más valor, añadió—: *Más que la mayoría de los humanos que he conocido.*

Inara lo miró. Le gustaba tenerlo al descubierto, pero no era el momento de ponerse a insultar a la matadioses. Era del tamaño de una liebre, más grande que solo unos momentos antes.

Inara jamás pasará por plebeya —dijo Yatho antes de que Kissen decidiera que la habían menospreciado—. *Os descubrirán en cuanto abra la boca.*

Puedo convencerlos de la mayoría de las mentiras —dijo Skedi con valentía—. *Pero, si eres demasiado orgullosa para hacer de guardaespaldas, será más difícil y necesitaré ayuda. Un trozo de pelo, tal vez, o...*

—Si estás sugiriendo que te hagamos una ofrenda, te has extralimitado —dijo Yatho antes de que lo hiciera Kissen. Skedi se encogió cuando el ambiente de la habitación cambió—. Estás en esta casa porque mi mujer y yo ofrecemos refugio a los niños perdidos. Eso no significa que simpaticemos con los de tu clase.

Inara miró a Telle, cuyo rostro se había endurecido. Había llegado a creer que el trato amable que les habían brindado a ambos ocultaba una bondad para con los dioses de la que Kissen carecía.

Necesito refugio —dijo Skedi.

Estás alojado en el cuerpo de una niña —dijo Telle, con gestos rápidos y firmes—. *Ella no ha elegido estar atada a ti.*

¡Yo también estoy atado! —dijo Skedi.

—No es culpa suya —intervino Inara.

Ese dios podría tener siglos de antigüedad —dijo Telle—. *A propósito o no, con recuerdos o sin ellos, te utiliza como escudo. Todas hemos sido testigos del daño que causan los dioses.*

Inara se sintió dolida y también sorprendida. La familia de Kissen le había mostrado cariño y consuelo, pero ahora sabía que con Skedi no había sido más que tolerancia.

Telle agitó la mano para distender el ambiente.

Aun así, la niña tiene razón. Es probable que muchas familias envíen a sus hijos para que los bendigan los dioses que aún viven. Pocos lo intentan en Blenraden, pero los más piadosos podrían. Inara podría ser hija de un maestro mercante.

Kissen suspiró y puso los ojos en blanco.

—Me pregunto si el Rey de los Altares Quebrados conoce estas pequeñas rebeliones —dijo.

—Me da que el rey tiene asuntos más importantes de los que preocuparse —dijo Yatho—, como los misteriosos incendios de mansiones o que sus leyes hayan dividido Middren en dos, entre fieles y temerosos.

¿Crees que se avecinan problemas? —preguntó Kissen, con movimientos bruscos.

Yatho se encogió de hombros.

Procuramos no llamar la atención —dijo y sus colores se ensombrecieron—. *Pero que hayan quemado el hogar de los Craier no es buena señal...*

Telle se aclaró la garganta y miró en dirección a Inara.

No es una conversación apta para niños —dijo.

¿Por qué hablaban de problemas? Todas las casas nobles le habían jurado lealtad al rey Arren en los días posteriores a la guerra. La madre de Inara también. Lo había acompañado en el largo viaje de la victoria de regreso a Sakre por carretera. Inara recordaba el brillo de las ropas de su madre, los preparativos del carruaje de los Craier, repintado y adornado con hiedra, jazmín y reina de los prados.

Kissen se frotó la barbilla.

—Haré de guardaespaldas —le dijo a Inara—. *Pero en cuanto empieces a darme órdenes te vas sola a Blenraden.*

Telle negó con la cabeza.

No la abandonarás.

Era una broma —replicó Kissen.

Esto no es como cuando nos rescataste a nosotras y a los niños de Maimee. Tienes que controlar el genio. —Suspiró y se acercó a Kissen—. *Tengo que irme a trabajar. Quiero que me lo prometas.*

Estarán bien —dijo Yatho.

—Prométemelo —dijo Telle en voz alta. Formuló las palabras con cuidado y la voz ronca—. Prométeme que no la dejarás.

Kissen podría haberse ofendido. Sacudió un poco la cabeza, pero luego puso una mano sobre la de Telle antes de llevársela al pecho.

—Prometo por la vida que me dio mi padre que no abandonaré a Inara Craier a su suerte —declaró con voz clara. Después, con una sonrisa de satisfacción, añadió—: Por mucho que me apetezca.

* * *

Al cabo de una hora, Yatho las llevó de nuevo fuera de las murallas de Lesscia para comprar provisiones. Mantenía a Inara entretenida y le iba señalando las cosas que le gustaban: el estampador que creaba bellas hojas de papel que captaban la luz, el encuadernador que tenía herramientas interesantes de Curliu, la tienda que vendía finos minerales de Bridhid y amuletos contra los dioses. Skedi se escondió en una bolsa cruzada que Yatho le había dado a Inara. No había hablado mucho desde que habían salido de la casa, ni siquiera con ella. Tenía las largas orejas pegadas a la espalda y se había mantenido del tamaño de un ratón, inmóvil como una piedra. Estaba enfurruñado. Inara metió la mano en la bolsa y le acarició la cornamenta para intentar animarlo.

En las afueras, se detuvieron en una tienda taliciana que Kissen conocía. El dueño, que tenía la piel clara, dura y desgastada como el cuero usado, no sonrió precisamente al verla, pero le tendió la mano para que se la estrechara a la altura de la muñeca. Kissen le habló unos instantes en un taliciano oxidado, idioma que Erman, el tutor de Inara, le había enseñado a reconocer. Se volvió para mirar a Inara de arriba abajo. El acento de la matadioses era fuerte, igual que la respuesta del hombre. Inara apenas distinguió ninguna palabra, solo «suave».

El comerciante se acercó a su carro cubierto y rebuscó dentro. Sacó un grueso fardo de tela que extendió para revelar una capa abotonada no muy distinta de la de Kissen. La tendió sobre las tablas del puesto, le tomó las medida a Inara con un pulgar y cortó dos palmos de la parte inferior, luego encendió un pequeño brasero y lo pasó a lo largo del dobladillo irregular. La tela chisporroteó cuando la llama chamuscó los hilos sueltos. Una vez que hubo terminado, Inara vio cómo le entregaba los trozos cortados y la capa a Kissen, que le pasó el paquete a ella antes de entregarle al hombre un lingote de plata entero. Lo mordió con los pocos dientes que tenía y se lo guardó en el bolsillo, con sus colores grises y satisfechos.

—*Telic haar* —le dijo a Kissen. «Un placer». Y volvió a sentarse en el taburete.

Inara miró el fardo con desconfianza. Lo habría olido a seis zancadas de distancia, pero de cerca le hacía llorar los ojos; olía a oveja y a aceite quemado.

—Ya tengo una capa de viaje —dijo Inara mientras se alejaban. Llevaba los pantalones de algodón de Telle, remangados casi hasta la mitad de su longitud, por encima de las polainas y por debajo de las faldas. La chaqueta acolchada la había dejado en las alforjas de Piernas, pero llevaba puesto el chaleco con los botones especiales. Pensó en quitárselo y guardarlo a buen recaudo, pero no se sintió capaz.

—Se te empapará en apenas una noche —dijo Kissen—. Quien te haya dicho que servía para viajar te tomó el pelo. Dásela a Yatho.

Su madre le había dicho que era para viajar después de semanas de insistirle para ir a Sakre con ella. Lady Craier siempre volvía con papeles, mapas y planos y nunca dejaba que Inara los viera. Comprendió que le había comprado la capa para apaciguarla. Nunca había tenido intención de llevar a su hija a la corte.

—No quiero —dijo y deseó que su madre estuviera allí para contradecir a Kissen; Lady Craier sabría cómo bajarle los humos a la veiga.

—Te la guardaré —dijo Yatho—, pero Kissen tiene razón. No hay nada mejor que la lana encerada de Talicia. Te vendrá bien en las noches frías y húmedas y te arrepentirás de llevar dos capas; Piernas no aguantará tanto peso.

—Apesta.

—Te acostumbrarás —dijo Kissen—. No vendrás si no vas vestida como debes.

Inara toqueteó la tela de la capa. Tal vez Kissen tuviera razón; ya tenía un poco de frío y no llevaban mucho tiempo fuera. Suspiró, se quitó la capa y se la entregó a Yatho, que la dobló con cuidado sobre el regazo. No estaba segura de si se acostumbraría. La lana encerada de Talicia le pesaba mucho sobre los hombros y la tela era áspera.

No tardaron en conseguir en el mercado todo lo demás que necesitaban: quesos duros de oveja con frutas y pistachos, legumbres secas, castañas arrugadas y hongos y galletas para la bolsa. Kissen añadió algo de carne seca bien envuelta y unas cuantas verduras de temporada selectas que aguantarían un poco de traqueteo. Piernas se mostraba tranquilo en el mercado, dejaba que le llenaran las alforjas y solo de vez en cuando husmeaba en los puestos. Kissen le compró algunas manzanas y avena con miel a cambio de los recortes de la capa de Inara. La niña supuso que serían material suficiente para un par de horribles mitones malolientes.

De vuelta en la ciudad, descubrió que había más ruido durante el día, sobre todo al pasar por las plazas y las tiendas abiertas. La gente se agrupaba en lugares aparentemente aleatorios, discutía, vociferaba e intercambiaba papeles caros en multitud de idiomas. Inara distinguió algunos de los que Erman le había enseñado:

irisiano, taliciano, beltisheo e incluso harisino del sudeste, donde había nacido su padre.

Siguieron los caminos hasta el lado oeste de Lesscia, donde entraron en una plaza enorme, lo bastante grande como para cultivar un huerto o hacer correr caballos. Había muchísima gente, colores, estados de ánimo y discusiones. Inara inspiró hondo para no abrumarse.

Había dos fuentes. En la más grande se elevaba un alto pilar de piedra tallado con imágenes de las batallas de Blenraden bajo un sol naciente y la cabeza de un ciervo a su sombra. El símbolo del rey.

La Fuente de las Caras era más pequeña, monótona en comparación. Tal vez hubiera sido grandiosa en otro tiempo, pero entonces estaba descolorida. El agua brotaba limpia y alta de un pilar apenas más alto que Inara. La piedra estaba tallada con remolinos y marcas que reconoció vagamente, así como un centenar de rostros. Algunos tenían los ojos cerrados, mientras que otros lucían miradas abiertas de piedra. Un grupo de viajeros se congregaba en el borde, así como un grupo de jóvenes, apenas mayores que ella y todos con túnicas de color gris claro, que recibían lecciones de un estresado archivero con una túnica más oscura, igual que la de Telle.

Al otro lado de la fuente, un asno bebía del estanque y agitaba la cola para espantar moscas imaginarias. A su lado estaba un hombre con una camisa abotonada hasta el cuello. Escupió en el agua, pero luego se llevó las manos a la boca y bebió.

—Saludos, Canovan —dijo Yatho. El hombre levantó la vista y el asno se sobresaltó y se apartó. El tal Canovan se tragó el agua que tenía en la boca y se tocó la cabeza a modo de saludo—. Te sangra el brazo.

Se lo miró, sorprendido. Un hilo de sangre se había filtrado a través del material de la camisa.

—Algún cristal, probablemente —dijo. Había sonreído un poco al ver a Yatho, pero la expresión se desvaneció al ver a Kissen y a Inara. Tenía un rostro intenso y enfadado y una mirada dura—. No me dijiste nada de una niña.

Sus colores estaban apagados, casi tanto como los de Kissen, pero eran muchos y correteaban cerca de la superficie como peces en un río. Inara no supo distinguirlos.

—Dije que eran dos —replicó Yatho—. ¿Es un problema?

Canovan se limpió la boca, miró al cielo, luego al suelo y después a Kissen. Inara se acercó a la matadioses sin pretenderlo.

—No —dijo por fin.

—¿Un caballo? —Otro hombre se le unió, con una barba marrón y gris que ondeaba con la brisa y dejaba a la vista una colección de brillantes monedas de peltre atadas con hilos bajo ella. Prácticamente rebosaba irritación e Inara la veía flotar alrededor de sus hombros en destellos de color melocotón—. No. Esa cosa no viene. ¿Un maldito caballo? Dos cambios en nuestro acuerdo en menos de un día, Canovan. ¿Te recuerdo que me debes dinero? No sé por qué te hago favores.

—No sabía que los caballos fueran ilegales —dijo Kissen con una sonrisa burlona.

Inara resopló y el peregrino se irguió, igual que Skedi cuando se sentía orgulloso.

—Tranquilízate, Jon —dijo Canovan al barbudo y le dio una palmada demasiado fuerte en la espalda—. Esta es Yatho, seguro que has oído hablar de sus trabajos de herrería. La conozco desde que era una niña; por entonces seguía a mi mujer como una sombra.

Yatho sonrió con simpatía a Canovan y echó el freno de la silla.

—Es la hija de un cliente, Tethis —dijo y señaló a Inara. Habían acordado usar nombres falsos y había querido conservar algo de su hogar—. Mi amiga Enna es su guardaespaldas —añadió Yatho; Kissen saludó con la cabeza.

Inara oía los susurros de Skedi en el borde de su mente para añadir su voluntad a la mentira de Yatho; por muy enfurruñado que estuviera, no quería que lo descubrieran. El enfado de Jon se disipó.

—Más gente, más dinero —murmuró, resignado—. Y esta vez quiero el pago completo.

—Lo hablaremos cuando vuelvas —dijo Canovan. Le hizo un gesto a Yatho con la cabeza.

—Te debo un cartel nuevo por esto —dijo ella. Canovan hizo una mueca y miró a los demás peregrinos. Inara siguió su mirada, que se detuvo un momento en un hombre alto con una espada larga a la espalda. Como si hubiera tomado una decisión, Canovan se enderezó y mostró una expresión más agradable.

—Lo hecho, hecho está —dijo—. No me debes ningún favor, Yatho.

Yatho agarró el brazo de Kissen y lo apretó. No fue un gesto tan afectuoso como cuando se reencontraron, pero tenían que mantener la mentira. Eran amigas, no familia.

—Cuídate —dijo y luego bajó la voz—. Y escupe en la puerta de Maimee de mi parte. No se lo digas a Telle.

Kissen sonrió y le dio una palmadita en la mano.

—Cualquier cosa por ti.

—Vuelve pronto a casa. Cuidaremos de tu dinero.

—No te preocupes por mí, sabes que al final siempre vuelvo.

Después Yatho le tendió la mano a Inara, que la aceptó. La palma de la mujer estaba llena de ampollas antiguas y tenía las uñas astilladas, eso las que no habían desaparecido por completo.

—Buena suerte —dijo—. Siempre somos más fuertes de lo que la gente cree.

Inara le apretó la mano con fuerza.

—No os olvidaré. Ni a Telle ni a ti.

—No dejes que «Enna» te pinche; es más dulce de lo que aparenta.

Inara no la creyó, pero sonrió. Yatho le dio un último apretón, le guiñó un ojo a Kissen y se marchó para volver al trabajo y con sus hornos.

No le gustó verla marchar. Kissen y ella se tolerarían hasta que se separaran, lo sabía y le bastaba con eso. Después Inara iría a Sakre, encontraría alguna forma de reclamar sus tierras y vengar a su casa y a su madre. Ojalá Yatho y Telle pudieran acompañarlas. Sería más fácil y mucho más agradable.

Inara miró al grupo, que esperaba con diferentes niveles de paciencia. Parecían bastante amables; tres ancianas de aspecto robusto ya le habían sonreído. Un joven pelirrojo con una bolsa de forma extraña canturreaba mientras observaba la fuente y, a su lado, un tipo ansioso y una mujer se daban la mano mientras un naranja como el de un huevo, que indicaba nerviosismo, flotaba entre ambos. El hombre al que Canovan había mirado estaba apartado del resto. Miró a Inara y luego a Kissen. Sus emociones se movían lentas, pero había una cierta cautela en la forma en que estudiaba a los demás. De vez en cuando, sus colores se tornaban dorados y luego azules. No estaba segura de lo que significaba.

—Venid aquí —dijo Jon y les hizo un gesto imperioso a todos para que se acercaran mientras bajaba la voz.

Canovan dio un paso atrás y observó desde lejos, su trabajo claramente había terminado. Se dio la vuelta y, por debajo de la camisa, Inara se fijó en unas líneas de tinta, gruesas y oscuras, con formas que le resultaban ligeramente familiares. Sin embargo, cuando los demás la rodearon, las perdió de vista.

—Nuestro objetivo es llegar a la colina de Haar al atardecer —dijo Jon—. Si alguien pregunta, somos músicos viajantes, con un par de lavanderas viejas que se ocupan de la ropa y la comida. —Miró a las mujeres mayores, una de las cuales puso una mueca de fastidio—. Así al menos estaremos a salvo de los caballeros —añadió.

—¿Te refieres a los guardias de la Casa Yether? —preguntó el hombre de la espada.

Jon puso los ojos en blanco.

—No, me refiero a las patrullas del rey. —Acarició las insignias de peltre que llevaba bajo la barba y se las guardó dentro de la chaqueta—. Hay muchos en los caminos atentos a los peregrinos. Lo menos que nos darían es un azote en los pies y un tiempo en el calabozo.

Inara hizo una mueca. Los latigazos en los pies no sonaban nada bien.

—Hay normas —añadió Jon.

—Estupendo —murmuró una de las ancianas, que recibió un codazo de su compañera—. Ay, Svenka —siseó.

—Esto es importante —dijo el joven que estaba canturreando.

Parecía tan nervioso como Inara.

—¿Es conveniente hablarlo en público? —preguntó otra de las ancianas.

Jon esperó, con el ceño fruncido, hasta que se callaron.

—Nada de rezar a menos que yo lo diga. No habléis con nadie y no compréis nada. No sabéis quién trabaja para el rey. Llenad el agua en cada parada que os diga; no todos los arroyos son seguros. Si enfermáis, os dejaremos. Si os atrapan, os abandonaremos. Si os asaltan y os hieren, os dejaremos. Nada de criticar. —Miró a Kissen, que claramente ya lo había enfadado. *Se le da bien*, pensó Inara. Kissen le dedicó una sonrisa reluciente mientras le rascaba el hocico a Piernas y enseñó el diente de oro—. Nada de llorar. —Esa vez frunció el ceño y miró a la niña—. Y nada de desvíos. —Entrecerró los ojos a la anciana que había protestado por las normas—. Si os perdemos, os dejamos atrás, así que seguid el ritmo o marchaos a casa.

—Sí, mi señor —murmuró Kissen e Inara chasqueó la lengua. Aun así, el comentario le sacó una risita al hombre de la espada, que no siguió a los demás cuando se separaron y se alejaron de la fuente, sino que se quedó y le dedicó una mirada larga a Kissen. Ella le devolvió la mirada y se evaluaron el uno a la otra. Para sorpresa de Inara, la veiga sonrió.

—¿Tú qué eres, guapo? —dijo—. ¿Una especie de caballero?

El hombre parpadeó y sus colores ondularon.

—Soy panadero —dijo con frialdad y tras unos segundos se volvió para seguir a Jon.

—Ya —dijo Kissen—. Y yo soy un pomelo.

—¿Tanto te cuesta ser amable, Enna? —dijo Inara y remarcó su nombre falso—. Fue idea tuya unirte a esta gente.

—Soy como soy —dijo Kissen y se puso al final del grupo. Observó la espalda del hombre al que había llamado caballero. Tenía los hombros rectos y un paso seguro y confiado.

Ten cuidado con ese —dijo Skedi—. *Guarda mentiras.*

CAPÍTULO ONCE
Elogast

A Elogast le daban igual las incorporaciones de última hora a la caravana, por muy armadas o cargadas que fueran; no le importaba la cicatriz blanca de la cara de la mujer ni lo que dijeran los tatuajes de su pecho. Había vislumbrado la espiral de tinta que se extendía por encima de la coraza de la taliciana, justo debajo de la garganta, enroscada y suelta. Había pasado suficiente tiempo en el ejército como para reconocer una palabrota cuando la veía y aquella decía «que te jodan» en taliciano.

Sí le importaba que el sol se hubiera pasado una zancada de su punto álgido cuando por fin habían emprendido la marcha.

También le importaba que la niña, Tethis, tuviera pinta de adinerada y de pies delicados. Bajo una gruesa capa taliciana, vestía un chaleco pulcramente bordado con botones a juego. Si los retrasaba, más le valía subirse al caballo. Aquel no era un viaje para críos.

También era una extraña relación la de la niña de alta cuna y su guardaespaldas. Si las familias nobles se estaban rebelando a pequeña escala, enviar a sus hijos por caminos peligrosos en busca de bendiciones era otra señal de malestar. Elo se sentía culpable por haberse escondido en Estfjor, en su panadería. La chica no tenía más de doce años. No era correcto que la enviaran a semejante viaje con una guardia malencarada que, estaba claro, le tenía muy poco respeto, a ella y a cualquiera.

No era asunto suyo. Mientras no se interpusieran en su camino, no se interpondría en el suyo.

Siguieron los canales del centro de la ciudad hasta la puerta norte, que daba al Camino de los Peregrinos, que Arren había rebautizado como la «Marcha». La atravesaron sin apenas incidentes, en grupos de dos y de tres guiados por Jon, cada uno contando la historia que el hombre les había indicado. Después se reagruparon al otro lado. Durante la primera hora, caminaron a paso ligero, sin apenas reconocer la presencia del resto mientras atravesaban con premura el mercado exterior. Parecía que hubiera pasado mucho tiempo antes de que el revoltijo de casas que marcaba los crecientes límites de Lesscia diera paso a las tierras de labranza.

Había muchas más personas en el camino. Sobre todo mercaderes al frente de caravanas de ponis y carros. Sin embargo, Elo vio también algunos comerciantes más pequeños, zapateros ambulantes y uno o dos pastores que llevaban a sus ovejas de pasto en pasto. Un par de hombres de aspecto hosco que llevaban palos pesados siguieron al grupo durante un rato, tal vez en busca de alguien a quien asaltar, pero retrocedieron cuando se dieron cuenta de cuántos eran y de que dos llevaban espadas.

—¿Qué te trae a este viaje, amigo? —El hombre de la pareja, que tenía un rostro cálido y moreno bajo una barba negra, se puso a la altura de Elo en un claro intento de establecer una cierta camaradería entre ellos. Se habría dado cuenta de que los hombres de los palos se habían marchado al ver su espada—. ¿Cómo debo llamarte?

—Elo. —No respondió a la primera pregunta.

—Soy Berrick —dijo el tipo—. Y ella es Batseder, mi esposa.

Lo dijo con orgullo. Batseder, que tenía la piel almendrada y oscura del sur de Middren, donde los linajes del Mar del Comercio se habían mezclado durante siglos, asintió y se recolocó la bolsa. No parecían gente acostumbrada a viajar.

—Hemos venido por una bendición de fertilidad —dijo el hombre y miró alrededor con cautela, pero nadie les prestaba atención—. Es la primera vez que salimos de las tierras de los Yether.

—Seguro que es algo muy común —dijo Elogast. No estaba muy seguro de querer hacer nuevos amigos. Ya tenía suficientes preocupaciones.

—Ah, no, lo que queremos es que se la quiten —dijo Berrick—. Los padres de Batseder hicieron que la bendijeran cuando era un bebé, pero ahora la diosa comadrona ha muerto.

—Berrick —advirtió Batseder—. No aburras con nuestros problemas al pobre hombre.

Su marido se encogió de hombros, más que contento de que lo regañaran.

—Sabes que no pienso dejar que hagas la apuesta de la mujer —dijo y añadió para Elo—: Así lo llamaba mi madre. Mi prima murió al dar a luz y la hermana de Batseder también, que recibió la misma bendición.

La mujer suspiró con amargura.

—Me pregunto si el rey se paró alguna vez a pensar en nosotras, las mujeres, antes de volverse contra la diosa comadrona.

—Arren no mató a Aia —dijo Elo en voz baja, sin pensárselo antes de saltar en defensa de Arren.

Batseder lo miró con intensidad, pero el muchacho que tarareaba mientras miraba boquiabierto la Fuente de las Caras intervino.

—El panadero tiene razón —dijo. Elo recordó que se llamaba Mikle—. El dios de la guerra mató a Aia en venganza porque el rey se volvió contra él. —Se alisó el pelo con orgullo—. Soy un erudito. Estudiamos las canciones de Blenraden.

—Ah —murmuró Batseder, que no parecía nada interesada.

—Si conoces tan bien las canciones de Blenraden —dijo Berrick y se sacó del bolsillo un paquete de tela envuelto—, ¿para qué vas? ¿Crees que superarás a los cientos de bardos que te han precedido?

A Mikle se le pusieron rojas las orejas y se apresuró a avanzar. Su bolsa tenía una forma extraña que Elo identificó como la de un arpa. Se acercó un poco a Berrick, que era más astuto de lo que parecía.

—¿Quieres una? —Berrick le tendió el paño envuelto, que contenía un racimo de rollizas empanadillas blancas.

Elo se animó aún más.

—Por favor —dijo y tomó una, contento de sentir el pan en la mano. Lo reconfortó. Miró el regalo; estaba bien doblada y tenía un buen relleno.

Le dio un mordisco y trató de no estremecerse por la pegajosidad de la masa. Decepcionante, aunque el relleno, de algún tipo de salvia y champiñones, estaba delicioso.

—No está mal, ¿eh? —dijo Berrick y le pasó una a Batseder—. Soy zapatero, no panadero, pero me gusta esforzarme.

—Está bueno —dijo Elo con entusiasmo fingido. Fue lo bastante convincente como para que tanto Batseder como Berrick le dirigieran una mirada apreciativa.

Un estruendo de cascos en el camino los sobresaltó. Todos se encogieron y se apartaron a un lado para dejar paso a dos caballeros que vestían de azul y oro, no con el amarillo de los Yether, y que avanzaban en dirección a Lesscia.

—¡Apartad! ¡Moveos! —gritaron y dispersaron a la gente a su paso.

Un vendedor con una bandeja llena de monedas de peltre como las de Jon chilló al verlos y se dio a la fuga, pero los caballeros se abalanzaron sobre él, lo agarraron por el cuello y lo tiraron al suelo. Uno desmontó y le propinó dos patadas.

—¿Vendes insignias de peregrinación en el camino? —gruñó el caballero que lo pateaba mientras el otro sujetaba a los caballos—. ¿Crees que el rey Arren lo aceptaría? ¿Te parece bien avergonzar a tu rey?

El grupo de Jon se apiñó. El guía se atusó la barba para cubrir sus propias insignias, símbolos de sus peregrinajes. Claramente era demasiado terco para quitárselas.

El vendedor ambulante sollozaba, con sangre en la boca. Elo no lo soportaba. Estaban usando el nombre de Arren como garrote. No estaba bien. Se llevó una mano a la espada y sintió en la palma la cabeza de león del pomo.

—Yo no lo haría si fuera tú —murmuró la mujer pelirroja de la cicatriz y el caballo—. Sea cual sea la gilipollez honorable que se te haya metido en la cabeza, bórrala o estamos todos jodidos.

Lo apartó con el hombro para pasar de largo mientras tiraba del caballo y de la niña. Elo le vio mejor la cicatriz de la cara, una telaraña blanca escrita en forma de curvas y remolinos. Una maldición. Una maldición muerta. Había visto maldiciones de cerca, y también bendiciones, como la escritura del pecho de Arren; era la marca de un dios.

Sintió una punzada de dolor en la espalda y se le encogió el estómago. Se dijo que cualquiera podía acabar maldito. No tenía por qué implicar nada. Sin embargo, había algo en la forma en que la mujer se movía, una certeza que le resultaba familiar. Era una luchadora, quizá incluso una soldado retirada o algún tipo de mercenaria. Con una maldición como aquella, incluso podría ser una matadioses.

Pero ¿a qué iría una veiga a la ciudad perdida de los altares?

Fuera quien fuera, tenía razón. Apartó la mano del pomo de la espada y la guardó en el bolsillo para ocultar el temblor de los dedos mientras se alejaba de los gritos del vendedor ambulante.

Cuando las granjas que los rodeaban se convirtieron en bosques, Jon los sacó del camino. La llovizna se colaba entre los árboles por culpa del viento del oeste y no tardó en humedecerlos, pero se sentían más seguros en la oscuridad de la espesura que en el camino expuesto, donde un caballero podría reaparecer de repente para darles caza. A Elo lo avergonzaba que se le ocurrieran tales pensamientos. Siguió a Jon, que se adentraba en el bosque guiado aparentemente por nada más que la memoria. Los únicos indicios de que se iban hacia la derecha eran unos pequeños mojones de piedras apiladas coronados con figuritas. Algunos pertenecían al dios muerto de los refugios seguros, cuyos fieles aún intentaban revivirlo a base de amor. Otros eran para los dioses de los caminos y de la suerte, para un dios de un arroyo e incluso había uno para un dios de los zapateros sobre el que Berrick depositó la última de las empanadas al pasar. Allí, en los caminos menos transitados, los altares seguían intactos.

Llegaron a la colina de Haar justo antes de la puesta de sol. La colina en sí era un montículo con una cima plana y Jon los informó de que acamparían debajo. Incluso desde abajo, Elo distinguía las últimas piedras de las ruinas en lo alto, cuyas sombras se alargaban a medida que la luz se atenuaba. Por su aspecto, habían sido quemadas y abandonadas hacía mucho tiempo.

Al pie de la colina corría un arroyo profundo, probablemente un afluente del Daes. También había un pequeño altar, una casa hecha de hiedra, atada con cintas para algún dios pequeño de la colina.

Las tres ancianas, que ya sabía que se llamaban Svenka, Haoirse y Poline, se detuvieron al abrigo de la colina y Berrick se separó para ayudarlas. Jon fue a recoger algunas piedras esparcidas cerca del altar de las cintas.

—Encenderemos un fuego —dijo—. Hace tiempo que no me asaltan aquí y a los caballeros les interesan más las capturas fáciles.

—Qué tranquilizador —murmuró Haoirse en voz baja.

—Todavía podrían venir patrullas —continuó Jon, ignorándola— a derribar los altares y buscar a gente como nosotros, así que nada de ruidos fuertes ni cánticos. Aún estamos lejos de las tierras salvajes.

Se puso a murmurar mientras colocaba las piedras formando un círculo y marcaba cada una con un símbolo distinto con un bastoncillo de carbón que se sacó del bolsillo. Un amuleto de protección. Elo miró a la guardaespaldas, pero lo único que hizo fue poner los ojos en blanco.

La niña, Tethis, se dejó caer en el suelo húmedo con un gruñido. El sol se abría paso entre las nubes cerca del horizonte y las teñía de un dorado pálido.

Poline se acercó al agua y se asomó.

—Pescado para cenar —dijo al cabo de un rato—. Si todos contribuimos.

—Iré a por leña —dijo Elo. No pasaría mucho tiempo antes de que se quedaran sin luz. Mikle se había sentado junto al arroyo y había sacado el arpa de la bolsa. Tocaba las cuerdas y cantaba en voz baja.

—Te ayudaré —dijo Enna y remontó la orilla para llegar hasta Elo; había estado dando de beber al caballo—. Tethis, ayuda a los demás con el pescado.

—Pero…

—O ven a buscar leña.

La niña frunció el ceño y le hizo un gesto para que se fuera. Ese sí que era un gesto de la nobleza.

—¡Yo me ocupo! —exclamó Berrick con alegría y siguió a la veiga por el camino hasta pisarle los talones—. ¿Qué hace falta?

—Raíces de pino —respondió Enna con brusquedad.

—¿Tienes un tatuaje en la cara? ¿Qué significa?

—Significa que me dejes en paz —espetó a modo de despedida y se alejó de él a grandes zancadas. Berrick se encogió de hombros y Elo se dio cuenta de que estaba un poco dolido.

—Con dos bastará, Berrick —le dijo—. ¿Por qué no despejas un hueco donde encender la hoguera con Mikle?

El chico del arpa levantó la cabeza con timidez.

Elo siguió a Enna, que escarbaba en la base de un pino con un cuchillo. Las nubes se cerraban sobre el sol poniente y el agua que recubría los árboles y los arbustos brillaba con el estrechamiento de la luz. El cuchillo de Enna centelleó al sacar una raíz y se fijó en el metal apagado. Bridita.

—Una daga interesante —dijo él cuando ella se levantó de nuevo y volvió a aplastar la tierra sobre las raíces. Envainó el cuchillo, contó lo que había arrancado y lo miró con una ceja levantada.

—Interesante que te importe una mierda —dijo.

Elo se dio cuenta de que no conseguiría nada.

—¿Por qué me detuviste con la patrulla?

—¿Por qué impedí que empezaras una reyerta cuando intentamos pasar desapercibidos? —dijo con sarcasmo—. A saber.

Elo se rio.

—Tienes razón.

Había visto cómo una riña entre caballeros se convertía en una pelea abierta cuando la tensión subía, pero aquellos eran tiempos de paz.

—¿Siempre es así? —preguntó—. ¿Los caballeros atacan a menudo a la gente en el camino?

—¿En qué cueva has estado metido? —respondió ella mientras miraba alrededor. Elo puso una mueca—. ¿Vas a ayudarme a buscar leña o no?

Le agarró la mano y volcó las raíces que había recogido. Elo olió la savia de pino mezclada con el sudor de la mujer y se estremeció con anticipación. De qué no estaba seguro. Le recordaba a cuando el olor del pan cambiaba en el horno, justo cuando empezaba a estar crujiente.

—¿Qué miras? —dijo Enna—. Muévete.

Elo señaló las sombras y la luz del atardecer.

—Después de ti.

Cuando volvieron al campamento con los brazos llenos de la madera más seca que pudieron encontrar, Berrick ya empezaba a avivar un manojo de musgo y hojas secas mientras Batseder ayudaba a proteger la yesca de la brisa. Elo añadió las raíces de pino, que crepitaron al prenderse y desprendieron un aroma maravilloso. Dos de las ancianas, Poline y Haoirse, le enseñaban a la niña a hacer salir a las truchas en el arroyo con la poca luz que quedaba mientras su compañera, Svenka, permanecía en la orilla destripando una que ya habían pescado. Haoirse estaba metida en el agua, con las faldas atadas a la cintura. El ambiente era agradable, cordial. Elo se relajó un poco.

Se oyó un grito en la orilla cuando Poline lanzó un pez fuera del agua y se lo puso en las manos a Svenka. La niña se reía. Era la primera vez que Elo la veía sonreír. No sabía mucho de niños, pero sí que, en circunstancias normales, no eran tan serios como Tethis. Había dejado su bolsa colgada en la silla del caballo y se fijó en que la miraba de vez en cuando.

—Haced el favor de callaros —espetó Jon, que estaba sentado dentro de su círculo de piedras.

—¿Quieres pescado o no? —replicó Haoirse a la defensiva.

Jon masculló una queja mientras Svenka abría la segunda trucha y derramaba las tripas en el agua.

Elo encontró una piedra plana y la colocó junto al fuego. Extendió encima su tapete de preparación y lo espolvoreó con la harina que había traído. No tenía tiempo para hacer pan, así que haría algunos panes planos rápidos. Habían sido un alimento básico suyo y de Arren. Cuando Arren se había visto obligado a asumir el mando, la mitad de los comandantes de Bethine habían muerto y el resto habían huido casi todos. Elo y Arren se habían dedicado a planearlo todo: el reclutamiento, los suministros de alimentos, las negociaciones con los dioses para intentar poner fin a la sangrienta contienda que Arren había heredado. Las tardes, siempre que eran tranquilas, las pasaban con pan. Necesitaban aquellos sencillos placeres, los momentos de calma entre la sangre y las estrategias. Incluso antes de la batalla final, después de que Elo le dijera que se marchaba, habían partido el pan juntos antes de enfrentarse al dios de la guerra. Elo apretó la mandíbula al recordarlo.

Berrick y Batseder estaban preparando el pescado con especias de sus propias bolsas y Mikle garabateaba algo en una encuadernación de cuero y papel, con los ojos vivos y los dedos crispados, como si tocase el arpa. Parecía que sería una buena cena. Elo deseó que Arren estuviera allí. La habría disfrutado.

Las nítidas sombras de la colina se desvanecieron en la penumbra y la pálida luz se tornó oscura y plateada; una noche típica de la primavera. El sol se había puesto.

Elo tardó un rato en darse cuenta de que algo iba mal. El chapoteo del agua se había intensificado y los árboles se retorcían con el viento del atardecer; los pájaros habían huido o habían dejado de cantar. Bajo el olor del humo, percibió el rastro de algo oscuro y profundo. Como sangre y musgo. Lo recorrió un escalofrío. La «guardaespaldas» estaba de pie y daba vueltas como un sabueso tras un rastro. ¿Sería Enna su verdadero nombre? Elo se llevó la mano a la espada.

Fue el primero en verlo. Una oscuridad que se deslizaba y se movía en la profundidad de los árboles.

Demasiado bajo para ser humano, del tamaño de un perro grande o un lobo.

—¿Qué son? ¿Caballeros? ¿Ladrones? —preguntó Jon y se agachó con Elo dentro del círculo que había formado con piedras. Eran los únicos que estaban dentro. Batseder, que acababa de salir, levantó la vista, sobresaltada.

—No lo sé —dijo Elo—. Mantened la calma.

Se dio cuenta de que Enna se había desviado hacia el arroyo y su pupila, que seguía pescando con Poline y Haoirse.

—Tethis, quédate quieta —dijo.

La sombra de entre los árboles se deslizó hacia Elo y el anillo de piedras. Una oscuridad líquida. Y entonces le vio los dientes. Huesos rotos y brillantes se retorcían en una mandíbula ancha y abierta en lo que era la cabeza. La cosa tenía unas pequeñas luces del color de un pantano por ojos, como ascuas, y boqueaba al aire como si saborease a su presa.

Mikle chilló y se abrazó al arpa, paralizado en el sitio.

—Batseder —siseó Berrick cuando la criatura se agitó como si buscara algo—, vuelve dentro del círculo.

Su esposa lo ignoró, se puso a su lado y cerró los puños. No le servirían de nada. Elo se llevó la mano a la espada. Solo la bridita detendría a una creación de los dioses.

CAPÍTULO DOCE

Kissen

No era un dios, pero lo había invocado uno. A juzgar por el olor, pertenecía a algo al menos semisalvaje, un dios del bosque o de los pantanos. Un dios antiguo, probablemente, si tenía poder para invocar a un demonio de sombras. Pero ¿por qué allí? ¿A quién perseguía? Inara estaba detrás de ella y salía del agua con las ancianas. Kissen se movió para protegerla, como había prometido. Mierda, y a su pequeño dios. ¿Qué había dicho Telle? Si moría, la niña podría correr el mismo destino.

La bestia cargó contra el anillo de piedras en el que se encontraban Elo y Jon y rebotó cuando las rocas del guía se encogieron hacia dentro.

Inara chilló y corrió a por su bolsa. Kissen estaba más cerca. La agarró junto con la niña y las apartó a las dos de la criatura mientras esta rodaba hacia atrás. La bestia recuperó el equilibrio y se lanzó contra lo que tenía más cerca: Mikle, que se había quedado paralizado.

—¡Corre! —gritó Kissen, pero era demasiado tarde; la invocación había encontrado una presa.

La sombra casi se tragó al chico cuando le clavó los dientes en el cuello y el hombro, le cortó el grito y lo arrojó como un trapo. Kissen se abalanzó hacia delante, desenvainó la espada de bridita y atravesó el hocico de la bestia. La criatura respondió con un chillido, pero dejó los dientes de hueso clavados en el muchacho.

El panadero, Elo, desenvainó su propia espada mientras la boca de la criatura volvía a formarse y acabó con ella de un golpe en el centro. Salió un humo blanco y pesado que cubrió el suelo. La criatura siseó y se desintegró; los dientes se desprendieron y cayeron sobre el cuerpo antes de convertirse en pálidas cenizas.

Era una espada de bridita. Kissen y el caballero se miraron. Él sabía lo que era ella, igual que ella sabía lo que era él. Un caballero y una veiga viajan por un camino de peregrinos y los ataca un monstruo creado por los dioses. Parecía el comienzo de un chiste, salvo porque nadie se reía.

Por suerte, mantuvo la boca cerrada. Envainó la espada y se arrodilló junto al chico. Mikle convulsionaba y se atragantaba con su propia sangre, que manaba del desgarro que tenía en la garganta y el hombro. Elo apretó las manos en la herida.

—Mierda —siseó Kissen y luego señaló a Inara—. Quédate ahí.

La niña tragó saliva y Kissen fue a arrodillarse junto a Elo para sujetar a Mikle y que pudiera verle mejor la herida. El chico lloraba, aunque no podía hablar.

—¿Alguien es sanador?

Los dos sabían que era demasiado tarde. Elo la miró a los ojos y una chispa de entendimiento pasó entre ellos. ¿A cuántas personas habría sostenido mientras se les escapaba la vida? En el caso de Kissen, a demasiadas.

La mayor parte del grupo se quedó paralizada y horrorizada. Inara apretaba con las manos la bolsa que contenía al dios y tenía los ojos desorbitados por el miedo.

—Yo soy curandera.

Haoirse había salido por fin a la orilla del arroyo con la ayuda de Svenka. Se acercó corriendo y se desenganchó las faldas verdes del cinturón. Las usó para reemplazar las manos de Elo y apretó la tela contra el cuello de Mikle para contener la sangre. El material se empapó a toda prisa y se oscureció. El chico la miraba y se esforzaba por respirar. Intentó hablar, pero solo balbuceaba. Por los dioses, lo único que se oía era su respiración entrecortada. La anciana apretó los labios al ver que la sangre no mostraba indicios de detenerse. Se le hundieron los hombros y le acarició el pelo a Mikle.

—Tranquilo, muchacho —dijo mientras él se sacudía. Su tono era cálido, maternal—. Calla, ya puedes descansar.

Mikle gimoteó. Seguía temblando, con la mirada desenfocada.

—Mi padre… —pronunció—. Dile a mi padre…

Inara se acercó, como si quisiera ayudar.

—Quédate atrás —dijo Kissen con firmeza y la voz compungida. No quería que la niña lo viera. Batseder se acercó para apartarla, pero Inara le apartó el brazo, ahogó un sollozo y corrió hacia Piernas. Apretó la cara en el cuello del caballo y el animal la dejó.

Mikle dejó de temblar, incapaz de articular más palabras. Los ahogos estrangulados se desvanecieron mientras Haoirse lo consolaba. Kissen vio que la sangre había empapado el suelo, las rodillas de Elo y los bordes de su camisa. Por fin terminó.

Batseder y Berrick se abrazaban. Poline seguía en el río y agarraba la mano de Svenka. Jon se había meado encima.

—¿Alguien conoce a su padre? —preguntó Batseder y miró a Jon.

El hombre negó con la cabeza en silencio.

Kissen se levantó y pateó la ceniza que había dejado la criatura. Observó cómo Elo recogía el arpa del chico y sus dedos sucios dejaban marcas en la madera. Dos cuerdas se habían roto y la estructura estaba partida.

Malditos dioses. Como siempre, cargaban contra una vida perfectamente decente y la destrozaban. Kissen miró a Inara, que sollozaba en silencio en las crines del caballo, y observó el movimiento de la oreja del dios mientras volvía a meter la cabeza en la bolsa. Los dioses eran puro caos. Y, a pesar de todo, aquellos peregrinos y aquel chico todavía querían hacer el imbécil y pedirles favores, incluido el caballero. Volvió a patear la ceniza, pero la invocación no había dejado nada.

Elo dejó el arpa sobre el pecho de Mikle.

—¿Qué ha sido eso? —dijo por fin Haoirse mientras se levantaba para romper el silencio. Se acercó al agua para lavarse la sangre de las manos y las faldas. Tenía los ojos secos. Poline lloraba.

—Una criatura de los dioses —dijo Jon en un susurro. Apretaba los amuletos de su collar de peltre, pequeños tesoros de toda una vida de peregrinaciones, como si fueran a ayudarlo.

—Era un demonio de sombras —dijo Kissen—. Una bestia creada por un dios salvaje. No creí que quedaran muchos lo bastante fuertes como para invocar algo así. —Miró a Elo y luego al guía—. ¿Has enfadado a alguien últimamente, Jon?

Jon tragó saliva.

—No —dijo—. No seguiría con esto si mis peregrinos no volvieran a casa. —Había perdido la capacidad de mando. Miraba embobado el cuerpo de Mikle. Su responsabilidad. Muerto. Se volvió hacia Kissen—. ¿Qué sabes de esto, guardaespaldas? —Su tono auguraba sospecha.

Kissen dudó, pero para su sorpresa Inara intervino con voz temblorosa.

—Déjala en paz. —Se había apartado de Piernas, tenía el rostro húmedo pero decidido—. Mi guardaespaldas nos ha salvado. ¿Crees que mi padre me habría enviado a por una bendición con alguien que no supiera nada sobre dioses?

Kissen se quedó impresionada. Luego se centró y, tras las palabras de Inara, percibió la magia de su conejillo para empujarlos a creerla, como un aliento frío en la piel. Frunció el ceño.

—Lo habéis cortado —insistió Jon—. Vuestras espadas. —Miró a Kissen y luego al caballero—. Son de bridita. Hechas para matar a dioses.

El miedo cruzó el rostro de Elo, pero pronto lo sustituyó por una sonrisa encantadora.

—Es inteligente llevar una espada de bridita hoy en día —dijo, en un claro intento de apaciguar a Jon—. Los caminos son peligrosos.

Kissen le dedicó una mirada de reojo que supo que captó. Sin embargo, tenía sus propios problemas, que no tenían nada que ver con el tal Elo. Bestias así no aparecían sin motivo; algo tenía que convocarlas. Algo que siguiera vivo. ¿Por qué iría a por su pequeño grupo? Las maldiciones no eran comunes; el objetivo tuvo que haberse acercado mucho a un dios.

Kissen miró a Inara, que tenía la mano dentro de la mochila. Una chica y un dios de las mentiras. Piadosas o no. Tal vez había más misterio en el incendio de la mansión de los Craier de lo que la chica sabía. ¿Y si la destrucción los perseguía?

—Basta —dijo Poline—. Dejad de discutir. Han matado a un pobre chico.

Temblaba por haber pasado demasiado tiempo en el agua.

Kissen suspiró.

—Los muertos están muertos —dijo—. Deberíamos seguir adelante mientras aún nos quede vida en los pies.

Cuanto más se acercase al momento de separar a la niña y al dios, más contenta estaría.

—Habla por ti —dijo Svenka.

Jon miraba a los árboles, a la espera de que las sombras se movieran. Para un hombre que había hecho tantas peregrinaciones, no parecía nada cómodo ante la invocación de un dios.

—Deberíamos enterrarlo —dijo Elo—. Se lo merece. —Se acercó a Kissen—. Están cansados y tienen frío. No aguantarán si viajan toda la noche.

Kissen bufó. ¿De dónde había salido aquel noble idiota? La mayoría de los caballeros que había tenido el disgusto de conocer eran imbéciles a los que les gustaba ir de matones o imbéciles que adoraban a su rey más allá de todo sentido y razón. Estaba a punto de discutir, pero entonces Inara habló.

—Enna, por favor... —dijo— ¿podemos enterrarlo?

Kissen suspiró. La niña estaba conmocionada hasta la médula, había perdido a su madre y poco después había tenido que ver otra muerte. ¿Qué haría Telle?

—Está bien, haced lo que queráis —dijo.

—Jon —dijo Elo con brusquedad—, rehaz el círculo de piedra. Ha funcionado bien. Poline, busca un buen sitio para el muchacho. Batseder, Berrick, el suelo estará demasiado duro para cavar; recoged las piedras del río para hacer un montículo. Enna... —Kissen tardó unos segundos en recordar su nombre falso. Aquel hombre ladraba órdenes como si hubiera nacido para ello— ayúdame con el cuerpo —dijo y le sostuvo la mirada—. Los peregrinos debemos permanecer unidos.

Kissen entrecerró los ojos. Ya se habían medido. Solo tenía que procurar mantenerlo centrado en ella para que no sospechara de Inara.

—Claro. Sería una pena encontrarnos con más monstruos por ahí. O caballeros. —Le dedicó una sonrisa—. Son las peores fuentes de problemas.

CAPÍTULO TRECE
Skediceth

Skedi sentía la humedad de la mañana siguiente desde el interior de la bolsa mientras el pequeño grupo de humanos recogía sus cosas y se ponía en marcha.

La luna ya había salido hacía tiempo cuando por fin se durmieron la noche anterior, estremecidos en el suelo dentro del nuevo círculo de piedras de Jon. Inara había sucumbido al agotamiento mientras abrazaba con fuerza a Skedi dentro de la bolsa, después de ayudar a enterrar al muchacho. Todos los colores del chico habían desaparecido y solo había quedado un cuerpo. ¿Así sería Inara algún día? ¿Carne sin color?

El caballero había hecho la primera guardia, Kissen la segunda, y se habían intercambiado a intervalos, cada pocas horas, tras llegar a algún tipo de acuerdo silencioso. Skedi sentía el naufragio de las emociones a su alrededor. Los peregrinos habían susurrado plegarias, murmuradas al aire en fragmentos de color, que luego se desvanecían hacia el dios al que rezaban. Skedi se había asomado desde su prisión y las había visto desaparecer con nostalgia. No eran para él.

Siempre había sabido que era uno de muchos, incluso cuando el rey intentaba aplastar con sus leyes el amor de la gente por los dioses.

Sin embargo, no recordaba haberse encontrado antes con otro ser poderoso. Y la sombra había sido poderosa y caótica. Había sentido su conexión con algo más grande y más fuerte aún. Se preguntó si debía tener más miedo. Los humanos lo tenían.

De vuelta en el camino, Skedi se asomó desde su escondite. Las plegarias silenciosas seguían brotando de las bocas de los peregrinos, eran regalos para otros dioses. Inara también estaba muy asustada. Era consciente de que no sabía qué hacer, salvo seguir caminando y rezar. No había elegido estar unido a ella, o al menos no lo creía. Apenas recordaba nada de antes, solo algunos destellos si se esforzaba mucho. Agua agitada y gritos, bestias de piel y sangre. Y miedo, los colores del terror. Luego, lo peor, cuando todos los colores se habían apagado. La nada. Y después Inara.

Lo único que quería era ser libre para volar donde quisiera y experimentar el calor de los anhelos de la gente e hilarles las mentiras inofensivas que necesitaban. Quería ser amado. Los dioses necesitaban un propósito; necesitaban amor y plegarias.

Tenían que llegar a Blenraden. Tenía que ser libre.

Skedi asomó la nariz fuera de la bolsa. Era del tamaño de un azulejo y quedaba oculto por las sombras de la tela.

Miró a Inara. Tenía los ojos húmedos y toqueteaba los botones del chaleco. Skedi sintió su deseo de ver a su madre.

La criatura se ha ido —dijo—. *Estamos a salvo, seguiremos adelante.*

Lo sé —respondió ella—. *No hay nada ni nadie con quien volver.*

Se sintió conmocionada y bajó la cara hacia el suelo para que nadie la viera.

No hay ningún lugar al que volver —reconoció—, *pero yo estoy aquí.* —Había prometido no mentirle a Inara, pero eso no significaba que no pudiera estar de acuerdo con ella—. *Sobrevive a esto, Ina. Lo superaremos juntos.*

Añadió una leve presión de su poder y su voluntad a las palabras, lo poco que tenía sin altar ni ofrendas. Su voluntad envolvió los colores de Inara, los alteró y los estabilizó. Lo justo, solo para que no se derrumbara. La niña soltó un sollozo silencioso, pero se calmó y sus colores se volvieron de color amarillo oscuro, como el amanecer.

Skedi estaba encantado de que hubiera funcionado. Kissen, que caminaba a su lado, la miraba preocupada. Buscó en la capa algunos de los copos de avena dulces que había comprado en el mercado, le dio uno a Piernas y luego tocó la mano de Inara.

—Lleva las riendas de Piernas —dijo—. Le gustas. Procura que vaya por terreno estable y exploraré lo que hay más adelante.

Inara se enderezó, se frotó la cara y asintió. Cuando tomó las riendas del caballo, sus emociones se suavizaron aún más. A Skedi le pareció curioso. La veiga no le había mentido, no le había dicho que todo iría bien ni había intentado mejorar las cosas. Solo le había dado algo que hacer.

Skedi dirigió su atención al resto del grupo que caminaba más adelante. Las mujeres mayores estaban doloridas e inseguras y Batseder y Berrick cuchicheaban nerviosos. Jon se mostraba inquieto, no dejaba de toquetear sus medallas y murmurar. Skedi sentía que confiaba en muchos dioses, pero no lo suficiente como para depender de uno solo. La noche anterior había visto un destello de las insignias de peregrinaje y las había mirado con avidez. Quizá algún día alguien llevaría una moneda por él.

—Esto no es seguro. ¿Deberíamos volver? —murmuró Batseder a Berrick, a la distancia justa para oírlos—. ¿A lo mejor Aia renacerá? O podríamos evitar el embarazo. Hay raíces...

—Tienen peligros —dijo Berrick—. Es tu cuerpo, mi amor; es tu decisión.

—¿Seguro que esto es lo que quieres?

Skedi captó la fina capa de tristeza que sentía Berrick y que no podía ocultarle por la idea de que no tendrían hijos propios, con los ojos de ella y la barbilla de él. Se mezclaban pensamientos de que la amaba más que a su vientre y su sangre. Aquellos sentimientos, combinados con el miedo, eran potentes. Los quería, quería sentirlos, al menos.

Deslizó su voluntad en el límite entre la verdad y la mentira y tocó los colores de Berrick. Sentía las complejas emociones del hombre como un vaivén de las mareas que hacía que su propio corazón se agitara.

No estés triste —le dijo al hombre y redujo su voz a un levísimo susurro—. *Hará que se sienta culpable con tu tristeza.*

Los colores de Berrick cambiaron con la mentira. Se volvieron más firmes, brillantes.

—Estoy seguro —dijo—. Si arriesgamos una vida, la arriesgamos aquí, juntos, no la tuya por tu cuenta.

¿Sabría que había sido un dios quien lo había ayudado? ¿Le ofrecería una pequeña plegaria a un ser como Skedi y su amor le daría fuerzas? Animado por su éxito, se centró en las mujeres mayores, que caminaban tan deprisa como podían, con los miembros agotados y doloridos. Era raro vivir tanto en el mundo en el que vivían; ya solo por eso eran impresionantes.

—Oye, Poline, ¿estás bien? —preguntó Svenka mientras la otra comía un pastelillo que habían compartido las tres. La tristeza engullía a Poline hasta la médula por el chico; le envolvía los huesos y Skedi la sentía como dolor. Alcanzó sus colores y le dolieron las alas. Había perdido a alguien, a un niño. Por eso la muerte le había afectado tanto.

No es tu hijo, Poline —le dijo Skedi—. *Es un niño diferente. Una vida diferente.*

—Estoy bien, Svenka, deja de husmear. ¿Y tú?

Dile que no te duele.

A Svenka le dolía todo el cuerpo; estaba cansada y también tenía frío, pues el rocío se le había posado en el cuello y los puños y le pinchaba la piel.

—Todo va bien —mintió con alegría—. Me alegro de que tuviéramos a Haoirse para controlar la situación.

La aludida les hizo un gesto con la mano. Las tres se animaron.

Skedi se asomó más fuera de la bolsa al sentir la emoción del poder. Podía cambiar las cosas poco a poco. Podía cambiar a la gente, su clamor y sus impulsos salvajes, podía hacer que se movieran. Sintió que la bolsa se levantaba y se volvió hacia Inara con expresión triunfal, pero entonces se dio cuenta de que era la veiga quien lo sostenía. Reculó, pero no antes de que ella le diera una fuerte sacudida.

Cuidado, parásito.

Bajó la guardia de forma tan repentina para hablarle y sus colores resultaron tan violentos que Skedi notó cómo se encogía. No se había dado cuenta de que había crecido tanto que su cornamenta y sus ancas habían tensado las correas. Kissen le lanzó la bolsa a Inara, que la atrapó con sorpresa.

—Cuida de tus cosas —espetó Kissen y se marchó echando humo.

De nada —siseó Skedi, pero lo bloqueó un muro de piedra de animadversión. No había forma de entrar en la mente de Kissen ni de cambiarla. No estaban a salvo con ella, ni él ni Inara. Si lograba encontrar un altar, ¿dejaría a su amiga con aquella matadioses negligente? Más aún, cuando ya no estuviera unido a Inara Craier, ¿seguiría siendo capaz de esquivar el cuchillo de la veiga?

Skedi se fijó en el hombre de la espada. Kissen lo había llamado caballero en su cara y, aunque lo había negado sus colores decían lo contrario. En su mayoría eran firmes, pero a veces se agrietaban a causa de emociones que relampagueaban. Sentía un gran dolor y pesar. Emociones poderosas.

Skedi no se habría atrevido ni a pensar en un caballero como los que se habían encontrado en el camino, pero había visto cómo aquel había querido detenerlos. Iba a Blenraden en contra de la ley del rey. También era más amable que Kissen. Más adecuado para una chica noble. Mucho más adecuado para un dios que una veiga...

CAPÍTULO CATORCE
Kissen

T res días después, seguían en las profundidades del bosque, pero era obvio que estaban ascendiendo por pendientes húmedas y empapadas con los restos del deshielo del invierno. Los días y las noches eran cada vez más fríos y las montañas se acercaban. Kissen se sentía sorprendida y a la vez agradecida de que el caótico grupo de peregrinos siguiera intacto tras el caos de la primera noche, pero ya fuera por la intromisión del pequeño dios o por pura casualidad no se habían rendido. Tal vez había subestimado su dedicación a los dioses. Al menos no habían visto más demonios.

Kissen creía en las coincidencias. A veces las cosas ocurrían sin razón alguna o porque una persona en algún lugar hacía algo estúpido, normalmente alguien con más sangre noble y monedas de plata que cerebro. En lo que a ella respectaba, el destino no existía y le producía una gran alegría hacer pedazos los planes de los dioses. El destino era un cuento de hadas y una sandez; el destino podía irse a la mierda y fastidiar a otra.

Sin embargo, hasta ella tenía que reconocer que las coincidencias se estaban sucediendo con demasiada fuerza y rapidez como para ignorarlas: una diosa de un río que le susurró que Middren iba a caer, una niña con un lagarto con cuernos que apareció de repente ante sus narices, una gran casa noble reducida a cenizas y, para rematar, un demonio de sombras que había intentado merendárselos. Era más que una simple coincidencia; era un problema. Algo estaba cambiando y aún no veía qué. Le dio un golpecito al frasco sellado que llevaba en el pecho.

Lo peor era el caballero. Lo había sospechado desde el primer momento en que lo había visto y después por la forma en que se había puesto a dirigirlos a todos y cómo había desenvainado la espada. ¿Qué clase de panadero llevaba espada? Idiota. ¿De verdad se había creído que se saldría con la suya? *Confía en mí, soy panadero, soy guapo y sé hacer pan, doy órdenes a la gente. Todo el mundo debería quererme.* Le molestaba. Al menos no era un completo inútil; sabía pelear. Mejor que la mayoría de los caballeros que había conocido.

Sabía que la observaba, porque había adivinado que ella tampoco era quien decía ser. Pues vale. Si la delataba, ella haría lo mismo. Pero si le dedicaba a Inara más de una segunda mirada, agarraría a Piernas y a la niña y volvería directa a Lesscia. Estaba preparada para hacerlo, así que había llevado al caballo con paso tranquilo y sin hacerlo cargar demasiado peso. Había visto a muchos caballos galopar hasta la muerte, como si fueran desechables. Si tenían que huir, estaría preparado y bien descansado.

A diferencia de Kissen, que estaba cansada y malhumorada. Le dolía la pierna derecha y la sentía como si se la hubieran clavado con saña, así que no dormía mucho por las noches. Todo empeoraba por tener que mantener un ojo abierto por las bestias de sombras, otro por el caballero, y los sentidos que le quedaban se centraban en el parásito mentiroso con cuernos, que se dedicaba a tejer pequeños hilos de influencia sobre el grupo. El dios había manipulado a los peregrinos, lo había sentido y no le gustaba nada. Era un dios tan pequeño que, en cualquier otra situación, lo habría aplastado como a una rata.

Al menos él era predecible. El demonio de sombras no tenía sentido. Oscuridad, sangre y hueso; no pintaba nada allí. Se suponía que la mayoría de los dioses salvajes estaban muertos. Tenía que ser más que una aparición espontánea.

Sin embargo, se había esfumado. Al paso que iban, tardarían nueve días más en llegar a Blenraden y allí encontraría la forma de separar al dios de las mentiras piadosas de la niña, y luego lo abandonaría o lo mataría. Desaparecería en el polvo junto con el resto de la guerra.

Al menos avanzaban, ya que se dirigían hacia el noreste y no se cruzaban con casi nadie. A Kissen le preocupaba que a Inara le costase caminar, sobre todo después del horror de la primera noche. Pero la muchacha dormía profundamente y se despertaba decidida. Era más resistente de lo que había supuesto.

También tenía una curiosidad insaciable. Quería aprenderlo todo sobre la supervivencia en las verdes tierras salvajes.

—¿Qué es eso? —preguntó y señaló un manojo de flores amarillas que había junto al camino.

—Flavea —dijo Kissen—. Las hojas son comestibles, pero las flores te revuelven el estómago.

—¿Con qué se comen las hojas?

—Con cualquier cosa —respondió Svenka. Kissen iba a la cola del grupo y las ancianas caminaban justo delante. Le gustaba Svenka, que le había dicho que se parecía a su primera mujer y que era buena rastreadora. Haoirse y Poline también eran muy prácticas. Se apoyaban la una en la otra, con un amor mucho más duradero y profundo que el mero romanticismo. Eran una familia, lo que quedaba cuando el resto había muerto o desaparecido. Se preguntó si Telle, Yatho y ella serían así algún día. Fue un pensamiento fugaz. En su campo, la mayoría no llegaba a envejecer.

—¿Y esas? —Inara señaló un arbusto alto con grandes hojas.

—No te las comas —dijo Kissen.

—¿Por qué?

—Saben a mierda. Pero las hojas son gruesas y valen como bandeja para hornear otras cosas.

Berrick y Batseder habían compartido las últimas empanadas, pegajosas y densas. Kissen había visto al caballero panadero torcer la nariz al dar un mordisco. Estirado. Se había comido la suya con gusto solo por fastidiarlo.

—¿Y esas?

—Te arrancan la mano de un mordisco si haces demasiadas preguntas.

Inara le sacó la lengua y se acomodó la bolsa; Kissen vislumbró un destello del ojo astuto de Skedi. Debía de estar aburrido. Era un día nublado y húmedo y la poca brisa que soplaba refrescaba. Se habían alejado del arroyo y caminaban por la cresta ventosa de un valle boscoso, un desvío claro para evitar el pueblo que se apiñaba en el fondo. Todas las casas tenían piedras blancas en los tejados para proteger la paja de los fuertes vientos de las montañas y Kissen vio cómo los aldeanos se movían debajo y espantaban a los pájaros de los campos que estaban arando y plantando. Había pruebas de que la gente pasaba por allí de vez en cuando: cintas de oración colgadas de los árboles y un altar a un dios pastor con algunas monedas y dulces secos como ofrenda, escondido justo al lado del camino. Los caballeros no se adentraban lo suficiente en aquellos lugares tranquilos para destrozar las ofrendas y ninguno de los altares era lo bastante poderoso como para necesitar a un matadioses. No los tocó al pasar. No merecía la pena. No quemaba las oraciones de los pobres solo por diversión.

A medida que se adentraban en las colinas, los árboles comenzaron a espaciarse cerca de las crestas rocosas y ya no ofrecían protección contra los vientos. Hacia el este, muy por encima de las carreteras principales de la ciudad, se alzaban las altas montañas a las que se dirigían y de las que Kissen conocía algunos nombres; les permitirían descender de nuevo hasta la costa sin ser vistos. A Inara le costaba caminar por los senderos de gravilla, pero estaba decidida a mantener el ritmo. Piernas lo odiaba y a veces empujaba a Kissen para pisar más firme y la hacía perder el equilibrio. Jon les lanzaba a los dos una mirada irritada cada vez que el caballo emitía el más leve relincho, pero si los aldeanos de abajo los habían visto no habían hecho ningún intento por detenerlos.

Aquella noche se instalaron por fin en un rincón de un valle junto al río Arrenon, rebautizado recientemente en honor a su benévolo rey. Imbécil presuntuoso.

Se detuvieron con suspiros de alivio. Jon empezó a voltear piedras de inmediato. Lo había hecho todas las noches. Si Kissen se orientaba bien, no estaban demasiado lejos de las cataratas de Gefyrton, la famosa ciudad puente, quizá a un día de camino. Todavía había luz y los brotes verdes que los rodeaban brillaban con nueva vida. Sin embargo, por muy hermosa que pareciera, la primavera era la época de los dioses salvajes y eso ponía nerviosa a Kissen. Los dioses salvajes eran a menudo más antiguos que el tiempo, sus primeros altares estaban enterrados en tierra y piedra, olvidados hacía mucho tiempo. Eran difíciles de matar y, una vez muertos, aún era más difícil asegurarse de que no resucitaran.

—El agua es demasiado acaudalada y rápida para pescar sin red —dijo Poline mientras se sentaba con pesadez en la orilla a contemplar el río, fuerte y espeso por el deshielo. Más allá, Kissen se fijó en una barquita oculta entre unos arbustos bajos. No tenía remos y estaba encadenada a la orilla.

—Puedo hacer trampas —dijo Batseder—, pero es un juego de azar. Tal vez no pesquemos nada hasta mañana.

—Tardaríamos demasiado —dijo Haoirse.

—Canovan dijo que cada uno tenía que estar preparado para buscarse la vida por su cuenta —les recordó Jon en una pausa entre plegarias. Las noches anteriores habían compartido la mayor parte de la comida, pues nadie quería alejarse en el bosque por mucho tiempo para cazar, pero las provisiones frescas terminarían por agotarse.

Svenka, Poline y Haoirse se miraron; estaban tan acostumbradas a comunicarse que no necesitaban palabras.

—Yo cazaré —dijo Kissen, aliviada de tener una excusa para distanciarse del grupo. Había una razón por la que prefería viajar sola: la mayoría de la gente le resultaba muy molesta—. Hay conejos en abundancia por aquí. Vamos, Tethis, es hora de que aprendas a alimentarte.

Inara tragó saliva.

—Yo... yo no... —parecía un poco mareada— no creo que pueda disparar a un conejo.

—Te comerías uno, ¿verdad?

—Bueno… sí, pero…

—Pues te aguantas. La ciencia de las plantas no es lo único que hay que aprender.

Svenka ocultó una carcajada y Kissen se sorprendió cuando Inara no discutió más. Desató el arco de la silla de Piernas y sacó la bolsa en la que guardaba la cuerda para evitar que se humedeciera. El caballo se inclinó hacia Inara y acercó el hocico a la bolsa como si esperara una manzana. Para sorpresa de Kissen, la fruta se materializó, presumiblemente empujada por la cornamenta de Skedi. Sin sobresaltarse ni quejarse, Inara se la entregó a Piernas, que la aceptó con gusto. Traidor.

—¿Has usado un arco antes? —preguntó Kissen. Ignoró lo que acababa de presenciar mientras enganchaba la cuerda en la parte de arriba del arco. No le gustaba ver una faceta más tierna de Skedi, pero no iba a negarle a Piernas una manzana—. Sospecho que eres demasiado pequeña para encordarlo.

Inara resopló y le quitó el arco mientras levantaba la nariz con altivez. Desenganchó la cuerda de la parte superior, la enrolló en la parte inferior y la tensó hacia arriba mientras tiraba de la vara hacia abajo para doblarla. Kissen la observó cruzada de brazos. Inara apoyó todo su peso en la madera del arco y se puso roja por empujar hacia abajo.

—¡Ay!

Se le resbaló de la mano y cayó en la maleza húmeda.

—Primera lección —dijo Kissen mientras lo recogía—: reconoce tus límites.

Batseder se rio, pero negó con la cabeza.

—Al menos lo has intentado. Bien hecho —dijo Berrick.

—Pero te has creído más lista que la tierra —dijo Kissen mientras encordaba el arco y le daba el carcaj a Inara para que lo llevase. Era lo que su madre les decía a sus hermanos y a ella cuando su arrogancia se interponía en su sentido común. Inara se frotaba los dedos doloridos.

—Eres un poco bocazas para ser guardaespaldas, ¿no? —dijo Jon—. ¿No es tu jefa?

Inara y Kissen se quedaron paralizadas. Elo las miró con suspicacia.

—Su padre quiere que sepa apañárselas en el camino —dijo Kissen y la mentira le vino a los labios con facilidad. Normalmente no se habría molestado, pero lo hacía por Inara—. Así que, a menos que prefieras el cadáver seco de un animal a la carne fresca, guárdate los comentarios.

Jon se encogió de hombros y siguió colocando piedras.

¿Ahora ya no te importa una mentirijilla? —la voz de Skedi atravesó su mente de improviso e Inara la miró de soslayo, como si quisiera echárselo en cara.

Que te jodan, bestia —espetó Kissen.

Llevó a Inara río arriba en la dirección del viento para observar posibles rastros de conejos entre los arbustos espinosos.

—No sé por qué tengo que aprender esto —dijo Inara, cada vez más atrevida, a medida que el parloteo de sus compañeros de viaje se desvanecía en el viento y la corriente del río.

Kissen no sabía qué decirle. ¿Que se había encontrado sola en el mundo? ¿Que quería que la niña aprendiera las habilidades en las que ella había tenido que confiar para sobrevivir?

—No sabemos cómo será tu vida después de este viaje —dijo—. Hay un sendero de conejos junto al arroyo.

Inara se quedó callada y siguió la dirección del dedo hasta un hilillo de agua que desembocaba en el río.

—Tenemos que mantenernos con el viento de cara para que las presas no nos huelan —explicó—. Seguiremos los caminos naturales. Piensa como ellos y sigue sus movimientos hacia el agua o hacia un lugar seguro. A los animales terrestres les gusta correr, pero les gusta más esconderse. Creen que si se quedan quietos no los veremos.

La mejor hierba y los mejores arbustos para los conejos crecían a la luz del sol, así que Kissen no se sorprendió cuando el camino las condujo a un pequeño claro. Inara se movía con bastante sigilo y le hizo un gesto para que se detuviera y se pusiera a su lado.

—¿Ves la liebre? —dijo en voz baja. La criatura las percibió y se quedó inmóvil. Estaba agazapada junto a un lecho de hierba y brotes verdes—. Les gustan más los espacios abiertos. Me sorprende ver una en un bosque tan denso; significa que hay campos cerca. ¿Ves la curva del lomo? Las orejas parecen hojas, pero el lomo la delata.

—Parece asustada —susurró Inara.

—Lo está —confirmó Kissen mientras se quitaba el arco de los hombros, despacio, para no asustar al animal—. Sabe que es un momento clave en el juego de la vida.

Apuntó una flecha, palpó las plumas y tensó la cuerda.

La soltó. La flecha siseó al salir disparada. La liebre se movió demasiado tarde. La flecha la alcanzó en el pecho y la desvió hacia un lado. Las criaturas que se ocultaban en la maleza y que no había visto, incluidos uno o dos conejos más pequeños, se dispersaron. Se le movieron las patas una vez y se acabó.

Inara tragó saliva.

—He disparado a manzanas —dijo—. A objetivos, pero nunca a una cosa viva. Mucho menos a un ser que respira y se parece a Skedi.

Kissen se dio cuenta de que el dios se había subido al hombro de Inara y flexionaba las alas en el aire de la tarde. No le gustaba que ya no pensara que iba a matarlo.

—Nunca he conocido a una criatura que no sintiera dolor —dijo y se levantó—. No somos diferentes. Incluso las personas se comen unas a otras para sobrevivir.

Se acercó a la liebre muerta y le quitó la flecha, que limpió en la hierba y luego en los pantalones. Inara la observó con una mueca. Kissen recogió la liebre, aún caliente. Sangraba un poco y le dio la vuelta para ensartarle las patas y atárselas al cinturón.

—El dolor forma parte de la vida —dijo.

Por primera vez en mucho tiempo, Kissen vio el rostro de su padre en su mente. Le había dado su vida y todo el dolor que ello conllevaba.

—Estupendo —dijo Inara, malhumorada—. ¿Ya hemos acabado con las lecciones sobre matar?

Kissen sonrió.

—No. —Secó la cuerda del arco con un paño y se lo entregó—. Ahora te toca a ti.

Se adentró más entre los árboles con la niña y siguieron los senderos hasta donde el aire era denso y estaba tranquilo. Mientras avanzaban, Kissen recogía hongos y verduras y los añadía a la bolsa de Skedi. El dios revoloteaba cerca de la cabeza de Inara, del tamaño de una golondrina.

Por fin, encontraron una charca en calma bajo unas ramas bajas. Tres conejos se escabulleron al oír el crujir de la hierba, pero el resto se quedó inmóvil.

Espera —indicó por señas a Inara. Los conejos empezaron a moverse de nuevo. Como un soplo del viento, el tiempo de tener miedo había pasado.

Kissen sacó una flecha muy despacio y se la pasó a Inara, que suspiró mientras la ensartaba. Tensó bien el arco y lo sujetó mejor que ella. Tenía el hombro y el codo bien alineados, los nudillos a la altura de los labios.

—Los que no se mueven saben que estamos aquí —murmuró Kissen.

—¿Tengo que hacerlo? —preguntó Inara mientras tensaba la cuerda casi hasta el límite.

—No, no tienes por qué —dijo Kissen—. Toma tus propias decisiones, *liln*, yo no las tomaré por ti.

Inara tragó saliva, estiró más la cuerda y soltó la flecha. Le dio a un conejo en la garganta y murió en el acto. Un disparo mejor que el suyo. El resto huyó. Skedi bajó de una rama junto a la niña, se le subió al hombro y miró a Kissen. Ella lo ignoró.

—Una buena muerte —dijo, sorprendida por lo orgullosa que se sentía—. Bien hecho, eres una cazadora nata.

* * *

El fuego del campamento ardía, aunque el sol aún no se había puesto. El dios había vuelto a esconderse y Elo estiraba la masa entre las manos y la preparaba para calentarla sobre una piedra plana y una esterilla de preparación que había cubierto de aceite. Se había comprometido con la tapadera del panadero. Era todo un esfuerzo cargar con harina, aceites y levadura en una larga caminata solo por aparentar. Kissen vio que Berrick lo observaba fascinado.

—Mañana cruzaremos el río con la barca —dijo Jon cuando todos se reunieron—. El timonel verá el fuego y vendrá con la llave para la cadena al amanecer. Entonces empezaremos a subir el Monte Tala. —Señaló el pico nevado que se elevaba al este.

Haoirse le quitó los conejos a Inara.

—Buena puntería —dijo al darles la vuelta. Habían cazado cinco en total. La niña enrojeció de orgullo y, tras cambiar el peso de un pie a otro, acompañó a la anciana y a Kissen junto al agua para observar. La matadioses sacó el cuchillo y desolló una de las liebres en dos pasadas, un corte en la espalda y otro alrededor del cuello, seguido de un fuerte desgarro.

—¿Dónde aprendiste a hacer eso? —preguntó Inara, asqueada y fascinada a partes iguales.

—De un hombre llamado Pato. Fui su aprendiz —dijo Kissen. Ay, Pato. Se preguntó qué habría hecho aquel vejestorio con Skedi. La primera respuesta que le vino a la mente fue «acabar con el problema»—. La piel se mantiene intacta para poder secarla y usar las pieles como abrigo. No desperdiciar nada es el código del cazador.

A Haoirse le estaba llevando un poco más de trabajo; había optado por el método más limpio de pelar la piel poco a poco.

—¿Cuánto tarda en secarse? —preguntó Inara mientras la anciana remojaba la piel en el agua.

—De dos a tres días —dijo. La dejó en la orilla y luego siguió con la liebre de Kissen. Tenía los nudillos hinchados, agrietados por el frío viento—. Luego, un poco más en curtirse. Los sesos van bien para eso, o la yema de huevo. Pregúntale a Batseder.

—La mayoría de los curtidores ambulantes llevan pollos —comentó la mujer al oírlas mientras removía la olla—. Aunque mi familia trabaja sobre todo con piel de vaca. Así conocí a Berrick, el zapatero. —Sonrió a su marido mientras Inara se sentaba a su lado y le entregaba las setas que habían arrancado de un árbol enfermo—. Por eso le cae bien a mi padre —añadió Batseder.

—No hay zapatos sin pieles —dijo Berrick y ella se echó a reír.

Comieron estofado de carne, setas y los panes planos de Elo. Kissen partió el suyo con desconfianza, pero cuando lo probó resultó ser el más ligero y delicioso que había probado.

—¿Lo has hecho tú? —preguntó a Elo, que puso los ojos en blanco, exasperado.

—Ya te he dicho que soy panadero. Claro que lo he hecho yo.

Sin duda eran mejores que las empanadas pegajosas que Berrick había insistido en preparar y hervir en la olla. Hasta Jon compartió de mala gana un poco de vino curlo que bebía todas las noches cuando creía que nadie miraba.

—Es muy diferente a cuando éramos niñas —dijo Poline al cabo de un rato mientras roía la carne de un hueso—. En todos los pueblos organizaban un pequeño desfile para los peregrinos y te sacaban unas monedillas de plata por un vaso de agua.

—Ah, eran buenos tiempos —dijo Jon mientras sonreía bajo la barba, que se trenzaba con aire distraído.

—Imagino que te embolsabas una parte del botín —apuntó Haoirse.

El guía se encogió de hombros.

—He caminado desde el extremo oriental de Talicia hasta las montañas de Middren —dijo y se tocó las insignias de peltre—. He llevado barcos a Irisia, Usic, Restish, Pinet y Curliu, y también he recorrido sus caminos. Pero ningún sitio se parece a Middren. Historias y más historias, la temeridad de los dioses y las cosas que daban. Las capas y profundidades de los altares a medida que te acercabas a Blenraden. Qué ciudad. —Miró alrededor—. ¿Alguno estuvo alguna vez? ¿Antes de la guerra?

—Nunca —dijo Batseder—. A mi madre le daba miedo.

—A muchas mentes pequeñas se lo daba —dijo Jon—. Sin ofender, querida.

Batseder alzó las cejas.

—Me temo que sí me ofende.

—Estaba llena de ladrones y dioses locos —dijo Berrick para apoyar a su mujer.

Jon hizo una mueca.

—En cada esquina, un dios o una plegaria —dijo y levantó la mirada hacia los árboles como si aún lo viera—. Un altar pequeño lleno de baratijas. Dioses de los pendientes perdidos, de las sandalias rotas, del dinero, de los ladronzuelos y de los tejedores. —Sonrió a Kissen—. Te acuerdas, ¿verdad, Enna? Tu protegida comentó que eras de allí.

—Batseder tiene razón —dijo Kissen—. Era un lugar de ladrones, dioses locos y gente aún peor. La mujer que me retenía allí dependía de ello.

—¿Te refieres a Maimee? —preguntó Inara con inocencia mientras mojaba el pan en su guiso.

Kissen hizo una mueca.

—¿Maimee? —repitió Jon con suspicacia—. ¿Eras una de las pupilas de esa bruja?

—No hables mal de las brujas —dijo Svenka.

—¿Sigue viva? —preguntó Jon.

Kissen frunció el ceño.

—Espero que no.

Poline la miró con horror.

—¡Quién dice algo así!

—Acogía a bastardos, lisiados y abandonados —dijo Jon mientras miraba a Kissen de arriba abajo con una mirada que no le gustó, como si la evaluase para una celda—. Los mandaba a acosar a mis peregrinos por monedas y ofrendas. Una panda de mierdecillas. Más de una vez me rajaron el bolsillo después de pagarles para que me dejaran en paz.

—Diría que deberías haber sido más precavido —dijo Kissen.

Svenka interrumpió antes de que Jon se enfadase.

—He estado en Blenraden más de una vez y las personas estaban más locas y eran más mezquinas que los dioses.

—¿Por qué vuelves entonces? —dijo Jon. Estaba muy susceptible desde la muerte de Mikle.

Svenka miró a sus compañeras. Haoirse se tocó los brazaletes y Poline se sonrojó.

—Porque quizá no tengamos más oportunidades —dijo—. No quedan muchos dioses en Middren que puedan escuchar nuestra petición.

Berrick se volvió hacia ellas, emocionado por los cotilleos. Kissen apostaba a que si alguien le compraba unos zapatos se llevaba de regalo una bolsa de historias.

—¿Qué petición?

—Morir —dijo Haoirse, tajante como siempre—. Juntas. Sin dolor. Dormidas.

Inara se atragantó.

—¿Qué? ¿Por qué?

—Porque los hijos y la familia que nos queda están lejos o han muerto —dijo Poline. Parecía triste—. No queremos que nos separen, nos consientan y nos olviden. Ninguna quiere seguir aquí mientras otra se marcha. —Suspiró—. Mi único hijo huyó a la guerra en Blenraden. Murió solo y lejos de la gente que lo quería, como Mikle. —Svenka se acercó para tocarle la mano—. Haoirse fue a buscarlo y lo único que pudo hacer fue sostener las manos de cien caballeros mientras perecían. Después, las enfermedades que se extendieron desde la ciudad al huir sus habitantes se llevaron a las hermanas de Svenka. Hemos visto pocas muertes buenas. Queremos pedir una.

Kissen miró a Elo. Le temblaban un poco las manos y miraba el fuego con decisión.

—¿Qué ofreceréis por un regalo así? —preguntó—. Las bendiciones de los dioses no son gratis.

—Hablas por experiencia, ¿verdad? —dijo Haoirse. Kissen no debería haber abierto la boca. La anciana se tocó la mejilla para indicar su cicatriz, pero lo que Kissen sintió fue la promesa de Osidisen en el pecho—. Es una maldición, ¿no? Una rota.

—Nunca había visto una maldición —dijo Berrick y se inclinó hacia delante con interés.

—He tenido una vida interesante —espetó con frialdad, con la esperanza de no volver a despertar las sospechas de Jon. Ni las del panadero, de paso.

El sol había ido bajando hacia el río y ya apenas se asomaba por el horizonte. A cada tramo que descendía, se llevaba consigo un poco más de calor.

Lo sintió cuando la luz desapareció tras las colinas. Un cambio en el aire, como un roce en la piel que le erizó el vello. Después llegó el olor: a tierra, musgo y sangre. Se levantó de un salto y desenvainó la espada.

—¿Qué pasa? —Jon también se levantó. En la oscuridad del bosque que ya no tocaba el sol, la sombra se arrastraba sobre unas patas de animal. Esa vez no una, sino dos—. Mierda, por todos los dioses —siseó—. Otra vez no.

Dientes blancos, ojos brillantes, garras blancas. Oscuridad y hueso. Kissen respiró hondo mientras el caballero se levantaba despacio. El olor a sangre le pesaba en la lengua y le traía recuerdos de carne quemada y fuego.

Las bestias cargaron a la vez, golpearon el círculo de Jon y lo rompieron a la primera. No era lo bastante fuerte para resistir la fuerza de dos. Kissen bloqueó a una de las criaturas con la espada y la apartó a un lado mientras la otra se deslizaba hacia Elo. Kissen blandió la espada, lo que obligó a la primera a retroceder, y aprovechó la oportunidad para levantar a Inara.

—Ve con Piernas —dijo—. Cálmalo.

El caballo estaba como loco y amenazaba con huir. Inara agarró las riendas y estuvo a punto de salir volando cuando el animal se encabritó. Svenka acudió a ayudarla mientras Berrick buscaba a tientas una piedra o una rama. Encontró un tronco, la peor opción de las dos, y lo blandió por encima de la cabeza. Haoirse se esforzaba por reponerse y Batseder tuvo que asistirla.

La bestia se abalanzó a por Kissen tras esquivar un golpe de la espada con un latigazo de sombra y se coló bajo su guardia. Le clavó las garras en la armadura y la arrastró hacia atrás. Buscó en la capa lo primero que se le ocurrió, la ceniza bendita del altar de Ennerast. Aplastó el frasco en la boca de la criatura. Lo que habría sido un regalo para una invocación de agua fue como ácido para la bestia. Chilló y le desgarró la pechera con las garras.

—¡Id al agua! —gritó Kissen—. ¡Todos! Es probable que no os sigan; son criaturas terrestres.

—El río es demasiado profundo —dijo Jon. La otra bestia, que había estado luchando con la espada de Elo, percibió el olor de la bendición. Ácido o no, olía a poder.

—¡Subíos al barco, joder! —gritó Kissen y dio un paso atrás mientras la primera sombra se recuperaba y las dos se volvían hacia ella—. ¡Inara, sube al barco! Deja a Piernas.

No la había llamado Tethis. Había usado el verdadero nombre de la chica. Ya daba igual; mentir no era lo suyo. La criatura se desprendió de la carne quemada y dejó al descubierto los dientes de hueso, fragmentos blancos y brillantes que formaban una sonrisa irregular.

—Panadero, ven aquí.

Elo saltó al lado de Kissen.

—¿Cómo nos han seguido? ¿Por qué hay dos?

—Ojalá lo supiera —espetó Kissen.

Jon y Poline arrastraban la barca en el agua hasta donde la cadena lo permitía. Batseder, Berrick y Haoirse intentaban recoger sus cosas mientras retrocedían hacia la orilla. Piernas estaba asustado. Resoplaba con fuerza y se apartaba de Svenka. El ruido distrajo a las bestias de sombras y Kissen aprovechó el momento para atacar. Las criaturas se sobresaltaron y se separaron, rápidas como el aire, y una fue directa a por Inara. Kissen lanzó un cuchillo, que alcanzó a la bestia en la pata trasera. Chilló mientras viraba hacia Haoirse, Batseder y Berrick. Berrick dio un paso al frente y sostuvo el tronco ante las mujeres, aunque le temblaban las rodillas.

—¡No! ¡No lo hagas! —gritó Batseder y Haoirse chilló; empujó a Berrick y los dientes de la bestia le aplastaron el costado.

Svenka gritó, soltó a Piernas y corrió hacia ella. Poline abandonó el bote, pero se tropezó con la corriente y casi se cayó. Berrick se levantó y agitó el tronco, que no sirvió más que para disipar la sombra de la criatura al pasar.

Kissen desenvainó otro cuchillo de bridita y lo lanzó. Atravesó el cuello de la sombra. La criatura era como un perro salvaje que atacaba todo lo que se movía. Abandonó a Haoirse y se enfrentó a Kissen. Ella detuvo el ataque con la espada y la derribó; la cortó un poco, lo que permitió que Berrick y Batseder levantasen a Haoirse mientras la anciana jadeaba de dolor.

—Juntas, Haoirse —gritó Poline mientras intentaba acercarse a la orilla a contracorriente—. ¡Se supone que debemos irnos juntas!

—¡Kissen! —chilló Inara, que aún agarraba a Piernas y también se había olvidado de las falsas identidades a causa del pánico. No importaba; lo único que importaba era que estuviera a salvo.

—¡Inara, suéltalo! ¡Súbete al bote!

La bestia intentó morder a Kissen con los dientes ensangrentados. Ella la paró con la espada. El caballero golpeaba a la otra para hacerla retroceder y darles tiempo a los peregrinos.

—¡Berrick! —gritó mientras luchaba. El hombre había llegado al bote—. ¡Está demasiado caliente!

—¿Qué? —respondió—. ¡Ven al bote, panadero! ¡Corre!

—¡El agua está demasiado caliente para las empanadas! —rugió el caballero panadero, con expresión de alivio, como si se quitara un peso de encima—. Hace que queden pegajosas. Enfríala la próxima vez.

—¿Te parece un buen momento, descerebrado? —gritó Kissen—. Inara, ¡ahora!

—¿Y tú? —dijo la niña—. ¿Y Piernas?

—Yo las contendré y Piernas se cuidará solo. Ponte a salvo. Es una orden.

Jon demostró tener agallas y se arrastró para ayudar a Haoirse y a Svenka a entrar en el agua. Batseder saltó al bote y ayudó a Haoirse. Tenía la cabeza echada hacia atrás en un ángulo espantoso. Berrick ayudó a Poline y luego a Svenka, que lloraba de pena.

Inara no se había movido. Jon intentaba forzar el candado y soltar la barca; la corriente ya los empujaba río abajo. Sin Inara. Kissen gruñó y puso toda su fuerza en la espada para arrojar a la bestia a un lado. Corrió hacia la niña y le dio la espalda a la criatura contra todo instinto mientras Jon conseguía abrir el candado.

Kissen la agarró con la intención de lanzarla hacia el barco. Batseder se levantó y abrió los brazos, dispuesta a atraparla. La cadena se soltó.

Inara levantó los brazos en una frágil defensa.

—¡Lo prometiste! —gritó. Al mismo tiempo, Skediceth salió de la bolsa y batió las alas en la cara de Kissen, sobrecargado por la emoción de Inara. Kissen lo apartó de un manotazo, pero no le hizo daño; el dios volvió a elevarse en el aire para defender a la chica.

—Aparta, parásito —gruñó Kissen. La criatura de sombras a la que había lanzado se había vuelto a levantar y, sin haber sufrido daño alguno, corrió hacia ellas.

Elo también echó a correr y, con un movimiento elegante, le atravesó la cabeza con la espada y luego el corazón. La criatura se disolvió. Con un grito inhumano, la segunda atacó, pero Elo estaba preparado y plantó los pies. La atravesó con la espada, rajó garras, dientes y pecho y desgarró la sombra en jirones de aire.

Kissen se volvió hacia el agua, pero la barca ya estaba muy lejos. Batseder le devolvió la mirada, boquiabierta por el pequeño dios que había aparecido encima de la cabeza de Inara. Antes de que pudiera preguntar nada, la corriente arrastró la embarcación y desapareció río abajo. Se quedaron solos.

Kissen se volvió hacia Inara.

—¿Eres idiota?

—¿Qué se suponía que debía hacer cuando saliéramos de la barca? —espetó ella—. ¿Encontrar a otra persona dispuesta a llevarme a una ciudad muerta con un dios de las mentiras piadosas?

Kissen frunció los labios.

—Podrías haber muerto —dijo—. Esas bestias nos están siguiendo.

—Lo prometiste —repitió Inara con amargura y la voz ronca—. Prometiste que no me abandonarías.

Kissen se quedó sin palabras por unos segundos.

—No te estaba abandonando, niñata desagradecida —dijo—. Intentaba salvarte la vida. ¿Qué haré si te matan?

—Volver a tu estúpida vida —gritó Inara—. Pero ¿y yo qué? No tengo nada a lo que volver. ¿Qué se supone que haré si me quedo sola?

—No estás sola —dijo Skediceth y se le posó en el hombro.

—Si me entero de que la has convencido para que se quedara… —gruñó Kissen.

Skedi extendió las alas.

—¿Me matarás? Esa amenaza empieza a perder fuerza.

Kissen oyó una tos educada detrás de ella. Se volvieron hacia el sonido. No estaban solos. Elo seguía allí.

—Deduzco que no eres guardaespaldas en realidad, Kissen la Matadioses.

CAPÍTULO QUINCE
Elogast

¿Cómo no se había dado cuenta nada más verla? La forma en que se movía, un poco inclinada hacia un lado, el salvaje pelo rojizo y la sonrisa que parecía una mueca. En Middren no había muchas talicianas con una sola pierna. Solo una se había labrado una reputación como veiga durante la guerra. Él mismo había comprobado los nombres de los voluntarios en la desesperada búsqueda de combatientes. Kissen.

Había estado allí, no solo en el ataque que había derrotado a los dioses salvajes, sino después, la noche en la que intentaba no pensar. Cómo se había mantenido firme bajo sus órdenes mientras que otros temblaban y sudaban. Le vino todo a la memoria, cosas que había enterrado durante mucho tiempo en un intento por no desmoronarse. Ya se había fijado entonces en que apenas miraba a Arren mientras el príncipe heredero les infundía valor, decidido a luchar a su lado contra su antiguo aliado, el dios de la guerra. Kissen la Matadioses había sido una de los pocos que no habían temido enfrentarse a los dioses y a la muerte. Sus ojos decían lo mismo que su tatuaje. «Que te jodan».

Ella lo miraba de arriba abajo con esa misma expresión.

—Estuve en la batalla contra Mertagh —dijo Elo—. Comandé a los veiga. Os vi a ti y a los demás acabar con el dios de la guerra.

—Le dolió decirlo, igual que recordar cómo los matadioses le habían salvado la vida, cómo un dios había salvado a Arren y cómo él había fracasado en todo.

Kissen hizo una mueca de asco.

—Joder. Sabía que eras caballero. ¿Qué pasó? ¿Te cagaste encima, traicionaste a tus amigos o huiste?

Menudo descaro de mujer.

—Nada de eso —dijo Elo con rotundidad. Muchos lo habían hecho en la negrura y el caos de la furia divina; no se equivocaba con la suposición. Estaba claro que no se acordaba de él. Se dio cuenta de que lo decepcionaba un poco. Entonces llevaba casco, tal vez fuera por eso.

—El rey y la mitad de los que era inteligentes se retiraron, así que es una pregunta justa —dijo Kissen mientras miraba la espada.

Elo se irritó.

—Al rey lo hirieron... —Se contuvo—. ¿Por eso lo odias tanto?

—No, me pareció una idea mucho más lógica que se escondiera, teniendo en cuenta que era el último de la prole de su madre que quedaba vivo. Dudo que fueras un buen caballero, dado que la mitad murió y ahora eres panadero.

Quería provocarlo. Se había adelantado para ocultar a la muchacha, que seguía agarrada al caballo, con el dios, que claramente tenía voluntad propia, sentado sobre su cabeza.

—Esa chica no está a salvo contigo, veiga.

—¿Por qué lo dices? —Sonrió y el diente de oro brilló a la luz del fuego.

Elo no soltó la espada. No sabía predecir sus movimientos. Era igual de probable que le arrancase el arma como que lo apuñalase por la espalda.

—Nos han atacado dos veces unos demonios de humo...

—Demonios de sombras.

—No se me ocurre nada que los atrajera más que una maldición como la que tienes en la cara.

La veiga se rio.

—Una maldición blanca está muerta y una maldición muerta no hace nada —dijo—. Lo sabría si los atrajera, caballero.

—¿Por qué debería creerte? —replicó Elo.

—Porque sé lo que me hago. Alguien que se dedica a matar a dioses es capaz de darse cuenta de si está maldita o no. ¿Te has revisado la piel en busca de alguna marca de una maldición?

—Hace años que no veo a nadie que conozca —dijo Elo. Una maldición requería mucho poder, de modo que alguien tendría que odiar mucho a una persona para intentar invocarla. Tendrían que ofrecer al menos un dedo, su casa o una vida de servidumbre al dios. Nadie se preocupaba por él lo suficiente como para odiarlo así.

Tardó un segundo en darse cuenta de que la expresión de la veiga era una especie de lástima divertida. No le tenía miedo. El pequeño dios bajó de un salto a la mano de la niña sin dejar de mirarlo.

——Joder, qué triste —dijo Kissen.

Elo gruñó. No lo había dicho con esa intención. La niña se tapó la boca para esconder la risa.

—No me extrañaría que alguien maldijera a Jon —dijo la veiga y miró hacia el río. Sus compañeros ya se habían ido—. Me ha cobrado un buen pellizco. Si es así, no me gustan sus posibilidades.

—Kissen —regañó la muchacha; la había llamado Inara.

—Estoy de mal humor —dijo ella como explicación. Miró a Elo—. Y tú, esfúmate.

—Tal vez deberíamos dejar a un lado nuestras diferencias por esta noche y descansar un poco —dijo el dios en voz alta, con los bigotes crispados.

—Llevas todo el día metido en una bolsa —dijo Kissen.

—No hablo de mí —dijo el dios y señaló a Inara con un movimiento del ala.

Elo lo miró y luego a Kissen, que tuvo la decencia de mostrarse un poco avergonzada.

—Hay una explicación.

—¿A por qué una matadioses viaja con un dios?

Su expresión se volvió pétrea.

—¿Y por qué un caballero viaja a la ciudad que ayudó a destruir?

Empate. Inara lo rompió.

—El dios está ligado a mí —dijo—. Kissen nos lleva a Blenraden para liberarnos a los dos. —La miró—. Skedi dice que Elo no quiere hacernos daño. Quizá deberíamos confiar en él.

Ligado. Elo tragó saliva. Le recordaba a Arren y a la hoguera que tenía por corazón. Miró a la chica. Parecía perfectamente entera y bien. Y el dios estaba fuera de ella, no dentro. En cualquier caso, haría bien en averiguar más al respecto. Una matadioses no era compañía adecuada para una niña de alta cuna ni el camino un lugar seguro para ella. Ya los habían atacado y sus compañeros de viaje habían terminado asesinados, heridos o dispersados.

—¿No te he dicho que no te fíes de nadie? —dijo Kissen, con apenas una gota de educación.

—Tendrás que fiarte de mí —dijo Inara—. Además, no pienso ir a ninguna parte esta noche.

Bien podría haber sido un joven Arren el que estaba allí plantado, con la lengua afilada y esa franqueza, casi petulante, que siempre había esgrimido. Elo sonrió satisfecho.

—Dos espadas son mejor que una —dijo mientras bajaba el arma y la envainaba—. Y vamos en la misma dirección.

—Qué galante —se burló Kissen.

El caballo se había calmado un poco. Estaba claro que estaba bien entrenado para no haber huido y haber arrastrado a la niña consigo. Kissen fue a atarlo con la brida y una cuerda a un árbol, bastante flojo para que tuviera libertad de movimiento, y la chica la ayudó a cepillarlo otra vez. El animal aceptó una golosina de su mano, sin que pareciera importarle la presencia del dios.

Inara se sacudió el polvo de las faldas y fue a sentarse junto al fuego, con la gruesa capa de lana bajo las piernas. Tras un rato, Kissen fue con ella, con la misma alegría que un gato al que le piden que comparta la cena. La olla de estofado seguía burbujeando, llena y ruidosa en ausencia de sus acompañantes. Elo observó los restos del campamento. Le había gustado viajar con gente. Hacía días que no tenía pesadillas en el duro suelo y con los ruidos de la noche alrededor. Pensó en Haoirse y sus heridas, en Mikle y su arpa, en la indiscreción de Berrick y el pragmatismo de Batseder. ¿Lograrían continuar su viaje? Elo fue a sentarse y se sintió más desamparado de lo que le hubiera gustado. Liberado de su escondite, el pequeño dios se colocó junto a las rodillas de Inara y estiró las alas moteadas.

—¿Cómo te llamas, dios? —preguntó Elo—. ¿En qué lado estuviste en la guerra?

La criatura le hizo un gesto con una larga oreja. Tenía cara de liebre, pero sus ojos eran amarillos como los de un pájaro.

—Un nombre por un nombre, caballero —dijo.

Kissen se rio y luego pareció molesta por ello. Se desabrochó la coraza y comprobó el lugar donde la había arañado el demonio de sombras. La camisa se le abrió y dejó a la vista más tatuajes y, debajo, un remolino de escritura oscura que fluía y giraba como las olas en un círculo. Escritura acuática.

—Antes de que preguntes —dijo al notar su mirada—, no es una maldición. Es una bendición. Una que no he usado ni usaré.

Elo se sentó con cuidado, frente a ella. Si sacaba un cuchillo para lanzarlo, las llamas le desviarían la puntería.

—Me llamo Elo, esa es la verdad —dijo al dios, que parecía complacido de que le hablasen—. ¿Y tú?

—No es tu nombre completo.

Elo vaciló.

—Elogast.

El dios lo meditó.

—Soy Skediceth, dios de las mentiras piadosas. No recuerdo la guerra y me parece que a todos nos iría mejor olvidarla. Estuviera en el bando que fuera, era cosa mía.

—Elogast —dijo la chica en voz baja. Levantó la vista—. Dicen que el rey tenía un comandante llamado Elogast de Sakre. Se retiró.

Lo miró con astucia. Los apellidos no eran populares en Middren fuera de la nobleza, aunque en Irisia lo habrían reconocido por sus madres; Elogast de Ellac y Bahba. Arren era Arren Regna, pero Elogast se apellidaba simplemente como la ciudad donde había nacido.

—Pensaba que serías viejo.

Se removió incómodo. Creía que la poca fama que había tenido se habría desvanecido tras alejarse de los deberes reales, pero tal vez Estfjor lo había engañado, con el carácter franco y sin pretensiones de sus gentes. Canovan, el posadero, casi lo había reconocido y lo había asustado un poco. Se sintió orgulloso y horrorizado a la vez.

—La gente dice muchas cosas —dijo Elo, con la esperanza de desviar la conversación.

—Miente —dijo el dios—. Es una verdad a medias.

Kissen también lo observaba.

Un dios de las mentiras piadosas. Qué bien. Se le había olvidado que los dioses sabían discernir una mentira a simple vista. Inara apretó los labios.

Cedió.

—Sí, una vez fui comandante de la caballería, pero hace muchos años que no tengo relación con el rey. Llevo una vida pacífica.

—El león del rey domesticado —dijo Kissen—. Qué curioso.

Así que lo había reconocido. Elo palpó la cabeza de león de su espada bajo la tela. El león había sido el símbolo de Arren, no el suyo; no era un noble de Middren, pero la gente lo llamaba como le venía en gana. Desde entonces, Arren había adoptado la cabeza de ciervo del dios de la guerra y el sol naciente como estandarte. No sabía cómo soportaba mirarlo todos los días.

—¿Por qué se rebajó el gran sir Elogast de Sakre?

—Hice lo que el honor me exigía —dijo, molesto—. ¿Por qué una mendiga de Blenraden se enfrentó a la furia de los dioses? —Se tocó la mejilla para recordarle la maldición—. ¿Por qué eligió luchar contra el dios de la guerra y romper la formación en cuanto las cosas se pusieron feas?

Kissen apretó los labios.

—Mertagh buscaba venganza —dijo—. Tu preciosa formación consistía en alinearnos para que se la tomara.

Elo se estremeció. Tenía razón. Otra vez.

—Nunca habríais derrotado al dios sin nosotros —dijo Elo.

Kissen bufó, pero no lo negó.

—Bah —dijo—. Mira, me importa una mierda de dónde vienes o por qué estás aquí, pero no me fío de los caballeros.

Elo rio y se encogió de hombros.

—Tú tampoco me caes muy bien.

Un pesado silencio se extendió entre ellos mientras se miraban.

—¿Por qué odias a los caballeros? —preguntó Inara al cabo de un rato.

—Porque pertenecen a los reyes —respondió Kissen.

—Tú trabajas para el rey —señaló la niña.

—Trabajo para mí. Como todos los matadioses. Somos mercenarios, no soldados sagrados. La aprobación del rey solo hace que gane más dinero.

—¿Por qué no te gustan los reyes? —preguntó Elo con cuidado.

Kissen tomó un trozo de pan y lo partió con las manos.

—Porque en el mundo en el que vivimos el poder vuelve sanguinaria a la gente buena.

—Entonces, ¿no deberías alegrarte de que atacase al dios de la guerra aunque pusiera en riesgo su propia vida?

—¿Te complació a ti esa batalla, panadero?

Elo frunció el ceño. Inara suspiró y agarró un palo para rescatar de las llamas un trozo de pan quemado.

—¿Por qué no me habláis de esa batalla que os pone a los dos a la defensiva?

Elo y Kissen desviaron la mirada. La niña frunció el ceño.

—Vale. Dime cómo te ganaste esa maldición rota de la cara para que no te eche la culpa por los demonios. ¿No tienes que acercarte mucho a un dios para que te maldiga?

Kissen se frotó el pecho donde tenía la escritura acuática como si le doliera. También llevaba un colgante de cuero alrededor del cuello, que parecía una especie de vial. Los matadioses que Elo había conocido llevaban todo tipo de equipamiento: botellas de agua bendita, viales de ceniza o sangre, oraciones. Se había dado cuenta de que la capa de Kissen tintineaba a veces cuando se movía.

—Hay que acercarse mucho a una diosa de la belleza para matarla —dijo Kissen mientras servía uno de los cuencos esparcidos por el suelo y se lo pasaba a Inara, que mojó el pan en él.

Elo aprovechó para observar su rostro con más detenimiento. La escritura divina rota se correspondía con las marcas más fracturadas de los dioses jóvenes que habían llegado a los pueblos y ciudades, a diferencia de la escritura orgánica y fluida de los dioses de los bosques y las montañas o la escritura fluvial de los dioses del agua o los lagos. O de la bendición del pecho de Kissen. Apartó la mirada.

—¿Por qué matar a una diosa de la belleza? —preguntó Inara mientras mordisqueaba el pan. Elo se alegró de que no se desperdiciara. Era difícil hornear sin un buen horno. Optó por un trago de vino de la petaca que Jon se había dejado—. No tiene nada de malo querer ser guapa.

—Esta diosa de la belleza era Wyria de Weild —dijo Kissen.

Elo nunca había estado en Weild, pero no estaba lejos de Estfjor y pertenecía a la Casa Crolle. Los nobles dirigían allí sus barcos cuando tenían mercancías pequeñas y brillantes, como gemas y oro. Weild era famosa por sus joyeros y sus prostitutas.

—Las gentes del pueblo ansiaban belleza para atraer las miradas de los lores y las damas —continuó Kissen. Había llegado a la conclusión de que su armadura no necesitaba remiendos, así que empezó a abrochársela. A menudo dormía con la coraza puesta. En una superficie dura y plana, tenía que ser muy incómodo. Siempre lista para huir—. Enderezaba narices, estrechaba cinturas o las ablandaba y engrosaba. No pedía más que trozos de azúcar, pedacitos de fruta. Golosinas ricas.

—No suena mal —dijo Skediceth.

—Tenía tantos fieles que elegía a sus favoritos —continuó—. Les pedía más y más; sus desayunos, sus almuerzos, sus cenas. Niños de apenas doce años empezaron a ayunar durante días para ganarse su favor y a veces simplemente les decía que no, que no era suficiente, que tenían que hacer más. Wyria se atiborraba y embellecía mientras sus adoradores se consumían por la enfermedad de amarla. Dos chicas jóvenes y un chico murieron antes de que decidieran contratar a un matadioses. Mi mentor, Pato, aceptó el trabajo.

—Esta historia no es para niños —dijo Elo. A él tampoco le gustaba. Inara, sin embargo, lo miró con el ceño fruncido.

—¿Cómo te maldijo? —preguntó.

—Era lista —dijo Kissen—. Puso a los fieles a vigilar las puertas de la ciudad. Eran tan frágiles que no podíamos pasar sin hacerles daño. —Elo sintió su disgusto y su ira. La veiga se miró las manos, fuertes y llenas de cicatrices—. Pato me ordenó que trazara un plan. Era la primera vez que me dejaba enfrentarme sola a un dios. Así que ayuné, como los demás, y le llevé ofrendas. Caras. Frutas confitadas y mazapanes. Rica carne fresca, todavía goteante. Me acerqué a ella como una penitente, con los brazos y una pierna desnudos, y le pedí que me embelleciera. Le dije que estaba desesperada, que deseaba ser hermosa más que nada.

—Vería la mentira —dijo el pequeño dios en voz baja. Se le erizó el pelaje, desconcertado.

—No mentí —dijo Kissen—. Era joven, tenía cicatrices y era fea. La persona a la que más quería amaba a otra mejor que yo y la había abandonado en un lugar desagradable. Es más que suficiente para que alguien desee lo que no puede tener.

—Yatho —dijo Inara. Kissen chasqueó la lengua y la chica se sonrojó. Había dado en el blanco.

—Wyria no se resistió a que una aprendiz de matadioses le pidiera un deseo —añadió—. Era demasiado apetecible todo lo que pensó que podría sacarme. Se había comido la mitad de los caramelos que le había llevado antes de darse cuenta de que contenían bridita.

Elo se atragantó con el vino. Eso era sucio incluso para una veiga. Kissen le sonrió y el brillo de sus ojos le indicó que sabía exactamente lo que pensaba.

—Por supuesto, en cuanto se dio cuenta, ya había pronunciado la mitad de una maldición de fealdad. La maté antes de que surtiera efecto, así que ahora no es más que otra bonita cicatriz.

—No eres fea —dijo Inara. Kissen se rio y miró a Skedi, que agitó las alas con irritación.

—Claro que miente —dijo y la niña lo pinchó con un palo.

—Exagera. Tienes un aspecto inusual. ¿Verdad, Elo?

—No pienso involucrarme.

Debería hacer caso de sus palabras. No le correspondía juzgar a la matadioses y sus métodos. El engaño le parecía mal, como lo que Arren había hecho durante la destrucción de los altares de sus dioses aliados. No era honorable. Pero no era fea. Aunque no pensaba decírselo.

—Tengo la cara que tengo, *liln* —dijo Kissen mientras sacaba un hueso de la olla para masticarlo—. La conozco bien y aún conservo casi todos los dientes y los dos ojos. Créeme, dados mis orígenes, soy afortunada.

Inara se mordió los labios y observó la profundidad de la noche. El torrente de agua que se había llevado a sus amigos llenó el silencio mientras a ninguno se le ocurría qué más decir. Kissen no se inmutó. Miró río arriba mientras arrancaba carne del hueso con los dientes.

—Así que eres de alta cuna —comentó Elo para retomar el tema de los orígenes—. Tal vez conozca a tus padres.

Inara le dirigió una mirada de miedo y dolor y luego miró a Skedi. Se comunicaban en lo que Elo sabía que era el lenguaje mental de los dioses. Se preguntó por qué la chica se sentía tan cómoda con ello; a él nunca le habían resultado agradables las voces de los dioses en la cabeza. Agudas, punzantes.

—Su padre es comerciante —dijo el dios—. Se casó con alguien de la familia Artemi y la adoptaron. Es probable que no los conozcas.

—¿Intentas robarme a mi protegida, panadero? —preguntó Kissen y escupió un trozo de cartílago al suelo—. ¿No te parezco lo bastante noble?

—No intento nada —dijo Elo—. Pero conviene planear con antelación por si ocurre algo.

—Te garantizo que me aseguraré de que Inara esté a salvo y de buena gana te dejaré atrás para hacerlo —dijo Kissen—. Hay dinero en juego y cada vez menos dioses para repartir.

Skediceth agitó una oreja.

—El bienestar de una niña no es moneda de cambio —gruñó Elo.

—Por suerte para mí, no es asunto tuyo —dijo Kissen.

Elo rechinó los dientes.

—Haya paz —dijo, tenso. Ya hablaría con Inara a solas—. No quiero faltarte al respeto. ¿Seguirás mañana?

Kissen miró a Inara, que asintió.

—Sí —dijo la veiga y se volvió hacia Elo—. Sin la barca, el cruce más cercano desde aquí será Gefyrton.

—Necesitamos un plan. Gefyrton es una gran ciudad comercial; seguro que hay guardias buscando peregrinos. Hemos evitado lugares así por una razón.

Kissen se rio.

—Relájate, en Gefyrton ven gente de todo tipo. Aunque nos llevará casi todo el día llegar allí.

Elo suspiró. Otro día, otro retraso. Gastaría más de la mitad del mes que le quedaba a Arren antes de poner un pie en la ciudad de los dioses.

—Entonces será mejor que durmamos y salgamos temprano.

Se arrebujó en la capa y se tumbó frente al fuego para vigilar a la veiga y al dios. Mantuvo los ojos entreabiertos, descansando pero sin dormir, mientras observaba a los demás. Kissen e Inara no tardaron en acurrucarse en el incómodo suelo, pero el dios permaneció despierto, con los ojos amarillos clavados en Elo. Cuando sintió que el sueño lo vencía, su conciencia vagó. Notó que las dudas crecían en su mente, desde una semilla de sospecha hasta un miedo arraigado.

No estamos a salvo con la veiga.

CAPÍTULO DIECISÉIS
Inara

Oyeron la ciudad de Gefyrton antes de verla a última hora de la tarde siguiente. El rugido de la cascada se convirtió en un estruendo en sus huesos mientras remontaban el río y trepaban por las laderas cubiertas de vegetación de los acantilados de granito, a la sombra de los árboles y refrescadas por el aire del agua. Inara había leído sobre la ciudad: un puente que había levantado el dios Gefyr que atravesaba los rápidos y el borde de las grandes cataratas de Salia como parte de un pacto entre unos clanes enfrentados y sus deidades locales. Si la ciudad había cambiado de nombre desde la guerra para borrar al dios de los puentes, no se había extendido. En aquellas tierras, un Gefyr era un buen puente y un puente era uno débil.

Inara recordó el nombre de le diose de la cascada, Sali. En los pilares que soportaban el peso del puente se habían construido dos monumentos para Gefyr y para elle, que surgían de una cantera al pie de las cataratas y se alzaban entre las láminas de agua. Unos grandes brazos de piedra tallada se extendían por encima de los rápidos y sostenían la ciudad. Sin embargo, aunque sus cuerpos seguían en pie, habían arrancado las enormes cabezas de los dioses locales y las habían dejado hundirse en la espuma blanca del río.

El pequeño grupo de Inara se unió a una larga fila de viajeros cubiertos de barro en las puertas de la ciudad, en la orilla occidental de los rápidos. Las puertas estaban envueltas en flores, cintas de colores y hojas verdes por algún tipo de festival. Elogast se alisó el traje mientras se acercaban en un intento de parecer presentable. Kissen no se molestó.

Me lo imagino como el comandante Elogast —dijo Skedi a Inara—. *Un hombre de honor. Protegió a los peregrinos.*

Inara también lo veía. Era tranquilo y firme, a diferencia de Kissen. Skedi llevaba toda la mañana dándole la lata acerca de su preferencia por Elogast, pero ella no veía claro que debieran lanzarse a por la primera persona que se cruzase en su camino que no fuera una veiga.

Kissen no nos conviene —añadió Skedi—. *Lo sabes tan bien como yo; no le hablas de los colores que ves porque crees que te odiará.*

No ha hecho nada para dañarnos.

Todavía no. Pero no se lo hemos contado todo.

Inara suspiró. Skedi tenía miedo de la veiga y lo comprendía. Pero Kissen, a pesar de su rudeza, era fuerte, digna de confianza e incluso amable, a su manera bruta. Skedi quizás estaría más seguro con Elo, pero Kissen había sido una constante en los días transcurridos desde que se quemó su casa. Ruda y malencarada, pero constante. Desde que habían perdido el muro de peregrinos, reconocía que ella también estaba asustada. Elo tenía razón: dos espadas eran mejor que una.

El aire húmedo que los rodeaba empezó a brillar cuando el sol salió por detrás de las nubes e Inara se puso de puntillas para mirar hacia el interior de las puertas. En las fincas de los Craier se celebraban festivales de la cosecha. A ella nunca la dejaban ir, pero su madre iba y bailaba con los trabajadores después de dejar a su hija bien arropada en la cama. En Ennerton debían de celebrarse bailes similares, aunque solo había oído rumores al respecto. Sin embargo, aquello no era una fiesta de la cosecha; aún era primavera.

El paso a la ciudad estaba restringido. Inara se fijó en un pájaro que volaba desde el lado más alejado del gran puente, que llegaba a los acantilados, hasta el más cercano, y supuso que transportaba avisos de partidas; solo después de que aterrizara se le permitió la entrada a otro grupo. Los cotilleos bullían a su alrededor y oyó por casualidad a una pareja, con pinta de haber viajado mucho y con un asno y un carro a remolque, que charlaba con sus nuevos compañeros de la fila.

—¿Habéis oído lo de la mansión Craier?

—¿El qué?

—Quemada. Hasta los cimientos. Y toda la gente. Dicen que ha sido cosa de ladrones. Nadie lo ha reivindicado, ni el incendio ni el título. Todavía.

Así que la noticia se había extendido. Se sintió entumecida al oírlo, como si le hubiera ocurrido a otra persona.

—¿Qué es toda esta locura? —dijo Kissen en voz alta a la mujer de delante, que llevaba unas ramitas de flores silvestres de ajo en el pelo. Apestaba muchísimo. La veiga le puso una mano en el hombro a Inara y apretó. Una distracción.

A los dioses no les gustan los cotillas —oyó pensar a Skedi para todo el grupo. Se callaron, aunque no sabían de dónde había venido el pensamiento; no los presionó lo suficiente como para que les doliera.

—La fiesta de la primavera —dijo la mujer en respuesta a la pregunta de Kissen mientras Inara trataba de fingir que no había oído nada—. «Mutur» la llamamos por aquí. El cambio de estación, el alargamiento de los días.

—Hay más gente de la que esperaba.

La mujer agitó la mano con alegría y envió ráfagas de ajo en su dirección.

—La Casa Geralfi ha declarado que este verano se avecina una temporada de abundancia —dijo—. El pastoreo por estos lares será el mejor en tres años, así que estamos deseando reservar huecos para sus bestias.

—¿Con tanta antelación? —preguntó Inara, sorprendida e incluso distraída.

Elo miró a la mujer con dureza y frunció el ceño. Las temporadas de abundancia se daban a finales de verano o en otoño, no en primavera; los frutos secos no caerían hasta entonces.

170

—Los árboles gordos crían cerdos gordos, lo que se traduce en gente gorda —dijo la mujer con un guiño—. Será un buen invierno, gracias a los dioses. También habrá castañas para mis cabras. A ellas las dan de comer y yo me llevo el resto.

—Hay mucha competencia —dijo Kissen y miró a la multitud. La mujer asintió y los observó con perspicacia, quizá preguntándose si intentarían quitarle un sitio. Entre las espadas, las mochilas y el caballo, no parecían granjeros locales. Sonrió y enseñó seis dientes amarillos.

—Si queréis cruzar la ciudad, tendréis que quedaros a pasar la noche —dijo—. Si no, tendréis que tomar un barco río arriba.

Kissen se encogió de hombros, pero Elo pareció desanimarse.

—¿Por qué?

—Impuestos. El rey ha establecido que las casas nobles no pueden cobrar a la gente por transitar en Middren, pero pueden obligarte a comprar comida y cama.

—¿Cómo saben ya que será una temporada de abundancia? —preguntó Inara, más interesada en la parte de predecir el futuro que en pasar la noche.

La mujer se tocó la nariz, luego la cabeza, guiñó un ojo otra vez y se volvió hacia el frente de la cola, donde alguien tocaba la flauta.

Inara llamó la atención de Kissen y preguntó por señas:

¿Qué significa eso?

Dioses que aún viven —dijo Kissen—. *Dioses salvajes del bosque.*

Inara parpadeó y miró alrededor. A diferencia de lo que ocurría a las afueras de Lesscia, se dio cuenta de que no había ningún caballero vestido de azul y oro que patrullara el camino.

¿No provocarás un alboroto?

Kissen se rio.

Elijo mis batallas. Acabaría muerta si me diera por matar a todos los dioses con los que me cruzo.

Inara frunció el ceño.

Intentaste matar a Skedi.

Kissen se encogió de hombros.

Tengo buen instinto para los problemas.

—¿Os importaría elegir un idioma que entendamos todos? —dijo Elo y miró a Kissen. Ella le hizo un gesto en el que enroscó el índice en el pulgar. Por la ceja levantada del caballero, Inara entendió que era muy grosero.

—Se supone que la temporada festiva en Gefyr es estupenda —dijo la mujer—. La cerveza correrá a raudales esta noche.

—Nos marcharemos al amanecer —dijo Elo, de mal humor.

Por fin llegaron a las puertas y nadie los miró dos veces cuando los inscribieron en el registro y les preguntaron cuánto tiempo se iban a quedar.

—¿Quedan literas en la Estancia del Pescador? —preguntó Kissen. El guardia de la puerta, de aspecto agobiado, se encogió de hombros. Llevaba el símbolo de la Casa Geralfi en el pecho, un puente flanqueado por dos íbices, uno con un collar de pino y el otro con trigo en los cuernos.

—No aceptan viajeros sin una buena razón —dijo—. Es un alojamiento para lugareños. —Miró la cola detrás de ellos—. Tenéis suerte, esta noche no quedan muchas plazas. Pronto cerraremos las puertas. Demasiado peso en los maderos, ya sabéis. —Miró a Piernas—. Asegúrate de que llegue al establo.

—¿Es seguro quedarse en el puente? —preguntó Elo.

—Gefyr se asegura… —Palideció al darse cuenta de que había invocado el nombre de un dios ante extraños, lo que podría bastar para acabar encarcelado—. El puente es lo bastante seguro, amigo mío —se apresuró a decir—. La Casa Geralfi cuida de nosotros y el rey observa.

Señaló por encima de él un retrato muy bueno del rey Arren, como siempre con el sol naciente detrás de él y una cabeza de ciervo bajo el pie. Se mostraba orgulloso en el grabado y tenía el pelo castaño claro y rizado. Inara miró a Elo, que no disimulaba bien el ceño fruncido. El guardia les hizo señas para que pasaran, feliz de verlos marchar y con la clara esperanza de que no lo denunciaran.

—Los Geralfis aún consultan a los dioses locales —dijo Elo, medio para sí mismo, cuando entraron a la ciudad—. Sabía que habría infractores de la ley, pero no tan… descarados.

—No es asunto nuestro —dijo Kissen mientras se abría paso entre la multitud que se congregaba cerca de las puertas.

—Es tu trabajo.

—Solo cuando alguien me paga.

El patio en el que entraron era claramente el lugar donde se reservaban las plazas para la temporada. Había mesas esparcidas por todas partes, con libros de contabilidad de papel, gruesos y de colores claros, custodiados por hombres que vestían del verde y añil de la Casa Geralfi. Había un caballero vestido de azul y oro apoyado en una pared, fumando en pipa. ¿Todas las tierras de las casas nobles se repartían las guardias con los caballeros del rey? No había ninguno en Ennerton ni en las fincas de los Craier.

Se distrajo cuando pasó bailando un violinista, perseguido por dos gaiteros que daban vueltas entre las mesas, con cintas atadas en las muñecas y cascabeles en los tobillos. Incluso a aquella distancia, Inara olía el aroma del hidromiel y el brandy de albaricoque por encima de la fría presión de las cascadas. La gente estaba borracha.

Cuando se abrieron paso, se elevó un grito de rabia. Había estallado una discusión entre la mujer del ajo y otra con una flor de cerezo en el pelo. El titular del libro por el que discutían lo levantó en el aire y sonó un cuerno.

—¡Heredera Geralfi! Una resolución, si sois tan amable.

Las mujeres dejaron de discutir y siguieron al portador del libro. Inara siguió su rastro, pero las perdió entre la multitud, así que puso un pie en el estribo de Piernas y se subió a su lomo. Desde aquel ángulo logró ver cómo la multitud se separaba para dejarlos pasar. Habían dejado el libro de cuentas delante de un trono, con los reposabrazos de cuernos de íbice y el asiento y el respaldo hechos de hayas, pinos y abedules jóvenes, cuyas ramas apenas habían brotado. En él se sentaba una muchacha más o menos de la edad de Inara, vestida con una fina tela verde con un brocado índigo y plata de lo que parecía seda. Junto a ella, montaba guardia un hombre más alto, sin duda su padre, por su aspecto y porte.

Los dos esperaron a que les pusieran el libro delante y a que el escriba expusiera el caso. Inara apenas oía por encima de los demás ruidos, pero dijo algo sobre cabras y cerdos, castaños y hayas.

La joven dama Geralfi miró a su padre para pedirle consejo y él se inclinó para susurrarle al oído. Se volvió hacia delante y se levantó.

—Las zonas más altas se reservarán para las cabras, donde los cerdos no pueden vagar. Es lo que declara la familia Geralfi.

Se produjo una ovación y el cuerno volvió a sonar.

—¡Viva nuestra heredera!

Inara se sonrojó. La joven Geralfi no estaba escondida, como le había pasado a ella. Su padre estaba a su lado. Se preguntó cómo sería su propio padre.

—¡Tú, ahí! No se permite montar en la ciudad.

Inara descendió del caballo al polvo del puente. Rosalie, la tabernera de Ennerton, ni siquiera había sabido de su existencia, mientras que aquella muchacha noble se mezclaba con el pueblo y lideraba abiertamente. ¿Por qué la madre de Inara la había ocultado? ¿Tendría algo que ver con el motivo por el que la habían matado? ¿Era de algún modo culpa suya?

Lo averiguaremos —dijo Skedi al seguir sus pensamientos—. *Tal vez cuando vayas al Dominio en Sakre. Tal vez el caballero lo sepa.*

Kissen los condujo por senderos que los alejaban de la muchedumbre, por encima del agua que tronaba a sus pies. Optó por apoyarse en el bastón bajo el brazo para ayudarse a caminar, así que Inara se ocupó de guiar a Piernas. Le gustaba que la veiga le confiara el caballo.

Un fino rocío se levantó y los humedeció mientras caminaban, pero no impedía que los lugareños del puente se reunieran en las gruesas vigas bajo el paso elevado. Veía a la gente a través de los huecos del suelo, un próspero mercado bajo el puente y trabajadores que se mezclaban con la humedad de los rápidos. Un muchacho de rostro mugriento saltaba de viga en viga con una escoba en la mano. Se detuvo bajo una tubería que sobresalía del agua y empujó la escoba para desatascarla. Tras un par de estocadas, el agua brotó y extendió un hedor a excrementos humanos y desperdicios vegetales. Inara se tapó la nariz. Había bebido del agua de aquel río, lejos de las cataratas, sí, pero no quería pensar mucho en ello.

El gran centro de la ciudad se elevaba a medida que avanzaban por el puente. En el lado alto del río había un punto donde las barcas podían detenerse para entregar mercancías y continuar río arriba. Había un pequeño canal por el que podían pasar entre los rápidos con seguridad. Qué ajetreado y emocionante debía de ser transportar mercancías desde el corazón de Middren hasta la costa, atravesar las grandes ciudades del sur. Qué solitario verlo desde la distancia. En casa de Inara nunca celebrarían otra fiesta, no bailarían en verano ni se quedarían dormidos sobre el heno. Su madre no la acostaría ni le contaría historias de su vida en los mares, de los vientos salados, los bailes en las cortes y los humos mareantes de hojas secretas. No escucharía los lugares en las historias donde podría estar su padre. Donde podría estar a salvo. ¿Cómo iba a vengarse en nombre de una familia cuyos miembros no la conocían, de una mujer que de repente se daba cuenta de que apenas la comprendía? Una mujer que escondió todas sus cartas y silenció a su hija. Que se quemó y no dejó nada tras de sí.

Inara no era como la joven lady Geralfi. Era algo diferente. Todas las preguntas silenciosas de su vida se agolpaban. Skediceth, su madre, su aislamiento en el hogar de los Craier y la falta de familia, sin un padre conocido. Los colores. Toda la muerte. El fuego. Las invocaciones de sombras. Todo había sucedido cuando rompió las reglas de su madre.

Inara apretó los dientes cuando sintió que el mundo amenazaba con abrumarla. Tenía que elevarse por encima, como un barco sobre una ola, para llegar a su destino. Era valiente; había salido de casa con Skedi y había encontrado a la matadioses. Había decidido ir a Blenraden, había decidido quedarse cuando podría haber huido.

Dejaron atrás el centro del puente y la ciudad se volvió más pequeña, más sombría y más achaparrada. Inara vio a otros dos caballeros con los colores del rey caminando entre las casas, con actitud altiva. Elo se subió la capucha antes de que pasaran, pero si alguno reconoció al otro ella no se dio cuenta. Aun así, Kissen los alejó del centro en dirección a las afueras, donde los edificios se asomaban directamente a las cataratas y el camino vibraba con la fuerza del río. Aquella zona estaba construida como un fuerte, con ranuras en las paredes para los arqueros y pasos trucados en el camino que harían caer a cualquiera que corriera. Se preguntó contra quién se habrían construido aquellas defensas. En los libros de canciones y mapas de los Craier se hablaba de los asaltantes talicianos de la costa que habían sido expulsados un siglo antes, pero Gefyrton estaba muy en el interior. Quizá hubieran sido clanes pendencieros, bandas de guerreros y ladrones que descendían de las montañas cercanas.

La cima del acantilado, al este de la ciudad, estaba teñida de cobre por las manchas de sangre de los humeantes mataderos, curtidurías y almacenes que se agrupaban en la cima. Inara las rastreó ladera abajo hasta las espumosas olas. Debían de tener que transportar mercancías por los acantilados, probablemente hasta la siguiente ciudad río abajo, o los barriles se harían añicos contra las rocas de las cataratas. Se quedó mirando las agitadas profundidades hasta que se dio cuenta de que una roca tenía forma, barba y ojos. La cabeza caída de uno de los dioses que habían sostenido el puente durante generaciones.

Sintió que Elo se colocaba a su lado y seguía su mirada. Sus colores parpadearon, en conflicto, cuando normalmente eran firmes.

—¿Por qué estás triste? —preguntó Inara.

Él parpadeó y suspiró.

—Es una pena —dijo en voz baja—. No lucharon en Blenraden, pero fueron castigados por su causa.

Inara jugueteó con la brida de Piernas.

—¿No odias también a los dioses?

A Elo le sorprendió la pregunta.

—No —dijo despacio—. Me educaron en la creencia de que la fe es una elección personal.

Le pareció extraño para un caballero.

Kissen se había adelantado, pero también se detuvo. Inara dudaba que los oyera por encima del ruido de las cataratas.

—Entonces, ¿por qué luchaste contra ellos?

—Luché para proteger a mi amigo y para salvar a nuestro pueblo —dijo—. Entonces el rey Arren decidió que la única manera de evitar que estallara otra guerra era seguir luchando.

Inara supuso que, si no había dioses, entonces no habría nada con lo que luchar. Ni por lo que luchar.

—¿Por eso te fuiste?

Sus colores se volvieron dorados. Piernas pateaba las tablas, descontento con la extraña superficie y el rugido de las cataratas debajo. Elo levantó una mano distraído para acariciarle el cuello.

—Sí —dijo al fin.

—Eh —dijo Kissen, irritada—. ¿Queréis dormir aquí o en una cama?

Elo levantó la vista y se frotó la cabeza afeitada con un amago de carcajada. Sus colores se suavizaron y el púrpura oscuro y los dorados se volvieron verdes.

—¿Ahora no se me permite hacer amigos?

Kissen bufó y volvió con ellos. Acercó la cara a la de Elo y lo miró tan fijamente que Inara no sabía si iba a besarlo o a matarlo. Para su sorpresa, Elo no se resistió ni retrocedió, sino que le devolvió la mirada mientras sus colores brillaban de diversión en lugar de ira.

—Deja en paz a la chica —dijo la matadioses, que enseñó los dientes en una sonrisa peligrosa y tiró de Piernas—. Y al caballo.

No tuvieron que recorrer mucho más antes de llegar a una puerta con una gran garza volando en la vidriera. El edificio en sí parecía pequeño, encajonado entre dos casas más grandes que resonaban con el sonido de risas coquetas y el tintineo de copas procedentes del interior.

—No parece lo bastante grande —dijo Inara.

—Alquilan hamacas sobre el agua —explicó Kissen—. Un saco de dormir por una moneda extra. El único año que tuvieron ácaros quemaron toda la ropa de cama y la compraron nueva. Es mejor que cualquier otro sitio en el que haya estado.

—Es la ley aquí —dijo Elo—. Los ácaros se extienden a la madera.

—La gente a veces es un poco selectiva con las leyes que obedece —dijo Kissen—. Cuanto más te adentras en Middren, menos influencia tiene tu querido rey.

Estaba claro que seguía molesta con él.

Elo tensó la mandíbula.

—No sabes nada de él —dijo y abrió de un empujón la puerta de la taberna.

Inara sintió una ráfaga de aire caliente en las mejillas, pero frío en la barbilla. Miró hacia abajo y se dio cuenta de que había un pequeño espacio entre el umbral y la calle. A través se veían las enormes vigas del puente y montones de lo que parecían capullos de oruga ensartados debajo, conectados entre sí por cuerdas y pasarelas de aspecto húmedo e inestable. Al menos no encontró ninguna tubería que la que había olido tras desatascarse antes. Esperaba no tener que interrumpir el sueño durante la noche.

—Permisos de paso —dijo un chico en una mesa justo dentro de la puerta que bloqueaba el paso a la posada propiamente dicha. Parecía a punto de gritar. Inara se acercó con sigilo a Elo, que le entregó los papeles doblados que les habían dado al entrar.

—No alojamos a viajeros —dijo el muchacho y se los devolvió—. A menos que sean artistas. Son las reglas de Geralfi para evitar a los peregrinos.

Así que los Geralfi consultaban a los dioses, pero seguían teniendo leyes para reducir los peregrinajes. Inara metió la mano en la bolsa y acercó el pulgar a Skedi, que tenía el tamaño de un guijarro. La lamió para tranquilizarla.

—Somos artistas —dijo y sintió que el dios le prestaba algo de voluntad a la mentira.

El tipo parpadeó y los miró.

—¿Qué hacéis?

Lees las manos. Él es tu padre.

—Soy quiromante —dijo Inara—. Mi padre me enseñó. —Agarró a Elo de la manga y él se sobresaltó. Casi sintió cómo Kissen ponía los ojos en blanco—. Teníamos un patrocinio con la Casa Yeset. —Dejó que los susurros de Skedi salieran de su boca—. Pero ahora vamos a unirnos a nuestra compañía en Arga.

Arga era el extremo más al noreste de las tierras de los Craier. Si seguían río arriba desde las cataratas, llegarían allí, a los puntos más estrechos y helados del agua. Inara sabía que su madre había animado a artistas y jugadores a congregarse allí.

Los ojos del muchacho mostraron un ápice de duda al mirar a Elo.

—¿Tú eres su padre? No tiene sentido tener dos quiromantes.

Elo tragó saliva.

—Yo canto —dijo y esbozó una sonrisa encantadora.

Él canta, canta, canta —insistió Skedi y la duda se despejó. El chico miró detrás de ellos hacia Kissen, que parecía contener una carcajada.

—¿Y tú?

—Yo voy a llevar el caballo a los establos —dijo—. Cuando vuelva, dile a Tip que ha venido Kissen, la veiga.

Inara se volvió para mirar a Kissen y luego al muchacho, que se había puesto gris. Sintió cómo Skedi se estremecía de rabia. La matadioses había desbaratado su poder, lo había descartado e ignorado, había dicho la verdad.

—Ah, eh… —dijo el chico—. ¿Tienes documentación?

Kissen se sacó un rollo de cuero de la pesada capa y le mostró un trozo de pergamino andrajoso con un garabato de escritura ornamentada y una serie de sellos con forma de cruces de tres puntas. Parecían sellos de delegados, firmas oficiales. Inara comprendió que debían de corresponder a cada dios que había matado. Había muchos.

—No… no sé si tendremos literas para…

—Ve a preguntarle a Tip —dijo Kissen con una sonrisa—. No queremos las mojadas junto a las cataratas. En el borde y secas. Ahora vuelvo. —Miró a Elo y luego se volvió hacia Inara—. Puedes venir conmigo a llevar a Piernas.

Estoy cansado, Ina —intervino Skedi, aunque ella se sentía tentada de explorar la ciudad un poco más—. *Tú también estás cansada.*

Sintió que el peso de su propia fatiga la envolvía.

—Me quedaré con padre —dijo, y añadió por señas—: *Averiguaré más cosas sobre él.*

Kissen estaba a punto de protestar, pero Elo le dio la mano a Inara con decisión, claramente dolido por su comentario de antes.

—Vamos, Tethis —dijo y se metió en la taberna. El muchacho no los detuvo. Dejaron a Kissen fuera con las alforjas y el caballo y los fulminó con la mirada hasta que se cerró la puerta.

CAPÍTULO DIECISIETE
Elogast

L os ojos de Elo se adaptaron a la luz de la posada mientras el muchacho saltó del taburete para ir a buscar al tal Tip. No estaba muy convencido de la mentira de Inara, o la de Skedi, supuso, pero Kissen debería haberles dicho que iba a contar quién era.

Al menos, el muchacho ya no tenía ningún interés en ellos. Detrás de la mesa que había desocupado había una serie de avisos y muchos eran solicitudes de matadioses de pueblos y aldeas cercanos. Así debían de encontrar a sus presas los veiga como Kissen. Algunos ofrecían unas pocas monedas por desmantelar un altar; otros eran para los propios dioses. No vio a ninguno que reconociera, solo un dios embaucador que cuajaba la leche, un dios del viento que llevaba semanas causando estragos en una aldea y un dios árbol recién formado del que había informado un fanático.

En el interior de la Estancia del Pescador el ambiente festivo se apagaba, solo unas pocas ramas y hierbas colgaban de las vigas que atravesaban el techo de una punta a otra. El yeso blanco entre ellas era lo bastante viejo como para que las vetas de humo hubieran dejado surcos a causa del fuego y la humedad. Hacía calor, el ambiente era espeso y olía a sudor, a pescado y a pepinillos. Las ventanas eran bajas y pequeñas y la luz nítida que entraba por ellas cortaba desde el oeste y convertía las ráfagas de humo de pipa agridulce en monstruos y dioses que retorcían el aire.

Elo divisó una mesa de barril vacía cerca de una ventana, al otro lado del muro de avisos, y condujo a Inara hasta ella. Era una buena posición, defendible, y enfrente de la trampilla que debía de conducir a las literas.

Todos los clientes se veían rudos y desaliñados, bebedores empedernidos. Algunos tenían cicatrices visibles y llevaban cintas azules y doradas en las muñecas o en las camisas. Extraño. Los colores de Arren, no los de la Casa Geralfi. Le llamó la atención la repisa de la chimenea, donde colgaba una cabeza de ciervo con los cuernos desfigurados con tinta, con la palabra «victoria» escrita.

A Elo se le heló el estómago. Increíble, era una taberna de veteranos. ¿Es que Kissen esperaba que lo reconocieran?

Nadie te reconocerá —dijo Skedi en su mente, tranquilizador—. *No se lo permitiré.*

Se sobresaltó; la voz del dios le dolió como siempre, pero sus palabras fueron amables. Se preguntó dónde se escondería; probablemente bajo la capa de Inara o en su capucha, en algún lugar donde pudiera ver lo que ocurría. Elo apretó los dientes y se sentó a la mesa mientras agachaba la cabeza.

—¿Qué pasa? —preguntó Inara.

—La veiga tiene ganas de morir —murmuró—. Es un bar para gente que luchó en Blenraden.

—¿Por qué lo dices?

Elo volvió a mirar la cabeza del ciervo y se estremeció. No quería explicárselo.

—Lo sé y punto.

No pasó mucho tiempo hasta que un tipo de barba trenzada y amarillenta por el humo les trajo dos jarras de cuerno llenas de cerveza.

—Soy Leir —dijo—. Soy el recadero. ¿Queréis comida? Hay guiso blando o pastel.

—Pastel —dijo Elo y se frotó la sien—. También para mi hija.

El hombre se encogió de hombros.

—Pagad cuando os vayáis. —Volvió a la barra.

Inara miró a Elo con curiosidad.

—El guiso blando es una sopa de pescado; sabe fatal con pescado de río —dijo a modo de explicación. Miró alrededor, comprobó que nadie le prestaba atención y se relajó un poco.

—¿Cantante? —dijo Inara y toqueteó con nerviosismo la jarra de cerveza—. ¿Qué habrías hecho si te hubiera pedido que lo demostraras?

Era una chiquilla avispada. Elo se encogió de hombros y se frotó el cuello.

—Habría cantado.

Bebió un trago largo de cerveza, con la esperanza de que no volviera a preguntar. Estaba amarga y fría, refrescante. Debían de tener colgados los barriles sobre las cataratas, junto a las hamacas.

—¿Cuál es esa lengua que Kissen y tú usáis con las manos? —preguntó para entablar conversación. Tenía que admitir que sentía curiosidad por la veiga y la niña. Kissen era muy protectora con ella.

—Se llama lengua de signos en Middren —dijo. También bebió un sorbo y puso mala cara. Elo se rio; sospechaba que se había criado con bebidas más dulces—. La usan las personas sordas, pero mi madre me contó que los piratas también la usan en el mar —añadió—. Ellos la llaman «lengua de las manos».

Elo se echó hacia atrás en el taburete, sorprendido.

—Tu madre ha tenido que viajar mucho para conocer a piratas.

Inara se llevó el cuerno a la boca y abrió un poco los ojos. Elo sospechaba que no tendría que habérsele escapado. Le pareció curioso que Skedi dijera que su padre se había casado con la familia Artemi. Eran comerciantes ricos, sin duda, pero del noroeste, mientras que el acento de Inara era claramente del centro de Middren.

Llegaron los pasteles y los interrumpieron, acompañados de pan, mantequilla y aceitunas. La masa era densa y estaba bien dorada. Elo se centró en la comida y la partió con el cuchillo que tenía en el plato. El pastel crujió con un ruido maravilloso y se rompió en capas crujientes. El relleno era de pescado, col en escabeche y alcaparras.

Probó un primer bocado usando la corteza como cuchara y luego untó con mantequilla un borde de pan para absorber parte del relleno. La mantequilla estaba recién hecha y era cremosa, batida con piel de naranja y semillas de amapola. Tenía que probar a hacerla cuando volviera a hornear. Aliviaba el sabor ácido y avinagrado del pastel y la acidez del pan.

Inara lo observó, sin comer todavía su propia comida.

—¿Cómo llegaste a comandante de caballería? Eres muy joven. Creía que lo eran caballeros más viejos.

Elo observó a los presentes, pero nadie escuchaba. Tragó con cuidado. Estaba claro que había decidido desviar la atención de sí misma. Lo meditó. El dios, dondequiera que se escondiera, se lo diría si mentía.

—Seré sincero contigo para que sepas que no quiero hacerte daño. Diga lo que diga Kissen. —Inara dio un mordisco al pastel mientras lo sujetaba con ambas manos.

—¿Por qué no ibas a serlo? —preguntó con inocencia, pero Elo vio el brillo en sus ojos; Kissen era una mala influencia, lo sabía a pesar de conocerlas desde hacía pocos días.

—¿Qué recuerdas del comienzo de la guerra?

—No mucho —dijo Inara con la boca llena mientras se desenredaba el pelo con los dedos—. Recuerdo que todas las casas nobles enviaron guardias a luchar, incluida la nuestra.

Elo asintió.

—Fue la hermana del rey, Bethine, quien nos dirigió. No sabíamos qué les había pasado a la reina y a sus hijos, pero Bethine era la futura reina en su ausencia y Arren el siguiente en la línea de sucesión, así que yo fui como su guardia. —Suspiró—. Incluso con el apoyo de todas las casas tardamos meses en asediar Blenraden y abrirnos paso por la cacería que los dioses salvajes habían montado alrededor de las murallas. Cuando por fin lo conseguimos, la prioridad de Bethine era salvar a la gente que se había quedado atrapada dentro. Hizo un trato para sacarlos con Restish y con el dios de los refugios seguros, Yusef.

—¿Los dioses lucharon en vuestro bando?

¿La gente no lo sabía?

—Sí. Por un tiempo. —No quería profundizar. No mientras la cabeza de ciervo los observara desde la chimenea—. Abrimos un paso por el Camino de los Dioses hasta el puerto.

El rostro de Inara se tensó. Conocía esa batalla.

—La mayoría de las casas nobles y los comandantes dirigían la evacuación —continuó—. Llenaban los barcos mientras Arren y yo custodiábamos el palacio. Los dioses salvajes estaban en sus altares de los acantilados, al este de la ciudad. Creíamos que se lamían las heridas.

Cerró los ojos un momento cuando una oleada de recuerdos y dolor lo inundó. Apoyó las manos en la mesa, planas, antes de que se pusieran a temblar; imaginó que amasaba para calmarse.

—Atacaron los barcos —susurró Inara.

—Ni siquiera el gran dios de los refugios seguros pudo enfrentarse a todos ellos —dijo Elo—. Los dioses salvajes los arrasaron, de casco a mástil. Y a Bethine también.

Inara miró el plato. ¿Se lo imaginaría? Miles de personas se habían ahogado en la tormenta y la locura. Y Arren y él no pudieron más que mirar.

—La mayoría de los comandantes murieron o resultaron heridos —dijo—. Muchos de los que todavía podían luchar huyeron. Así es como llegué a comandante de caballería. Sin ningún talento especial ni experiencia real. Éramos lo que quedaba.

Inara picoteó la comida.

—Mi madre… estuvo allí. Resultó herida.

Se estaban acercando a la verdad. No quería presionarla demasiado. Tal vez no debería. Tal vez no fuera asunto suyo. Pero no podía evitar sentir curiosidad.

—¿Cómo vencisteis? —preguntó Inara. Sorbió con la nariz—. Después de todo eso. Eran dioses.

—Reconstruimos el ejército —dijo Elo—. Con dioses y gente. Voluntarios, personas corrientes. —Miró alrededor a los veteranos con los colores del rey en el brazo. Les habían pedido venganza. Venganza por la reina, por los muertos, por la sangre derramada. Venganza contra los dioses que se habían vuelto contra ellos.

—¿Y después…?

—Después…

Después Arren se volvió contra los dioses.

—Arren hizo lo que consideró correcto, lo que creyó que protegería a su pueblo. Tu padre haría lo mismo por ti.

—Mi madre. No conozco a mi padre.

Ajá.

—¿Tu padre el que te envió a Blenraden con una veiga?

Inara levantó la cabeza de golpe, con el rostro pálido.

—Eh… —Se llevó la mano al hombro—. Skedi —siseó.

¿Qué? Lo has dicho tú.

Elo también lo oyó. El dios había decidido incluirlo en la conversación. Sonrió con gesto tranquilizador mientras Inara se calmaba y apretaba con la otra mano los botones de su chaleco bordado.

—¿Cómo te llamas en realidad? —preguntó.

Inara se tapó la cara, roja de vergüenza.

—Inara Craier.

—¿Craier? —repitió Elo. Ese sí que era un nombre potente—. Me lo había planteado. Tienes la edad adecuada y te pareces a tu madre. —Se rio—. Lo cierto, Inara, es que ya nos hemos visto antes.

CAPÍTULO DIECIOCHO

Inara

¿**A**ntes?

Inara bajó las manos.

—¿Me conoces? —dijo, tras olvidarse de que Skedi había dejado que descubriera su propia mentira.

—Pues claro. Tu nacimiento se anunció en la corte unos años antes de la guerra —dijo Elo. No había sorpresa en sus colores. Ya sabía que había mentido—. Se contaban historias de lady Craier. Tenía talento para los idiomas y había viajado mucho. El resto de los Craier la llamaban «salvaje». —Se rio—. A Arren le gustaba.

Estaba tranquilo, seguro.

—No se anunció padre alguno —añadió—. Eso sí lo recuerdo. Pero no importa. Cuando tu madre visitó la corte dejó que Bethine te cogiera en brazos. Por supuesto, se puso a presumir por ahí de la pequeña Craier como si fueras un premio.

Había estado en la corte. Una futura reina la había abrazado, aunque su regencia durara bien poco. La conocían. Elo la conocía.

¿Ves? —dijo Skedi—. *Puede ayudarnos. Mejor que Kissen.*

—¿Por qué te ha enviado con esa mujer? —preguntó Elo—. El camino es peligroso y Blenraden también.

Dile la verdad, Ina. No pasará nada malo.

—No lo ha hecho —dijo Inara con un hilo de voz—. Está muerta.

El gesto de Elo se ensombreció.

—Lo siento mucho —dijo. En la cola debía de haber estado demasiado absorto por sus propios problemas como para escuchar a la gente de alrededor; no había oído los chismorreos.

Díselo. Nos ayudará.

Inara estaba cada vez más segura de que Skedi tenía razón. El pensamiento se apoderó de todas las demás dudas de su cabeza, las aplastó y las apartó. Skedi tenía razón. Elo los ayudaría.

—Inara, ¿qué escondes? —preguntó él.

—Nuestra mansión, nuestra gente. Nos atacaron. La quemaron.

—¿Quién?

—No lo sé. Por eso viajamos en secreto. Kissen cree que podrían ir también a por mí si se enteran de que sigo viva.

—La matadioses se enfrenta a dioses, no a personas. Debería haberte llevado con el rey Arren.

—¿Y qué hay de Skedi?

—¡Quiromante!

El chico de la puerta ocupó el asiento vacío que Inara había guardado para Kissen.

—Tethis, ¿no? Estás con la veiga. —Se agarró la garganta con un gesto de angustia—. Casi me meo encima, pero Tip dice que la conoce y me he relajado un poco. —Apoyó los codos en la mesa. En la mano tenía una jarra medio vacía del tamaño de su cabeza—. Por fin he acabado el turno. Se acabaron las burlas, los insultos, los sobornos, las zalamerías y los escupitajos, bendito sea Arren. —Le dedicó una gran sonrisa a Inara—. Soy Nat. Léeme la mano, ¿quieres? Te pagaré. Dime que mi vida no será siempre así.

Azotó la mano en el barril. Inara se quedó mirándola. Se sentía aturdida y confusa, como si estuviera soñando. Una mujer había empezado a cantar junto al fuego en un escenario ligeramente elevado, pero los clientes la ignoraban por completo.

No trabajas gratis —dijo Skedi e Inara habló sin pensárselo.

—No soy barata —dijo.

El chico parpadeó, se metió una mano en el bolsillo y sacó una moneda de plata con la cabeza del rey estampada en una cara y los brazos de Geralfi en la otra. Algo nuevo; Inara nunca había visto una. Era del tamaño de su cuarta uña. Kissen había pagado sobre todo con lingotes pesados, trozos de plata, moneda ilegal y latón. Era más que suficiente para pagar el alojamiento de la noche. Skedi creció, lo sintió. Una ofrenda.

—Oye, muchacho —dijo Elo, pero Inara levantó una mano.

—Una moneda bien vale una lectura —dijo Skedi a través de ella, que se dio cuenta de que había perdido el control de su propia voz. Aun así, lo prefería. Podría relajarse y observar. Skedi estaba al mando. Extendió el brazo, agarró las manos de Nat y les dio la vuelta. El chico sonrió. Inara sintió que Skedi se deslizaba por su capucha y volvía a la bolsa para asomarse a la cara del muchacho sin ser visto mientras ella le miraba las manos.

Ansioso —dijo Skedi. Inara también lo vio. Los colores estaban allí, temblorosos, intensos, rosas y bermellones. Era tal vez dos años mayor que ella, con una mata de pelo negro y ondulado que destacaba y pendientes en las orejas ensartados con un alambre de latón. Sus colores giraban y se movían como la luz del sol al atravesar un cristal. Se volvieron violetas. Para Inara, el violeta era un color serio; su madre lo vestía en ocasiones especiales. Pero para el chico...

Fantasioso —dijo Skedi—. *Menos brillante.*

—Tienes una línea de la vida fuerte —dijo el dios en voz alta a través de la voz de Inara. Señaló un punto al azar en la palma izquierda—. Vivirás hasta una edad avanzada.

Un aleteo turquesa en la frente. Una confirmación de una sospecha. En su familia vivían muchos años.

Todos los deseos vienen con advertencias —sintió Inara que pensaba Skedi.

—Ten cuidado —articuló su lengua, dirigida por las dulces mentiras de Skedi. Nat se inclinó mientras Inara señalaba una línea que se desviaba pero no se rompía—. Esto sugiere una caída o un accidenteque podría dejarte cojo, dependiente de los demás. Serás un hombre orgulloso y sería un duro golpe.

Nat frunció el ceño y suspiró.

—Bueno, eso le pasa a la mitad de la gente que vive en este puente desvencijado.

Elo mantenía una expresión neutra, pero Inara le veía los colores. Destellos plateados de asombro y una nube coral de sospecha.

—No es aquí donde más riesgo corres —dijo Skedi. Inara señaló una línea alrededor de su tercer dedo—. Puedes elegir quedarte o irte.

—¿Seré caballero? —preguntó con una sonrisa. Casi imperceptiblemente, Elo aspiró.

—No —dijo Skedi—. Ni tú mismo lo crees. —Tenía razón; cuando Nat había hecho la pregunta, había brillado con una duda gris—. En cambio, habrá riqueza. Céntrate en las oportunidades que tienes más cerca de casa. —Inara señaló el punto en el que se cruzaban las líneas de la palma y formaban un triángulo—. Si prestas atención y tienes cuidado, podrás construir la vida que deseas.

Nat se echó hacia atrás mientras el azul intenso satisfecho palidecía hacia un tono más desolado. Parpadeó mientras se miraba las manos. La bolsa de Skedi se estiraba a medida que crecía.

—Entonces… ¿debería seguir trabajando aquí? —dijo.

Inara apartó las manos. Skedi nunca había hablado a través de ella. Al principio le había parecido bien, pero a medida que ganaba más control se había sentido extraña. Fuera de sí misma, como si estuviera medio dormida.

—La quiromancia no responde a preguntas concretas —dijo Elo—. Ya te ha hecho la lectura. Vete.

—Pero ¿cuántos hijos voy a tener? ¿Cuál es la oportunidad que debo buscar? Dame una pista.

Inara apretó los dientes antes de que Skedi hablara. Sintió que las palabras se le agolpaban en la lengua, saltaban con la voz excitada y cantarina de Skedi de su cabeza a su boca.

Dile que tendrá tres hijos. Que busque a la liebre dorada con cuernos y alas y le mostrará su oportunidad. Dile que deje el trabajo, que hay otros mejores. Dile que rece al dios de las mentiras piadosas. Le conseguiré lo que quiera.

—Ya basta —dijo Inara a Nat y a Skediceth. Puso la mano sobre la bolsa y le apretó el pelaje mientras le enviaba un pensamiento—: *Prometiste que nunca usarías tus poderes conmigo.*

No los he usado contigo —pensó.

Si Kissen hubiera estado aquí...

Pero no está y nos alegramos de que sea así.

Inara se dio cuenta de que se alegraba. No estaba segura de por qué, pero al menos no los había visto soltar semejantes mentiras.

—Espera —dijo Nat y la sacó de sus pensamientos—. No puedes parar cuando te plazca. Te he dado una moneda de plata.

—Ha dicho que no, chico —dijo Elo, con voz grave y fría—. Te lo ha dicho con educación. Te sugiero que te vayas o te lo repetiré con menos modales.

—Solo preguntaba —dijo él—. He pagado. —El mohín le duró solo un momento, luego cuadró los hombros y miró a Elo, en un intento de recuperar algo de poder—. ¿Qué clase de artista amenaza a un cliente que ha pagado? —Recogió de la mesa la moneda que le había ofrecido a Inara y se la guardó—. ¿Y qué clase de cantante lleva espada? —Entrecerró los ojos—. Más vale que demuestres tus habilidades o haré que el tabernero llame a la guardia de los Geralfi.

Los colores de Elo se retorcieron en un azote de preocupación, prisa y rabia, que se reflejó en un brillo en su mirada, no muy distinto al que Kissen tenía cuando sentía que se avecinaba una pelea. ¿Qué era peor, que lo detuvieran o que lo reconocieran? Elo sonrió y tomó una decisión.

—Nunca he oído que un guardia haya detenido a un cantante por disfrutar de una buena cena —dijo—. Pero me parece justo, muchacho. Tendrás que decirle a la músico que rechazas sus servicios, y a Tip y a Leir.

Eligió a propósito el nombre que Kissen había dejado caer y el del recadero más mayor que se había presentado. En efecto, la bardo del escenario seguía cantando con obstinación, aunque otro grupo musical con un silbato gorjeaba notas en un rincón y le robaba toda la atención que había conseguido reunir. La cantante estaba amarilla de fastidio.

Nat, sin embargo, no se decidía mientras se mordía la lengua y miraba a Elo con ojos entrecerrados. Inara vio que su agresividad era gris azulada y tormentosa. Quería humillar a Elo porque él mismo se sentía avergonzado. Elo había estado a la altura del desafío, lo cual solo había hecho que Nat quisiera fastidiarlo más. Su sentido de la autopreservación se desvanecía rápidamente.

Skedi, ¿qué estabas haciendo? —dijo Ina al volver los pensamientos hacia el dios mientras Elo y Nat se enzarzaban en su batalla de voluntades; en los colores de Nat se filtró un rosa punzante mientras que el índigo tiñó los bordes de Elo.

No haría nada que te causara daño, Ina —dijo, tranquilizador. Se volvió muy pequeño y, mientras Nat estaba distraído, se arrastró por la bolsa hasta la palma de su mano y se acurrucó allí. Seguro, reconfortante. Inara se relajó un poco.

Era Skedi, su amigo; nunca le haría daño.

Nat se dio cuenta de que Elo no iba a echarse atrás. Se levantó de la silla y se acercó a la bardo. Tuvo que ponerse de puntillas para susurrarle al oído. Ella dejó de tocar el pequeño laúd, puso los ojos en blanco y se dirigió a la barra, seguida de una estela de ira. Nat se cruzó de brazos y miró a Elo con la barbilla levantada.

—No puede obligarte —dijo Ina y le apretó el brazo. A través de la niebla de buenos sentimientos y cansancio, fue consciente de que estaban en peligro. No quería que Elo obedeciera al chico. Quería que Kissen volviera y volcara una mesa. Quería que el recadero o la músico regañaran a Nat por ser grosero. ¿Dónde estaba el tal Tip del que había hablado Kissen? Quería a su madre.

—No te preocupes —dijo Elo mientras se levantaba y se masajeaba la garganta. Se quitó la espada y la dejó en el suelo—. Estamos en un bar de veteranos. Pero, por favor, tápate los oídos.

Se dirigió al escenario, que estaba pegado a la pared. Nadie le prestó la menor atención por encima del estruendo del agua, el ruido de huesos y estaño y el incesante silbido del otro grupo musical. Aun así, Elo le hizo una reverencia a Nat, con una pizca de burla.

Por supuesto, Ina no se tapó los oídos.

Yo era soldado en la ciudad —comenzó Elo—
y mis amantes de casa ya no están.
Los dioses amados nos han traicionado
y mi alma se ha desperdigado
mientras patrullo la ciudad.

Su voz era un tenor cálido y sorprendente, y fuerte, como los cantores que iban por la mansión en el solsticio de invierno. Cantó despacio y fue captando la atención de la multitud. Un par de bebedores de aspecto cansado parpadearon en su dirección. El silbato se detuvo y el hombre que la tocaba, que solo tenía un brazo, sonrió con los tres dientes que le quedaban. Elo empezó la segunda estrofa y aceleró el ritmo tras comprobar que reconocían lo que cantaba. La melodía seguía siendo la misma, como una canción infantil.

Yo era soldado en la ciudad
y mis amantes de casa ya no están.
Los dioses amados nos han traicionado
y mi alma se ha desperdigado.
Debería besar a las falderas
mientras patrullo la ciudad.

El parloteo del bar había cesado. Varias cabezas se habían vuelto y al menos tres personas habían tarareado el último verso con Elo. Con la siguiente estrofa, tres mujeres con arcos a la espalda irrumpieron a cantar desde donde estaban sentadas, más cerca del borde de las cataratas. Una tenía unas cicatrices blancas y brillantes como las de Kissen, como si un rayo le hubiera atravesado el cuello. Parecían más interesadas en la canción que en quién la cantaba.

Yo era soldado en la ciudad
y mis amantes de casa ya no están.
Los dioses amados nos han traicionado
y mi alma se ha desperdigado.
Debería besar a las falderas.

Debería encamar a las camineras
mientras patrullo la ciudad.

Inara se sonrojó. Recordaba con claridad haber oído a los antiguos guardias de los terrenos de su madre bromear sobre la guerra después de escoltar a lady Craier de vuelta a casa tras su herida en la batalla del puerto. Los pocos que regresaron hablaban de los falderos y falderas, gentes que seguían de cerca a la caravana de la guerra, a menudo vagabundos o maleantes, en busca de restos de comida o cosas que robar. Eran personas a las que nadie querría besar. ¿Encamar? Los camineros eran los mercaderes que seguían al ejército, levantaban campamento y tenderetes junto al público obligado de un asedio.

Elo cantaba una canción picante.

Leir, en la barra, empezó a dar palmas al ritmo. El hombre que silbaba se unió a la melodía y algunos grupos alquilados de la temporada de abundancia que se habían mezclado con antiguos compatriotas empezaron a zapatear.

Debería besar a las falderas.
Debería encamar a las camineras.
Debería empeñar la espada
a ver cuánto puterío me gana
mientras patrullo la ciudad.

La taberna empezó a temblar cuando todos se pusieron a zapatear y cantar. Cada verso añadía una línea y cada una era más grosera que la anterior. Nat miraba hacia la puerta de la trastienda, por donde había entrado un anciano con pelo en las orejas y el ceño fruncido. Con él iba Kissen, que se quedó boquiabierta al ver quién cantaba en el escenario.

—¡Alto! —gritó el hombre—. ¡Nada de pisotones! ¡Nada de sacudidas! Gefyr está al límite con el festival.

Las tablas crujían y a Elo apenas se le oía por encima del alboroto. La cantante de antes, que se había puesto a beber brandy, parecía bastante satisfecha.

—¡No! —El hombre que iba con Kissen se subió al escenario y su pelo ondeó como una bandera blanca—. ¡Nada de pisotones ni bailes! No tenemos licencia para ello. Guardaos las desfachateces para las hamacas, me da igual que seáis héroes de la guerra santa.

La multitud agitó las manos y se echó a reír; volvieron a sus bebidas y algunos todavía tarareaban la cancioncilla para sí mientras reían.

—¿Quién ha pedido esto? —preguntó el tabernero y fulminó a Elo con la mirada. Inara sospechaba que se trataba de Tip por el rojo de autoridad que lo rodeaba. Elo guardó silencio. Nat se escabullía, nervioso. La bardo frustrada levantó la copa.

—Fue el pequeño Nat —dijo.

Nat parecía a punto de desmayarse. Dio un gran paso para alejarse de Tip, pero no lo bastante rápido como para evitar que lo agarrara de la camisa y lo levantara del suelo.

—Se lo contaré a tu padre, Nattino Barkson.

Desaparecieron por la puerta y salieron al puente. La taberna se dividió en grupos y la canción quedó olvidada. Elo se bajó del escenario y volvió con Ina. Varios ojos lo siguieron. Era un hombre alto, tanto que, si se hubiera dejado crecer el pelo, habría rozado el techo; destacaba en la taberna como una llama en la oscuridad.

—No te has tapado los oídos —dijo.

—¿Quién iba a pensar que cantarías una canción guarra? —dijo Kissen al unirse a ellos—. Me has dejado de piedra. Sangre y sal, panadero, no te creía capaz.

Una mujer de una de las otras mesas se acercó mientras aplaudía encantada.

—¡Oye, tú! ¿No eres...? ¿Cómo se llamaba? ¿El comandante Elogast?

Kissen le apretó el hombro a Elo; tal vez lamentase la posición en la que lo había puesto.

—Joder, otra vez no —dijo en voz alta—. Es panadero, no caballero. Si supiera usar la espada o tuviera agallas para ir a Blenraden, yo lo sabría, ¿no?

No es caballero, no es caballero, no es caballero —dijo Skedi y la mentira caló. La extendió aún más; Inara sintió su voluntad a través de ella, amplificada por toda la taberna. Algunos atisbos de reconocimiento se apagaron y se disipó cualquier curiosidad persistente sobre Elo. Aun así, el hombre fulminó a Kissen con la mirada.

La otra mujer levantó las manos. Tenía las mejillas sonrosadas por el alcohol.

—Lo siento, lo siento —dijo—. No sabía que estaba fuera del mercado.

Se alejó.

Elo se quitó de encima la mano de Kissen y les hizo un gesto con la cabeza a Inara y Skedi.

—Gracias a los dos —dijo. Luego se volvió hacia Kissen—: ¿Por qué has elegido este lugar?

—No te pongas a la defensiva, a menos que estés buscando un romance, en cuyo caso... —señaló la sala— tienes para elegir. Destacas entre la gente común.

Elo se sonrojó.

—Veiga, nos has traído aquí sabiendo que alguien podría reconocerme. ¿Por qué?

Kissen se encogió de hombros y se sentó en el asiento de Nat. Inara deseó poder ver los colores de la veiga y entender lo que pensaba.

¿Una persona de confianza se escondería de ti? —dijo Skedi.

—Quería saber más de ti —dijo Kissen mientras se llevaba a la boca la cerveza de Elo y daba un trago—. Por qué vas en secreto a una ciudad ilegal que tú mismo asediaste. —Con mordacidad, añadió—: Y para pasar una noche en una hamaca en lugar de hacer guardia en el duro suelo. Todas las camas de la ciudad están ocupadas y mi amigo Tip ha echado a patadas a unos haraganes para que tengamos un lugar caliente. Tienes suerte de que no te haya echado a ti también. —Hizo una pausa—. Yo me lo planteé antes de oírte cantar esas cochinadas.

—Baja la voz, por lo que más quieras —dijo Elo y se inclinó hacia delante—. ¿Y si aparecen los demonios? ¿Serás responsable de la muerte de otros?

Kissen puso una mueca.

—Los dioses tienen límites —dijo—. Los demonios aparecieron la primera y la quinta noche. Si tengo razón, significa que tardaron cuatro días en acumular fuerzas suficientes tras la primera invocación para crear más bestias. No pasará esta noche.

—Entonces, ¿volverán dentro de tres días? —preguntó Inara. Si el patrón se mantenía, eso también significaba que habría más: tres o cuatro.

Elo seguía molesto.

—No confío en tu juicio —dijo con frialdad—. Ni sobre Inara ni sobre los demonios. Ya hemos perdido suficiente tiempo de viaje. Cuanto antes lleguemos a Blenraden, mejor.

Recogió la espada y dejó a Kissen todavía con la sonrisa en la boca. Inara no estaba segura de que tuviera muchas razones para sonreír. Había confiado en ella porque la matadioses había sido su única opción. ¿Todavía era cierto?

Tip regresó y puso una mano en el hombro de la veiga.

—Quién más me traería bardos malhablados —dijo. Miró a Inara—. Ah, hola, pequeña quiromante. Bienvenida a la Estancia del Pescador. Tienes suerte de viajar con una veiga. —Sonrió—. Kissen tiene una litera libre de por vida, porque salvó la mía. La comida y la bebida también son gratis, así que aprovecha.

Inara quería pedir agua, se sentía aturdida y desorientada, pero había visto los excrementos que iban a parar al río. La cerveza le parecía más segura. Sonrió para dar las gracias y Tip se volvió hacia Kissen.

—¿Qué hay del bardo? —preguntó. Inara la miró. No traicionaría a Elo, ¿verdad?

—Otra cara de la guerra —dijo Kissen—. No lo conocía muy bien. Estirado como una cuerda.

Tip asintió.

—Bueno, que durmáis bien. La próxima vez quédate otra noche para brindar por la muerte de Mertagh. —Miró la cabeza del ciervo y escupió en nombre del dios, luego dio una patada al suelo y restregó la saliva en el polvo—. No más guerras. —Silbó y volvió a la barra.

—A Elo no le ha gustado que nos trajeras aquí —dijo Inara. Estaba segura de que tenía otra cosa importante que decirle, pero se le estaba olvidando. El cansancio la superaba y Skedi también le pesaba en la mano, aunque aún era pequeño.

—A Elo ya no le gusto yo. —Un pequeño estallido de irritación. ¿Quería caer bien? No lo demostraba.

—Tal vez si no le hubieras buscado las cosquillas —dijo Ina—, habría empezado a ablandarse contigo.

—¿Por qué lo dices? —preguntó Kissen, curiosa.

Sus colores, la ráfaga de verde fresco. No se lo dijo. A Kissen no.

No confíes en ella. No confíes en que no volverá su odio hacia los dioses contra ti y contra mí.

Yo no soy un dios, Skedi.

—Se lo he contado —dijo en voz alta cuando por fin encontró el pensamiento. Había sido como pescar una trucha con las manos. Resbaladizo. ¿Por qué?—. Sabe quién soy.

Kissen gimió y apoyó la cabeza en la mesa.

—Me vas a matar, niña.

—Creo que es de fiar —dijo Ina—. Skedi también.

—Ah, bueno, entonces por supuesto. —Su tono destilaba sarcasmo.

No pasa nada, Inara —le dijo Skedi—. *Aléjate de la matadioses. Ve con Elo. Elo nos ayudará.*

—Creo que puede ayudarme —dijo ella—. Sabía mi nombre, conocía a mi madre. Mejor que tú. Podemos confiar en él.

—Las personas en las que confías pueden volverse contra ti cuando les apetezca.

Inara se sentía frustrada. No sabía qué decir, cómo hacer que Kissen la escuchara. La entendiera. Que le importara lo que ella quería. Skedi también estaba enfadado. No le gustaba Kissen, no la quería. Su voluntad era más fuerte que la de Inara.

—¿Cómo lo sabes? —dijo a través de ella. Inara intentó calmarlo, pero se dio cuenta de que no podía hablar. Su lengua no era suya, su mente era un revoltijo de confusión, fatiga, duda y sospecha. Mentiras. Pero Skedi había usado su voz. Kissen pensaría que era ella la que había pronunciado la pregunta.

Los colores de Kissen bailaron sobre su piel por un instante y la sorprendieron. Eran planos y oscuros, grises, como el mar y las nubes de tormenta, ribeteados de un fuego anaranjado. Irradiaba ira.

—Porque me pasó a mí —dijo—. Fin de la discusión.

—Tal vez no te habrían traicionado si no fueras una bestia desconfiada y grosera —espetó Skedi con la voz de Inara.

El rostro de Kissen se endureció. Los colores volvieron a desaparecer en su interior mientras se encerraba en sí misma y los atraía hacia sí para sellar toda vulnerabilidad. A Inara no le gustó. No estaba bien. No era lo que sentía.

¿Qué estás haciendo, Skedi? Libérame.

No respondió.

—No viajaré más contigo —mintió el dios a través de Inara—. No me siento segura.

—Hice una promesa, Inara —dijo Kissen—. No las hago a la ligera y nunca las rompo.

—Me voy con Elo y quiero que nos dejes en paz. Vuelve a Lesscia y a matar dioses, y mantén los cuchillos lejos de Skediceth.

La voluntad de Inara se vio invadida por la de Skedi. Su único amigo había tomado el control desde dentro de su propia mente. Intentó llamarlo otra vez, moverse, pero él no se inmutó y no respondió.

CAPÍTULO DIECINUEVE
Skediceth

¿Qué había hecho? Ya había presionado con su voluntad a Ina, solo una pizca, para introducir sus afirmaciones en sus colores, como había hecho con los peregrinos. Kissen no les convenía.

Tenía que hacerlo. No quería estar cerca de ella, daba igual lo que Inara quisiera. Kissen no respetaba ni a él, ni su vida, ni sus deseos. No lo soportaba más. Era un dios.

Entonces aquel muchacho le había dado una ofrenda, había adorado sus mentiras. Inara le había dejado entrar, le había permitido mover su voluntad a través de ella. Había visto una oportunidad y no pensaba dejarla pasar. Solo había tenido que adentrarse más en Inara para entretejer su voluntad en su mente. Una vez dentro, quería quedarse. Solo por un tiempo. Solo hasta que ambos estuvieran a salvo.

Lo entenderás, Inara.

La hizo dormir. Descubrió que podía hacerlo metiéndole en la cabeza mentiras piadosas y tranquilizadoras: que no oía el rugido del agua, que solo era un sueño, que estaba en casa, en su cama de plumas. La cama era en realidad una hamaca cubierta, como un capullo, forrada de pieles y lana áspera. Las pieles de encima impedían que entrara el agua, pero no el olor a humedad ni a sudor viejo de los durmientes. Se acurrucó en el pecho de Inara y le deseó que oliera a jazmín, a madera vieja y a flores. ¿Sentía culpa? Un poco. Le debía mucho a Ina; la quería. Intentó no ahondar en sus emociones, no ver su miedo y su traición. Era un dios de las mentiras piadosas y tenía que usar su poder para protegerlos a los dos.

La despertó antes del amanecer. Una serena matutina hacía su ronda y despertaba a quienes habían pedido levantarse temprano. Skedi oía el crujido de las cuerdas mientras la gente se movía o una hamaca soltaba una lluvia de agua sobre la persona de abajo. Las cataratas no tenían modales. Cambiaban, se retorcían y salpicaban. A veces tenían un martilleo constante de gotas y rocío, un sólido goteo de la hamaca de encima. Otras, algo cambiaba, una ráfaga de viento o la presión se liberaba y acababan empapados.

Hora de irnos. Por mí, Ina.

Se movió cuando se lo ordenó y recogió sus cosas. Vaciló ante la capa de lana de cera, pero aun así se la echó sobre los hombros. Su mente era un caos de ruido, pero él la gobernaba.

Skedi se metió dentro de la capucha mientras Inara se abrochaba la capa y descendía por la resbaladiza escalera desde el empapado camastro hasta las húmedas tablas. Quedó oculto entre sus rizos, seguro y abrigado.

Por aquí.

Se había fijado en dónde dormía Elo. La guio por las cuerdas y las pasarelas, aunque la falta de alas por parte de Inara los retrasó a ambos. Elo no dormía; estaba despierto y se revolvía mientras un cosquilleo de cautela gris se agolpaba en sus manos. Los oyó llegar y sintió el balanceo en las tablas por el cambio de peso a medida que se acercaban. Tal vez tuviera un cuchillo. Tal vez Skedi fuera a hacerle daño a Inara.

Voló hasta la abertura del toldo de Elo, la distancia máxima que podía alejarse de Ina. El caballero ahogó un grito.

—¡No ataques, caballero, somos nosotros!

Elo parpadeó al ver a Skedi y luego miró a Ina.

—¿Qué ocurre, Inara? ¿Qué ha hecho Kissen?

—Nada —habló Skedi por su boca, con su voz—. Queremos irnos contigo, ahora, antes de que se despierte. Es ella la que atrae a los demonios, estoy segura. No quiero morir.

Se dio cuenta de que Inara lloraba. Las lágrimas le empapaban la cara y saltaban desde su barbilla.

Basta —le dijo—. *Lo hago por nosotros. Te prometo que te liberaré cuando hayamos salido.*

—Yo... —Elo vaciló. Sus emociones se arremolinaban a su alrededor. Duda, una fuerte. Dudaba de sí mismo. Y lealtad. Una lealtad celeste que lo apagaba y consumía todo lo demás—. Inara, tengo una misión importante... No puedo...

Era vulnerable. No tenía su voluntad protegida como Kissen. Podía convencerlo.

Estará más segura contigo —dijo Skedi y presionó su voluntad en la mente del hombre—. *Es como el rey Arren, ¿no? Arren querría protegerla, Bethine también. Mantenla a salvo.*

—Por favor —dijo en voz alta. A propósito o no, las lágrimas de Inara sirvieron para conmover más a Elo. La voluntad de Skedi envolvió los colores del hombre; sintió su incertidumbre y la calmó, la ahogó. Podía hacerlo, podía controlarlos a ambos, porque solo eran mentiras piadosas que ellos mismos querían creer. Un sentimiento de honor surgió en los colores de Elo, del tono melocotón del amanecer, y asintió.

—Está bien —dijo. Resultaba casi dulce; creía de verdad en ayudar a los demás. Recogió su bolsa y se bajó de la hamaca. Skedi volvió volando con Inara y la hizo dar la vuelta mientras su pelaje se erizaba con su propio poder; casi sentía cómo su cornamenta crecía. ¡Los humanos eran unos crédulos! Como peces en una red, una vez que los tenía. Había tomado el control de su destino y el de Inara por primera vez desde que se habían encontrado y se habían visto obligados a vivir con miedo. Les pediría ofrendas a cambio de rescatarlos de la veiga y los demonios. Sería un verdadero dios.

Subieron las escaleras hasta la taberna y salieron del suelo mientras Skedi volvía a meterse en la capucha de Inara. Alguien trasteaba en la cocina y de la rejilla brotaban los olores de un fuego de carbón recién encendido. Había una pareja sentada junto a las llamas, comiendo estofado de ciruelas agrias y secándose con el vapor las ropas que había empapado el rocío de la cascada.

Elo le hizo un gesto a Inara para que lo siguiera por la puerta. A diferencia de la muchacha, él era como un juguete de cuerda; lo había cargado con una buena mentira y ya iba solo. Skedi se dejó sentir la emoción de su excitación. Cuanto más se alejasen de Kissen, más feliz se sentiría el dios.

Salieron al suelo de piedra de la avenida central del puente. Los vendedores ambulantes ya habían recogido del río la pesca fresca de la mañana y vertían el pescado en cajas para venderlo ese mismo día. Dos niños los destripaban y la estrecha calle apestaba a escamas y sangre. Inara y Elo tuvieron que chapotear entre los despojos hasta llegar al lado este de la ciudad.

Las puertas en aquel lado eran bajas y achaparradas en comparación con las de la orilla oeste, pero estaban igual de adornadas con guirnaldas. Skedi se asomó entre los cabellos de Inara. Los que no podían permitirse una cama se agrupaban allí, recogían sus enseres para dormir y hacían cola para marcharse. Unos pocos removían tinas de sopa de ortigas o comían galletas machacadas con sal y bayas secas.

Las puertas estaban entreabiertas y un escriba de aspecto cansado tachaba nombres de un libro de contabilidad y añadía algunas entradas para quienes llegaban desde el este. Fuera, Skedi veía los árboles recortados y el camino abierto. Había muchos caminantes y algunos viajeros a caballo.

Entre ellos, estaba la matadioses.

Llevaba el pelo alborotado recogido en una trenza, iba bien vestida y no le faltaba el aliento. Cargaba la mochila al hombro mientras Piernas le empujaba la mano con el hocico y parecía más descansada que todos ellos. Sonrió. Skedi se encogió a su pesar. Las mujeres así le hacían cuestionarse su inmortalidad.

Las emociones de Inara se desbocaron. Las reprimió y mantuvo a Elo sometido a su voluntad y atrapó su convicción con mentiras. Estaba al límite del poco poder que tenía. Pero ¿qué opciones tenía?

No podían dar marcha atrás. Tampoco montar una escena, provocar que los descubrieran y terminar arrestados e interrogados. No pondría a Inara en peligro ni a sí mismo. No era lo que pretendía.

La hizo avanzar y salieron de la ciudad, después de tachar sus nombres falsos de la lista, y se encontraron con Kissen en el camino.

—Estáis muy lentos esta mañana —dijo.

Elo puso una mano en el hombro de Inara.

—Se viene conmigo —replicó—. Me lo ha pedido y voy a concedérselo. Te libero de tu deber, así que sigue tu camino.

—No es un deber —dijo Kissen. Miró a Inara con sus ojos grises como el mar—. Fue una promesa. —No sabía que era Skedi. No podía saberlo. Se escondió tras el cuello de Inara—. No peleemos aquí, panadero.

Elo movió la mano despacio hacia la espada, pero no la desenvainó. Un arcoíris de conflictos agitaba sus colores. El verde fresco de la calidez inicial que había sentido por Kissen, el azul de la lealtad y el tono melocotón del honor, además de la cautela gris y los picos de oro, viciosos y violentos, que crecían mientras miraba a los viajeros que los rodeaban. Demasiada gente.

—No —dijo—. Aquí no.

Siguieron a la multitud que abandonaba Gefyrton. A Skedi no le hacía falta ver los colores de Kissen para saber que ambos hervían a fuego lento y estaban a punto de estallar. Los colores cambiaron el aire a gris y dorado alrededor de Elo y le erizaban el vello. Qué emocionante. Lo había conseguido. El caballero ganaría en una pelea; estaba entrenado y preparado. Tenía a un dios de su lado.

Las losas de la carretera de la ciudad derivaban en un camino de tierra batida bordeado de árboles talados y viñedos en crecimiento. Los caballos y el ganado dominaban el camino y no les era fácil alejarse de los demás viajeros. La mayoría seguía el camino principal hacia la costa, pero un buen número se adentraba en las montañas, en dirección norte, entre los prados verdes y las laderas de helechos ennegrecidos por el invierno. En algunas aún quedaba nieve escondida en grietas a la sombra bajo los primeros brotes de los abedules. Inara había dejado de resistirse a Skedi mientras Elo se interponía entre ella, Kissen y el caballo. La matadioses lo miró de reojo y se tomó como un insulto que pensara que iba a agarrar a la niña y huir. Tal vez lo fuera. Tal vez lo hiciera.

Sin embargo, se mantuvieron callados. No tardaron en encontrarse con dos caballeros con los colores del rey en el camino, donde se estrechaba entre dos afloramientos rocosos. Estaban más alerta que los guardias que fumaban en pipa que habían visto a las puertas el día anterior. Habían colocado un emblema en el suelo, un trozo de madera tallada con la forma de la rama de un árbol o un tridente. Acorralaban a los viajeros y los obligaban a pisar la madera al pasar, lo que provocaba una aglomeración. Debía de ser el signo de un dios y los forzaban a pisarlo para demostrar que no le tenían lealtad. A Kissen, Elo e Inara también se lo mandaron al pasar y lo hicieron sin vacilar; el conflicto entre ellos superaba las curiosidades del camino.

Habían avanzado unos pocos pasos cuando oyeron una refriega. Skedi se asomó por encima de la capucha de Inara y vio cómo los caballeros agarraban por los brazos a una anciana. Se había negado a pisar el emblema.

—Por favor —dijo—. Es el símbolo de Lethen. Guía a los viajeros perdidos de vuelta a casa.

—El rey es quien te guía —gruñó uno de los caballeros.

—Soy mercader ambulante. No me pidáis que la pisotee y tiente a la desgracia.

El caballero que había hablado la golpeó con fuerza con una mano enguantada, luego la agarró por el cuello, la empujó contra el símbolo y le aplastó la cara en la madera. Skedi sintió que Elo vacilaba, que su voluntad chocaba con un muro de ira. Se detuvo en seco y sus propios deseos amenazaron con quebrantar los de Skedi.

No puedes ayudarla. ¿Qué hay de tu peregrinaje? ¿Qué harás aquí para cambiar lo que ya está hecho?

Los pensamientos de Elo eran claros como el día. *Arren no querría esto. Arren no haría esto.* Poco a poco se desvanecieron hasta fundirse en unas pocas palabras: *Arren. Hermano. Amigo. Ayúdalo.*

Ayuda a Inara —susurró Skedi—. *Ayúdame. Ayuda.*

Por segunda vez en el viaje, Elo se alejó de unos caballeros a los que quizá una vez hubiera considerado sus camaradas mientras bullía de ira, vergüenza y arrepentimiento.

Apenas habían avanzado una legua cuando se toparon con una señal de piedra remendada con líquenes amarillos. Las flechas indicaban el camino a varias ciudades importantes al norte, al este y al sur. En la parte superior, una larga hendidura cortaba la escritura, habían arrancado varios trozos ásperos y habían dejado solo la piedra de debajo, más clara que la de la superficie. Las únicas letras que quedaban eran la primera, la mitad de una «B» y el vientre de la «d». Blenraden.

Siguieron la ruta en silencio, de cara al sol. Pasó su cenit antes de que pudieran desviarse y deslizarse por un sendero ascendente. El bosque volvió a espesarse a su alrededor y los cervatillos y sus madres se dispersaban a su paso. Poco a poco, la tarde se aclaró entre los árboles y ascendieron hacia las estribaciones de la cordillera de Bennite, hasta encontrarse en un terreno más rocoso. Llegaron a un claro, húmedo por el deshielo y las lluvias primaverales. Los colores en torno a Elo estaban cambiando. Se aquietaban.

Estaban completamente solos.

Elo se detuvo primero. Desenvainó la espada, la hoja turbia de bridita; sus emociones se oscurecieron.

—Elo, espera... —se abrió paso la voz de Inara. Skedi le clavó las garras en el hombro y volvió a envolverla en su voluntad. No era más que una humana, una niña; era imposible que resistiera la intensa presión de un dios.

Calla, es mejor que no digas nada —dijo Skedi—. *Te prometo que esto es lo mejor. Te lo prometo.*

—Veiga —dijo Elo mientras Kissen llevaba a Piernas a un trozo de hierba y lo ponía a pastar. Se desabrochó la capa y la dejó sobre la montura, después le dio una última palmadita en el lomo y le acarició las suaves orejas. Miró a Inara y a Skedi y luego a Elo. ¿Lo veía? ¿La forma en que la voluntad de Skedi había enredado y desconcertado su mente con mentiras? ¿Aún eran mentiras piadosas si le causaban daño? No se habían contado con esa intención. Skedi se sacudió la culpa.

—Caballero —dijo Kissen y simuló un saludo militar. Sin la capa, parecía más grande; tenía los hombros anchos y musculosos. Aun así, era una cabeza y media más baja que Elo; era imposible que ganara en una pelea.

—No sigamos con este juego —replicó él—. La chica no quiere viajar contigo. Déjanos en paz.

—Si te soy sincera, a una parte de mí le encantaría librarse de esa canija problemática y de su astuta bestia —dijo mientras se remangaba la camisa con indiferencia—. Pero prometí que no la abandonaría y siempre cumplo mis promesas.

Es mejor que calles —ordenó Skedi a Inara y extendió las alas mientras ejercía su poder. Le cerró la boca. Podría usarla mejor, hacerla hablar y hacer que Kissen se fuera, pero prefería que no hubiera ninguna posibilidad de que la veiga volviera. Debería haberlo hecho días atrás, incluso años. A pesar de aquella estúpida promesa de no usar su poder con Ina. Ella no le había dado nada a cambio, no era vinculante, no era una bendición. Para entonces podrían haber estado en cualquier parte. Podría haberla conducido a Sakre, convencer a su madre de que la llevara con ella y enredarse con los mentirosos y los políticos, los soldados y los mercaderes, averiguar qué dulces secretos escribía Lessa Craier en las cartas que no dejaba que viera su hija. Podría haber ido a Blenraden hacía años y averiguar qué le había pasado a su altar, por qué estaba como estaba, atrapado e impotente. No estaría en aquel estrecho camino entre lugares aún más estrechos.

—Inara Craier estará más segura conmigo —dijo Elo—. Crecí en la corte de Sakre; soy un caballero del reino.

Kissen se rio.

—Creía que eras panadero —replicó.

Elo entrecerró los ojos y apretó con los dedos la tela que envolvía el pomo de su espada. Kissen le hizo su gesto favorito, curvando el índice y el pulgar en una espiral como la que llevaba tatuada en el pecho. «Que te jodan».

—Eres un peligro para ella —dijo Elo— y para ti misma, veiga. Deja que se venga conmigo y enfréntate sola a tus demonios.

—Me parece que no.

—Kissen, por favor —consiguió decir Inara entre dientes.

Silencio. Deja hablar a los mayores.

—No volveré a pedírtelo —insistió Elo—. No quiero hacerte daño.

—Entonces será más fácil —dijo Kissen.

Empezó a avanzar y desenvainó un arma. No la espada larga, que Skedi se dio cuenta de que seguía enganchada en el lomo de Piernas, sino una cuchilla más corta para una sola mano: un alfanje. Repicó contra la espada de Elo, que se movió para bloquearla y luego asestó un rápido golpe. El brillo de la hoja de Kissen captó la luz dorada de la tarde y se movió deprisa para apartarse del sable más pesado de Elo. Se giró hacia él, le estampó el hombro en el pecho y lo lanzó hacia atrás.

El caballero se volvió a levantar con facilidad, con una postura firme y fuerte. Rechazó los siguientes golpes, que iban dirigidos a sus brazos y piernas. Los movimientos de Elo eran refinados y equilibrados. Respondía al ataque de Kissen con fuerza, sin malgastar energía. Lo desconcertaba la competencia de la mujer, de un modo que solo un dios podía ver, pues no lo demostraba en su expresión, tensa por la concentración. Skedi se dio cuenta de que ninguno de los dos tenía intención de matar al otro, solo herir o incapacitar.

Elo empujó con el pie adelantado y desvió el de Kissen para desequilibrar su postura más corta. Las espadas volvieron a encontrarse y presionaron; se acercaron lo suficiente como para besarse. Elo parpadeó y enganchó el pie en la pierna falsa de Kissen. Ella se apartó, pero no fue lo bastante rápida para evitar el fuerte golpe en la guarda de su espada mientras se esforzaba por mantener la postura. Perdió el agarre y Elo le arrancó la espada de las manos. Se estrelló contra las rocas.

Sí.

La red de mentiras de Skedi se tensaba. Los había llevado hasta allí. Mientras miraba, sus cuernos crecían y sus alas se extendían. Sintió a medias la angustia de Inara, el grito que le impidió liberar. Se agarraba el chaleco y apretaba los botones con los dedos.

Va a llevarse a la niña —susurró Skedi a Elo—. *Se la llevará. Quiere hacerle daño. Inara te necesita. Tu rey te necesita.*

Kissen retrocedió y sacó un cuchillo largo de la funda que llevaba en el muslo. A Skedi no le gustó. Había perdido la espada; no debería sonreír.

Elo le atacó la pierna buena, con la esperanza de herirla y poner fin a la pelea. Estaba claro que se había dado cuenta de cuál favorecía. Kissen se movió más rápido esa vez, dejó que la espada de Elo volase junto a su carne y la esquivó. Con el brazalete de cuero, bloqueó la hoja y se acercó para golpearlo en la base de la cadera. Elo la evitó por los pelos y le dio un codazo en la mandíbula. Ella le devolvió el golpe con un manotazo en la cara que le lanzó el cuello hacia atrás. Elo dejó una apertura en sus defensas y Kissen la aprovechó; se metió en el alcance de su espada. Las espadas estaban hechas para blandirse y mantener la distancia, no para una pelea cuerpo a cuerpo.

No, estás bien, caballero. Debes ganar.

Elo se recuperó y le agarró la muñeca del cuchillo para intentar tirarla al suelo, pero ella se zafó y lo obligó a retroceder; cambió el cuchillo de mano y lo forzó a rechazarlo con la empuñadura.

Basta.

La voz de Inara atravesó las barreras de Skedi. No debía ocurrir.

Kissen había metido la mano en las defensas de Elo y lo había agarrado por la solapa. Tiró de él hacia abajo y le dio un rodillazo en el pecho y luego un cabezazo. Tenía ventaja. Estaba ganando.

Basta, Skedi.

Se recuperará.

No. —La voluntad de Inara era cada vez más fuerte. Skedi sentía que lo empujaba hacia afuera—. *Para.*

Estaba desesperada; no quería que nadie más resultara herido, no quería estar sola. Elo retrocedió en un intento de recuperar la ventaja.

Déjalo estar, Inara.

La chica se volvió a mirarlo y Skedi se estremeció. Se le escapaba el control. ¿Por qué? Él era un dios y ella una niña. Pero su mirada era furiosa. Poderosa. Se volvió hacia Elo y Kissen.

—¡Basta! —gritó. Fue más que un grito. Fue un desgarro. Brotó de ella un color que Skedi nunca había visto en un ser humano, como las profundidades del océano o los confines del cielo, ribeteado de luz. Su voluntad. Rompió el poder de Skedi e hizo añicos su dominio. Sintió que se encogía, como presionado por un gran calor. El poder se extendió hasta Kissen y Elogast, los despojó de la animosidad y la ira y disolvió las mentiras que habían enredado el alma de Elo.

La luz se desvaneció y la fuerza que Inara había liberado se convirtió en nada. Se tambaleó sobre los pies y Skedi tembló, sin atreverse a mirarla.

—Dejad de luchar —dijo—. Por favor.

Elo bajó la espada, confuso. Kissen seguía preparada para atacar. Le sangraban el labio y la nariz; no terminó el golpe.

—Tienes suerte, caballero, de que no mato a personas.

—No quería —dijo Inara, con la voz entrecortada—. Kissen... yo no...

La mujer se volvió a mirarla, recelosa al principio, pero al ver la expresión de la muchacha se suavizó.

—Si fuera tan fácil deshacerse de mí, sería terrible en mi trabajo —dijo mientras envainaba el cuchillo y se limpiaba la nariz con la manga—. Qué fácil os dejáis enredar por un dios diminuto.

Skedi plegó las alas e intentó pasar desapercibido, pero Inara se giró hacia él y lo empujó desde su hombro al suelo. Skedi cayó, sorprendido, a sus pies mientras batía las alas, angustiado.

—Inara —dijo. Lo intentó en su mente—: *Inara*

No. Estaba cerrada para él. Skedi apretó las orejas.

—¿Cómo has podido? —dijo Inara en voz alta y retrocedió—. ¿Cómo me has hecho esto?

—Manipulado —dijo Elogast con asombro y rabia. Volvió a guardar la espada en la vaina y suspiró. El oro palpitaba en sus colores, alborotados. Sangraba por la boca y por un corte en la mano que Kissen le había hecho.

—Mentido —dijo Kissen.

Skedi sintió cómo lo atravesaban con la mirada. Se encogió todo lo que pudo, con las alas hacia abajo y la barbilla pegada al suelo. Volvió a intentar hablarle a Inara.

Inara, yo solo...

El camino estaba frío. Había escondido sus colores, como Kissen.

—Puedo intentar matarlo ahora, si quieres —dijo Kissen.

Inara dudó y eso fue lo que más lo asustó. Más que el fuego y más que la veiga; la pérdida de la fe de Inara, lo único que había necesitado. Lo único que lo había mantenido con vida.

—Ina… —lo intentó de nuevo en voz alta, pero ella negó con la cabeza.

—No —dijo y miró a Kissen—. Por favor. —Dio un paso adelante y se alejó de Skedi—. ¿Podemos parar, por favor?

Kissen miró a Elo. ¿Qué iba a hacer? Estaba enfadada, se reflejaba en la blancura de la cicatriz que resaltaba en su pálido rostro, y fruncía el ceño con duda, pero también había… ¿diversión? Tras una pausa, extendió la mano.

—¿Pacto? —dijo. Un dicho middrenita a medio camino entre paz y promesa.

Elo separó despacio los dedos de la espada y aceptó su mano con suavidad y con rostro preocupado.

—Yo… —Apretó el puño—. Eres buena con la espada —dijo.

—Eres mejor de lo que me esperaba en un panadero —dijo Kissen. Se volvió hacia Inara y le tendió la mano también—. ¿Ina?

Inara apretó los puños, tragó saliva y abrazó la cintura de Kissen.

—Lo siento. Lo siento muchísimo.

Así no era como Skedi quería que se debilitara su vínculo, a causa de perder su amor. Lo había hecho por ella, por los dos. ¿Sería lo que los separaría? Sabía que él desaparecería e Inara volvería a ser solo una niña, una que ya no lo quería. Una niña que, momentos antes, había roto el poder de un dios.

CAPÍTULO VEINTE
Elogast

Malditos dioses con sus malditos juegos. Hacía años que Elo no se enfrentaba al poder de un dios, tanto que ni siquiera se había dado cuenta de que Skedi lo doblegaba a su voluntad. Era débil, como lo había sido entonces. Si no se había dado cuenta de eso, ¿qué más se le habría escapado? Podía luchar con una veiga, pero no se había preparado para enfrentarse a los dioses. Le fallaría a Arren otra vez.

Te necesito para una última batalla. Solo una. Elo, por favor. Mi vida, mi sangre y mi corazón, te necesito esta noche.

Aquella última noche terrible en Blenraden. Elo ya le había dicho a Arren que iba a colgar la espada. Ya no se sentía capaz de derribar los altares de los dioses de personas inocentes. Con matar a los salvajes había tenido suficiente.

Entonces Arren le había suplicado y Elo había decidido ayudar una última vez a su hermano. Destruirían al sangriento dios de la guerra. El dios con cabeza de ciervo.

—Caballero.

Elo dio un respingo y volvió al presente cuando Kissen lo llamó. El hombro le dolía como si apenas se hubiera curado y también el pecho le oprimía. Se sentía mal, le temblaban las manos y le costaba respirar. Cada vez que cerraba los ojos, veía el oro de la armadura de Mertagh, el golpe de su martillo, la muerte, la sangre y el fuego ardiente donde tenía que estar el corazón de su amigo. Un corazón que agonizaba. Elo no había podido hacer nada contra los dioses, había sido débil, había fracasado.

Y ese día había estado a punto de fracasar de nuevo. Había dejado que un dios jugara con su mente y lo apartara del camino. Tenía que centrarse en Arren, en arreglar el error que había cometido años atrás. Tenía que encontrar la manera de salvarlo, de localizar a algún dios poderoso que supiera arreglar su corazón debilitado. Tal vez, entonces, encontraría una razón para vivir más allá del dolor y los recuerdos. Encontraría las fuerzas para volver y luchar por un país a punto de desmoronarse.

—¿Estás bien? —preguntó Kissen.

Elo se obligó a respirar hondo varias veces. Era un recuerdo, no debería hacerle daño; debería ser más fuerte. Estaba agachado sobre las raíces de un abedul que había arrancado para usarlas como leña. Aún no había anochecido, pero el pequeño grupo se había detenido en un claro resguardado tras unas horas de marcha muy incómodas. Casi matarse entre sí tenía ese efecto.

Se levantó con brusquedad para mirar a Kissen, escondió las manos tras la espalda y fingió que no sentía el dolor imaginario que nunca lo abandonaba. Lo miró con suspicacia. Inara y Skedi no estaban a la vista.

—Estoy bien —mintió Elogast—. ¿Y tú?

Tenía la nariz hinchada, pero se rio.

—Lo he pasado peor, pimpollo —dijo.

Elo sonrió sin esperárselo y se sintió más anclado al presente debido a la punzada en la mandíbula dolorida. Aquella mujer cabezota era mejor con la espada de lo que esperaba. En un combate uno contra uno, espada contra espada, probablemente la habría vencido. Ella lo había previsto y había adaptado sus habilidades para debilitar las suyas. Le gustaba que fuera más lista que él.

Había sabido que tendría que enfrentarse a él, que Skedi lo había convencido y manipulado. Había visto cómo se desarrollaría todo.

Si la hubiera herido y abandonado en los caminos salvajes, como era su intención, probablemente habría muerto. Y él seguiría atrapado en las garras de un dios.

—Lo siento —dijo en serio—. Y gracias.

—No me sirven de nada las gracias ni las disculpas —dijo la veiga y se encogió de hombros—. He mandado a la chica a cazar.

—¿Sola? ¿Es prudente? —El dios tenía que acompañarla y hacía poco que había intentado dominarla.

Kissen enarcó una ceja y se cruzó de brazos. Tal vez no fuera su mejor jugada cuestionar la sabiduría de la veiga apenas después de intentar apuñalarla.

—No me preocupan esos dos —dijo—. La traición hace entrar en razón a una persona más rápido que nada. Y deberíamos hablar. Con sinceridad. Siéntate conmigo.

Le impresionó cómo hacía que una sugerencia sonara como una amenaza. Tomó aire y se secó la frente. Estaba sudando, aunque sentía la piel fría, pero los recuerdos de la batalla con Mertagh habían vuelto al fondo de su mente, listos para asaltarlo en el peor momento. La veiga se sentó en un tronco caído y tocó con un dedo el frasco que llevaba al cuello.

—Me iré mañana —dijo Elo—. Tengo mi propia misión.

—No voy a pedirte que te vayas —dijo ella e inspiró—. Todavía vamos en la misma dirección. A pesar de todo, creo que deberíamos seguir juntos.

La oscuridad de la noche se había instalado en su rostro y suavizaba sus facciones. Era una cara interesante, con mucho movimiento.

Elo parpadeó.

—¿Por qué? —Sonrió—. ¿Es que acaso te gusto, veiga?

—Ja. No te emociones, caballero. Quiero que te quedes porque hay algunas cosas que no termino de entender. Esta misión tuya, para empezar...

Elo negó con la cabeza.

—No puedo...

—No te pido que me cuentes tus secretitos —interrumpió ella—. Te pido ayuda. Sea cual sea tu dichosa misión, el camino es peligroso y la ciudad también. Prefiero tener cuatro ojos vigilando al bicho y a la chica. Sean cuales sean los demonios a los que te enfrentas... —lo miró de arriba abajo y Elo enrojeció. Veía a través de él— los que nos persiguen tienen los dientes más afilados.

Elo suspiró.

—¿Estás segura de que vendrán?

Kissen miró hacia los árboles y bajó la voz.

—Bastante. Tres días de espera y al siguiente atardecer atacarán. Y habrá más. Si no te siguen a ti ni a mí, empiezo a pensar que alguien está empeñado en acabar con la joven Craier. Estabas dispuesto a matar para ayudarla...

—Me engañaron.

—Eso no importa; me interesa la parte de matar, no las excusas.

Elo se rio y se sorprendió a sí mismo. Le caía bien. Hacía tiempo que no hablaba con nadie dispuesto a adaptarse a él, al punto en el que estaba. Un caballero retirado lleno de secretos y de miedo.

—¿Por qué piensas que es la chica?

Kissen se llevó la mano a la pechera y se golpeó el pecho por debajo de la garganta con aire distraído. Elo se fijó en que tenía pecas en las manos, entre las quemaduras.

—¿No lo has sentido? Antes —dijo—. Ha roto el poder de un dios. Nunca había visto algo así.

Elo no podía negarlo; había sentido el cambio en el aire, como el instante antes de que caiga un rayo.

—Te preocupas por ella, ¿verdad? —dijo.

Kissen se removió y se frotó la barbilla, claramente incómoda por tener que reconocer un ápice de vulnerabilidad.

—Una vez fui una niña perdida —dijo al cabo de un rato y se volvió a tocar el pecho—. Nadie merece estar solo en el mundo.

Elo resistió la tentación de estirar la mano y tocarle el brazo, de decirle que él también estaba perdido y solo. Tanto que dolía.

—Quiero ayudarla —continuó Kissen y se encogió de hombros—. Tengo miedo por ella. —Luego esbozó una media sonrisa—. Ahora le tengo un poco de miedo a ella.

Elo se rio. Oyeron movimientos en los árboles y vieron a Inara con una liebre y un ave en la mano. Skediceth volaba de árbol en árbol detrás de ella mientras la chica lo ignoraba con firmeza. Dudó al verlos juntos, luego se armó de valor y se acercó a dejar las presas en el suelo. Tenía una mirada más dura de lo que Elo le había visto antes. Le recordó a Arren durante la guerra, después de la muerte de Bethine, al saber que el único camino era hacia delante.

—Mi misión es lo primero —les dijo a ambas. Tenía que ayudar a Arren; tenía que salvarlo, como Kissen quería salvar a Inara. Sin embargo, estaba cansado por la falta de sueño y no le importaba que alguien tan bueno con un alfanje y un cuchillo le cuidara las espaldas—. Pero, si mantenemos el pacto hasta Blenraden, cuando lleguemos allí necesitaré hablar con un dios, uno poderoso. —Miró de reojo a Kissen—. ¿Sabes a quién pedir consejo, verdad? Eres una matadioses de Blenraden que se unió a una caravana de peregrinos. Tienes que saber algo.

Kissen suspiró.

—Tengo a una en mente —dijo—. Una diosa antigua, discreta, pero poderosa.

—¿Hestra? —preguntó Elo mientras se le paraba el corazón al pensar en la diosa que había puesto aquellas llamas en el pecho de Arren; Kissen lo miró con extrañeza.

—No, una diosa de río. —Empezó a juntar ramitas, le quitó la leña a Elo y encendió un pedernal—. Si buscas consejo, ella sabrá lo que necesitas.

La observó preparar el nido que se convertiría en el corazón del fuego, un montón igual al que reposaba en el pecho de Arren. El musgo atrapó las chispas, humeantes, y Kissen se inclinó para soplar, con la mano aún aferrada al frasco de su cuello.

—Está bien —dijo Elo con un leve alivio. Sonrió a Inara, que le devolvió una sonrisa tímida. La matadioses tenía razón; la niña tenía algo raro. ¿Cómo había roto la voluntad de Skediceth? ¿Por qué habían arrasado su casa y por qué la perseguían los demonios? Parecía una niña normal en una situación difícil y Elo se compadeció—. Os acompañaré.

CAPÍTULO VEINTIUNO
Inara

Avanzaron deprisa los dos días siguientes y siguieron ascendiendo por las tranquilas sendas que se adentraban en las Bennite, siempre por el camino por el que Jon los habría llevado, lejos de la carretera de la costa.

—Ya pasé por aquí una vez —dijo Kissen mientras los dirigía hacia el este por pendientes sinuosas—. Después de que mataran al dios de los refugios seguros, los caminos de Blenraden se llenaron de bandidos que intentaban aprovecharse de la gente que llevaba su vida a cuestas. Era mejor tomar los caminos más altos y tranquilos. La pobre Yatho tuvo que ir montada en Piernas todo el tiempo.

Inara observó cómo Kissen acariciaba al caballo, que estaba llevando bien la subida mientras cargaba con casi todo el peso de sus bolsas. No le gustaban las pendientes rocosas, pero sí masticar los brotes frescos de los abedules cuando Inara le bajaba las ramas. Las nubes se movían despacio por el horizonte y dibujaban velos púrpuras de nieve en las cumbres. Tuvo que ser un camino frustrante para Yatho. A la propia Kissen parecían costarle algunas de las pendientes más escarpadas y había sacado el bastón del lomo de Piernas para ayudarse a mantener el equilibrio.

—Hablé con él una vez. Yusef —dijo Elo en voz baja. Se había vuelto menos taciturno desde Gefyrton. Inara sospechaba que le gustaba tener un plan, como a su madre—. Antes de la batalla por el puerto. Tenía una cara de hombre, amistosa, como si fuera alguien cualquiera de Restish... —Se aclaró la garganta y miró a Inara—. No te lo he dicho antes, pero tu madre luchó con mucho valor en esa batalla. Hizo todo lo que pudo para salvar a Yusef. Y cuando se fue para curar sus heridas, le pidió a su guardia que se quedara y luchara por el rey. Se lo agradecimos. Era una mujer valiente.

Elo intentaba ser amable, pero hizo que Inara se sintiera peor. Había permitido que Skedi la engañara y que lo engañara a él y podría haber provocado que Kissen o él hubieran muerto. El dios iba montado sobre Piernas, aún pequeño y silencioso. No había hablado con él en dos días. No lo quería cerca, no quería que la tocara y odiaba estar triste por ello.

¿Se arrepentía de lo que había hecho? ¿Lo lamentaba? Había intentado pedirle perdón, pero ya no se atrevía a creerlo. Le había robado la voz y la voluntad. Skedi siempre había estado a su lado, a pesar de todo, y se había vuelto contra ella.

Nunca se había sentido más sola.

—Hay un lago en la meseta —dijo Kissen mientras se frotaba la rodilla cubierta por la prótesis y señaló hacia arriba, hacia la siguiente cumbre—. Es el punto más alto al que tenemos que subir. Deberíamos llegar poco antes del atardecer. Tiempo de sobra para montar el campamento y prepararnos para los demonios de sombras.

—¿Tienes un plan? —preguntó Elo.

—Bordes afilados de bridita —dijo ella—. Ese es el plan.

—Creía que los veiga tenían más trucos que los bordes afilados y la brusquedad —dijo Elo.

Kissen sonrió.

El Monte Tala, con los flancos ensombrecidos, se alzaba ante ellos cuando llegaron a la meseta, y el lago que Kissen recordaba brillaba con un tono plateado al atardecer. Aún quedaban algunos altares, que Skedi husmeó cuando se acercaron lo suficiente, a dioses del agua y de los caminos, dioses de la suerte, de la pesca y de la caza. Incluso había un árbol con cintas para el dios Yusef, a quien Kissen y Elo habían mencionado. Inara pensó que pronto renacería. Empezaría de nuevo, como algo nuevo, pero no recordaría a su madre; no podría hablarle de la mujer que había sobrevivido tras luchar a su lado solo para terminar asesinada por las llamas.

Kissen ignoró los altares y obligó a Skedi a continuar. Los condujo hasta un gran saliente que parecía un trol inclinado, con los hombros encorvados y protectores.

—No falta mucho para que se ponga el sol —dijo. Se había sacado unos alicates de la capa y se ajustaba el tornillo más pequeño entre la rótula y la pantorrilla—. Inara, busca un lugar donde esconderte. Llévate a Piernas contigo, se merece un descanso.

Inara respiró hondo y desenganchó el arco de Kissen de la silla de montar de Piernas en lugar de responder. Las flechas también.

—¿Qué crees que haces? —dijo Kissen.

—No me esconderé —dijo, feliz de que no le temblara la voz—. Las flechas tienen la punta de bridita y tengo mejor puntería que tú.

Elo intentó contener la risa mientras observaba la zona. Kissen se lamió el diente de oro y suspiró.

—Las invocaciones son partes de un dios —dijo—. Tienen las mismas debilidades y se distraen con facilidad. No son quisquillosos con lo que matan. Ya viste lo que le hicieron a aquel chico.

Inara tragó saliva. No. No tendría miedo. Cuidaría de sí misma.

—Me quedo —dijo.

Kissen levantó las manos. Sus colores ocultos destellaron de preocupación y luego desaparecieron.

—Vale —dijo y le dedicó una mirada significativa a Elo, que se encogió de hombros con impotencia—. Ata a Patas allí para que no se escape y cepíllalo un poco.

Inara ató al caballo a una rama robusta y el animal le apretó el pelo con el hocico y relinchó con cariño.

—Es una mala idea, Inara —dijo Skedi desde su lomo. Ella lo ignoró mientras pasaba el áspero cepillo por los flancos de Piernas para librarlo del barro del camino, luego se puso el arco y las flechas al hombro—. Inara… —Skedi volvió a intentarlo— es peligroso.

Inara volvió junto a Kissen y Elo. Kissen se había sacado una cadena de cuentas de la capa, que brillaba débilmente, para los ojos de Inara, con colores. Oraciones. Una ofrenda que Kissen debía de haberse llevado de un altar roto. Skedi dio medio paso en dirección a la veiga antes de aletear con angustia y retroceder hasta los tobillos de Inara. La tentación de las oraciones lo había atraído instintivamente.

—Deberíamos aprovechar el terreno más elevado —dijo Elo y señaló el saliente. Kissen lo fulminó con la mirada, porque no le gustaba que le dieran órdenes, pero le quitó el arco a Inara, lo tensó y se lo devolvió y después se dirigió hacia la roca. El aliento de la chica formó nubes en el aire mientras los seguía a ambos hasta la cima y se aferraba a los bordes salientes de las piedras con los dedos ya fríos. Skedi trepó y voló hasta unirse a ellos, se sentó sobre las patas traseras y empezó a mover las orejas en todas direcciones.

Desde lo alto veían todo el claro del lago y, al otro lado, una pequeña hoguera que marcaba otro campamento. Inara se estremeció y se envolvió en la capa. Pensó en los demás peregrinos y se preguntó si estarían sentados junto al fuego, sin preocuparse por sombras, sangre y huesos.

Elo estaba sentado con la espada sobre las rodillas y respiraba con calma. Kissen estaba agazapada, lista para ponerse en posición de combate. El caballero miraba hacia el agua y la veiga hacia el bosque.

La oscuridad del atardecer se extendía por la meseta y las laderas como una tela por la piel. El viento se levantó y les mordió el cuello y las manos, expuestos como estaban en lo alto de la roca. Inara se olvidó de flexionar los dedos, que se le quedaron rígidos y quebradizos por el frío. Skedi, agazapado junto a su bota, se hizo más grande, hasta alcanzar el tamaño de un perro, tal vez para evitar que el viento le azotara las piernas.

—A lo mejor no vienen —dijo Inara, sin fuerzas para apartarse del dios. Tenía demasiado frío. La flecha que había preparado se escurría por el arco.

—Ajá —masculló Kissen; tenía la nariz un poco roja por el aire helado.

—Concentraos —dijo Elo.

Por fin, la luz se desvaneció.

Hubo un cambio de sombra. Un movimiento, una forma, un despertar. Brotó a la vida desde la oscuridad. Uno, dos, tres. Cuatro.

—Mierda —dijo Kissen y toqueteó las cuentas—. Cómo odio tener razón.

En otro momento, Skedi habría dicho «mentira».

Las criaturas se deslizaron por la noche debajo de ellos, nubes de oscuridad que fluían unidas por un viento enfermizo. Inara tensó la flecha con las manos entumecidas y le disparó a una. Rozó el hombro de la criatura, pero no le causó ningún daño. Kissen extendió la mano y una cuenta salió disparada. Cayó en medio de las invocaciones y todas se arremolinaron para buscar la plegaria. Inara temía que Skedi se lanzara también a por ella, pero se quedó a su lado.

Elo bajó de un salto mientras Inara preparaba otra flecha, con manos temblorosas y la boca seca. Kissen se lanzó también hacia abajo, usando los brazos. Inara dejó volar la flecha y la punta de bridita atravesó la extremidad de una de las bestias. Gruñó y mordió a un agresor invisible y Elo aprovechó el momento para atravesarle la cabeza. El demonio se desvaneció en la nada.

—Quédate ahí arriba —dijo Kissen a Inara.

Una invocación cargó contra ella, atraída por su voz a pesar del señuelo. La recibió con un golpe que la lanzó hacia un lado. Cayó como líquido en el agua y enseñó los dientes mellados.

—Vamos, engendro —la retó.

La bestia volvió a atacar. Inara buscó a tientas otra flecha mientras los dientes de la criatura se alargaban y se afilaban; el hueso se resquebrajó para extender la mandíbula mientras las luces que tenía por ojos brillaban. Kissen saltó a un lado. La pierna derecha le resbaló al pisar una de las piedras sueltas de la orilla y se mantuvo en pie a duras penas. Retrocedió mientras blandía la espada y la punta abrasó a la bestia en el torso. La invocación chilló y una sombra de tinta se desprendió de su costado.

Inara mantuvo tensa la cuerda del arco. ¿Y si le daba a Kissen? ¿O a Elo? El caballero se enfrentaba a dos de las criaturas. Usaba la espada más bien como una vara; agarraba la parte plana con una mano para impulsarla hacia los demonios al triple de velocidad. Inara disparó mientras uno retrocedía, pero fue demasiado rápido para que la flecha diera en el blanco.

La criatura se alejó de Elo y se dirigió hacia el saliente. Inara sacó otra flecha y la colocó a toda prisa. Falló y se estrelló contra las rocas. La criatura empezó a subir.

—¡Ina! —gritó Kissen y sacó los cuchillos arrojadizos. Inara buscó a tientas otra flecha. Las garras de la criatura lanzaron chispas en la piedra al llegar arriba. No tenía flecha; no estaba preparada.

Inara.

Skediceth saltó hacia delante mientras crecía del tamaño de un perro al de un lobo, nunca lo había visto tan grande. Se lanzó hacia la bestia con los cuernos por delante. Se los clavó en el cuello mientras la golpeaba con las alas y la bestia gruñía y forcejeaba. Las plumas saltaron por los aires mientras el dios rugía y embestía con todas sus fuerzas al demonio, que cayó sobre las piedras.

Skedi…

No estoy herido. —Una mentira piadosa; tenía el ala desgarrada, pero ya empezaba a sanar. No se había dado cuenta de que los dioses podían luchar contra otros dioses sin falta de bridita—. *¿Estás bien?*

Sí.

Kissen estaba preparada cuando la criatura cayó. La persiguió mientras se recuperaba, arrancó otra cuenta y la arrojó al suelo. Cuando la bestia se lanzó a por ella, saltó y, con el cuchillo, la abrió en canal desde el vientre. La invocación gritó y se desintegró.

Kissen rodó sobre las rodillas cuando la primera criatura a la que había herido volvió a por ella. Se abalanzó enseñando los dientes. Movió la espada para defenderse, pero fue demasiado lenta.

Elo se interpuso entre Kissen y la bestia y las fauces atraparon su brazo en lugar de la garganta de la veiga. Bramó de dolor mientras le clavaba la espada en el cuello a la criatura. La invocación que había abandonado para salvarla intentó aprovechar la oportunidad, pero Inara fue más rápida. Soltó la flecha, que planeó por el aire un instante antes de atravesar la cabeza de la criatura. La flecha se clavó en la tierra, seguida de una estela de negrura, y el demonio se desmoronó.

Elo estaba herido. Inara se arrastró hasta el suelo desde el montículo y gritó cuando una punzada de dolor le desgarró el corazón, por causa de un ancla invisible. Skedi. Se había quedado atrás y había vuelto a ser del tamaño de una liebre; cojeaba un poco mientras se curaba.

—Ven —dijo con una mueca de dolor y extendió el brazo. Skedi saltó a su hombro. Sintió el peso familiar, la manera en que suavizaba el aterrizaje para no lastimarla, y tragó saliva.

El relincho de Piernas los distrajo, seguido rápidamente por un chillido. Inara se dio la vuelta. Un hombre lo había desatado e intentaba arrastrarlo hacia la maleza, pero al animal no le hacía ninguna gracia. Se encabritó sobre las patas traseras, tiró de las riendas y se retorció. Aterrizó sobre las patas delanteras y le dio una coz al ladrón en el pecho que lo lanzó por los aires. Piernas pataleaba y daba vueltas para marcar su territorio, como si desafiara a cualquiera que fuera a intentar montarlo sin permiso. Inara se sorprendió; siempre era muy dócil con Kissen.

Se oyeron ruidos en la maleza. Kissen giró el cuchillo en la mano y lo lanzó. Cortó la corteza de un árbol, una lluvia de astillas azotó la cara de otro rufián de pelo grasiento que acababa de saltar al claro. Cayó hacia atrás con un aullido mientras otros dos se dejaban ver, con las armas ya desenvainadas.

—Vaya, vaya —dijo Kissen y sonrió con gesto dulce—. He fallado.

Los oportunistas la miraron. Al que Piernas había abatido seguía en el suelo junto al lago, gimoteando. Elo levantó la espada con el brazo bueno y miró la hoja. Inara sacó otra flecha y apuntó a los intrusos.

—¿Qué cojones queréis? —dijo Kissen.

—Pensábamos… —dijo uno, un hombre pelirrojo y delgado como un rastrillo de Talicia. Sus colores eran astutos y verdes, con un destello de agresividad amarilla—. Creíamos que os habríais muerto.

Inara casi se echó a reír. Sospechaba que Skedi estaría pensando que cualquiera con medio cerebro habría mentido y habría dicho que venían a ayudar.

—¿Te parece que estemos muertos, cabeza de ascua? —gruñó Kissen. El brazo de Elo sangraba mucho e Inara tuvo que contenerse para no correr a detener la hemorragia. Mantenía la espada recta e inmóvil—. Si creíais que nos habíamos muerto, ¿por qué habéis desenvainado las dagas?

Tenía razón. Todos tenían una hoja reluciente en las manos, excepto el que Piernas había derribado, que intentaba arrastrarse para ponerse de pie.

—No queríamos haceros daño —dijo el cabeza de ascua—. Solo queríamos ayudar.

Ahí estaba. No parecían dispuestos a irse.

—No necesitamos ayuda —dijo Kissen—. Esfumaos.

Era una bravuconada. Inara veía lo que pensaban. Eran una niña, un hombre herido y una mujer. Incluso con uno de los suyos desplomado en el suelo, los bandidos pensaban que tenían una oportunidad, que valía la pena arriesgarse por un caballo, unas espadas y un poco de plata.

Inara sintió que Skedi se movía, pata a pata, y tras volver a armarse de valor, saltó al suelo mientras volvía a crecer. Aterrizó con el tamaño de un ciervo pequeño.

Perdóname, Inara —le dijo, solo a ella.

Las alas brillaron al desplegarlas, la herida ya estaba curada; también la cornamenta, que a ojos de Inara tenía un brillo de poder concentrado, el poder de un dios. No tenía colores como los humanos; Skedi era puro color. Sus ojos destellaban dorados.

—Si intentáis inmiscuiros en los asuntos de un dios, pasaréis a ser un asunto de un dios —dijo con su voz más alta al mismo tiempo que calaba las palabras en sus mentes. Se puso delante de todos para defenderlos. Si lanzaban sus cuchillas, le darían a él primero—. Decidme, ¿dónde estabais cuando Blenraden cayó?

Cabeza de ascua echó a correr antes de que terminara de hablar. Los otros dos se escabulleron entre los árboles y solo se detuvieron unos segundos para arrastrar con ellos al ladrón de caballos que aún gimoteaba. Sus colores se volvieron blancos como la leche, todos teñidos del mismo brillo de miedo y rendición.

El pelaje de Skedi se onduló al encogerse de nuevo y recuperar el tamaño de una liebre, exhausto. Inclinó el hocico hacia el suelo, pero Inara captó la mueca de satisfacción de sus bigotes cuando plegó las alas. Los había protegido, a ella por segunda vez, al sembrar el terror en los corazones de los ladrones. Incluso después de empequeñecerse, Inara no dejaba de ver el color del miedo. Para ella, Skedi había sido su compañero, su amigo. Otros lo veían como a un dios. Algo a lo que temer. Sin embargo, Skedi no quería que la gente le tuviera miedo, quería que lo quisieran. Quería sobrevivir, más que nada, y acababa de arriesgarse por ella. Porque la quería y, a pesar de todo, ella también lo quería a él.

Intentaré perdonarte —le dijo.

CAPÍTULO VEINTIDÓS
Kissen

Kissen era la única que había visto cómo temblaba la espada de Elo al sostenerla en alto. La soltó en cuanto los ladrones se marcharon e Inara corrió hacia ellos.

—Estaré bien —dijo él y levantó el brazo para que no lo alcanzara. ¿Intentaba no asustarla? La niña acababa de herir a una bestia de sombras, casi había sido mutilada, había matado a otra y luego había apuntado con una flecha a un hombre.

—Deja que eso lo decida yo, caballero —dijo Kissen y le agarró el brazo para echarle un vistazo.

El brazalete había servido de algo a la hora de detener los dientes de la criatura, pero aún tenía fragmentos de hueso clavados en la piel. No sangraba lo suficiente como para que temiera que fuera a perder el brazo.

—¿Qué te ha empujado a usar tu carne como escudo? —dijo—. ¿No te enseñaron a no hacer esas cosas en la escuela de caballeros? Ina, Skediceth, encended un fuego bajo el saliente.

Skedi vaciló y se la quedó mirando. Se dio cuenta de que se había dirigido directamente a él.

—Poneos en marcha —dijo y envainó la espada. No había llegado con Inara a tiempo. El dios la había salvado y había resultado herido por ello. Nunca había visto a un dios actuar de forma desinteresada. Igual que había hecho Elo. No estaba acostumbrada a que la sorprendieran—. Y traedme las alforjas.

Al menos Piernas se había calmado. Se acercó trotando para pedir una golosina. El desafortunado ladrón tendría unas cuantas costillas rotas para pensárselo bien la próxima vez. Kissen le dio una palmadita en el hocico y el animal soltó un relincho cariñoso. Era muy leal.

Elo intentaba quitarse la chaqueta y la capucha y lo ayudó; se la arrancó con brusquedad de los brazos.

—Ay —dijo con mordacidad mientras ella le desabrochaba el brazal.

Kissen puso los ojos en blanco y, al presionar la herida, descubrió que los dientes de hueso seguían clavados en ella. Costaba verlo en la penumbra, así que lo arrastró junto al fuego que Inara estaba encendiendo. Por suerte, había cargado a Piernas con leña seca en el último bosque por el que habían pasado.

—No pasa nada, veiga —dijo Elo.

Kissen desenvainó un cuchillo corto y lo acercó al corazón de las llamas mientras Skedi empujaba más madera con la cornamenta. Tardaría en calentarse y sus manos llenas de cicatrices no eran lo bastante diestras para extraer los fragmentos de hueso. Se agachó y usó los dientes; encontró el trozo más pequeño con la boca pegada a la piel y lo escupió al suelo junto con un buen puñado de sangre. Con el trozo más grande tuvo más cuidado y lo extrajo despacio, luego lo dejó caer en la mano.

—¿Lo reconoces? —preguntó mientras lo señalaba y levantó la vista.

Elo la miraba con la mandíbula desencajada, claramente nervioso. Recordó que había dicho que hacía tiempo que nadie se le acercaba lo suficiente como para lanzarle una maldición y sonrió un poco. Le divertía provocar a un caballero guapo. Elo sacudió la cabeza y miró el fragmento brillante.

—No me dedico a ir mirando dientes por ahí.

—Ina, ¿lo reconoces? —El dios estaba sentado a una distancia respetable, pero necesitaba que todos mirasen—. ¿Skediceth?

El dios se estremeció al oírla llamarlo por su nombre y se levantó sobre las patas traseras, sorprendido; luego se acercó a mirar el trozo de hueso.

—Parece un desastre —dijo.

Inara había traído las alforjas. Lo miró de cerca, pero al hacerlo se deshizo en nada, tierra y polvo blanco. Kissen suspiró y se limpió la boca.

—Putos dioses —dijo mientras presionaba la herida de Elo para que dejara de sangrar. Inara no la miró a los ojos; Skedi volvió a subírsele al hombro y Kissen chasqueó la lengua.

Cuando el cuchillo estuvo incandescente, lo sacó de las llamas.

—El hilo de tripas y las agujas funcionan mejor —dijo Elo al mirar la hoja caliente.

—No soy curandera ni música —dijo—. No me quedan tripas de gato limpias. ¿Quieres un trago?

Sacó una petaca de cuero de las alforjas. La había guardado para un día especialmente malo y aquella parecía una muy buena razón para usarla. Se la tendió; Elo lo consideró un momento, suspiró y bebió un largo trago. En cuanto separó la ginebra de sus labios, Kissen lo agarró por la muñeca y presionó la hoja caliente contra la herida para abrasar la sangre y cerrarla. El hombre apretó los dientes y siseó cuando ella sacó el cuchillo y se centró en otro punto donde también se había desgarrado la carne. Inara observó, fascinada, cómo ardía la piel.

Ya estaba sellado. La hemorragia se detuvo.

—Idiota —masculló Kissen y dejó la hoja caliente apoyada en un tronco para que se enfriara. Elo dejó escapar un suspiro tembloroso. La veiga sabía bien cuánto dolía. Bebió también un trago de ginebra.

—¿No vas a darme las gracias por haberte salvado el cuello? —dijo Elo, con una sonrisa irónica; tenía una pequeña arruga junto a la boca que se acentuaba cuando sonreía.

—No te daré las gracias por hacer una soberana tontería —espetó Kissen, disgustada por haberse dejado distraer por un rostro apuesto.

—Ajá. —Volvió a abrir la ginebra y salpicó un poco en la herida.

Kissen rebuscó en su bolsa y sacó un bote de emplaste irisiano que había comprado en un mercado de Sakre un año antes, después de librarse de un dios de la fortuna que había empezado a robar a personas ciegas en los barrios bajos. Elo lo aceptó.

—Una de mis madres hacía cataplasmas como esta —dijo—. Ahora son muy caras. ¿Compraste esto en vez de tripas?

—Me llevo más rasguños que mordeduras —dijo Kissen.

—Es un ungüento de viejas.

—¿Lo quieres o no?

Elo abrió la tapa con el dedo, se la acercó a la nariz y se echó a reír.

—Lo siento, veiga, está rancio.

Kissen se inclinó y lo olió. Olía igual que siempre.

—¿Cómo que está rancio?

—La cataplasma se tiene que usar en seis meses —dijo él—. Preferiblemente en tres.

Kissen bufó, se dio cuenta de que aún lo sujetaba por la muñeca y la soltó.

—Desagradecido —dijo—. Pues el agua fría tendrá que bastarte.

El lago tenía un aspecto fresco y acogedor; todavía reflejaba el ocaso, aunque las montañas que los rodeaban estuvieran a oscuras. La luz del fuego bailaba en las crestas de las ondas del agua. Hacía casi dos semanas que no se lavaba y ya iba siendo hora. Elo flexionó los dedos y siguió su mirada; su aspecto coincidía con cómo ella se sentía.

Le agarró el otro brazo y le quitó el brazalete para que no tuviera que hacerlo solo y luego se quitó la coraza de cuero. Se la había hecho ella misma para que le aplanase los pechos sin restringir demasiado el movimiento de los brazos, pero qué agradable era quitársela y respirar con libertad. La dejó caer junto al fuego y sacó el bastón de donde estaba ensartado en las alforjas. Después se centró en la pierna, desabrochó primero la rodilla bajo los pantalones y luego la giró hacia fuera, con el bastón bajo la axila.

—¿Y si esos hombres vuelven? —preguntó Inara, que prefería claramente a Kissen con dos piernas que con una.

—¿Y meterse con un dios? —respondió Kissen y dejó la pierna bajo la capa. Fue agradable quitársela. El frío le hacía cosquillas en la rodilla descubierta y notaba el dolor fantasma del tobillo y la pantorrilla, especialmente por encima del tobillo—. ¿En un lugar medio sagrado como este? No lo creo probable.

Cruzó una mirada con Skedi y se detuvo. El dios no sabía a qué atenerse y ella tampoco. Había sido un movimiento inteligente el de asustar a los bandidos. Ambos apartaron la mirada.

—Únete, Ina —dijo Kissen mientras se quitaba la faja y los pantalones. No le gustaba cómo le apretaba la faja, pero era la mejor manera de sujetar las correas—. Hueles muy mal para ser noble.

Inara enrojeció y trató de olerse bajo las ropas. Elo se metió en las aguas con la camisa ensangrentada, pero no lo bastante rápido como para que Kissen no se fijara en sus musculosos muslos. Mirar no hacía daño a nadie. Tenía que disfrutar un poco de viajar con un caballero panadero. Ella se puso también la camisa y, con el bastón bajo el brazo, dio saltitos hasta la orilla y se metió entre las piedras. Llevaba el frasco en el cuello, descansaba sobre la promesa de Osidisen y estaba sellado con cera; el agua no le haría daño. El frío le azotó las costillas y se estremeció desde el cuello hasta la planta del pie, incluidos los pechos. Se le puso la carne de gallina y sentía punzadas en ambas piernas por el frío cortante. Que los nobles se quedasen con sus baños calientes y sus aceites perfumados, Kissen prefería mil veces un lago frío bajo el Monte Tala a casi cualquier otro placer. Las estrellas brillaban sobre ellos y la luna, menguante, se había asomado entre las sombras de las montañas. Elo se lavaba el brazo quemado y ensangrentado.

Inara los miró a ambos como si estuvieran locos e intercambió una mirada con Skedi, que avivaba el fuego con las alas.

—Me quedaré aquí; está lo bastante cerca del agua —dijo—. Los dioses no se bañan.

—Quizá deberían.

Le tomaba el pelo y él agitó las alas con alegría, aún con la cabeza gacha.

Inara remoloneó un poco más hasta que por fin se quitó la ropa y se quedó con las enaguas. Se metió de puntillas en el agua y chilló cuando le lamió las pantorrillas. Kissen la observó bailotear mientras el agua le subía hasta las rodillas y le empapaba el vestido. Sería una buena oportunidad para comprobar si tenía maldiciones, quizás cuando salieran del lago. Intentaría abordar el tema más tarde. No quería asustar a la chica más de lo que ya estaba. Un dios tenía que acercarse mucho para lanzar una maldición que atrajera demonios hacia una persona; ¿cómo podría haber ocurrido sin que Skedi se diera cuenta? El dios de las mentiras piadosas no tenía tanto poder, aunque hubiera querido ponerse a sí mismo y a Inara en peligro. Y no quería, se había arriesgado para salvarla apenas después de traicionarla. Había tomado la decisión extrema de secuestrar a Inara e influir en Elo porque no le gustaba Kissen. Ningún problema; a ella tampoco le gustaba.

—No sé nadar —dijo Inara, de puntillas en el agua.

—No hace falta —dijo Kissen e intentó no reírse—. Mete la barriga, quédate quieta y flota.

—Está fría.

—Está mejor cuando te metes —dijo Elo mientras se frotaba el pecho y la cabeza, sumergido hasta la cintura. Llevaba un par de días sin afeitarse y el pelo le crecía espeso y mullido. Inara se estremeció y se metió, pero chilló cuando le llegó al cuello. Movió las extremidades con rapidez mientras respiraba entrecortadamente. Kissen se quedó cerca, por si le entraba el pánico. La luna se alzaba a medida que la oscuridad creía y dibujaba motas en el lago a su alrededor.

—Ostras, qué frío —dijo Ina y Kissen casi se atragantó con la lengua. Elo se rio, para su sorpresa. Creyó que le diría que era una mala influencia—. ¡Mira, Kissen! —exclamó. Había levantado la vista hacia las laderas que los rodeaban y se había olvidado por un momento del frío—. Las montañas brillan.

Kissen siguió con la mirada las laderas de las montañas, que brillaban en verde, plateado y blanco. Bastaba para iluminarlos a todos en el agua. Sonrió. La primera vez que había viajado con Pato, después de que aceptase enseñarla, se quejaba todos los días de que lo retrasaba, que era demasiado cara alimentarla y demasiado molesto adiestrarla. Al cabo de unas semanas, dejó de hacerlo, y entonces entendió por qué. Después de tantos años trabajando solo, compartir el camino con sus compañeros hacía que el mundo fuera más brillante.

Siguió las montañas y volvió a mirar a Elo, que se había quitado la camisa y la sacudía en el agua para quitarle la suciedad del camino. El brazo parecía que le había dejado de sangrar. Tenía una cicatriz espantosa en el hombro, que casi le partía la espalda en dos y que parecía una cuerda anudada de carne.

Parpadeó y se fijó en una zona más oscura dentro de la cicatriz, en el hombro. Un tatuaje o un grabado. No. Escritura divina, como la suya, pero enmarañada, afilada: escritura salvaje que se extendía desde una marca más pequeña y oscura, del tamaño de la uña de un pulgar. Parecía una bifurcación de caminos, como la de la tabla de madera que aquellos caballeros de las afueras de Gefyrton les habían hecho pisar. El símbolo de Lethen de los caminos.

—¿Qué cojones es eso? —dijo.

Elo se sobresaltó y la miró, sin saber si debía avergonzarse o enfadarse. Nadó hacia él y se apoyó en su hombro para alzarse y mirar más de cerca.

Una maldición. La escritura que se extendía desde el símbolo le recorría la espalda y seguía creciendo incluso mientras la miraba. Como un veneno.

—Y me echabas a mí la culpa de los demonios, caballero.

Quiso apartarla de su lado, pero se detuvo, pues no quería que perdiera el equilibrio.

—No tiene gracia —dijo.

—¿Qué pasa? —preguntó Inara y se acercó vadeando el agua.

Le temblaba la barbilla y los rizos húmedos se le pegaban a las orejas. Hizo una mueca de dolor y, en el mismo instante, Skedi soltó un chillido; se había alejado demasiado. El dios saltó desde la orilla, sus alas reflejaron la luz de la luna, y aterrizó sobre la cabeza de la chica, un poco desequilibrado. Kissen estaba más concentrada en el hombro de Elo y la maldición.

—Eras tú —dijo Skedi, sorprendido de verdad.

—No —respondió Elo. Se volvió y se estiró para ver la marca y por fin la divisó.

Kissen no supo interpretar su expresión en la oscuridad, pero se quedó muy quieto. Al cabo de un momento, se apartó de ella y vadeó hacia la orilla. Ella se zambulló tras él, nadó de vuelta hasta su bastón, e Inara la siguió chapoteando. Elo ya estaba a medio camino de la orilla, completamente desnudo y con la camisa a cuestas. La sangre volvía a gotearle del brazo. A la luz de las llamas, se miró otra vez. La escritura era clara.

—No lo entiendo —dijo tranquilo. Luego enfadado—. No tiene sentido.

Se puso las mallas en las piernas aún húmedas y maldijo cuando le dolió el brazo.

—Joder, vale. A ver, ven —dijo Kissen. Se echó la capa por encima de los hombros y se sentó junto al fuego—. Siéntate.

—No...

—He dicho que te sientes. Creía que los caballeros seguían órdenes.

Elo la atravesó con la mirada y luego se sentó mientras Kissen sacaba unas vendas de la alforja y las rasgaba con las manos.

—¿Qué vamos a hacer? —preguntó Inara mientras daba saltitos por el frío.

—Vas a ponerte la ropa y a reavivar el fuego —dijo Kissen.

—Pero...

—Ina.

Inara obedeció y fue a avivar las llamas. Elo estaba conmocionado, con la mirada perdida en la distancia. Estar maldito no era un defecto. No darse cuenta, sin embargo, era una idiotez. El muy imbécil debería haberse bañado antes.

Kissen le limpió la herida con la petaca y protestó por dentro por el desperdicio de ginebra; luego le vendó el brazo. No era Ina. Eso era bueno. Pero ¿ahora qué?

—Vas a enfriarte —dijo Elo, pero lo ignoró. Ya tenía frío. Necesitaba pensar. Necesitaba volver a ponerse la pierna. Prefería estar preparada para echar a correr.

—Veiga… —dijo. Puso la mano sobre la de ella para que parase— no te he mentido.

Kissen lo apartó. Había bajado la guardia y había dejado que el peligro se les acercara. Había confiado en un dios y en un caballero. La gente era tonta.

—Pregúntale al dios si no me crees —dijo Elo.

—No necesito preguntarle al mentiroso si cree que dices la verdad —espetó Kissen mientras terminaba de atar las vendas. La sangre lo empapaba todo—. Ahora déjame mirar.

Lo empujó para que se diera la vuelta y le miró la espalda. Nunca había visto una maldición así. Era simple, brutal y estaba profundamente arraigada. Una maldición como la que tenía en la cara estaba destinada a desfigurarla, pero al romperse solo le había teñido la piel de blanco. Otras maldiciones eran promesas, como que si alguien volvía a poner un pie en unas tierras se convertiría en un ciervo. Ese tipo de cosas. Aquella era una maldición de muerte: lenta o rápida, la muerte llegaría en la forma de sombras del camino.

—Seguirá creciendo —dijo.

—¿Sabes leerla?

—No leo una mierda, pero las líneas van de oscuro a claro. Dentro de cuatro días serán más largas y atraerán a más bestias hasta ti. Hasta nosotros.

Lo soltó. Elo se llevó las manos a la coronilla.

—Os he puesto a todos en peligro —dijo.

—No me digas.

—No es culpa tuya, Elo —dijo Inara.

—¿Quién miente ahora? —murmuró Skedi mientras se sacudía las gotas de agua de las alas.

—No lo sabía —espetó Inara. Intentaba colgar la olla sobre el fuego y saltaba para calentarse mientras volvía para mirar la maldición—. Lo he visto antes —dijo.

—Pasamos por encima hace unos días —dijo Kissen.

—No. Antes de eso.

—Mierda —dijo Elo y levantó la vista, lo que distrajo a Kissen de Inara—. Canovan.

—¿Qué? —dijo la veiga.

—El que nos envió con los peregrinos de Jon. —Negó con la cabeza—. Creo que me reconoció y tenía un símbolo tatuado en el brazo. Por todas partes. —Se puso la mano en el hombro, como si intentara recordar la sensación de que lo maldijeran—. Pensé que era solo un opositor que sospechaba que intentaba infiltrarme en las peregrinaciones. Pero ahora me pregunto... En el Camino de la Reina, así se llamaba la posada, había una mujer que escribía con zumo de limón.

—Qué cojones tienen que ver los limones con...

—Escribir con zumo de limón oculta la escritura hasta que el papel se sostiene sobre una llama. Se usa para mensajes secretos, disidentes. Lo usamos durante el asedio y Arren me dijo que se estaba gestando una rebelión en Middren, que algunas de las casas nobles estaban detrás. —Se rio con incredulidad—. Tal vez el Camino de la Reina sea un punto de reunión rebelde. No me extraña que todos se asustaran cuando entré.

Inara empezó a retroceder. Skedi voló hasta su hombro.

—¿Qué te hace pensar que tienen algo que ver con una rebelión? —dijo Inara.

—Canovan me puso la mano en el hombro —dijo Elo sin darse cuenta y se lo apretó como si sintiera el error que había cometido—. Me vino un olor a musgo y a sangre, como el de las bestias. Solo sospechó que era caballero.

Kissen negó con la cabeza.

—Que les den a los rebeldes. ¿Cómo pudo Canovan lanzar una maldición? —Había visto a humanos lanzar maldiciones por sus dioses, pero solían ser dolorosas y obvias. Elo no le parecía idiota.

—No estoy seguro. —Frunció el ceño—. No vi ninguna otra señal.

Kissen recordó algo.

—Mi amiga Yatho vio que a Canovan le sangraba el brazo. —Frunció el ceño—. Podría haber sido un sacrificio de sangre. Aun así, tendrías que haber visto a un dios lo bastante poderoso como para lanzar una maldición así. Y podría habernos matado a todos. ¿Por qué?

No me dijiste nada de una niña. Eso fue lo que le dijo a Yatho cuando Inara y ella aparecieron. Había culpa en su rostro y en la mueca de su boca; Kissen había pensado que era miedo a que lo descubrieran, pero se había equivocado.

—Pensaría que yo era un extra —dijo y miró a Inara—. Una veiga que se unía a una peregrinación que ya estaba maldita. Los otros eran un sacrificio.

Un chico había muerto y quizá también una anciana ¿solo para matar a un caballero que no le había caído bien? Lethen no era ningún encanto; aceptaba sacrificios animales sobre el musgo de olmos adornados con cuentas. Una diosa antigua, sí, y medio salvaje, que guiaba a los viajeros de vuelta a casa o los descarriaba, pero no había luchado en Blenraden, que Kissen recordara. Aun así, su mundo había cambiado sin sacrificios ni adoradores y los fieles siendo castigados en los caminos.

Pero ¿por qué Canovan y ella habrían llegado al extremo de maldecir a Elogast?

—Skedi, ¿lo reconoces? —dijo Inara.

El dios parpadeó y su pelaje tembló. La chica frunció el ceño, tragó saliva y se sentó.

Debió de decirle algo, directamente a la cabeza.

—No —dijo en voz alta y evitó sus miradas.

Mentiroso, pensó Kissen.

—Me iré —dijo Elo, sin darse cuenta de nada—. Dadme un día o dos para alejarme y nos separaremos.

Kissen no iba a dejarlo hacer el tonto así como así. Había hilos y conexiones que no veía, que desconocía.

—¿Qué se le ha perdido al rey en Blenraden? ¿Cuál es el motivo de tu viaje que podría hacer que un extraño te lanzara una maldición?

Elo se miró las manos y consideró las palabras mientras flexionaba los dedos. Volvieron a temblarle y se agarró el hombro como si le doliera. Tenía un brillo inquietante en los ojos y se le perdió la mirada, como le ocurría a veces. Estaba recordando algo, viejos traumas. Creía que lo disimulaba bien; tal vez fuera así, pero Kissen conocía el dolor.

—No puedo contároslo —dijo—. Y te aseguro que tampoco se lo dije al tal Canovan.

—Pero sí le mentiste —intervino Skedi—. Si tiene una conexión fuerte con una diosa, tal vez ella estuviera con él. Se lo habría dicho si mentías. —Se echó hacia atrás con las alas medio desplegadas.

—La habría visto —dijo Elo, no muy seguro.

—A mí no me viste —dijo Skedi.

—Mierda, joder —dijo Kissen—. Dime al menos una cosa. ¿Por qué ahora?

Elo miró al cielo, luego a su espada, antes de cruzarse con su mirada, oscura y seria. Volvía a centrarse.

—Arren no está bien —dijo—. Y se le acaba el tiempo. Entre eso, la rebelión y Restish acechando nuestras costas, teme que Middren esté a punto de caer.

CAPÍTULO VEINTITRÉS

Inara

E l símbolo. Inara lo había visto antes que en la tabla del camino. El día estaba grabado en su memoria; el día que había dejado a su madre. Había entrado en su estudio y lady Craier tenía delante una vela encendida y una carta. Una carta marcada con el símbolo de Lethen mientras el aroma a limón flotaba en el aire. La marca de una diosa salvaje en una tierra que había prohibido a los dioses. La había escondido de su hija.

—Si me marcho ahora —dijo Elo. Cuadró los hombros y se agarró la camisa con la mano buena—, los alejaré de vosotras.

—¿Y luego qué? ¿Morirás? —dijo Kissen. La idea parecía afligirla más de lo que lo hubiera hecho solo unos días antes—. No puedes enfrentarte a ellos solo.

—Creía que tenía poco tiempo, pero tengo aún menos. Si los rebeldes están dispuestos a enviar demonios contra una caravana de peregrinos por un solo caballero, no me imagino de lo que serán capaces.

Los demonios se duplicaban en número. Después de los próximos cuatro días, serían ocho. Ocho contra Elo, que ya estaba herido.

—No —dijo Inara cuando la veiga se cruzó de brazos y se sentó. Frunció el ceño hacia el fuego y luego le dio la espalda a Elo mientras se ponía la pierna—. Kissen, no podemos dejar que lo haga.

Se estaba atando las correas. Inara y el caballero al menos estaban vestidos, pero ella solo llevaba una capa. Suspiró y se detuvo.

—No es tu lucha —le dijo a Inara y luego miró a Elo con pesar—. Prometí que la mantendría a salvo.

—Pero ¿y si lo es? —dijo ella.

Inara —advirtió Skedi—, *no sabemos de qué lado estaba.*

Su madre no le había contado nada. Su madre ya no estaba, pero Elo seguía vivo y tenía que evitar que lo mataran.

—Mi madre estaba involucrada. —Apretó los botones del chaleco—. Lady Craier. En la rebelión. Estoy segura.

Kissen y Elo se quedaron mirándola.

—Escribía cartas como esa —continuó. ¿Cuántas cosas le había ocultado Lessa Craier a su hija? Había conseguido que los mataran a todos y había dejado sola a Inara. ¿Para qué? Las lágrimas le arañaban la garganta—. Cartas con ese símbolo. Su estudio olía a limones. Siempre que escribía. También iba mucho a Sakre; los sirvientes decían que intentaba recuperar el favor del rey.

Elo cruzó una mirada con Kissen.

—Inara —dijo ella—, ¿crees que trabajaba con la rebelión o... contra ella?

—No lo sé. Solo sé que el símbolo estaba en una carta, pero nada más.

—Dijiste que quemaron la mansión de los Craier —dijo Elo. Inara asintió, entumecida—. Arren nunca haría algo así. Jamás. Debía de trabajar para él; intentaría averiguar qué pasaba y los rebeldes la descubrirían. —Miró al infinito, pensativo—. Los Craier son una casa poderosa, Inara. Sin nadie que la dirija, Arren queda expuesto.

Los colores de Elo se mantuvieron firmes, sin ningún atisbo de mentira. Lo creyó. Sintió alivio. Su madre no era una rebelde. Había luchado por su rey, como Elo.

—Entonces... —dijo— es mi deber ayudarte.

—Inara... —Kissen y Skedi advirtieron a la vez y ambos se sobresaltaron, molestos.

—Kissen —dijo ella, con más confianza—, dijiste que conocías a una diosa poderosa. ¿Podría romper la maldición de Elo?

La veiga dudó.

—Los rompedores de maldiciones son raros —dijo y negó con la cabeza mientras se ponía los pantalones—. Ni siquiera la mayoría de los dioses antiguos podrían romper la maldición de otro a menos que reciban una ofrenda igual de poderosa. —A Inara se le encogió el corazón y Kissen maldijo por lo bajo. Se llevó la mano al frasco que le colgaba del cuello—. Pero una diosa del agua sabe todo lo que sabe el agua. Podría ayudarnos.

Se lamió el diente de oro mientras miraba a Elo y luego miró a Inara.

—No deberíamos involucrarnos —dijo—. Querías estar a salvo. Nos guste o no, los demonios volverán y tal vez no seamos capaces de enfrentarnos a todos.

Tiene razón, Inara —dijo Skedi—. *Esta vez hemos tenido suerte. No soy un dios hecho para la guerra.*

Entonces es una suerte que vayamos a separarnos en la ciudad —replicó ella con tono mordaz. Skedi se encogió un poco y agachó las orejas—. *Tú quieres estar a salvo, quieres un hogar. Sabes el camino que deseas. Es hora de que yo elija el mío.*

Pero, Ina...

Le cerró la puerta. Iba a darle lo que quería, aquello por lo que la había traicionado. Pero ella era la hija de la Casa Craier y había quebrado el poder de Skedi. Quería hacer algo, quería tomar las riendas de su propio destino.

—Sé que es peligroso —dijo. Le sostuvo la mirada a Kissen y, fuera lo que fuera lo que la matadioses vio en ella, hizo que lo entendiera.

La mujer miró a Elo, que dudaba, y le tendió la mano.

—Es una niña —advirtió él.

—Las niñas crecen rápido —dijo Kissen.

Elo estiró la mano y ella la aceptó; casi chocaron al impulsarse para ponerse de pie. A la luz del fuego, Inara vio que los colores del caballero ondulaban con un leve rubor. Kissen sonrió. Ninguno de los dos dio un paso atrás.

—A mí también me apetece seguir contigo —dijo ella—. No me gusta la gente que quema en nombre de sus dioses. Si está en mi mano, ayudaré a la joven lady Craier a evitar que vuelva a suceder.

Inara se sonrojó. Lady Craier. Kissen tenía razón, ahora ese era su título. El legado de su madre.

CAPÍTULO VEINTICUATRO
Elogast

Debería haberse marchado. Debería haber seguido solo, como estaba acostumbrado. Era una noche sombría y fría bajo la roca a los pies del Monte Tala, e incluso cuando estaba sentado vigilando el fuego sentía el terrible peso de la maldición en el hombro. Desde que sabía que estaba allí, juraba sentir cómo crecía, cada momento era un grano de arena que caía hacia el final de su vida. Se sorprendió a sí mismo al sentirse casi aliviado y después culpable. No, tenía que vivir. Por Arren.

Pero no podían avanzar en la oscuridad. La luna iluminaría el camino cuando se asomase, pero cuando se ocultara tras las nubes la noche se volvería negra y peligrosa. Kissen había dicho que las estrechas rutas que descendían por la montaña serían su tumba antes del amanecer si intentaban sortearlas fríos y cansados como estaban.

¿Cómo había sido tan estúpido? La mano de Canovan en el hombro, la sensación extraña que le había provocado. Lo había atribuido a su vieja herida de guerra, que le dolía cuando sus recuerdos lo asolaban, pero no. Había dejado que ocurriera, un chico había muerto y solo le quedaban unos días para salvar a su amigo. La última vez no había conseguido salvarlo; se había marchado de su lado y había vivido una vida insignificante mientras la rebelión se fraguaba. No debía volver a fallar.

Un sonido lo sacó de sus pensamientos. Un resoplido y un parloteo. Era Kissen. Conocía el sonido de su sueño de las noches que habían pasado juntos. Estaba envuelta en la capa de lana de cera y el pelo alborotado asomaba bajo la capucha.

Y temblaba. Había pasado demasiado tiempo después de salir del lago curándole el brazo y estudiando la maldición, demasiado tiempo sin ropa suficiente para calentarse.

Kissen desnuda. No, no debía pensar en eso. No era el momento.

Elo avivó el fuego, con la esperanza de calentarla, pero el crepitar del mismo la sobresaltó del sueño. Se incorporó de un salto, sacó un cuchillo del interior de la capa y miró a su alrededor mientras enseñaba los dientes.

—No pasa nada —dijo Elo en voz baja.

Inara dormía, con su dios en brazos, las alas plegadas y los ojos cerrados. Incluso a la intemperie, la chica dormía con facilidad. Elo no recordaba la última vez que había dormido así de bien. Antes de la guerra, probablemente, cuando el mundo era más sencillo. Kissen se centró en él y se relajó, guardó el cuchillo y volvió a temblar.

—Mierda —dijo mientras se frotaba las manos en el pecho.

El viento que soplaba junto al lago cortaba como una cuchilla y le acariciaba las mejillas y el cuello a Elo.

—¿Tienes frío?

—No —respondió casi como un acto reflejo. Y añadió—: Es culpa tuya.

—Lo sé —dijo Elo. Volvió a atizar el fuego y ella lo miró con suspicacia mientras se tocaba el frasco—. ¿Qué es eso?

—Una precaución —dijo—. Y un último recurso. Pato hizo un trato con una diosa y, cuando murió, pasó a ser mío.

Se acercó al fuego y se envolvió más con la capa.

—Pato fue quien te enseñó, ¿no es así? —Ya lo había mencionado antes.

—No le dejé muchas opciones. Hui de Blenraden y lo seguí hasta que lo hizo.

—¿Murió en la guerra?

Kissen se frotaba las manos para calentárselas.

—Más o menos. Estábamos en la otra punta de Middren cazando a un dios del sueño, pero tres dioses salvajes vinieron en busca de algún veiga al que matar. Mara, diosa de los lobos, era una de ellos. —Elo conocía ese nombre—. Pato era viejo, e incluso entre los dos no podíamos enfrentarnos a tres. Yo sobreviví; él no. —Se encogió de hombros—. Dijo que así eran las cosas.

Elo frunció el ceño.

—Mara. La cazamos en la ciudad.

—Lo sé —dijo Kissen—. Estaba allí. —Sonrió un poco, con frialdad—. Después de conducir a mi familia por esta misma montaña, volví para alistarme con los otros matadioses que tenían un deseo de muerte o una cuenta pendiente.

—Fuiste por venganza.

Kissen se rodeó las piernas con los brazos y apoyó la barbilla en la rodilla. Tenía los labios ligeramente azules y parpadeaba mientras miraba las llamas.

—Una venganza dura toda una vida —dijo en voz baja—. A veces tienes que conformarte con lo que puedes.

Elo sintió que había algo más en su historia que la muerte de Pato, pero se distrajo al verla temblar de nuevo.

—Deja que te ayude —dijo, contento de hacer algo útil.

—¿Con qué?

—Con el frío.

Lo miró con desconfianza y luego abrió mucho los ojos al comprender lo que sugería.

—¿No juran los caballeros algún tipo de voto sagrado de castidad?

Elo se rio en voz baja.

—No, pero, aunque así fuera, yo no soy caballero y solo te he ofrecido un poco de calor.

No era del todo cierto. Le habría gustado ofrecerle más.

No. Tenía una misión, un objetivo.

Kissen se frotó el pecho y alternó la mirada entre Elo y el fuego.

—De acuerdo —dijo.

Se levantó y se sentó con un gruñido irritado frente a Elo, de modo que ambos miraban hacia la hoguera. Él abrió los brazos y le rodeó el pecho y los hombros por debajo de la capa. Kissen lo dejó, al principio con rigidez. Estaba helada hasta los huesos, lo notaba por lo tensos que tenía los músculos y por la forma en que se sentaba. La abrazó con cuidado y, al cabo de un rato, se acomodó contra él y se apoyó en su pecho. Seguía temblando de vez en cuando, pero de forma más leve. A medida que se le calentaba la piel, también lo hacía la suya; compartían el calor. Vio las cicatrices de las quemaduras en su cuello, que brillaban a la luz del fuego, y la mancha blanca de la maldición rota. Era una mujer resistente. Una mujer poderosa.

—Gracias —dijo en voz baja.

—¿Por qué? —Su voz sonaba algo entumecida al tener la barbilla hundida en la capa. El viento silbaba y avivaba las llamas.

—Podrías haberme dejado marchar —dijo—. Inara te habría escuchado.

Kissen se quedó callada.

—A esa chica no le gusta escuchar a nadie.

—Me recuerda a alguien —insinuó Elo y Kissen se rio.

Apretó los brazos.

—No estás mal para ser caballero y estás bastante bien para ser panadero.

Elo sonrió y decidió ser valiente y apoyar la barbilla en su cabeza.

Lo dejó, para su sorpresa.

Era una faceta de Kissen que no estaba seguro de haber conocido aún, quizás más vulnerable de lo que le gustaba admitir. Las personas más rudas a veces esconden las heridas más profundas. Si eran sus últimos días, decidió sentirse agradecido por ellos.

—Entiendo por qué Inara quiere ayudarme —dijo—. Busca su propia venganza, separarse del dios y ocupar su lugar en su casa. Pero ¿y tú? Has dicho que trabajabas sola, que no te gustaban los equipos ni los reyes. Casi te mato y he hecho que te ataquen demonios. ¿Por qué te quedas?

—Elijo mi propio bando, caballero, siempre lo he hecho —respondió con cuidado—. Cuando nadie lucha por ti, aprendes a hacerlo por ti misma.

Hablaba con la franqueza que esperaba de ella. No hacía concesiones, seguía su propio código de honor.

Esperó, pero no continuó.

—¿Pero? —preguntó.

Kissen suspiró

—Nací en Talicia. —Sintió que una punzada de tensión le recorría los hombros y luego se desvanecía. Elo sintió una oleada de simpatía. Talicia se había convertido en una tierra cruel gobernada por una diosa cruel. Había sido el único país que se había negado a ofrecer ayuda a Middren durante la guerra. Incluso Restish, que se habría beneficiado si el dominio de Middren en el Mar de Comercio se debilitaba, les había prestado barcos y alimentos—. Y ahora Middren es mi hogar. Es donde viven las personas a las que quiero. —Sintió que se llevaba las manos al pecho y volvía a presionar la promesa del dios impresa en su piel. Elo se preguntó qué sería y qué habría sacrificado por ella—. Todos hemos visto suficiente muerte por culpa de los dioses. Así que te ayudaré. Y a la chica. Si puedo. Si así evito una guerra.

Elo sonrió y añadió en voz baja:

—¿Es la única razón por la que me quieres cerca?

Kissen permaneció en silencio y siguió mirando las llamas. Momento a momento, se fue inclinando más hacia él, somnolienta, tal vez, o cómoda. Más allá de la luz del fuego, la oscuridad era total, como si el mundo entero se hubiera desvanecido y los hubiera dejado a los dos solos. Su respiración se acompasó poco a poco y supo que se había quedado dormida.

La siguió abrazando y se sintió profundamente solo. No le quedaba mucho tiempo si no era posible romper la maldición y Arren era la única persona que tenía por quien luchar. Sin embargo, al menos ahora tenía a alguien con quien luchar, aunque ni en mil años habría sospechado que se trataría de un dios, una matadioses y una niña.

CAPÍTULO VEINTICINCO
Inara

Descendieron de las Bennite durante los tres días siguientes y las laderas orientales se fueron volviendo más cálidas. Los árboles se volvieron menos espesos y el paisaje nevado se transformó en húmedo helecho negro y piedra. El aire era nítido y claro y el viento fuerte. La bruma de las montañas se había disipado para dejar a la vista, con una brillante claridad, el mar en la lejanía. Entre las copas de los árboles y los senderos serpenteantes veían destellos de azul.

A medida que descendían, los senderos se fueron ensanchando hasta que los árboles desaparecieron por completo. Las laderas de las montañas cercanas estaban destripadas y agujereadas, abiertas en busca de piedra; las canteras estaban marrones, cubiertas de matorrales y abandonadas. Nuevos árboles jóvenes crecían a retazos en las laderas que hacía tiempo habían despojado de árboles para hacer sitio a los famosos almacenes madereros y navieros de Blenraden. Por debajo, las llanuras se extendían desde los acantilados hacia el interior. Granjas y campos, diferenciados solo por unas extrañas líneas onduladas entre el crecimiento descontrolado.

Fue al tercer día cuando Inara la vio en la distancia, encaramada en los acantilados bajo las montañas sobre un gran puerto azul.

Blenraden. La ciudad de los mil altares, con sus muros de piedra caliza relucientes al sol del mediodía y sus torres rozando las nubes. Erguida y orgullosa tras la devastación. Kissen y Elo se detuvieron, callados al contemplar un lugar que guardaba tantos recuerdos, muerte y dioses. Inara por fin estaba allí, con una veiga, un caballero y su dios de las mentiras piadosas, y un arco en la mano.

Le venían a la mente pensamientos de su madre. Lessa era la que le había enseñado a disparar con el arco antes de la guerra, antes de Skedi. Casi tan pronto como aprendió a andar.

—Mi amor —le había dicho—, nunca se sabe cuándo podría encontrarte una pelea.

Tal vez debería haber escuchado sus propias palabras.

El arco de Kissen no era como los de casa; su madre le había comprado uno nuevo cada año a medida que crecía. Aquellos eran de madera suave y tallada, bellamente pulida y diseñada para Inara. Las flechas iban ensartadas con plumas de pavo salvaje, solo lo mejor para la hija de la Casa Craier. Las flechas de Kissen tenían plumas de ganso y el arco estaba pulido por el uso y aceitado con algo que no olía a cera de abeja. Se preguntó qué pensaría su madre si la viera entonces. Ya no estaba encerrada en una mansión de muchas habitaciones, ninguna llena, mientras ella trabajaba en secreto. Estaba en medio de la naturaleza y forjaba su propio destino. ¿Se sentiría orgullosa? ¿Tendría miedo? Nunca lo sabría.

Skedi bajó en picado y aterrizó en el caballo que guiaba Inara. Piernas resopló, pero siguió avanzando, más feliz desde que los caminos eran más llanos y estaban de nuevo por debajo de la línea de nieve. Estaban a punto de llegar al nivel del mar e Inara veía el camino principal que habrían tomado cuando la ciudad aún vivía, que se extendía a lo largo de la costa y se detenía en cada pueblo construido en los puertos naturales de Middren.

—Siento cómo piensas, Ina —dijo Skedi en voz alta. Aún se mostraba precavido con ella. Bien—. ¿Qué pasa?

No habían hablado mucho de lo que había ocurrido entre ellos. Inara era incapaz de olvidar el miedo de haber perdido el control de su propia lengua y cuerpo. Tampoco se desprendía de la sensación de haber quebrado la voluntad del dios. Fue como un chasquido cuando sus colores estallaron y desgarraron su control. Después la había defendido, la había protegido. ¿Arreglaba el amor la traición?

—¿Qué opinas de tu nuevo hogar? —dijo, mirando la ciudad.

Skedi se quedó callado un momento, tal vez dolido.

—Estás pensando en tu madre, ¿verdad? —preguntó.

Inara se mordió el interior de la mejilla y con la otra mano toqueteó los botones del chaleco.

—Estoy enfadada con ella —dijo por fin—. Me retuvo en casa, me ocultó sus cartas y no me contó nada de lo que pasaba antes de morir. ¿Por qué?

Skedi guardó silencio durante un minuto. Se le movieron los bigotes mientras pensaba y captaron la luz del sol. Detrás de ellos, Kissen y Elo caminaban sumidos en sus propios pensamientos.

—Tal vez por la misma razón por la que tú me escondiste —dijo Skedi—. Para mantenerte a salvo. Por eso la gente necesita las mentiras piadosas, ¿no? Para protegerse de las verdades que causan dolor.

—Entonces, ¿por qué me mentiste? —El dios le era tan familiar como una parte de su propio cuerpo. Era parte de ella. ¿Su poder provenía de aquella conexión? ¿Por qué veía los colores? ¿Cómo sería todo sin ellos?—. Me hiciste daño, Skedi. Me robaste la voluntad.

—Tú rompiste la mía —señaló él.

—No es lo mismo.

—No. —Negó con la cabeza, con voz tranquila—. Lo siento, Inara Craier. Estamos encadenados en contra de la voluntad de ambos y yo te robé la tuya. —Agachó las orejas—. Tenía miedo de morir. Tengo miedo. Pero me equivoqué. No volveré a hacerlo.

—No —dijo Inara. Bajó un escalón y tiró de Piernas. Kissen había llegado a confiar plenamente en ella con el caballo—. Porque tú te quedarás aquí y yo me habré ido.

Y tendría que enfrentarse al mundo sola, sin colores, sin su dios. No lo dijo; intentó no pensarlo. Skedi no dijo nada, pero se volvió un poco más pequeño.

—Supongo —dijo después. Se recuperó y despegó desde el lomo de Piernas hacia el cielo. Atrapó las ráfagas en las alas y se extendió todo lo que pudo. ¿Había llegado más lejos que antes? Inara no estaba segura; parecía lejano en el cielo. No había nadie en las tierras semisalvajes a su alrededor y el verde de la primavera apenas comenzaba a asomar entre la vegetación podrida del año anterior. Sintió un leve y doloroso tirón en el corazón cuando el viento lo alejó demasiado y el dios volvió a flotar sobre ella.

—Cuidado por dónde pisas —dijo Elo cuando entraron en los primeros campos abandonados de las laderas más bajas—. Cuando la gente huyó, se dejó muchas cosas atrás. Arados, armas, trampas.

Los campos por los que caminaban estaban llenos de helechos y zarzas, devastados tras unos pocos años de abandono. Los árboles jóvenes, que antes se habrían cuidado con esmero, tenían los troncos enjutos cubiertos de ramas salvajes, a punto de romperse por el peso de las naranjas primaverales, ansiosas por luz y poco dispuestas a esperar. No había nadie para decirles que crecieran despacio y fuertes. Las granjas y las villas por las que pasaban estaban desvalijadas, las ventanas de cristal arrancadas o rotas. En una de las casas había un montículo de piedras blancas al pie de los escalones. Inara se acercó a mirar y vio que eran huesos blanqueados por el aire salado.

—Los funerales son para los vivos —dijo Kissen al verla mirar—. A los muertos no les importa lo que el mundo haga con ellos.

Inara apartó la mirada e intentó no pensar en los huesos de la Casa Craier, descansando bajo un cielo abierto.

En una de esas casas se detuvieron a comer. Volvían a ver la ciudad. De cerca, la ruina era más evidente. Las torres que a lo lejos parecían enteras estaban medio desplomadas y derruidas. En algunos puntos, las murallas eran escombros. De ellas colgaban aún estandartes azules raídos que ondeaban al viento, enlucidos con el símbolo del sol del rey y la oscura cornamenta del ciervo.

—Nunca pensé que tendría que volver a mirar estos muros —dijo Elo. Kissen asintió. Le estaba limpiando las pezuñas a Piernas mientras él lo aguantaba.

—Hay una patrulla —dijo. Inara siguió su mirada. Un parpadeo de movimiento entre los escombros, algo más que el temblor de los estandartes por el viento del sur—. Pobres desgraciados, apostados aquí. Paciencia, chico. —Piernas había tratado de bajar la pezuña al empezar a molestarle el raspado—. No tenemos la ruta planeada de Jon ni la protección de la caravana de peregrinos. —Miró a Elo—. ¿Y tú qué? ¿Conoces alguna entrada secreta? No tenemos tiempo para pasar la noche en una celda.

Elo rompió una corteza.

—Sí —dijo. Se había tomado con mucha entereza la noticia de su inminente muerte a manos de un demonio. Estaba centrado, decidido—. Conozco un camino.

—Lo sabía.

—Pero… —añadió— no es apto para caballos.

Inara miró a Piernas. No se imaginaba seguir sin su tranquila compañía. Por la expresión de Kissen, la mujer opinaba lo mismo.

—¿Estás seguro? —preguntó Inara.

Elo se encogió de hombros y Kissen apretó los labios mientras soltaba la pezuña del animal. Él se volvió y la empujó con el hocico para pedir una recompensa, pero cuando Kissen alargó la mano para acariciarlo se apartó y resopló; no era lo que había pedido. Ella suspiró.

—Está bien. Joder. Más vale que valga la pena.

Dejaron a Piernas en uno de los establos abandonados, confundido, y llenaron un abrevadero con abundante agua fresca de un molino cercano para que aguantase un par de días y otro con avena y pienso. Kissen se negó a encerrarlo, solo cerró parcialmente la puerta y le quitó la brida y la silla de montar, que escondió entre los arbustos.

—¿Y si se escapa? —preguntó Inara mientras la veiga le daba un último cepillado.

Kissen se encogió de hombros.

—Le debo algo más que una muerte lenta en una jaula. Si escapa, pues escapa, y que tenga suerte. De todas formas, ya has visto lo que le hace a la gente que intenta montarlo sin permiso. —Piernas gruñó y Kissen le rozó el cuello—. Buen chico —añadió—. Volveré a por ti. Te lo prometo.

Dejaron también las cosas más pesadas, el bastón de Kissen, las provisiones de cocina y las bolsas más grandes; lo ocultaron todo junto con la silla de montar.

Después de dejar a Piernas acomodado, el caballo relinchó cuando salieron. Se acercaron con más sigilo a la ciudad a través de las tierras yermas, hasta que los muros se cernieron sobre ellos, confiando en el sutil liderazgo de Elo. Los condujo a través de la espesa maleza hasta la muralla más cercana al palacio, que estaba alejada del puerto y en lo alto de una larga pendiente. Inara sabía que, en otro tiempo, las torres del alto palacio de Blenraden se habían alzado muy por encima de los muros, pero solo quedaban unas pocas torres de vigilancia, medio apuntaladas con madera recuperada.

Skedi volaba tan pequeño como un pájaro amarillo de primavera. Bajó hasta el hombro de Inara.

—Dos caballeros en el muro —dijo—. Sentados, bebiendo.

—Idiotas —murmuró Elo.

—La incompetencia juega a nuestro favor —dijo Kissen.

—Siguen siendo caballeros.

Skedi se había encogido todo lo posible en el hombro de Inara y susurraba al mundo que los rodeaba a la vez que extendía su voluntad como un manto:

No nos veis, no nos veis, no nos veis.

Elo siguió bordeando el muro hasta llegar a una grieta de drenaje que pasaba por debajo. El agua se acumulaba allí, estancada desde hacía mucho tiempo; Inara se fijó en el canal que antes brotaba desde la hendidura y bajaba por la colina. Lo que lo llenaba se había cortado o se había desviado a otra parte. Elo se deslizó hasta el estanque y ayudó a Inara a bajar detrás de él. El agua turbia le llegaba a la cintura. No era como el lago frío y tranquilo de Tala, fresco como la escarcha. Apestaba.

Kissen masculló entre dientes mientras se recogía la pesada capa llena de herramientas para matar a dioses por encima de los

252

hombros y los seguía hasta el desagüe bajo la muralla. Inara se preguntó qué sería lo que no se podía mojar. Miró hacia atrás mientras la luz hacía brillar el pelo rojo de Kissen, le bajaba por la coronilla y luego se desvanecía en negro.

Dentro del desagüe, la oscuridad era absoluta. El aire olía peor, fétido. Inara estiró las manos para mantener el equilibrio e intentó no vomitar cuando rozó la pared con los dedos y sintió la succión de la baba. Siguió los chapoteos de Elo durante lo que le pareció una eternidad y luego, silencio. Se detuvo y escuchó un golpeó metálico.

Inara encontró la capa de Elo y se acercó a la rejilla metálica que sostenía. Estaban atrapados.

—¿Este es tu gran plan? —murmuró Kissen.

—Seguidme —dijo. Se agarró a la rejilla y empezó a trepar, con la respiración entrecortada por el dolor de la herida. Incluso en la oscuridad, Inara veía sus colores. El dolor destellaba en dorado, como el pánico. Se preguntó qué habría ocurrido para que el dorado fuera un color tan aterrador para un caballero. Inara sintió que Kissen la agarraba por el codo para ayudarla a subir. La rejilla crujió bajo sus manos y escamas de hierro y óxido se desprendieron por la presión.

Trepó tras el sonido de los pies de Elo, consciente de que iba justo delante de ella, y luego desapareció. Chocó contra un techo de piedra, casi tan viscoso como las paredes, y le entró el pánico.

—¿Elo? —No le gustó el sonido de su voz en la oscuridad. Sonaba pequeña. Debajo de ella, Kissen se detuvo.

Detrás —dijo Skedi, tan ligero como podía, del tamaño de un ratón, sentado en su capucha mientras ella subía.

—No pasa nada —dijo Elo. Sintió su mano en el brazo—. Deja que te ayude.

La levantó desde atrás y la aupó hasta un saliente que no veía. El techo era bajo, demasiado para ponerse de pie.

—Sigue adelante —le dijo. Ambos se sobresaltaron al oír un ruido sordo y una maldición contenida de Kissen—. Ayudaré a la veiga.

—La veiga no necesita ayuda —dijo ella entre dientes.

Se ha dado en la cabeza —dijo Skedi, divertido. Inara reprimió una sonrisa y avanzó a tientas. Encontró un saliente en la roca y otro encima. Una escalera tallada que conducía hacia arriba. La siguió, tanteando cada reborde. Hasta que tocó madera con las manos.

Elo subió detrás de ella y llegó a la misma puerta. Los dos cabían en el estrecho pasillo. Apoyó el hombro y la empujó con un gruñido. Solo se movió un poco. Inara tragó saliva. ¿Qué harían si la escotilla estaba atrancada? Pero al final la deslizó.

Luz. No mucha. El tenue resplandor de una habitación cerrada con un ventanuco alto que se reflejaba en una pieza de bronce pulido. Lo justo para ver.

Skedi trepó por la mano de Inara hasta la superficie, con los orificios de la nariz crispados.

Inara y Elo lo siguieron.

La bodega a la que habían llegado estaba llena de barriles vacíos y rotos. El aire olía a alcohol y las paredes estaban ennegrecidas y cubiertas de un espeso moho. Buen moho para una bodega de brandy; la de los Craier tenía el mismo recubrimiento, a los destiladores les encantaba. Pero lo que fuera que se hubiera guardado en aquella bodega hacía tiempo que había desaparecido.

—¿Cómo diablos conocías este lugar? —murmuró Kissen al salir del pasadizo. El panel y el suelo eran de madera. Al cerrarse, la puerta encajaba a la perfección en los tablones. Al deslizarla, se volvió prácticamente imperceptible.

—Son las bodegas del palacio —dijo Elo—. La alcantarilla llega hasta aquí por debajo de los establos y las cocinas. Se construyó como vía de escape. Cuando asediamos la ciudad, tardamos meses en acercarnos lo suficiente a las murallas para alcanzarla. Cuando lo hicimos, atacamos desde dentro y desde fuera y pudimos dejar entrar a nuestros batallones por la puerta. —Hizo una pausa—. Arren y yo la usamos una vez para salir a beber antes de la guerra.

—¿Una vez? —preguntó Kissen, suspicaz.

—Quizá algunas más. No pasábamos mucho tiempo en Blenraden. La reina solo se traía a sus favoritos.

—¿Cuántos túneles hay?

—Es secreto.

Kissen se rio entre dientes.

—Creía que sabía todo lo que había que saber de esta maldita ciudad —dijo—. Debería haber sospechado que los nobles serían tan astutos como los mendigos.

Inara se quedó perpleja al pensar en sus dos acompañantes en la misma ciudad. Elogast con el príncipe, escabulléndose para beber y divertirse, y Kissen mendigando y robando bolsillos.

La puerta del siguiente sótano estaba entreabierta y siguieron las escaleras, que conducían a bóvedas más grandes y anchas. No había ventanas allí, pero Inara sentía el espacio a su alrededor con el eco de los pies. El olor a brandy era cada vez más fuerte, pero se mezclaba con el hedor de la podredumbre.

—Aquí solo se pueden bajar faroles cubiertos —dijo Elogast mientras los restos de luz solar dejaban entrever la forma de su rostro—. Sería demasiado peligroso exponer una llama abierta.

—Yo personalmente preferiría no arriesgarme a una muerte por fuego —dijo Kissen—. Es particularmente desagradable. —Inara se estremeció en la oscuridad—. ¿Recuerdas lo suficiente de tus andanzas rebeldes de juventud y del asedio como para encontrar el camino a la puerta, caballero?

—Tal vez —dijo Elo, pensativo.

Les llegaba la luz justa de la habitación de abajo para ver las formas de los demás en la penumbra, pero más allá todo estaba negro. Inara pensó en los demonios de sombras, como si los sintiera merodear en la oscuridad. Al día siguiente aparecerían ocho a por Elo para matarlo. Buscó a tientas y agarró la mano de Kissen. La veiga dio un respingo, sorprendida, pero luego le apretó los dedos y dio un paso adelante.

Su pie chocó con algo. Se tambaleó, maldijo, tropezó e Inara tuvo que sujetarla para que no cayera por las escaleras.

—Silencio —dijo Elo.

—No me muevo con tanta facilidad como vosotros —replicó—, alguien me obligó a dejar el bastón.

—Ah… —Volvió atrás y le tendió la mano, con los dedos apenas visibles a la escasa luz del sol que venía de abajo—. Deja que te guíe —dijo.

Kissen miró la mano, luego suspiró y le tendió la suya. Elo las guio por la oscuridad y avanzó a paso firme por una ligera pendiente ascendente mientras apartaba los escombros que se cruzaban en el camino antes de que ellas llegaran. No tardó en encontrar lo que buscaba.

—Este corredor se usaba para sacar los carros del castillo —dijo. Inara tanteó con los pies y encontró una cresta metálica en el suelo de piedra—. Nos llevará a la puerta.

Estaba otro tramo de escalones más arriba y se abría a un pasillo amplio y luminoso con el techo arqueado, que delimitaba varios cubículos a derecha e izquierda. Los altos ventanales dejaban entrar la luz del sol de primera hora de la tarde y resaltaban las tallas sobre muchas puertas que daban a más bóvedas. Pequeños racimos de bayas colgaban como enredaderas vivas de la piedra. Entre ellos había cráteres de roca explotada.

—Nunca había visto tallas que sirvieran como altares —dijo Kissen al seguir su mirada—. Imagino que eran para Tet.

Elo asintió.

—El dios del vino está esculpido por todos estos pasillos. Todos los que no se partieron cuando lo mataron con el resto de los dioses salvajes los rompieron los caballeros.

Kissen se dio cuenta de que aún sujetaba la mano de Elo y la soltó de inmediato, y luego la de Inara. Cruzaron una mirada y él sonrió. ¿Se había sonrojado Kissen?

Siguieron por el pasillo; pasaron por delante de seis puertas hasta que encontraron la que Elo buscaba. Inara esperaba otro pasillo, pero se encontró con unas escaleras por las que subieron y salieron a cielo abierto.

Una vasta cámara con el techo destrozado, las vigas reventadas y rotas como las costillas de un cadáver. Se curvaban en lo que antaño habrían sido unos grandes arcos apuntalados alrededor de altares colocados a intervalos regulares en las paredes: los símbolos estaban destruidos y las copas contenían aún restos de ceniza.

El viento se había instalado en la sala. Se arremolinaba en los rincones y sacudía las hojas a lo largo de una mesa destrozada que aún conservaba platos dorados y brillantes, copas de vino ausente y los huesos lavados por la lluvia de un ciervo y un cordero, apilados y limpios. De algunos de los alimentos había brotado nueva vida y habían crecido pequeñas plantas y árboles que debían de haber nacido de semillas que se les caerían a los pájaros que pasaban. Nadie había saqueado aquel lugar.

Inara inspiró. Algo flotaba en el aire. Poder. Una voluntad tremenda y una energía crepitante que todavía resonaban en las paredes y se posaban en la mesa para enfrentarse al viento. El terror también persistía, como tinta borrosa. Al mirar más de cerca, se dio cuenta de que entre las hojas había viejas manchas de sangre en el suelo. El viento y la lluvia no habían podido borrarlas.

—Aquí empezó todo, ¿verdad? —preguntó.

Elo miraba inexpresivo la escena rota.

—Aquí era donde la reina celebraba sus banquetes —dijo—. La lucha entre los dioses salvajes y los nuevos comenzó aquí. Limpiamos los cadáveres y les dimos sepultura, pero todo lo demás... no me pareció bien tocarlo.

—No entiendo qué condujo a los dioses a luchar con tanta crueldad —dijo Inara mientras contemplaba la destrucción.

—Amor y poder —dijo Kissen y frunció los labios—. Las luchas entre dioses eran habituales en Blenraden, se peleaban por la atención. Dioses antiguos, dioses nuevos, dioses mercantes, dioses salvajes. Más de una vez me encontré con una pelea en la que alguien perdía algún miembro. Solo se empezó a prestar atención cuando alcanzaron a los grandes lores y damas.

—¿Por qué se volvieron violentos? —preguntó Skedi. Su pelaje ondeaba en la brisa.

—Porque el comercio y las riquezas en las ciudades como esta atraían a la gente hacia nuevos dioses de la fortuna, como el dorado Agni, y la alejaban de los dioses salvajes como Tet, el dios del vino que lo empezó todo. La gente ya no necesita a los dioses salvajes cuando está gorda, rica y cómoda. A los dioses no les gusta que los olviden.

Tet había hecho que los propios seguidores de Agni lo destrozaran, y luego entre ellos. Incluida la reina. Inara se preguntó qué manchas de sangre serían las suyas.

—Pero los dioses necesitan a los humanos —dijo Skedi—. Esto es… cruel.

—A los nuevos dioses de la ciudad tampoco les gustó —dijo Kissen y miró alrededor con una mueca—. Los más jóvenes y poderosos atacaron los altares de Tet y los dioses antiguos tomaron represalias. Todo el lugar se volvió una puta locura y se llevó a la gente por delante.

—Todo por vanidad estúpida —dijo Elo. Se frotó el hombro, el maldito y lleno de cicatrices—. Deberíamos irnos.

A Inara no le gustaba aquel lugar. Era malo. Todos sus sentidos se lo decían. Lleno de almas perdidas y espanto. A Skedi no le molestaba demasiado; batió las alas y se acercó a husmear por los altares muertos con interés, quizá buscando alguno que le resultara familiar.

—¿Nos vamos de aquí? —pidió Ina. Era como si los colores del terror brotaran del suelo. Mucha gente había creído que aquel lugar era seguro—. Skediceth —lo llamó. Él se dio la vuelta y voló a sus brazos.

¿Qué te pasa?

¿No te asusta este lugar?

Skedi la miró con curiosidad.

El poder que hay aquí no puede hacerte daño —dijo—. *Pero las piedras lo recuerdan y el viento intenta calmarlas.*

La sensación es extraña.

Soy el dios de las mentiras piadosas —dijo Skedi con suavidad—. *No soy el dios del miedo y el terror. Lo que queda aquí no me pertenece.*

Elo los condujo hasta el otro extremo de la larga mesa y salieron a otra habitación, menos dañada que la primera, pero también despojada de todo lo que había sido. Los colores del caballero se volvieron cobalto y lila, fe y afecto. Estaba pensando en Arren.

—Aquí comían los guardias. Y los herederos menos preferidos durante los banquetes. También dormían aquí.

Salieron por una gran puerta a un patio con una fuente, flanqueado en cinco puntos por torres rotas y quemadas. La fuente estaba llena de maleza y, más allá, había un portón de piedra lleno de marcas de quemaduras. Las puertas estaban agrietadas y colgaban sueltas. Al otro lado, se veía el resplandor del sol, brillante y centelleante sobre el mar, muy cerca.

Movimiento. Color. Una persona.

Skedi se hundió en los brazos de Inara y Kissen se llevó una mano a la espada. La chica se dio cuenta de que había sacado el arco, lista para luchar.

He visto el blasón —dijo Skedi—. *Es un caballero.*

CAPÍTULO VEINTISÉIS
Elogast

E lo deseó seguir rezando.

Un caballero. No le hacía falta que Skedi se lo dijera; él también había visto el blasón del sol y la cornamenta de Arren en la espalda. No esperaba que el palacio estuviera vigilado. Allí ya no había nada. Por suerte, el caballero no miraba hacia dentro.

Le hizo un gesto a Kissen, que avanzaba a paso ligero, con la mano en la espada. *Quieta.* Se señaló a sí mismo. Los había llevado hasta allí, así que él los sacaría. No podían permitirse que los atraparan, no después de llegar tan lejos. Aun así, era un milagro que no los hubiera visto ya. En cuanto el caballero se diera la vuelta, los descubriría.

Flexionó el brazo herido y se acercó a la puerta abierta con los zapatos húmedos. Ante ella se extendía el Camino de los Dioses, la amplia avenida que iba desde el palacio hasta la ciudad propiamente dicha. Era tan hermosa como Elo recordaba; incluso agrietada y desmantelada, serpenteaba como un pálido río colina abajo. Antaño, el palacio había sido una fortaleza contra los asaltantes de Talicia y luego se había convertido en el centro del comercio marítimo. Entonces no era más que una belleza antigua, destruida por la guerra.

El corazón de Elo latía con fuerza, no solo por el guardia, sino por estar de nuevo en la ciudad, en aquel camino, por haber atravesado el lugar donde recordaba a los fantasmas de los muertos. Le dolía el hombro y el sudor le perlaba la cabeza. Inhaló hondo, tembloroso, y luego otra vez. El caballero estaba apenas a unos pasos.

Elo exhaló, concentrado. El guardia estaba aburrido, a juzgar por la posición de los hombros, pero se mantenía erguido, a diferencia de los que había visto en las murallas. El uniforme no estaba tan pulcro como a Elo le habría gustado, llevaba la capa echada hacia atrás y arrugada. Tampoco llevaba casco, solo un sombrero suelto, que dejaba a la vista un pelo trenzado y una piel oscura como la suya. Inteligente, quizá, para el tiempo fresco, pero le resultaría bastante fácil derribarlo.

Atravesó la puerta como un fantasma y se deslizó detrás del caballero, que suspiraba. El hombre se volvió hacia el oeste y la línea del sol remarcó su perfil. Elo se detuvo.

—¿Benjen?

Se sobresaltó y se puso en posición de combate mientras echaba la mano a la espada. Elo se asustó y se abalanzó sobre él antes de que desenvainara; los tiró a ambos al suelo.

La armadura de Benjen le pesaba. Mientras luchaba por levantarse, Elo se retorció y agarró la espada del caballero. Gruñó al flexionar los cortes del brazo, pero sacó el arma de la vaina mientras rodaba hasta ponerse de pie. Sostuvo la espada baja, lo bastante para golpear, y Benjen lo sabía. Un viejo truco.

—Ríndete —dijo Elo y rezó por que no le temblase el brazo dolorido.

—Sir Elogast —jadeó el caballero y se levantó con dificultad. No tenía armas y se quedó sin palabras al mirarlo como si hubiera visto un fantasma. Al cabo de un rato, esbozó una sonrisa de desconcierto, sin perder de vista la espada que Elo tenía en la mano—. No has cambiado.

Elo aflojó la postura. Una parte de él deseaba ir a abrazar a Benjen y la otra quería haberle dado un golpe en la cabeza por detrás para que pudieran seguir su camino.

—Escudero Benjen —dijo y luego los relajó a los dos con una carcajada. Con suerte, Kissen lo oiría y sabría que todo estaba controlado—. Has perdido la espada.

—Ahora soy sir Benjen —dijo el caballero con un rubor de orgullo.

Elo inclinó la cabeza.

—Sir Benjen. Te mereces el título.

Elo no soltó la espada. Había una perspicacia en la mirada de Benjen que no le gustaba y, después de todo, él mismo había enseñado al muchacho. No había sido blando cuando estaba bajo su mando y no lo sería entonces.

—¿Qué haces aquí, sir Elogast? —preguntó Benjen. Más bien era una acusación que una pregunta.

Elo no sabía qué contestar.

—Sabes que ya no soy caballero.

Benjen se había recuperado de la sorpresa y se movía poco a poco para dejar el sol a la espalda y que se le reflejara en la armadura. Elo no sabía si sentirse orgulloso o irritado.

—También sé que nadie puede poner un pie en Blenraden sin el permiso del rey.

—Entonces, ¿todos los peregrinos que cruzan las puertas a base de sobornos tienen permiso? —replicó Elo a la defensiva.

Benjen apretó los labios. Había dado en el blanco.

—Déjame pasar. No haré más daño que ellos.

Benjen miró a un lado y cambió la posición de los pies. Tras unos segundos, negó con la cabeza y una sombra de resentimiento, de ira, le crispó la frente.

—Nos abandonaste —dijo—. Después de enseñarnos a los plebeyos a jurar lealtad al rey; nuestras vidas, nuestra sangre y nuestros corazones. Lo dimos todo para luchar a su lado, a tu lado. Abajo, en esa plaza. —Señaló hacia el otro lado de la ciudad. Desde allí no la veían, pero Elo sabía de dónde hablaba. Cada día irrumpía en sus recuerdos como una herida supurante. Benjen había sido uno de los reclutas a los que había convocado a luchar tras la masacre del puerto, llevado por la desesperación—. Nos abandonaste. ¿Por qué?

—No te debo una explicación.

—Luché por ti. Estaba dispuesto a morir por ti. Pero nos diste la espalda, cerraste los ojos y no hiciste nada.

Eso le dolió, más de lo que Benjen se imaginaba.

—No luchaste ni por Arren ni por los dioses. Dejaste de luchar y punto.

Elo se estremeció. La culpa y la soledad que le llenaban el corazón pesaban como una tumba. El dolor era físico, le oprimía los pulmones y le dolía el hombro; la vergüenza de dejar a su ejército, a Arren, a sus soldados y caballeros, a la nación, que se tambaleaba al borde de otra guerra. Por su culpa. Por su negligencia.

—No permitiré que rompas las leyes del rey, sir Elogast. —Benjen se sacó una daga de la cintura—. Deberías hacer lo que mejor se te da y soltar la espada.

Elo maldijo para sus adentros. ¿Qué debía hacer? ¿Qué haría Kissen? Se le acababa el tiempo; si no tenía cuidado, la veiga saldría y armaría un alboroto, y entonces todo Blenraden iría a por ellos. Había tardado gran parte del mes que le quedaba a Arren en llegar a la ciudad y solo faltaba un día más para que lo atacaran las invocaciones. No tenía tiempo.

—Cuidado, sir Benjen —dijo Elo y sostuvo la espada del caballero en alto—. Es tu espada de la que deberías preocuparte.

Benjen no podía ganar y lo sabía. Palideció, pero no se retiró.

—Mi vida, mi sangre y mi corazón pertenecen al rey —dijo—. Es lo que me enseñaste.

Saltó hacia delante con el cuchillo y atacó con fuerza, atacó para matar. Elo contraatacó y mantuvo a Benjen a distancia. No era Kissen; el muchacho no sabría enfrentarse a una espada con un cuchillo, y mucho menos contra dos, pero Elo no quería hacerle daño. Rechazó otro golpe y giró hacia la pierna de Benjen para hacerlo tropezar. El muchacho trastabilló, pero no cayó. Se incorporó y volvió a correr hacia delante.

Kissen apareció detrás de él y le agarró la capa con la mano; tiró hacia atrás. Benjen chilló al perder el equilibrio. La veiga lo atrapó por el cuello y el grito quedó suspendido en sus pulmones. Con la otra mano, le apretó la muñeca del cuchillo y se la retorció con fuerza. Él soltó la hoja y se concentró en forcejear con el antebrazo de la mujer en su garganta, tratando de encontrar un punto de apoyo. Benjen se ahogó y balbuceó.

—No lo mates —dijo Elo—. Por favor.

—Por la sangre de los dioses, pero ¿qué te he dicho? —replicó ella.

Le soltó la muñeca y le dio un fuerte golpe en la cabeza; luego le apretó más el cuello. Benjen palideció y las venas se le marcaron en sus sienes. Puso los ojos en blanco y se quedó inerte. Kissen lo sostuvo unos instantes más, para asegurarse, y luego lo soltó. No se movía, pero respiraba.

—No mato a personas —dijo. Miró a Benjen en el suelo—. Deberíamos atarlo.

CAPÍTULO VEINTISIETE

Kissen

os escalones del Camino de los Dioses estaban demasiado expuestos. El «amigo» caballero de Elo acabaría por liberarse de las cuerdas con las que lo habían atado o alguien iría a buscarlo. Significaba que solo disponían de un par de horas como máximo antes de que el resto de los perros de brillante armadura empezaran a husmear. Desde todos los ángulos posibles, se quedaban sin tiempo.

Kissen los condujo por un camino lateral que antes usaban los sirvientes. Atravesaba los terrenos de ocio habilitados para la caza y la pesca y tenía un pequeño camino para carros y carruajes. Todos los demás que podían caminar utilizaban los escalones. Incluso los nobles.

Tardaron una eternidad en atravesar los cotos de caza y entrar en la ciudad propiamente dicha. Se deslizaron por las grandes plazas que marcaban el anillo interior. Kissen evitó la Plaza de la Victoria, el lugar donde había estado el mayor altar en Blenraden del dios de la guerra, Mertagh. Estaba bastante segura de que, fuera cual fuera el motivo de Elo para estar allí, tenía que ver con aquella batalla, y no quería volver a verle la expresión de dolor en la cara y el temblor en las manos, que sospechaba que provenían del recuerdo de la guerra. Sabía que al rey Arren lo había herido. No había visto mucho en la batalla después de que se apagaran las antorchas, solo el oro de la armadura del dios, el destello de la cadena en sus manos y la cercanía de los otros veiga.

Se internaron en la ciudad muerta, donde solo se movían el viento y los pájaros. Ninguna campana anunciaba el cambio de hora y ninguna ventana se iluminaba con farolillos al crecer las sombras. Los olores de los orinales del día no se filtraban por las paredes ni por los desagües. Aun así, Kissen sabía adónde iban; podría recorrer aquellas calles con los ojos cerrados.

—¿Qué es eso? —preguntó Inara.

Kissen miró hacia delante. Allí. Una sombra. Pasó por la calle, lenta y a la deriva, pero no había nada en el cielo que la proyectara. Durante un instante terrible, creyó que era uno de los demonios, que habían llegado una noche antes, pero el sol aún no se había puesto del todo y la sombra parecía no ser consciente de su presencia. El ser no tenía sustancia, pero oía su voz como un clavo dentro de la cabeza.

Enhebrar la urdimbre y levantar el telar, apretar la trama con los dientes de peine...

Kissen se detuvo y sujetó a Inara por el hombro. El pelaje de Skedi se erizó y extendió las alas. Había oído hablar de aquellas cosas, dioses que habían perdido su altar principal, pero aún tenían algunos más pequeños escondidos. Sus fieles también debían de haber desaparecido. Aun así, se aferraba a la vida, apenas un recuerdo de sí mismo.

Trae los colores, ensártalos, por los caminos de la lana...

Su voluntad desvanecida y sin dirección hizo que se le tensasen los dedos y que anhelase tela e hilo. Un dios tejedor. O lo había sido una vez. Se detuvo y les bloqueó el paso, tal vez al notar que había gente cerca.

—No os acerquéis —advirtió Kissen y se llevó la mano a la espada. ¿Qué pasaría si se acercaban demasiado a su voluntad desenfrenada? Podría arrastrarlos a su ensueño y ahogarlos en sus pensamientos hasta que se olvidaran de todo menos del dios.

Tal vez debería matarlo, acabar con su sufrimiento. Se volvió hacia Inara para pedirle el arco y cruzó una mirada con Skediceth. Había bajado las alas y también las orejas; había encogido y miraba al dios aterrorizado. El dios tejedor había estado vivo una vez, como él.

—Vamos —dijo Kissen y se sorprendió a sí misma al llevarlos por una calle lateral, lejos del cruce del dios desvanecido.

No valía la pena arriesgarse. Los condujo por el barrio de los entintadores, donde el canal que lo atravesaba corría más limpio que nunca, hacia las calles de las especias, llenas de colores perdidos. ¿Acababa de sentir pena por un dios? ¿Un dios de las mentiras piadosas? Se estaba ablandando. Sus sentimientos hacia sus compañeros se habían enredado y se habían vuelto complicados. Skedi había demostrado debilidad y amor por Inara. Odiaba a los dioses, a todos, pero era la primera vez que llegaba a conocer a uno.

En lo que antaño había sido la Plaza del Reloj de Sol, en el centro de las calles de los especieros, una enorme bola de incienso seguía donde la habían volcado, rodeada de las cenizas derramadas. Kissen creyó percibir el persistente aroma de cien mil ofrendas. Los pequeños altares de madera del mercado estaban desperdigados, agrietados y rotos y las sombras se deslizaban entre ellos. En un momento dado, varias surgieron como ratas y Elo levantó a Inara en brazos mientras saltaban sobre ellas.

No tardaron en cruzarse con otro dios, una sombra apoyada en la pared de un callejón. Pequeña, de la altura de la rodilla de Inara. Kissen volvió a llevarse la mano a la espada, pero el ser no se movió, simplemente se quedó parado. Se dispuso a seguir adelante, pero Inara la detuvo.

—Espera —dijo.

—Ina, no tenemos mucho tiempo —dijo Elo.

—Un momento —insistió. Se volvió hacia la sombra. Skedi seguía montado en su hombro, pegado. El pequeño dios se había sentido muy emocionado al llegar a las puertas del palacio, pero después le había entrado el miedo.

—¿Hola? —dijo Inara.

Le habían dado la espada corta de bridita de Benjen, pero no la desenvainó. Era demasiado pesada para ella.

—No… —dijo Kissen, pero era demasiado tarde.

La sombra, lo bastante fina como para ser una mancha en la pared, se solidificó mientras se volvía hacia ellos. También se encogió, se hizo más pequeña y oscura y mostró su verdadera forma. Su rostro estaba tallado en una madera fina y lisa con forma de ratón y tenía un cuerpo peludo y una larga cola, con garras de pájaro por patas. Miró a Inara durante un instante y luego se volvió hacia el callejón. Kissen se asomó entre las sombras y lo vio. Un pequeño altar, intacto, con un tótem en forma de zapato y un ratón tallado en el talón. Un dios de las sandalias rotas.

El diminuto dios se volvió hacia ellos y ladeó la cabeza. No habló. Quizá ya no podía, pero Kissen sabía lo que quería; todos lo sabían. Una ofrenda. Dio un paso hacia los pies de Inara y la veiga fue a apartarla, pero ella levantó la mano.

—¿No te dan pena? —preguntó.

La criatura llegó hasta sus pies e intentó tirar de sus zapatos. Botas, no sandalias. Su poder era pequeño.

Kissen sí sentía pena. Se compadecía de la criatura como se compadecería de un gatito que necesita la leche de su madre, aunque pudiera convertirse en un tigre.

Inara sujetaba los botones de nácar de su chaleco. Kissen se había dado cuenta de que lo hacía cuando necesitaba consuelo. Cerró los dedos alrededor de uno que se había aflojado un poco y se lo quitó para pasárselo al pequeño dios.

—¿Cómo te llamas?

No respondió, pero se irguió sobre las patas traseras, aceptó el botón y volvió corriendo al altar. Parecía un poco más sólido, como si la luz lo hubiera ondulado y le hubiera dado forma. Dejó el botón junto a la talla, lo tocó y le preparó un pequeño homenaje.

—Se está poniendo el sol —dijo Elo.

Inara se dio la vuelta. El dios no terminaba de recordar cómo ser un dios. Kissen los guio, pero entonces todos oyeron un leve susurro.

Kelt.

Kissen se lamió el diente de oro. Sabía que Blenraden era peligroso. Un dios de las sandalias rotas era una cosa, pero ¿qué pasaría si se encontraban con un dios de los ladrones? ¿De los asesinos? ¿Uno que hubiera sido lo bastante poderoso y que recibiera ofrendas de sangre en lugar de baratijas?

—No hicisteis un trabajo muy exhaustivo, ¿verdad? —le comentó a Elo, con la esperanza de sacarlo de sus cavilaciones.

—No —respondió en voz baja.

¿Quiénessoisadóndevais? ¿Pordóndevais? ¿Porquécamino?

Kissen se estremeció cuando la voz de un dios extraño se le metió en la cabeza. Habían llegado a otra encrucijada sombría. Las ventanas que quedaban en los edificios brillaban con el reflejo de la luz del atardecer, pero la farola del centro del cruce estaba a oscuras. Tuvo que parpadear dos veces para ver al dios que había en el suelo, cuya oscuridad se confundía con el resto.

¿Venís?

El ser se dio la vuelta y sus ojos parpadearon como dos llamas menguantes. Kissen lo comprendió. Habían destruido su altar bajo la farola, pero no su tótem, la propia farola. Las luces que antes iluminaban las noches oscuras ya solo brillaban en los ojos del dios. Los veía, porque estaban en su dominio.

Descansad, descansad aquí, descansad conmigo... Descansadlospies-descansadelalma y... quedaos.

Había huesos de rata alrededor del pie de la farola y el cadáver putrefacto de un zorro. El espectro se acercó y sus pies informes dejaron una marca como de ceniza en el suelo.

No sigáis, solo os espera el terror.

A sus pies había un conjunto mayor de huesos, un cráneo humano.

Kissen y Elo desenvainaron las espadas. Un niño, tal vez uno que se perdió en la ciudad entre las batallas, atrapado y retenido por un dios sin altar. Aquel dios era peligroso, una trampa acechante. Los ojos le brillaron más, como si se hubiera añadido más aceite a la llama. Kissen levantó la espada.

—No lo toquéis —advirtió Inara.

Tenía razón. Quería que Kissen se acercara para atraparla y tragarla. Su atención le daba poder, le otorgaba voluntad.

Solo terror. Quedaos aquí un rato, solo un poco. Este es un lugar de charlas. Risas, intercambios. Quedarse es agradable.

Su forma colapsó. Se retorció hacia el exterior alrededor del cruce e intentó rodearlos.

—Pasaremos —dijo Elo y adoptó una postura de combate. Pero comprendió lo que había dicho Kissen: luchar contra algo tan informe que los rodeaba sería como luchar contra el mar; solo conseguiría que los tragara.

Nos os iréis.

Kissen maldijo. Tendría que intentarlo. Metió la mano en la capa, pero Inara se le adelantó.

—Basta —dijo—. No —ordenó, feroz y firme.

Lo que había sido un dios se detuvo en seco. Se quedó mirando a Ina con sus ojos ardientes. Kissen apenas respiró. La cosa, ni espíritu ni dios, volvió a encogerse, se condensó y se hizo más pequeña. Los dioses perdidos de Blenraden eran algo a lo que no estaba acostumbrada. No tenían nada que perder y todo que ganar, no necesitaban la razón ni el intercambio; eran puro deseo informe. ¿Cuál era la diferencia para ellos entre un botón y una vida? Eran imparables. Excepto por Inara.

—Rápido —dijo la niña y avanzó a toda prisa. Kissen la siguió e intercambió una mirada con Elo. No había envainado la espada, pero le devolvió una mirada preocupada.

Más allá de la encrucijada, la voluntad del espectro se desvaneció. Inara se detuvo y se llevó una mano al pecho mientras respiraba. Skedi voló hacia arriba, alrededor de su cabeza, sin saber dónde aterrizar. Al final, se decidió por el hombro de Kissen, para irritación de la veiga, pero no se sintió capaz de apartarlo. Quería mirar a Inara. Ella sentía lo mismo, apoyada en la pared.

—¿Cómo lo has hecho, Ina? —preguntó Skedi desde el hombro de Kissen, expresando en voz alta la pregunta de todos.

—No lo sé —dijo ella. Miró a la matadioses y luego al dios. Se sonrojó—. Solo quería que parase.

—Podría haberte matado.

—No podíamos matarlo o todos los dioses lo habrían sentido. Necesitan un propósito. Si lo hubiéramos matado, su propósito habría sido encontrarnos.

—¿Cómo lo sabes? —dijo Elo.

Inara miró a Skedi, que se removió.

—Yo... —Bajó la vista—. Ha sido una suposición.

¿Mentía? Kissen no estaba segura. No sintió nada de Skedi, pero estaba muy cerca de su espada y no se habría arriesgado. Aquello, después de haberla visto deshacer la voluntad de Skedi, preocupó a Kissen. ¿Era el efecto del dios en la chica? Seguramente no; no le habría dado poder sobre él y un dios de mentiras piadosas no podía gobernar a otro como Inara acababa de hacer con el dios de la encrucijada.

—Creo que lo más educado es dar las gracias —dijo Elo y envainó la espada. Miró al cielo. Resplandecía, como si la última luz del sol se concentrara y se intensificara por su cercanía a la tierra. El tiempo se les escapaba y Kissen maldijo en voz baja. ¿Cómo había acabado con tres idiotas hasta el cuello de problemas? A lo mejor la idiota era ella.

—Bien —dijo—. Sigamos.

Siguió por los caminos que conocía y atajó por su propio distrito, donde la habían vendido después de recogerla en Talicia y remendarla lo justo para que valiera algo en Blenraden. Muchos de los edificios estaban desvalijados y en ruinas, quemados por incendios o reventados por dioses. Había habido muchos pequeños dioses en el distrito más pobre, muchas esperanzas y promesas, muchos fieles a los que acudir.

Pasaron por su calle, el fondo del meadero. Se detuvo.

Yatho le había pedido algo.

La fachada de su antigua casa estaba derrumbada y el tejado era una carcasa de vigas. Las ventanas que quedaban aún conservaban los barrotes y sobre la puerta colgaba medio carbonizado el frente de un letrero: LOS HUÉRFANOS DE MARMEE.

«Maimee» le quedaba mejor.

—¿Aquí es donde vivías? —preguntó Inara, tan directa como siempre.

Elo la miró con sorpresa.

—Aquí es donde me hacían trabajar —dijo Kissen—. Maimee compraba niños, nos arreglaba lo justo, luego nos rompía un poco más y nos ponía a ganarle dinero. —Se acercó a la puerta, carraspeó y escupió en el umbral, tal y como le había pedido Yatho—. Le hizo cicatrices en la cara a mi hermana Telle para que le dieran más monedas y menos atención. Separó a Yatho de sus padres como garantía de una deuda. Aquí nada es gratis. Tenedlo en cuenta donde vamos ahora. —Se sintió aliviada cuando Elo no le preguntó cómo había acabado allí la primera vez—. Seguidme.

Olieron las aguas termales antes de verlas. Uno de los pocos olores que quedaban de la Blenraden que había conocido. Los baños estaban detrás del río, en una plaza bordeada de árboles con espesos capullos a punto de florecer. Había un farol encendido en el arco de piedra tallada del complejo de baños y habían podado la hiedra, que había invadido las paredes poco a poco. Audaz. Por lo visto, pagasen lo que pagasen los peregrinos por entrar en la ciudad, les valía un acuerdo para que los caballeros no los molestasen mientras estuviesen allí. Era un extraño consuelo ver que al menos una parte de la ciudad seguía viva. Los cipreses de la entrada principal se erguían un poco más salvajes que antes, pero el camino hasta el arco estaba recién barrido.

—Ve con tu persona, pequeño dios —dijo Kissen cuando entraron. Skediceth se bajó de su hombro y volvió a Inara para arrastrarse bajo su espesa cabellera. Lo llevaba casi tan alborotado como Kissen, recogido en una trenza áspera, y en las mejillas morenas lucía los pellizcos del sol y el viento frío. Tenía un aire de confianza que le sentaba bien. Como si se hubiera encontrado a sí misma y le hubiera dado fuerzas renovadas.

Decidió sentirse más orgullosa que asustada.

Dentro de la puerta había un atrio antes de los pasillos que conducían a las aguas propiamente dichas. Había una gran pila y un chorro de agua corriente que brotaba de la pared, junto a una serie de zapatos desgastados por el viaje. Encima colgaban las batas de algodón. Quienquiera que se siguiera ocupando de los baños cuidaba hasta el más mínimo detalle.

Todos se lavaron el hedor de las fétidas aguas de debajo del palacio e Inara y Elo se vistieron con las batas disponibles y dejaron las capas colgadas en la puerta para que se secaran. Kissen se lo pensó un poco antes de hacer lo mismo, pero se ató la coraza por encima y se llevó la capa. Ninguno dejó las armas. Ni siquiera aquel espacio tranquilo era seguro, teniendo en cuenta las pruebas que habían tenido que superar para llegar hasta allí.

—Por aquí —dijo Kissen cuando terminaron. En los baños había dos túneles. Por la izquierda se iba a los públicos, a piscinas abiertas. Los privados, más antiguos, estaban al otro lado, para quienes no querían mezclarse desnudos con la mitad de los plebeyos del mundo. Antes costaba un buen dinero, pero ya no había nadie que lo cobrara.

Kissen los condujo por la ruta privada y sintió un gran placer al recorrer un camino que siempre había estado vetado para ella, aunque la piscina a la que quería acceder estaba allí. El pasillo estaba iluminado por un techo de cristal y piedra y el cielo del atardecer encendía los pequeños agujeros en verdes, morados, azules y naranjas, apenas lo suficiente para alumbrar el camino.

El largo pasillo se abría a una sala amplia y ancha, seccionada por paneles de piedra caliza tallada que ocultaban los estanques humeantes. El vapor del aire se le metió en los pulmones, pesado por el sabor de la tierra profunda y la piedra.

Las aguas eran antiguas, más que la misma ciudad, y siempre habían refugiado a pequeños dioses y fieles peregrinos. Había un buen puñado de ambos en los baños cuando entraron. Kissen captó el brillo de un dios que corría por las piedras con la forma de un dragón pequeño. Otro atravesaba el vapor envuelto en un manto de hierba y moneditas. Dioses sanadores. Tenían muchos altares y varios se reunían en baños como aquellos, donde trabajaban los médicos y la gente acudía a aliviar sus dolencias. Kissen rara vez tenía nada que discutir con un dios sanador.

En los claustros que custodiaban las piscinas privadas resonaban chapoteos y carcajadas cuando alguien se deslizaba dentro, seguidos de un suspiro o una risita de placer. Al pasar, alguien salió de uno y entró desnudo en otro, sin prestarles atención. Todos eran iguales en aquel lugar sagrado.

Kissen los condujo a la parte de atrás y pasaron junto a un dios con forma de oso rojo y orejas blancas puntiagudas que conversaba con tres peregrinos. Cerca, un espíritu informe revoloteaba sobre el agua, al lado de un altar reciente donde los peregrinos habían empezado a dejar baratijas. Pronto tomaría forma, tal vez la de la figurita de colibrí que había en el centro del altar.

Cerca del final de los baños, las aguas frías terminaban en un círculo alrededor de una profunda piscina caliente. Las aguas frías las alimentaba el río Aan desde las profundidades de las Bennite, en la frontera entre Talicia y Middren, donde se entrelazaba por encima y por debajo de la piedra hasta llegar a la costa. Las calientes procedían de las profundidades de la ciudad, como los demás manantiales. Aquel estanque estaba a la sombra de un grueso muro interior, pero la pared exterior se había derrumbado hacia dentro y dejaba a la vista un jardín cubierto de maleza detrás. Soplaba la brisa marina, limpia y sincera.

Kissen desenvainó un palmo de la espada y la utilizó para cortarse la palma de la mano; luego mantuvo el puño cerrado sobre el manantial. Una gota de sangre cayó al agua.

—Aan —llamó, sin más ceremonias. No tardaría mucho. Aan estaba dondequiera que estuviera su río.

¿Acudes a mí una vez más, matadioses?

El agua se elevó por encima de los bordes de los arroyos fríos e inundó el estanque hasta manifestarse con la forma de la diosa. Aan era un ser de carne y vida, con brazos redondos y flexibles, como frutas en otoño. Su vientre también era suave y flexible. Tenía el cuerpo que invitaba a besarlo, desde los pliegues de su hermoso cuello hasta el vello de sus brazos y la línea negra y rizada que se extendía desde su vientre hasta su sexo.

—¿Has conocido a un dios sin matarlo? —dijo Skediceth desde el cuello de Inara.

Aan soltó una carcajada que salió de la piscina y rebotó en las paredes.

—¿Acaso crees que podría, gotita? —dijo Aan.

La veiga frunció el ceño. Aan no se inmutaría ante la destrucción de ningún altar y las trampas de los matadioses no bastarían para tentarla. Rara vez se inmiscuía en las disputas entre los dioses jóvenes y los efímeros humanos y parecía hacer tratos solo para entretenerse.

—Aan —repitió Kissen, a modo de saludo; se llevó una mano al corazón e inclinó la cabeza. La diosa tenía razón; esperaba que nunca fuera su presa. Probablemente sería tan mortífera como hermosa.

—Aún llevas la bendición que robaste —dijo Aan mientras deslizaba la mano por el agua y se retorcía el largo cabello oscuro entre los dedos. Kissen frunció los labios y sintió el peso del frasco en el cuello. No era robada; era de Pato.

—La heredé —corrigió Kissen—. ¿Qué se suponía que debía hacer, enterrarla con él?

—Y ahora has vuelto —continuó Aan, haciendo caso omiso de la interrupción—, con la misma espada que mató a mi estúpida prima. —Miró a Kissen, con ojos oscuros y profundos—. La ira de Ennerast llegó gritando hasta el mar.

Kissen meditó un segundo. La ira de los dioses antiguos era impredecible.

—Está enfundada y seguirá enfundada —dijo—. No me arrepiento de matarla. De todos modos, he venido a pedir, no a tomar.

Aan volvió a reír y la matadioses suspiró mientras miraba de reojo a Elogast. Parecía tan fascinado como ella.

—He visto a muchos ir y venir —dijo la diosa—. Lo hecho, hecho está. Arrodillaos.

Era una orden, no una pregunta. Para Kissen, arrodillarse no era cómodo ni una posición defendible y Aan lo sabía. La diosa apoyó los codos en el borde de la piscina y la barbilla en las manos y le sonrió con dulzura, muy consciente de lo que le había pedido.

Elo se arrodilló con gracia e Inara lo siguió. Kissen apretó la mandíbula y se puso de rodillas con toda la soltura que pudo. Aan sonrió.

—Si has venido a pedir, espero que hayas traído algo que merezca una respuesta —dijo y se volvió hacia Elo—. ¿Y este joven? ¿Es tuyo? Es mejor que el vejestorio con el que viniste la última vez.

Para ser justos, Pato había sido bastante desaliñado. Elo se sonrojó.

—Necesita un rompedor de maldiciones, Aan —dijo—. Y pronto.

Aan enarcó las cejas y miró a Elo, que se removió incómodo. Kissen tuvo la clara impresión de que, puestos a elegir, habría salvado su propia vida en segundo lugar; lo que buscaba para Arren habría sido lo primero. Aun así, el caballero se desabrochó la camisa para mostrar la marca negra de la maldición, que empezaba a subirle por el hombro en su oscura escritura. La diosa lo tocó con los dedos y trazó las marcas con un mohín.

Miró a Kissen y luego a Inara. Inclinó la cabeza.

—¿Qué hay de ti, pequeña deshacedora? —preguntó y se acercó a Inara. La miró como si la niña fuera un insecto fascinante que hubiera salido de un lodazal—. ¿Qué vienes a pedirme?

Inara rehuyó su atención y miró a Kissen mientras levantaba la mano hacia Skedi.

—Queremos que liberes a Skediceth —dijo y mantuvo la voz firme; controlar los nervios ante la mirada de una diosa antigua era impresionante.

—Queremos liberarnos de la maldición que nos ata —dijo Skediceth, aunque le temblaban los bigotes—. Dinos por qué ocurrió, qué le pasó a mi altar y cómo vivir sin él.

Aan parpadeó y se volvió hacia Kissen.

—¿Y tú?

Ella se encogió de hombros.

—He venido por ellos.

El agua fría de los arroyos que rodeaban el estanque de Aan se encabritó.

—¿Te burlas de mí, niña? —preguntó. Aunque su voz era suave, a Kissen se le erizó la piel—. ¿Me traes las ataduras de otros dioses y esperas que las rompa? Sabes que romper el poder de otros no es uno de mis dones.

Kissen frunció el ceño.

—Rompiste la maldición de Pato.

Así había conocido a Aan por primera vez, en el nacimiento del río. A Pato le había picado un dios de la vejez que había hecho que se le hincharan los tobillos.

—Una criatura pequeña e insignificante —dijo—. Lo que hice fue curar, no romper. Pero estas son promesas poderosas, como la tuya.

Kissen refunfuñó.

—¿Y qué puedes hacer?

—Tenemos poco tiempo —dijo Elo.

—Ya lo veo —dijo Aan y agitó una mano con desdén—. En tu caso, podría limitar el poder de la maldición, pero no detenerla. Necesitas a un dios más poderoso que yo o un sacrificio importante. —Kissen se puso nerviosa—. Lo cual, por supuesto, yo nunca pediría.

Se dirigió a Inara y Skedi.

—En cuanto a vosotros, no es una simple promesa o una maldición lo que os ata. Solo puedo aconsejaros. —Se sentó e hizo un mohín—. Todo por un precio.

—¿Qué quieres? —preguntó Elo.

—Nada de ti, todavía —dijo Aan y miró a Kissen. Se llevó la mano al frasco. Lo había llevado durante años. El regalo que Pato le había comprado a Aan y que ella se había quedado después. A veces se preguntaba si desde el principio había sido para ella, aunque en aquel momento habría sido demasiado orgullosa para aceptar el regalo de un dios. Se lo descolgó del cuello.

—Aconseja a la muchacha y te lo devolveré —dijo—. El caballero tendrá que pagarse lo suyo.

—Espera, no —dijo Inara, para sorpresa de Kissen—. El consejo no es para ti.

—¿Qué puedo dar? —dijo Skedi. Bajó volando del hombro de la chica y adquirió el tamaño de una liebre—. Es mi vida —continuó—. Déjame pagar por ella.

Buen intento, pero Aan se burló con la sorna que Kissen esperaba.

—Eres un dios. ¿Qué podrías darme que no tenga ya? Puedes deberme un favor, pequeño mentiroso.

Skedi agitó las orejas, pero asintió, y Aan se volvió hacia Inara.

—Tengo poco —dijo—. Y he aprendido demasiado como para ofrecerte un favor abierto.

Kissen intentó no sonreír. La diosa ladeó la cabeza.

—No te dejaré seca por un consejo. Solo quiero un pelo.

—¿Un pelo? —repitió Inara—. ¿De la cabeza?

—De donde quieras, querida —dijo Aan.

—Ina —advirtió Kissen, pero ella le dio la mano y se la apretó. Tragó saliva. La mano le pareció pequeña y fría. Solo conocía a la niña desde hacía medio mes, pero si le ocurriera algo estaría dispuesta a cometer un asesinato.

—¿Para qué lo quieres? —le preguntó a la diosa—. Y Skediceth me lo dirá si mientes.

—Cuánto afecto para alguien que odia a los de nuestra especie —dijo Aan y señalo con la cabeza sus manos entrelazadas antes de internarse en la piscina. Sonrió enseñando los dientes y unas encías negras—. Quiero el pelo para verte cuando quiera y encontrarte si lo necesito. —Cuando Kissen la fulminó con la mirada, añadió—: Te juro que no tengo malas intenciones para contigo ni con los tuyos. De hecho, te daré algo mío para sellar esa promesa.

Levantó la mano y se arrancó un pelo de la cabeza. Cayó en una larga hebra ondulante. Si tuviera los ojos de un dios, Kissen lo vería brillar con una luz interior. Aan se lo tendió a Inara.

—¿Trato hecho?

La niña miró a Kissen. Era un buen acuerdo. Aan no necesitaba el pelo de Inara para espiarla si lo deseaba; podía seguirla allá donde hubiera agua.

—No te detendré —dijo—. Aan es sabia y es un buen trato.

—Aduladora —dijo la diosa cuando Inara aceptó el pelo. Kissen se sacó un frasco vacío de la capa y se lo tendió a la niña, que metió el cabello dentro y la veiga lo tapó.

Una cosa así valdría mucho dinero; le permitiría hablar con la diosa desde cualquier lugar, incluso sin un altar. Se lo contaría más tarde. Inara se tocó la cabeza y se arrancó un pelo. La luz lo captó cuando se lo pasó a Aan, que lo enroscó entre los dedos. Su carne brilló como agua y el pelo desapareció.

Kissen enganchó el frasco de Inara con un trozo de cuerda. También lo sellaría con cera y sería un espejo del suyo. Se lo devolvió a la chica, que se lo colgó al cuello. Aan estaba contenta; el agua de los arroyos ondulaba alegremente.

—Tu altar está roto —dijo para el pequeño dios—. De lo contrario, habrías podido abandonarla. Sobreviviste y una joven se convirtió en tu guardiana. Un vínculo así solo nace de un pacto de gran fuerza. Si no vino de ti, entonces se hizo con otro dios. Un dios poderoso. Para liberarte, debes recordar tu pasado, dios de las mentiras piadosas.

—Pero no recuerdo nada antes de estar con Inara —dijo Skedi.

—Te cuento lo que sé, no lo que no sabes —dijo Aan—. Pero puedo mostrarte lo que dice el agua.

Pasó la mano por el estanque y el agua creció hasta formar olas.

—No estás hecho de agua, dios, pero el agua te conoce.

El estanque tomó la forma de un barco que rompía la espuma en alta mar; por encima volaba una gotita, una pequeña cosa alada.

Skediceth.

Se lanzó a la cubierta del barco, que volvió a sacudirse sobre las olas. El estanque se aquietó.

—Nuestros recuerdos como dioses se almacenan en nuestros altares —dijo Aan—. Nos arraigan a este mundo. Cuando se rompen, nosotros también. Nuestros recuerdos, nuestra voluntad. Todo desaparece. —No lo dijo con amargura, sino como un hecho—. Si tu altar se rompió y llegaste a la chica, entonces sospecho que el pacto se hizo con alguien de su sangre para que su corazón se convirtiera en tu hogar.

—Las personas no pueden ser altares —dijo Kissen, más por esperanza que por certeza.

—Las que son como tú, no —dijo la diosa. Salió del agua y agarró la mano de Inara—. Pero rara vez he visto algo así. —Sonrió—. Tal vez deberías ir a preguntarle a tu madre, que te dio a luz, por los misterios de tu creación.

Kissen sintió que se le helaba el corazón. No era más que una niña, una niña con un problema con un dios. Inara apartó primero la mano de Aan y luego la de Kissen.

—Mi madre ya no vive —dijo.

—Tal vez entonces, si tienes suerte, seas hija de tu padre.

Skedi agitó las alas, confundido, mientras Inara y él se miraban. Kissen se sintió como debía de sentirse Telle cuando sabía que la gente se estaba comunicando con palabras y no le daba tiempo a leer los labios. Aan esperó. Tenía todo el tiempo del mundo. Elo no; se frotaba el hombro e intentaba ser paciente.

—Nos dijeron que podría encontrar otro altar —dijo Inara.

Aan se encogió de hombros.

—Para trasladarse a otro altar, el pequeño dios de las mentiras piadosas tendría que encontrar a otro dispuesto a hacer la misma promesa, a compartir su altar, sus ofrendas y su amor, como has hecho tú. Queda poco amor para los dioses, incluso aquí. Ninguno te dará lo que necesitas.

Kissen casi sintió cómo Skedi pensaba en Kelt, apenas una sombra incluso con su altar intacto. Los baños estaban llenos de dioses, pero ¿qué iban a necesitar los peregrinos de un dios de las mentiras piadosas? Eran buscadores de deseos, buscadores de la verdad.

—Tienes que darles más —dijo Kissen—. Este es el único lugar de Middren donde aún quedan dioses lo bastante poderosos como para acogerlo.

Había arrastrado a Inara por el peligro y los demonios para encontrarle a Skedi un lugar, pero ni siquiera ella estaba segura ya de que hubieran hecho el viaje correcto. ¿Se quedaría Skedi, sabiendo que se desvanecería en cuestión de años? ¿O se convertiría en una sombra que mentiría a cualquiera que pasara? ¿Sería capaz Inara de hacerle eso? La había traicionado, sí, pero también la había salvado.

Lo peor era que Kissen ya tampoco se creía capaz de hacerlo.

—Doy lo que doy —dijo Aan, sin brillo en los ojos—. Digo la verdad, aunque no te guste.

—¿No hay otra manera? —preguntó Skedi en voz baja.

Aan inclinó la barbilla con algo parecido a la compasión.

—Hay maneras —dijo—. Llegar a ser lo bastante conocido como para vivir como un dios salvaje de antaño, tan arraigado en los recuerdos de la gente que vivas en una llamada constante y estés menos atado a un altar.

—No soy una deidad antigua.

—Solo necesitas que te quieran. Ve donde otros te necesiten y tus lazos con Inara Craier se aflojarán. Es todo lo que tengo para ti. —Ladeó la cabeza hacia Kissen—. Consejo dado. Promesa cumplida. Pero podría contarte más historias si quieres, matadioses. Percibo la curiosidad que sientes por la chica. Te contaré lo que es y decidirás si merece tu atención, y tú la suya.

Kissen chasqueó la lengua. Otro dios que intentaba darle lo que no necesitaba.

—No necesito saber nada de Inara que ella no quiera contarme —dijo, casi del todo convencida. Empezó a levantarse—. Hemos terminado aquí.

—¿No quieres saber de la guerra que se avecina?

La tenía bien agarrada. Aan quería su vial; quería recuperar su regalo.

—Ha dicho que habéis terminado —interrumpió Elo al notar que vacilaba—. Y tengo más preguntas que hacerte. Preguntas que hacer a solas.

—Vaya, vaya, qué directo —dijo la diosa—. ¿Vas a pedirme que retrase tu maldición? ¿O que te conceda una muerte rápida?

—Elogast... —dijo Inara.

El rostro del caballero estaba turbado, pero permaneció quieto y tranquilo. Tenía la mano en la empuñadura de la espada.

—Tienes tus respuestas, Inara —dijo—. Yo he venido a por las mías. Ve a buscarle a tu dios un nuevo altar.

No miró a Kissen, solo se centró en Aan, y la veiga hizo lo impensable. Decidió confiar en él.

—Está bien —dijo y se levantó—. Vamos, Skedi, Inara.

—Pero, Kissen... —protestó Ina.

—Pero nada. —Volvió la vista hacia el agua y se guardó el frasco bajo la coraza, donde reposaba junto a la promesa de Osidisen; sus dos regalos de los dioses. No los había pedido, pero los había recibido igualmente.

Cuando salieron de los baños, la mayoría de las cabinas estaban en silencio, los peregrinos secretos se habían marchado a buscar las camas que habían conseguido con sobornos en las ruinas de la ciudad. Los dioses se retiraban a sus altares o se marchaban a otra parte si podían, emocionados por sus pequeñas dosis de adoración.

—No vamos a abandonarlo sin más, ¿verdad? —dijo Inara.

—¿Crees que bajará la guardia mientras estemos allí? —dijo Kissen cuando entraron en el atrio con los zapatos. Se quitó la coraza y la túnica de algodón para volver a ponerse sus ropas habituales. Miró a Skedi. El dios parpadeó, sorprendido. Kissen se tragó el orgullo, aunque le costó—. ¿Hasta dónde podéis alejaros?

CAPÍTULO VEINTIOCHO
Skediceth

S kedi regresó con sigilo al interior de los baños y cruzó los altares de los dioses que aún tenían gente que los amara. No le gustaba el vapor de las aguas ni la humedad en sus plumas. Demasiado calor, demasiado tibio. Quería aire fresco y frío. Pero ¿algún dios allí tendría espacio para él? ¿Suficiente amor para vivir? Avanzó pegado al suelo mientras agachaba la cabeza en las puertas y se asomaba por los huecos de la piedra. Diez pasos, veinte, veintiuno. Podían alejarse más que antes; ¿era porque Inara lo amaba menos? ¿O porque Kissen y Elo se preocupaban más por él?

Lo miró brevemente una mujer que seguía bañándose en un oscuro silencio con un dios con forma de zorro blanco puro; sus colores plateados pedían aislamiento, un deseo de no ser interrumpida. Siguió adelante. Otro dios, con forma de sapo, estaba sentado en la pared como una piedra. Más pequeño que Skedi, pero más viejo. Lo notaba, como una solidez, un resplandor que provenía de un dios que había vivido mucho, como Aan. Lo miró en silencio.

—No eres el primero que viene a mendigar a los manantiales —dijo el dios—. No hay suficiente para compartir.

No discutió. La promesa de un altar en Blenraden había perdido su atractivo. Más aún desde que había herido la confianza de Inara.

Tenía una vida pequeña, pero buena, con alguien que lo amaba. Lo había arriesgado todo... ¿por qué? ¿Por aquello?

Se arrastró hacia delante y empezó a sentir que el vínculo que los mantenía unidos se tensaba, pero todavía no dolía. Kissen le había pedido algo, sin amenazas de muerte. Días atrás quizás habría dicho que no, pero él también quería saber qué iba a pedir Elo y si el caballero obtendría una respuesta mejor que la de Skedi e Inara.

Una promesa, había dicho Aan. ¿Qué promesa podría haberlo atado a una niña? Incluso a una como Ina. Intentó pensar en el pasado, antes de estar con ella, y buscar los recuerdos que se habían desvanecido en la nada. Había volado por encima de barcos. El agua lo conocía. Le encajaba, aunque le disgustaba mojarse. Entonces, ¿por qué lo había hecho? ¿Qué necesidad tenían los barcos de mentiras piadosas? Intentó imaginar el aire, las olas, y captó un retazo lejano de memoria, de choques de titanes en el cielo y el sabor de la sal.

Vuela —recordó una orden—. *Vuela, pequeño Skediceth.*

Una voz divina. Alguien que lo apreciaba. Que lo necesitaba.

—¿Vive? —Skedi agitó las orejas y se redujo a un tamaño similar al de un pájaro. Treinta y tres pasos y había llegado otra vez al altar de Aan. El vínculo con Inara solo le provocaba una ligera molestia. No podía avanzar mucho más. Elogast hablaba, rodeado de sus colores firmes como aguas profundas. Ardían en cobalto y lila; preguntaba por Arren. Aan le puso una mano en el hombro y su agua se arremolinó en torno a la marca de la maldición.

—Eso parece —dijo.

—Entonces todavía hay esperanza.

—La unión de un dios con un ser humano no es fácil de deshacer. No sin la voluntad de ambos, como la niña y el mentiroso. Podría matarlo. —Elo asintió y sus colores cambiaron al miedo, cortados por franjas de oro. Tenía la espada sobre el regazo, con el pomo desenvuelto, y Skedi se fijó en que lo que coronaba la empuñadura no era un sol ni un ciervo, sino una cabeza de león. Los colores de los dedos de Elo brillaban tanto que costaba mirarlos. Aquella espada, aquel pomo significaban un mundo para él. Skedi daría cualquier cosa por un símbolo así. Parecía que Elo había aceptado la oferta de Aan de ralentizar la maldición, pero lo que sostenía valía más que eso.

Se acercó con sigilo.

—Necesita tiempo —dijo Elo—. Curarse. Para eso he venido.

—Una herida así es incurable —dijo Aan y se acercó—. Me sorprende que un dios decidiera salvarlo y fuera capaz. Si deseas que viva, deberás reemplazar el regalo de quienquiera que fuera por uno que perdure, con el corazón de un dios que no esté tan atado a los cambios de la fe en Middren.

Skedi plegó las alas en la espalda y las orejas también. ¿Un corazón? ¿Eso era lo que había perdido el rey? Imposible. ¿Qué dios habría salvado al rey? Elo guardó silencio durante un largo y doloroso instante. Después habló:

—¿Podrías hacer algo así?

—No lo haría —dijo ella—. No importa la oferta. No me ataré a un mortal.

—Podría detener una guerra civil.

—Tal vez no. —Aan apoyaba la barbilla en los brazos cruzados sobre el borde de la piscina. Su pelo negro flotaba detrás de ella y sus pantorrillas humeaban en la superficie, como suaves islas bajo una nube—. Los dioses no son siempre el enemigo; hasta tu matadioses lo sabe. La gente hace a los dioses y, para bien o para mal, los dioses hacen a la gente. Nos mostramos tal y como somos. Seres anhelantes, desesperados por amor, poder y seguridad. —Hizo una pausa—. Además, tu hermano rey ha vivido con este corazón durante tres años. El dios que se lo dio le calienta la sangre, le da vida de la suya, y no es un corazón de agua. Lo sabría. El agua habla, cada gota de un estanque, un río o el mar. No puedo ayudarte. Lo que debes hacer es pensar detenidamente qué tipo de corazón necesita.

Elo frunció el ceño y Aan ladeó la cabeza.

—Más que eso. Solo los dioses antiguos que quedan conservan tanto poder y serían tan temerarios. Si son en parte salvajes, anteriores a vuestras pequeñas ciudades, aún mejor. —Skedi se redujo al tamaño de un lingote. Aan alargó la mano para tocar el rostro de Elo—. Qué leal —dijo—. Tanto como para romper tu propio corazón. Haz la siguiente pregunta.

—¿Qué pedirá un dios a cambio? —dijo Elo.

—Creo que ya conoces la respuesta, sir Elogast —dijo Aan en voz baja—. Una vida por una vida. Una vida que te importe. Los dioses adoran a los mártires.

Skedi dio un paso atrás. Un sacrificio. Hablaba de un sacrificio. Elo inclinó la cabeza y apretó las manos en torno a su ofrenda.

—Debes decidir, Elogast, caballero, panadero, hombre de honor y amores divididos. ¿Qué corazón vale el de tu rey?

Skedi ya había oído bastante. Se alejó corriendo hacia la puerta. No dejaría que Elo lo encontrara allí. En un instante había regresado volando por el pasillo hasta los brazos de Inara, que esperaba sentada, con los pies en el agua y la ropa del viaje puesta.

—Debemos irnos —dijo. Flexionó las alas y miró a Kissen, que estaba apoyada en la puerta abierta y miraba el atardecer, también vestida y preparada—. Por favor.

Inara se irguió al sentir su miedo, aunque no lo comprendiera.

Por Ina —dijo a la mente de Kissen y empujó con toda su fuerza hasta que su voluntad se abrió paso. La veiga se sobresaltó y lo miró; dudó por un momento. Skedi estiró las alas y voló hasta el suelo en la puerta del jardín, donde creció hasta alcanzar el tamaño de un gato grande. Sacrificio, Elo necesitaba un sacrificio. Y ellos eran los únicos que estaban cerca.

Se oyó un estruendo en el jardín, fuera de los baños. Se dieron la vuelta y vieron a tres caballeros que se acercaban a caballo, con las espadas desenvainadas. Kissen se llevó la mano a su arma. Skedi estaba al descubierto, completamente visible. Se quedó inmóvil.

—Tú —dijo el más adelantado. Era Benjen, que parecía alterado. Su sospecha se centró en Kissen y Skedi. Inara vacilaba dentro, fuera de su vista. Benjen no había visto a ninguno en el palacio, pero la chica aún llevaba su espada. Si la veían, se los llevarían a todos—, ¿has? visto a un hombre alto y de piel oscura?

—¿Por qué? —replicó Kissen.

No habían pestañeado al ver a Skedi. Por supuesto que no. Estaban en la ciudad de los dioses. Benjen frunció el ceño.

—Porque así quizá me contenga de enviarte a las cárceles de Sakre. Unos azotes en los pies serán el menor de tus problemas.

Kissen sonrió con un gesto peligroso y Skedi se sentó sobre las patas traseras.

—Un irisiano pasó por aquí —dijo la matadioses—. Siguió la ruta hacia los diques y el puerto.

El dios añadió su voluntad a la mentira y la empujó hacia el grupo. Fue fácil. Parpadearon, desviaron la atención de Kissen y se alejaron colina abajo hacia el mar. Skedi miró a Inara, que respiró aliviada. Su altar, su amiga.

Tenía que salvarla y a Kissen también. Había visto cómo Elo y ella estrechaban lazos; ¿y si el caballero la elegía para sacrificarla? Skedi se dio cuenta de que ya no quería pensar en un mundo sin Kissen para protegerlos.

—¿Veiga?

Demasiado tarde. Elo había salido del pasillo al atrio. Aún tenía la espada. Qué extraño que Aan le hubiera dejado conservarla, pero entonces Skedi se dio cuenta de que la cabeza de león del pomo había desaparecido. La espada en sí no era la fuente del afecto; era el símbolo del joven león. El antiguo emblema del rey. Skedi se erizó, pero la mano de Elo no estaba en la empuñadura; no había ido a luchar. A su alrededor flotaban nubes de decepción y tristeza. Suspiró y miró hacia el mar.

—Es demasiado tarde para nada más esta noche —dijo.

—Creía que tenías prisa —dijo Kissen con suspicacia.

Elo contemplaba el horizonte, con unos colores grises extraños y pesarosos. Tenía la camisa abierta y Skedi se fijó en una escritura parecida a las marcas del pecho de Kissen, unos pequeños puntos que atravesaban la tinta negra y la enlazaban. Escritura acuática, de Aan, para sofocar el poder de la maldición. ¿Le daría más tiempo a Elo o reduciría el número de demonios que vendrían a por él? Kissen también la vio. El dios seguía sin ver sus colores, pero empezaba a entender sus expresiones faciales. Pasaron del fastidio al alivio. Las personas eran complicadas.

—¿Qué voy a encontrar en una ciudad a oscuras entre espectros y escombros? Preferiría pasar una última noche con amigos.

Así que no se enfrentaría a ellos todavía. ¿Por qué? ¿Iba a esperar a que se durmieran? La anterior urgencia de sus movimientos se había perdido, pero la determinación seguía allí, no había cambiado. Salvaría al rey. Skedi no quería irse a dormir con un hombre que buscaba un sacrificio. Pero ¿qué opciones tenía sin atraer de nuevo a los caballeros? ¿Sin asustar a Ina?

—Claro —dijo Kissen y miró de reojo a Skedi—. Conozco un lugar que es posible que siga en pie. Al menos lo estaba en los últimos días de la guerra. ¿Has encontrado lo que querías?

Elo se lo pensó un momento.

—Sí.

¿Qué has oído? —preguntó Inara.

Skedi quiso mentirle.

Nada bueno.

Kissen los condujo hasta una casa de aspecto elegante unas seis calles más arriba del orfanato de Maimee. Incluso tenía un campanario. La puerta estaba arrancada de los goznes, posiblemente a causa de los saqueos, pero el interior había conservado gran parte de su grandeza. Subieron las escaleras y atravesaron varias habitaciones de largas mesas, escritorios y tumbonas hasta que encontraron una que parecía prometedora.

—Veía esta escuela desde casa de Maimee —dijo Kissen—. Siempre parecía brillante y cálida. Me quedé aquí después de la pelea con Mertagh.

Miró a Elo, que no reaccionó. Cualquier mención de aquella batalla solía provocarle una oleada de terror, ira, miedo y culpa que hacía que le temblasen las manos. Pero esa vez nada.

—Comprueba que no haya nadie fuera, Skedi —dijo—. Encendamos un fuego.

El dios voló de mala gana hasta la ventana. Desde allí, veía la casa de Maimee abajo gracias a su buena visión nocturna. Más allá, veía el mar, extenso, gris y fundiéndose con la oscuridad del cielo.

Subió más alto mientras se preguntaba si habría más caballeros buscando a Elo o si encontraría algunos rincones prometedores de la ciudad donde establecer un hogar. Descubrió que llegaba a atisbar el puerto a través de un hueco entre los edificios. Los altos malecones de Blenraden estaban aplastados, las torres que antaño habían guiado a los barcos no eran más que nudos de piedra. Entre ellos, descansaban los restos destrozados de varios barcos, tan rotos y podridos que se habían convertido en nada menos que un cementerio.

Las pobres gentes de los barcos debieron de sentirse muy asustadas cuando los dioses salvajes cayeron sobre ellas por atreverse a abandonar la ciudad. Aún se sentían los ecos de su miedo. Un poder y una devastación asoladoras para matar a un dios y a mil almas.

Entonces, el dios de los refugios seguros se había alzado para defenderlos. Un nuevo gran dios contra la fuerza combinada de los salvajes.

Un recuerdo le sacudió los bigotes como el viento de un sueño.

Sal y tormenta. La furia y el aullido de los vientos, dioses y pesadillas y mil personas que gritan. En la orilla, el ejército de Middren lucha como ratones contra un maremoto. En el centro de todo, mentiras, mentiras piadosas que les dicen que estarán a salvo, que sobrevivirán, que todo irá bien. Mentiras que siguieron siendo mentiras para siempre.

—Skediceth.

Dio un respingo y se dio cuenta de que no era Inara quien lo llamaba, sino Kissen. Se había colgado de los cristales de la ventana. La veiga le hizo un gesto para que bajara y voló hasta la mesa junto a ella mientras cerraba las cortinas.

Skedi se encontró a solas con la matadioses y de nuevo en una encrucijada. Apenas unos días antes había estado dispuesto a traicionar a Inara y permitir que mataran a Kissen para unirse al caballero. En aquel momento, Inara movía muebles con un hombre maldito que necesitaba un sacrificio. Un corazón. Los colores de Elo no habían cambiado mucho, seguían apesadumbrados y llenos de peligro, pero a Skedi le inquietaba que pareciera más relajado que nunca mientras se reía de la frustración de Inara al intentar levantar una pesada silla.

—Nunca le harías daño a Inara, ¿verdad? —le dijo a Kissen, en voz baja. De eso estaba seguro—. Quieres que esté a salvo, protegerla como a los niños que salvaste de Maimee. —Levantó la cornamenta y la miró—. Yo también. ¿Me crees?

Kissen se lo pensó.

—Creo que te preocupas por ella —dijo—. Creo que en parte es por interés propio.

—¿Y tú? —replicó Skedi—. ¿Qué sacas de todo esto?

La veiga le tendió la mano. Skedi le miró los dedos, duros, gastados, callosos.

—Soy incapaz de dejar que una niña se enfrente sola al mundo —dijo—. Así que cuéntame lo que has oído y pensaré si te creo.

Skedi se subió a su mano y ella lo levantó hasta el hombro, donde se posó. Veía el hilo de cuero del frasco que quería Aan. Si quisiera, tal vez pudiera arrebatárselo, huir y cambiarlo por una parte del altar de la diosa. Tal vez podría morderle la garganta a la matadioses y liberarse de ella, romperle el corazón a Inara y desaparecer en un último acto terrible. No, él no era así. No era lo que hacía. Las mentiras piadosas eran mentiras para suavizar, para ayudar, para cambiar y convencer. La veiga le había tendido la mano. Era su turno.

Skedi miró a Elo. Se había sentado con Inara y le estaba enseñando a encender el pedernal.

—Necesita un sacrificio —dijo—. Un corazón por un corazón, para salvar el de su rey. Es lo que le dijo Aan.

Los colores de Kissen se escurrieron de sus defensas, blancos de ira.

Lo creyó.

—Ina, aléjate de él —dijo. Inara parpadeó—. Ahora.

Se levantó, pero no se movió mucho.

—¿Por qué?

Elo también la miraba y luego se fijó en Skedi.

—¿Enviaste al dios a espiarme? —preguntó.

—No te debo ninguna lealtad —dijo Kissen.

—No tienes nada que temer de mí.

—Siempre conviene temer la desesperación.

Elo se levantó y Skedi se incorporó sobre las patas traseras en el hombro de Kissen.

—Te oí —dijo y extendió las alas—. Le diste la cabeza de tu espada. Te dijo que necesitabas el corazón de un dios para reemplazar el de Arren.

—No sabes de lo que hablas.

—Skedi —dijo Inara—, no creo que Elo vaya a hacernos daño.

—¿Por qué estás tan segura? —dijo Kissen.

La chica se mordió la lengua y miró a Skedi a los ojos. Los colores. No podía decir lo que veía, no a Kissen, ni siquiera entonces. Era cierto, los colores de Elo no mostraban violencia. Pero ¿y si los ocultaba, como la veiga?

—¿No me he ganado ya tu confianza, matadioses? —dijo Elo.

—¿Confianza? —Kissen se rio y luego se señaló a sí misma—. ¿Crees que una mujer como yo vive a base de confianza? ¿Por qué no me cuentas lo que ocurrió de verdad en la última batalla contra Mertagh? ¿Por qué tu rey viola sus propias leyes y envía a su supuesto amigo a buscar a los dioses para ofrecerles un sacrificio? ¿A cambio de qué? ¿Más poder?

Elo apretó los labios, indeciso.

—Veiga, es nuestro rey; no deberíamos cuestionarlo.

—Es tu rey. Ya te lo dije, nací en Talicia. Sé lo que la gente hace por los dioses, los reyes, el poder y todo eso. Nunca es nada bueno.

—No es lo mismo.

—Ponen todas sus esperanzas en un salvador; ponen sus cuadros en todas las paredes.

—No te atrevas... —Elo se estaba enfadando.

—Reúnen a seguidores como tus caballeros para que metan a la gente en vereda a base de violencia y luego se sorprenden cuando no gustan. No me extraña que haya llevado a Middren al borde de la guerra.

—No sucederá —dijo Elo—. No lo permitiré.

—¿El corazón de un dios, caballero? ¿Es lo que tu rey necesita? —Kissen se adelantó, con Skedi en el hombro—. ¿No ves cómo suena eso?

—No —dijo y negó con la cabeza con vehemencia. Levantó la mano en un gesto firme—. Arren es un buen hombre. Debéis creerme.

—¿Por qué deberíamos? ¿Por qué lo crees tú? ¿Y si te equivocas?

Elo levantó la barbilla. Estaba furioso, pero respiró hondo, con calma, y miró a Kissen.

—Conozco a Arren mejor de lo que tú jamás podrías.

—Las personas cambian, caballero.

—Esta no. Quienquiera que te hiciera daño en el pasado…

—Yo fui un sacrificio.

Elo se quedó helado. Inara se llevó los dedos a la boca. Los colores de Kissen derrumbaron sus muros, una tormenta de grises y azules y el amarillo de las llamas. Se mantuvo firme.

—Mi propia gente nos quemó a mi familia y a mí, a todos nosotros, porque creyeron que así ganarían algo. Personas con las que habíamos crecido, comido y pasado hambre.

Skedi decidió que ya no quería estar en su hombro, alzó el vuelo hacia Inara y ella lo atrapó. ¿Veía también el dolor de Kissen? Era vasto y demoledor. Su ira llenaba toda la habitación y los empequeñecía a todos. ¿Era lo que siempre mantenía oculto? ¿Enterrado en su corazón, solo para surgir en forma de odio hacia los dioses?

—Nos drogaron, nos ataron y nos quemaron. —Se frotó las muñecas y se llevó la mano al pecho—. Mi padre me salvó. Me cortó la pierna y sacrificó su vida para que Osidisen me rescatara. Solo para mantenerme con vida. —Se bajó la coraza para mostrar la bendición bajo el tatuaje—. Esta promesa es lo último que me dio mi padre. Es lo único que me quedó de él después de que Osidisen me arrastrara sangrando hasta la orilla y me dejara para que muriera. Todo el amor, todo el dolor, y no éramos nada. Así que perdóname si no confío en un caballero al que apenas conozco desde hace unos días y en un rey que golpea a los fieles con una mano y pide regalos a los dioses con la otra.

—¿Cómo es posible que el dios del mar no cumpliera una promesa? —preguntó Skedi, horrorizado. Las promesas de los dioses eran la materia que los constituía, la fuerza que los mantenía ligados a la humanidad, a la vida. Una promesa era como su vínculo con Ina, que siempre tiraba de su corazón. Tragó saliva. *Vuela, pequeño Skediceth.*

—Porque le dije que se fuera a la mierda —dijo Kissen—. Porque no iba a permitir que me quitara lo último que tenía de mi padre, de mi familia. La rabia. No la soltaré.

Skedi se estremeció. Desde que veía sus colores, ya no quería hacerlo. Si intentaba tocarlos, ablandarla con mentiras piadosas, se ahogaría. Elo también. Los dos enfurecidos en bandos contrarios de una batalla que ninguno había elegido. Era demasiado, demasiados sentimientos. Se encogió.

—Te lo prometo, veiga —dijo Elo, con tensión en la voz—. Nunca te haría daño.

—Ya he oído eso antes.

—No de mí. —Se acercó a Kissen y le agarró la mano—. Lo que te hicieron estuvo mal. Nunca debería haber ocurrido. No debería volver a ocurrir.

Kissen soltó unas risita y retiró la mano.

—No me sueltes mentiras piadosas —dijo—. Un corazón por un corazón. ¿Qué corazón vale el de tu rey? Porque si quieres uno de los nuestros, descubrirás que no son fáciles de conseguir.

Elo guardó silencio. El fuego crepitó al prenderse. Skedi casi sintió el chasquido del aliento de Kissen cuando cuadró los hombros.

—Y una putísima mierda —dijo.

—No recuerdo haberte pedido tu opinión.

—No te lo permitiré.

Elo soltó una risotada extraña y triste.

—Un dios no dará un corazón sin tomar otro. ¿Qué se supone que debo hacer? ¿Dejar que estalle una guerra civil? ¿Dejar que Arren muera?

—Sí, exactamente —dijo Kissen—. Que se muera. Seguro que deja que otros mueran por él todo el tiempo. Deja que lo pruebe.

—Ya lo hizo —espetó Elo—. Murió por mí.

Kissen tragó saliva. Se miraron fijamente.

—La batalla contra el dios de la guerra, Mertagh —dijo Kissen con más calma—. Dijiste que lo habían herido.

—Fue culpa mía —dijo Elo, con la voz ronca, tensa por la emoción. Le temblaban las manos; sus colores destellaban dorados—. Se moría. Se murió y yo lo permití. El último de su estirpe. Una última batalla, le dije. Solo esta vez, porque me necesitaba, y lo dejé morir.

CAPÍTULO VEINTINUEVE
Elogast

L o había dicho. Se lo debía a Arren. Todo. Solo sirvió para enfurecer más a Kissen.

—Ya —dijo—. Inara, quédate aquí. —Señaló a Elo—. Tú te vienes conmigo.

—Espera —protestó la niña, pero se calló ante la expresión de Kissen. La veiga le hizo una seña. Elo no la entendió, pero sospechó que era violenta. Luego lo agarró por la camisa y lo arrastró fuera de la habitación.

—Kissen… —dijo.

—No tienes derecho a llamarme por mi nombre —espetó ella. Estaba furiosa; su pelo parecía tener vida propia y se le escapaba de las trenzas.

—Tomo mis propias decisiones.

—Nadie que te quiera te pediría que tires tu vida a la basura.

Lo arrastró a la habitación contigua, luego a la siguiente, hasta poner suficiente distancia entre ellos e Inara para que no los oyera.

—No me lo ha pedido.

Kissen resopló con furia y lo empujó contra la pared. Acercó la cara a la suya y lo fulminó con ojos fieros en la oscuridad.

—Pues yo te pido que no lo hagas.

—¿Por qué?

—A la mierda con el por qué, las personas no siempre necesitan una razón.

Lo soltó y se dio la vuelta, con disgusto. Habían llegado a una especie de estudio, con las estanterías revueltas y objetos destrozados por el suelo, pero el escritorio aún seguía entero. La luz de la luna menguante entraba por las ventanas.

—Le debo la vida, veiga —dijo. ¿No quería que la llamara por su nombre? Bien.

—Si murió, ¿cómo es que sigue ahí, gobernando?

Elo no podía decírselo, pero algo se encendió en su mirada.

—Será una broma —dijo—. El Destructor de Dioses hizo un trato con uno, ¿verdad?

—No —negó Elo—. No. No pidió nada. Se ofreció a salvarlo.

—¿Quién?

¿De qué servían ya los secretos?

—Hestra, la diosa de las hogueras.

Kissen se quedó perpleja.

—¿Esa cosa medio salvaje no pidió nada? —Meneó la cabeza—. Eso significa que aún no se ha cobrado su precio. Tú mismo lo has dicho, un dios no daría un corazón sin tomar otro.

—Se lo está cobrando ahora. Lo está matando.

No le sorprendió tanto como él esperaba.

—¿Y qué? ¿Significa que te toca morir a ti?

—Si Arren muere, entonces no habrá nadie que detenga esta rebelión que ha matado a la madre de Inara.

—Mártir de los cojones. —Se rio con burla—. Y cuando te hayas sacrificado y ya no estés, cuando tu amigo viva con un corazón por el que tú habrás muerto, ¿los dioses y las personas dejarán de intentar reclamarse unos a otros?

Un golpe bajo.

—Veiga…

—¿Crees que debería tener que vivir con eso? —Lo agarró por los brazos y lo sacudió en un intento de que viera su punto de vista—. ¿El peso de la pérdida que le darías?

Elo negó con la cabeza.

—No se trata de mí —dijo, decidido. Recordó la promesa de su padre—. Tu padre tomó una decisión. Yo tengo que tomar la mía.

—¡Yo no se lo pedí! —gritó Kissen—. Podría haber huido. Podría haber sobrevivido. Haberse adentrado en el mar y haber vuelto a la aldea para destrozarlos a todos. Pero no lo hizo. En vez de eso, me entregó una vida estúpida y rota que yo no quería.

—¡Esto no es lo mismo!

—¿No lo es? ¿Por qué te rindes? ¿Por qué decides tú lo que vale tu vida?

—¡No me rindo! —gruñó Elo—. Ya lo hice una vez. Abandoné la guerra, a mi pueblo y a mi rey porque no podía apoyarlo. ¿Por qué? Por vergüenza y fracaso. Ahora tengo una oportunidad de devolverle lo que le debo, de devolverle la vida que me dio.

—No te lo permitiré.

—Entonces, ¿qué quieres que haga?

—¿Aparte de enseñarle a Inara que no pasa nada por regalarle una vida al primero que la pida?

—Kissen, por favor.

—¿Estabas enamorado de él? ¿Te lo tirabas? ¿Es eso? Porque tendría mucho más sentido si fuera así.

—No —dijo Elo y suspiró—. No todo tiene que ver con el sexo.

—Cuesta creerlo.

—¿Es eso? ¿Quieres que nos acostemos, Kissen? Porque sabes que me encantaría.

—Cómo… —A Elo le hizo gracia que se quedara sin palabras—. Si intentas martirizarme, te arrancaré las dos piernas. —Apenas pudo pronunciar las palabras con los dientes apretados.

—No me atrevería —dijo Elo. Se apretó los ojos con las palmas, una técnica de relajación que le había enseñado una de sus madres—. Veiga, estoy vivo gracias a Arren. —Kissen lo soltó y, enfadada, apartó unos escombros de un puntapié antes de desplomarse a su lado—. ¿Y qué he hecho con esa vida estos últimos años? Solo tengo recuerdos de una guerra y un sinfín de remordimientos. No es una vida que valga la de un rey.

Nunca había dicho algo así. Nunca había expresado esos pensamientos en voz alta.

—Elogast —dijo Kissen en voz baja, como un suspiro, y Elo sintió que el corazón le daba un vuelco. Se volvió para mirarla. Ella miraba por la ventana y a la luz le brillaban la piel, la cicatriz blanca, las pecas y el rostro expresivo. No lo había llamado Elogast antes, solo «panadero», «caballero». Elogast—. Vales más de lo que crees. Aún estás vivo; aprovéchalo. Usa la vida, no la muerte.

Negó con la cabeza. ¿Por qué le importaba? Había protegido a Inara, se había quedado con él a pesar de la maldición y sus errores. ¿Cómo tenía esa capacidad para amar, a pesar de toda su rabia? Se atrevió a apartarle un rizo de la cara, que se le había pegado con el polvo del camino.

—Yo también me alegro de que estés viva, Kissen.

Ella atrapó su mano y se la estrechó. Cerró los ojos un momento, luego tomó aire y lo miró.

—Encontraremos otra manera —dijo—. Te lo prometo. Pero un buen amigo nunca te perdonaría que murieras por él, igual que tú no puedes perdonarte a ti mismo.

—¿Por qué importa lo que me pase a mí?

—Porque tú y yo podríamos ser iguales —dijo ella al cabo de un momento—. Lo que nos pasó no nos define, lo que hacemos después es lo que importa.

No eran iguales. Kissen era magnífica, feroz e insensata. Se permitía cometer errores y asumirlos. Y, a diferencia de Arren, le tendió la mano y acudió a buscarlo en el punto en que él se encontraba.

Elo se inclinó con intención de besarle la mejilla, pero ella se volvió y atrapó su boca. Se le agitó la respiración por la sorpresa y se apartó para mirarlo. La expresión de su rostro cambió, recelosa. Elo no se movió, sin arrepentirse de nada, y entonces se fijó en que arrugaba los ojos con una sonrisa pícara. Dio un paso hacia él, acercó sus bocas y Elo aceptó con agrado la calidez de sus labios, agrietados y ásperos. Vaciló un instante, dividido entre la decencia y el deseo, y luego tiró de ella para acercarla. La besó con más fuerza y Kissen abrió la boca para recibir su lengua. Se giró y volvió a pegarlo a la pared, pecho contra pecho; su rodilla de metal y cuero golpeó los paneles de madera.

Elo se estremeció desde la columna hasta los pies y se puso duro. ¿Debía apartarla? Dioses, no quería. Recorrió la fuerza de su espalda con las manos, siguió la coraza de cuero hasta los bordes y metió los dedos por debajo. La boca de Kissen sabía a las hojas de salvia que había masticado tras arrancarlas con aire distraído cuando se alejaban de los baños.

La acercó al gran escritorio de madera que dominaba la habitación, demasiado pesado para robarlo, y ella sonrió. Se desabrochó la pechera mientras avanzaban. La ayudó, correa a correa, hasta que pudo deslizar la mano por debajo y encontrar su pecho. Se le aceleró la respiración de placer, le subió las manos por la espalda hasta el cuello y tiró de él para que la besara con más fuerza. Elo obedeció durante un rato largo y estremecedor, luego se apartó y acercó la boca a su oreja. Recorrió su piel desde el cuello hasta el esternón, hasta el tatuaje, que se veía por encima de la armadura.

Tenía que quitársela. Kissen lo ayudó primero con la capa y luego con la coraza, que se la sacó por la cabeza y la tiró al suelo. A Elo solo le quedaba el jubón y ella lo desató con facilidad, le quitó la camisa y tiró para acercarlo mientras él le palpaba los muslos. Lo besó con tanta ferocidad como habría imaginado. Se desabrochó los botones de la camisa mientras él le besaba los pechos y subía una mano por sus pantalones, hasta donde se ceñía la faja. Estaba mareado de deseo; hacía demasiado tiempo que no lo sentía.

Elo desabrochó las hebillas, con algo de torpeza por culpa del brazo herido, y luego le sacó los pantalones de las botas. Kissen quedó casi desnuda. Pasó las manos por sus cicatrices y sus muslos, bajo las correas que le sujetaban la pierna. Era preciosa, reluciente a la luz de la ventana.

—¿La dejo o la quito? —preguntó.

—Lo que prefieras —dijo y le besó las piernas hasta que encontró con la boca el nudo caliente y húmedo que había entre ellas. Ella soltó un chillido de sorpresa y le rodeó la espalda con las piernas, una caliente y otra fría, medio riendo, medio gimiendo de placer mientras se desabrochaba la prótesis. Se mordió el labio para no hacer ruido.

Las correas se soltaron, la pierna se soltó y Kissen lo levantó mientras lo ayudaba con el cinturón, luego acercó su boca a la de él.

—Ahora es mi turno, caballero —susurró—. Déjame que te recuerde lo que puede ser la vida.

CAPÍTULO TREINTA
Kissen

Cuando despertó por la mañana junto a los restos del fuego, lo primero que sintió fue satisfacción. Lo segundo fue un ligero pánico al buscar los polvos que usaba para evitar que la diversión de la noche terminase con un efecto secundario no deseado nueve meses después, ya que ninguno de los dos había tenido una funda; una de las razones por las que el sexo con hombres no le iba mucho. Aun así, había estado bien. ¿Quién iba a decirlo de los caballeros panaderos?

Miró alrededor para buscar a Elo y se permitió sonreír un poco, pero su espacio estaba vacío.

Le dio un vuelco el corazón. Se dio la vuelta, esperando equivocarse.

Desgraciado. Había hecho la última guardia, presumiblemente después de Inara, que se había molestado, pero no sospechado, cuando los dos habían vuelto, despeinados y sonrojados. La niña dormía profundamente con Skedi acurrucado entre los brazos. Kissen gimió; el dios abrió los ojos y la miró.

—¿Estás despierto? —dijo mientras se ponía la capa.

—Soy un dios, no necesito dormir.

—Entonces, ¿para qué hemos estado haciendo guardias?

—Porque no confiabas en mí —dijo con descaro—. ¿Adónde vas?

—A detener al idiota mentiroso que se muere por regalar caramelos a un puto rey codicioso y a un puto dios codicioso. —Hizo una pausa—. ¿Le has visto marcharse?

Skedi se levantó. Inara se revolvió, se frotó los ojos y luego la cabeza. Miró a Kissen, de pie, con el ceño fruncido y la capa puesta, y por un segundo el miedo perturbó su rostro.

—¿Qué pasa? —preguntó.

—Elo se ha ido —dijo Skedi. Inara se incorporó de golpe—. Sí, lo vi marcharse y me dio una moneda para que le diera una mentira.

—¿Que hizo qué? —dijo Kissen.

—Para cubrir sus pasos y marcharse en silencio. —Skedi suspiró—. Soy un dios sin altar, ¿cómo iba a rechazar una bendición? Creía que habíais solucionado vuestras diferencias.

Inara gimió.

—Skedi...

—Bah —espetó Kissen—. Inara, ¿estarás bien aquí?

La chica se levantó de un salto.

—Voy contigo —dijo y se puso a buscar el arco y la espada corta. Kissen sintió que se le dibujaba una sonrisa en los labios.

—No —dijo mientras se abrochaba primero el alfanje. Le dolió la pierna derecha al colocarse la prótesis. La noche anterior se había relajado demasiado. Mierda—. Ha ido a los altares de los dioses salvajes. Es el único lugar donde podría estar. No te llevaría allí ni aunque alguien me pusiera un cuchillo en la garganta.

—Me llevaste con Aan.

—En comparación, Aan es una caricia de lluvia. Te quedas aquí.

—Puedo ayudar.

—No —espetó Kissen y esperó que Inara la escuchara. La niña la miró y luego a Skedi. Se comunicaron a su manera. Inara puso una mueca de disgusto, pero cedió—. Eres fuerte, Ina. —Le apretó la mano como la niña había hecho con la suya la noche anterior—. Sabes lo que tenéis que hacer Skedi y tú, y ahora es tu decisión. Si no vuelvo, llevaos lo que podáis y buscad a Piernas. Eres una buena cazadora y él te llevará de vuelta a Lesscia.

Inara parecía asustada.

—Vas a volver, ¿verdad? Lo prometiste.

Kissen no le soltó la mano.

—No digo mentiras, Ina. El caballero ha ido a un lugar peligroso. Pero si me pides que me quede, lo haré.

Lo decía en serio. Guerra o no, caballero o no, a la mierda con las riñas de dioses y reyes. Un rey con el corazón de un dios salvaje era lo peor que se le ocurría después de lo de Blenraden; a saber lo que haría con él. Pero no le correspondía a ella salvar el mundo. Si Inara se lo pedía, se quedaría a su lado.

—No —dijo Inara. Le apretó los dedos—. Por favor, detenlo. Ayúdalo.

Kissen asintió. Se ajustó las correas de la pierna a la rodilla y se quitó una de las placas metálicas de la pantorrilla para ganar ligereza. Yatho siempre le incluía la habilidad de cambiar el equilibrio para una pelea y sabía que le esperaba una de las buenas. Con Elo, con los caballeros o con cualquier dios que intentara invocar. Tal vez debería dejar que se buscara la perdición con su tendencia al autosacrificio, pero no podía. Era un buen hombre, aunque fuera idiota.

Inara la ayudó a ceñirse la espada larga y a buscar sus cuchillos, y luego se puso la capa con sus herramientas de cazar dioses. Normalmente usaba los señuelos, pero esa vez manoseó las armas. Bombas de bridita metidas en calabazas con fuego negro, cuidadosamente encorchadas y enceradas. También sales de protección y cadenas.

—Sé inteligente, *liln* —dijo—. Eres demasiado buena para que te maten por nada. No me cabe duda. —Hizo una pausa—. Y no le digas a Telle que te he abandonado.

Inara se rio y luego se sorbió la nariz. Para sorpresa de Kissen, le rodeó la cintura con los brazos y la apretó con todas sus fuerzas. Le devolvió el abrazo y la estrechó como hubiera deseado que la arropasen a ella cuando el mundo la pisoteó.

—Cuídala bien, Skediceth —dijo. El dios la miró a los ojos y se irguió sobre las patas traseras.

—Vuelve, veiga —respondió.

Kissen avanzó deprisa por las calles, bajó hacia los bordes del acantilado y lo que se llamaba la Larga Senda, el camino del puerto que rodeaba todas las casas que daban al mar hasta las alturas. Cientos de piedras yacían en el muro, marcadas con los nombres de los caballeros que habían caído en la batalla del puerto. El viento del sur las azotaba y arrastraba por fin el cálido canto de la primavera por encima de los parapetos. ¿Cómo había podido? ¿Cómo se había atrevido? Había dejado que se le acercara, que la conociera. No iba a permitirle que se saliera con la suya, por muy noble que se creyera que estaba siendo.

Si no se metía en problemas.

Al doblar una esquina, casi se tropieza con dos caballeros que patrullaban el paseo, presumiblemente en busca de Elo. Se giró sobre el talón bueno y cambió de dirección para alejarse por la orilla y adentrarse en el laberinto de callejuelas. Pero era más fácil desaparecer cuando era joven y pequeña y había miles de personas en la ciudad, en vez de una caminante solitaria sobre piedra estéril.

—¡Eh! —gritaron—. ¡Alto! ¡Detente!

No se detuvo. Si les decía que era una veiga tal vez la dejaran en paz, o tal vez la encerraran por atreverse a entrar en la ciudad donde se ganaban unas monedas extra de mano de los peregrinos. No tenía tiempo ni ganas de averiguar cuál de las dos sería.

Uno la atrapó y le puso la mano en el hombro. Lo aprovechó, giró la bota hacia atrás, echando ya de menos el peso que había desechado, y se inclinó para hacerlo rodar sobre su cuerpo. Aterrizó de espaldas, sin aliento. El otro podría haberla ganado cuerpo a cuerpo, pero decidió desenvainar la espada. Tonto. Kissen le agarró la muñeca y volvió a meterle la espada en la vaina, mientras con la mano libre le asestaba un golpe en la garganta. El caballero se atragantó y retrocedió a trompicones, y Kissen lo remató con un revés en la oreja. Aturdido, el caballero cayó.

Al que había dejado sin aire intentaba ponerse de rodillas mientras resollaba. Kissen le golpeó la espalda con el tacón metálico y el hombre cayó de nuevo al suelo.

Hora de correr.

CAPÍTULO TREINTA Y UNO
Elogast

La misión de Elo no había cambiado. Salvaría a Arren, le devolvería la vida que había sacrificado. Le devolvería un futuro y dejaría que su triste vida se desvaneciera. No debería haberse acostado con Kissen, no debería haberse permitido sentir ni siquiera por un instante que había una alternativa, que dejar morir a Arren era una posibilidad. Solo había un camino para él, una única opción. Si se quedaba con Kissen, Inara y Skedi, los demonios seguirían viniendo, tendrían que seguir luchando y morirían. Por su culpa.

No se lo permitiría. Lo entenderían. Hacía lo correcto.

Elo siguió los caminos que conocía de la ciudad, volvió a cruzar hacia el palacio, hacia las grandes plazas al pie de la colina. Hacia la que buscaba, la Plaza de la Victoria. Antaño había estado dedicada a Mertagh, el dios de la guerra.

Allí era donde habían resistido. Mertagh había luchado con los humanos. Un dios antiguo, pero uno hecho de armas forjadas y guerras, así que había querido que Middren venciera a los salvajes. Sin embargo, para su disgusto, no había sido excluido de la decisión de Arren de eliminar a todos los dioses de la nación. Cuando sus altares habían empezado a caer, Mertagh se había cobrado su venganza con Aia, la diosa comadrona; la desgarró ante los ojos de las huestes de Middren y llamó a Arren para que lo derrotara en batalla. Y Arren había respondido.

Una última batalla.

Las ocho entradas a la plaza de Mertagh habían quedado reducidas a cenizas y Elo intentó reconocer el lugar que tanto dolor le había causado. Todo eran escombros barridos por el viento, incluso el gran altar del dios de la guerra no era más que un montón de piedras, roto a pedazos. A diferencia de los otros altares de la ciudad, allí no quedaba nada. Lo habían desmantelado como primer acto de batalla, se habían llevado los braseros, las ofrendas, el incienso, la estatua dorada y sus cuernos.

Entonces, Mertagh había llegado con su armadura dorada y había traído la muerte. Diez veces del tamaño de un hombre, con la cabeza de ciervo como la de su estatua y las astas ensangrentadas arañando el cielo.

Su poder había sido inimaginable. Incluso entonces Elo recordaba el ariete de la voluntad del dios de la guerra, puro terror y violencia. Desaparecieron las antorchas y la luz de la luna. La negrura se apoderó de todo y luego llegaron los gritos. El caos. Elo lo había intentado. Había corrido a por su amigo mientras gritaba órdenes que nadie escuchaba y rechazaba las espadas que sus propios soldados blandían enloquecidos contra él.

—¡Reavivad el fuego! ¡Proteged al rey! Vuestra vida, vuestra sangre y vuestro corazón.

Allí. La forma del casco de Arren, su cota de malla brillando a la luz de una llama que su valiente guardia mantenía encendida.

Había llegado junto a Arren cuando Mertagh apareció en un destello de rojo y dorado, blandiendo su martillo. Elo arrastró a su amigo hacia un lado y el martillo falló; golpeó en su lugar al guardia, cuya cabeza salió despedida hacia la oscuridad.

—Arren, corre —le había dicho mientras lo empujaba entre los cuerpos que ensangrentaban las piedras—. No podemos ganar. No esta vez. No sin los dioses.

—¡No! No te dejaré.

—¡Debes hacerlo!

El martillo de Mertagh fue rápido. Elo tuvo que usar la espada y el escudo para evitar que el golpe partiera a Arren en dos. Se le clavó en el hombro, lo tiró de rodillas y le arrancó la espada de las manos.

Mertagh recogió el martillo y volvió a girarlo con su cadena. Había una alabarda a los pies del dios, demasiado lejos para alcanzarla. Elo no tenía armas. Se quedó de pie, listo para la muerte. La punta del martillo resonó en la noche.

Entonces Arren se interpuso entre Elo y el ataque.

Elo cerró los ojos. Solo el recuerdo le dolía hasta en el alma.

Nunca olvidaría el crujido del hueso y la armadura. El sonido ahogado que Arren emitió cuando la hoja le atravesó el corazón. ¿Por qué Kissen no lo entendía? Tenía que saber lo que daría por volver a aquel momento y cambiarlo todo. La suerte era la única razón por la que Mertagh no se lo había llevado también. Había saltado a por la alabarda mientras Mertagh aullaba su victoria y la había clavado en la cara al dios; la punta le había aplastado el ojo y el hacha le había desgarrado la boca.

Entonces llegaron los matadioses. Las cadenas surgieron de la noche, rodearon el cuello de Mertagh y lo quemaron. Habían encendido antorchas y la locura se había desvanecido. A pesar de los retratos, Arren no había matado al dios de la guerra. Habían sido los veiga. Mertagh gritó y levantó la cabeza de ciervo hacia atrás, mientras Elo arrastraba a Arren por encima de los cuerpos de los muertos y los moribundos. La armadura del rey estaba abierta y la vida se escapaba a borbotones de su pecho. Demasiado tarde.

—Aguanta, Arren, por favor, aguanta. —Elo había encontrado una puerta abierta en el borde de la plaza. Ni siquiera recordaba cuál. Lo había recostado junto a una chimenea.

—No pasa nada, Elo.

—Debería haber sido yo.

No había sabido qué hacer. No sabía cómo salvarlo.

—Eres el único que me ha querido, Elo. El único que ha creído en mí. —Lo agarró con fuerza mientras se esforzaba por hablar—.

Podría haberlo hecho. —Sus respiraciones se espaciaron, más ligeras, más lejanas—. Podríamos haber cambiado el mundo, tú y yo.

Un parpadeo, un destello de luz recorrió la sangre del suelo. Había salido de la chimenea. Volvió a chispear, más grande y más brillante. El hogar vacío ardió y del fuego surgió un pequeño dios, un manojo de ramas y huesos con forma humana. En su centro, una llama.

Soy Hestra, diosa de los hogares.

¿Cómo había sabido dónde ir?

Elo seguía sin entender.

Puedo salvar esta vida.

¿Por qué un dios salvaría a Arren después de que hubiera jurado destruirlos? Pero Arren se había dado la vuelta para acercarse a Hestra.

—Podría haberlo cambiado... —susurró—. Déjame cambiarlo.

Hestra había acercado su mano a la de Arren. Su forma de ramitas y chispas se derrumbó y las ramas resurgieron en el pecho de Arren con un crujido y una llamarada. Gritó mientras la carne se unía y se anudaba con musgo y raíces. Dejó de sangrar cuando sus costillas volvieron a formarse alrededor de un nido de ramas. Una diosa de la madera. ¿Funcionaría?

Pero no, en el centro, surgió una llama. Era la llama lo que lo calentaba, la que lo mantenía vivo, la que se estaba muriendo.

Fuego. Arren necesitaba un corazón de fuego.

Elo exhaló. Un dios del fuego, uno poderoso. Así corregiría sus errores y aligeraría su vergüenza.

Sabía adónde tenía que ir.

La última vez que había subido las escaleras de la Larga Senda hacia los acantilados superiores había sido cuando había luchado con Mertagh, no contra él, para derrotar a los dioses de lo salvaje. Elo se mantuvo en movimiento, sin permitirse tiempo para cuestionarse o dudar. Tal vez las cosas podrían haber sido diferentes. Tal vez si hubiera conocido a Kissen antes. Pero ya no le quedaba nada, ni siquiera ella, solo la muerte. ¿Qué otra opción tenía sino cumplir lo último que Arren necesitaba, pagar la deuda que le debía?

Llegó a lo alto de las escaleras y al anillo de altares destrozados. Maltratados por la intemperie. Vacíos. Se le encogió el alma al contemplar las ruinas que habían dejado atrás. Habían despedazado los altares. Los dioses que habían muerto no volverían allí: la caza, la tormenta, los sueños, el terror. De los que habían sobrevivido, quedaba poco, aunque siguieran vivos. Algunas urnas agrietadas, algunas columnas rotas, algunas cajas de monedas quebradas. Incluso del dios de la muerte, que no había tomado partido en la guerra, solo quedaban unos débiles grabados en un tablero de ajedrez desgastado en la piedra, a la que le faltaban todas las piezas. El tañido de una campanilla le hizo darse la vuelta. Un altar hecho de láminas de piedra negra. Carbón. No vio la campana hasta que se movió y captó el destello a la luz del sol naciente.

Se acercó, sin atreverse a albergar esperanzas. La campana de bronce era de fabricación taliciana, con tallas que la marcaban desde la sección central hasta la corona, una impresión artística de espirales de humo. La inclinó y vio debajo que había llamas grabadas en el badajo, que colgaba de un yugo bellamente moldeado.

Detrás había una pequeña lámpara de aceite, con una llama en su interior, encendida. Elo dio un paso atrás.

Era la campana de Hseth. Una diosa de fuego, más poderosa que Hestra. Una diosa antigua y salvaje que exigía sacrificios, pero proporcionaba riquezas. Lo bastante amada como para que alguien hubiera emprendido el peligroso camino hasta Blenraden para volver a erigir su altar. La diosa de fuego que él necesitaba. Ni siquiera había luchado en Blenraden, ni tenía ningún interés aparente en Middren. Era perfecto, estaba destinado.

Nos drogaron, nos ataron y nos quemaron.

Elo respiró entrecortadamente. Kissen lo mataría. Si esa era la diosa por la que la habían quemado, lo asesinaría, y se lo merecería. Bueno, ya no importaba. Tal vez no hubiera sido Hseth; había una buena cantidad de dioses que aceptaban ofrendas quemadas. Kissen era solo una persona, con Inara eran dos. Arren era el rey.

Desenvainó la espada y se acercó el filo de la hoja al dorso de la muñeca; la ausencia del pomo de Arren le dolía. El símbolo de su amistad, el amuleto de la buena suerte de Elo. Aan se había reído al llevárselo, encantada por poseer semejante tótem. Ya no importaba. Apretó la mandíbula y cortó, luego levantó la mano sobre el altar y dejó que la sangre le corriera por los dedos y cayera sobre la piedra. Después, hizo sonar la campana.

—Hseth —susurró y empapó la llamada con su desesperación, su voluntad, su propósito.

El tañido resonó por los altares vacíos, se enredó con el viento y los tonos rosados del cielo del amanecer. Reverberó cada vez más alto, creció en lugar de desvanecerse. El aire olía a calor. Elo empezó a sudar y se le secó el aliento en la boca. Le dolían los pulmones mientras el calor crecía en oleadas con el sonido de la campana, una expansión interminable de ardor y ruido. Más fuerte aún, tanto que se preguntó si Kissen e Inara lo oirían desde la otra punta de la ciudad y se darían cuenta de que las había traicionado.

El calor se volvió insoportable, pero no se atrevió a dar un paso atrás. Se le secaron los ojos y sintió que el pelo que había empezado a crecerle se crispaba en las puntas. La palma de la mano le ardía, las uñas le abrasaban la piel y los labios se le agrietaban.

Una chispa surgió de la llama del farol, una brasa brillante que estalló como una estrella, giró en todas direcciones y lamió las paredes del altar como si el tañido de la campana se hubiera convertido en remolinos en los que bailar. Las llamas se ensancharon y se retorcieron en forma de faldas, brazos y piel. Pálida como la cera y salpicada de pecas como ascuas, Hseth abrió los ojos. Azules, vivos y brillantes, bajo un alboroto de pelo rojo y blanco.

Se parecía a Kissen. Kissen más mayor, si fuera una deidad. No se lo diría. No tendría oportunidad.

—¿Qué deseo me trae aquí? —dijo la diosa y se inclinó para mirarlo. Elo apartó la palma y se contuvo para no levantar la espada—. Ah. Eres tú. Por fin.

CAPÍTULO TREINTA Y DOS
Inara

Inara no se quedaría parada, Kissen se podía ir al cuerno. Después de tantas aventuras, no pensaba permitir que le dieran una palmadita en la cabeza, le pusieran un lacito y le dijeran que se fuera a casa. Todo mientras Elo podría estar muriendo o muerto ya y Kissen iba a salvarlo porque se creía capaz de salvar a todo el mundo. Le gustaba Elo; era inevitable. Era cálido, decidido, amable. Kissen también, con su ruda forma de mostrar cariño y su preocupación prudente. No se quedaría sola.

Aunque estaba del todo sola.

—Es una mala idea —dijo Skedi mientras veían a Kissen alejarse a grandes zancadas del enredo de gemidos en el que había dejado a los dos caballeros. Inara la había seguido; había optado por escabullirse tras los pasos de la matadioses en lugar de enzarzarse en una discusión inútil. Se había quitado las faldas y solo llevaba puestas las polainas, los pantalones, la camisa, el chaleco y la capa de lana encerada. Había tensado el arco con la ayuda del dios, que se había hecho más pesado, y se había atado la espada corta a la cintura como le había enseñado Elo. Se sentía extraña, poderosa.

—Todas han sido malas ideas —susurró Ina—. Acudir a Kissen fue una mala idea, ¿recuerdas? Pero nos salvó a los dos. Si tenemos algún poder, aunque sea mínimo, quiero ayudarles.

Skedi se quedó callado un momento. No iba montado en su hombro, sino que volaba a su lado.

—Yo también —dijo al fin.

Siguió a Kissen a una distancia prudencial y rastró sus pasos torcidos por las calles de la ciudad muerta. La veiga tenía una cadencia especial al andar que Inara reconocía y siguió el sonido. Iba por una ruta sombría y sinuosa, con la esperanza de no llamar la atención, y la chica se esforzaba por seguirle el ritmo.

—Sube por las escaleras del acantilado —dijo Skedi—. No mirará atrás.

—Está demasiado expuesto —susurró Ina mientras intentaba recuperar el aliento.

—Puedo escondernos, ¿recuerdas? De todos modos, nadie te busca a ti, es a Elo a quien persiguen.

Inara se dirigió a las escaleras que subían por la orilla del puerto con Skedi volando a su lado.

No nos ven, no somos peligrosos, no queremos hacer daño.

Casi le seguían el ritmo de Kissen, el broche de su capa, los destellos de su pelo cobrizo. Inara se mantuvo agachada junto al muro interior, donde la hiedra trepaba entre las piedras. El musgo había crecido en los bordes, como la sangre que se filtraba de una herida, sobrepasaba la piedra y la agrietaba. El próximo invierno salvaje terminaría de derrumbar las escaleras allí donde daban al agua, y había una caída larga y recta desde los acantilados hasta el mar. Cuanto más alto subía, más precaria era la piedra. Había llegado casi al precipicio cuando oyó el débil tañido de una campana. Entonces sintió el calor, que ascendía como una ola desde los altares de la cima. Incluso desde aquella distancia, los pelillos de la cara le escocían. Skedi se lanzó en picado y plegó las alas. Lo abrazó contra su vientre mientras él se retorcía presa del pánico, con los ojos muy abiertos y el pecho agitado. Inara tropezó al recordar el humo y el olor de los huertos en llamas, de su hogar y de los cuerpos. Quemándose. Se le cortó la respiración y se le calentó la garganta como si ella misma respirase fuego. Jadeó. Muertos, todos estaban muertos.

Cayó de rodillas y apenas respiraba mientras el pánico se apoderaba de ella. Se le nubló la vista y solo veía el fuego en las ventanas, los graneros, las paredes. Había terror en el fuego, una alegría desbocada y una vida salvaje en las llamas. Inara cerró los ojos. Demasiado brillante, demasiado horrible. Se acurrucó alrededor de Skedi y sofocó los sollozos que la estremecían hasta los huesos. Al cabo de un largo rato, el dios se revolvió y le acercó la nariz a la barbilla.

—No pasa nada —dijo, incapaz de ocultar el temblor de su voz—. Es solo miedo, no pasa nada.

—No puedo… —dijo Ina, con la voz ronca y la garganta tensa. Las lágrimas le mojaban la cara. Apenas le daba tiempo a limpiárselas con las manos temblorosas.

—No pasa nada, Inara Craier. Los recuerdos duelen. No pasa nada si duelen. Estás a salvo.

Se concentró en respirar hasta que se le relajaron los pulmones. Respiraba. No había humo, solo poder. Lo sentía. Más poder del que había sentido nunca. Levantó la vista. Skedi la miraba, con los ojos amarillos cargados de preocupación.

—Skedi, lo siento —dijo—. Lo único que querías era ser libre y no he conseguido dártelo.

—Lo único que quería era un altar, que me quisieran. —Negó con la cabeza—. Debería haberme dado cuenta de que lo que tenía era suficiente. Tú eres suficiente, si aceptas mi amor. —Apretó su cornamenta contra la frente de ella—. Te elijo a ti.

Inara ahogó un sollozo y lo abrazó. No estaba sola. No del todo. Nunca.

—Tú también tienes mi amor —susurró en sus alas—. Nos tenemos el uno a la otra.

Inara respiró hondo. Una vez, para llenarse. Dos, para estabilizarse. Tres, para ponerse de pie. Más allá de la cumbre, había luz. No la suave luz rosada del amanecer, sino el ardor de una gran llama.

Elo había invocado a una diosa del fuego. Y toda la ciudad era testigo.

CAPÍTULO TREINTA Y TRES

Kissen

Kissen oyó primero la campana. Aquel repique, la canción que había oído por primera vez de niña, sin importarle lo que pudiera significar. La promesa de dinero, de poder, de una diosa. Le resonaba en los huesos.

Después le llegó el olor a la carne quemada, oyó los gritos de sus hermanos y las plegarias de su madre; sintió el dolor. La boca, las manos, la pierna. Le dolía hasta el talón, como si su padre lo hubiera vuelto a atravesar.

Kissen llevaba mucho tiempo acostumbrada a los recuerdos. Apenas frenó el paso.

—Hija de puta —siseó. Tenía el corazón en la garganta y la bilis subió a acompañarlo. De todos los dioses del mundo, más le valía estar muy desesperado para invocar a aquella. Una diosa salvaje que había sometido a una nación. Palpó el frasco que llevaba en el pecho, más un amuleto de la suerte que algo que pensara utilizar. Se alegró de haberse negado a devolvérselo a Aan.

Una columna de fuego se elevó en el cielo cuando llegó a la cumbre, donde el círculo de los altares de los dioses salvajes se abría al mar, al viento y a la tormenta. Vio las faldas salvajes y fluidas, los brazos ardientes de Hseth, el tañido de su campana, todo lo que había visto por última vez cuando derribó su hogar y aplastó a su familia en las llamas. La diosa se alzaba más alto de lo que jamás se habían alzado las torres de la ciudad y ante ella se encontraba Elo. Kissen estaba demasiado lejos para salvarlo, una figura diminuta, ensombrecida por un infierno.

CAPÍTULO TREINTA Y CUATRO
Elogast

Los pliegues de las faldas en llamas de Hseth se derramaron sobre las losas del suelo y dejaron estelas cenicientas en todos los puntos que tocaron. Podría abrasarlo en un instante si lo deseaba. Elo respiró hondo y el calor le oprimió los pulmones. Iba a doler.

—Vengo a pedir una bendición, Hseth, diosa de fuego —dijo.

—¿Sí? —La palabra salió como la llama de un horno y se le avivaron los ojos—. Supongo que quieres un corazón nuevo. Bonito, fresco y caliente.

Elo tragó saliva. No debería saberlo. ¿Aan? ¿El contacto de Kissen lo había traicionado? Hseth echó la cabeza hacia atrás y se rio, con el pelo suelto ondulado sobre los hombros. Elogast se estremeció por el calor y sintió que le salían ampollas en los pómulos.

—¿Y qué ofrecerías por un corazón para tu rey?

Elo se armó de valor.

—Cualquier cosa que sea mía para dar —dijo.

—Te costará la vida.

Elo inhaló, luego exhaló.

—Mi vida es de Arren.

El aire cambió, se espesó con poder.

—¡Se ha hecho una ofrenda! —Hseth sonrió, con los dientes blancos y brillantes. Elo se mantuvo firme, aunque su instinto le decía que algo iba muy mal—. Qué delicia. Querido caballero, yo tenía mis dudas, pero él sabía que funcionaría.

Hseth apoyó las manos en el suelo y las levantó despacio. Debajo creció un nido de ramitas y un fuego encendido, bajo el arco del altar. Otro altar, con la forma de una hoguera. Elo dio un paso atrás cuando el nido se abrió. Las ramitas tomaron la forma de Hestra. El momento fue breve. Tras una llamarada, se le ensancharon los hombros, cambió de forma, se alargó y se convirtió en alguien a quien Elo reconoció.

Arren, en un cuerpo de ramas y llamas.

—Elogast —dijo, con los ojos brillantes como ascuas.

—¿Es un truco? —preguntó Elo y estuvo a punto de dejar caer la espada. Las manos le volvían a temblar. Arren. ¿Qué hacía Arren allí?

El rey levantó la barbilla. En su pecho ardían las llamas que Hestra había puesto allí. No se apagaban. Brillantes e intensas. Vivas.

—Tu vida, tu sangre y tu corazón, Elo. —Esbozó una sonrisa que no le pertenecía a nadie más—. Lo prometiste.

Se le heló la sangre a pesar del fuego. Arren era su amigo. Su hermano. Había elegido sacrificarlo todo por él. Su rey. No era el hombre frágil y herido que había ido a verlo a su casa. Era alto y audaz, y sonreía. El agua hablaba con el agua, le había dicho Aan. El fuego, al parecer, hablaba con el fuego. Aan no lo había traicionado.

Había sido Arren.

—¿Qué has hecho? —susurró.

Fue a verlo a casa y a rogarle ayuda, le dijo que iba a morir para que volviera a Blenraden. Allí donde todavía quedaban altares, donde encontraría a Hseth.

—La oferta está hecha, el sacrificio se mantiene —dijo la diosa y miró a Elo—. Un corazón roto es incluso más poderoso que uno entero. Suerte que lo convenciste para que viniera a mi único altar en Middren.

—Arren —dijo Elo, con la voz ronca por el calor—. ¿Qué haces?

Su amigo se volvió hacia él, con el rostro iluminado por el vacío donde debería estar su corazón.

—Nuestro pueblo necesita dioses —dijo—. Están desesperados porque los salven de sus vidas cotidianas. —Abrió los brazos ramificados—. Así que me convertiré en lo que desean. Me convertiré en el rey que mi pueblo necesita.

Elo no se creía lo que oía y veía. Dio un paso atrás.

—No, Arren, tú no eres así. No me lo creo. —Arren sonrió—. Es Hestra —dijo Elo desesperado—, compinchada con Hseth. ¿Recuerdas a Mertagh, lo que hizo cuando no gobernaste como él quería? Deshaz esto. Déjame ayudarte.

—¿Ayudarme? Hace mucho que no necesito tu ayuda, Elo —dijo Arren. Dejó de sonreír. Avanzó a grandes zancadas, orgulloso y seguro, y se enfrentó cara a cara al que había sido su caballero—. Cuesta demasiado tiempo ganarse un hueco en sus corazones, sus voluntades, su fe, como hizo Hseth en Talicia. Quiero engrandecer Middren, que se unan bajo mi estandarte, como cuando cambiamos las tornas de la guerra. Necesito poder, Elo.

—Ya tienes poder.

Notaba la piel ardiendo; todos los objetos de metal que llevaba se calentaban solo de estar cerca de las llamas de Hseth, cerca de las de Arren. Apenas podía sostener la espada gracias a la tela que aún cubría el pomo.

—No el suficiente. ¡No es suficiente! ¿No lo entiendes? Me conociste como Arren, pero ahora soy rey. Mi rostro cuelga en todas las posadas, la gente bendice en mi nombre. La corte me ha nombrado el Portador de sol. Antes no entendía lo que es el poder. Era patético, sin amor, ignorado. Salvo por ti. —Se rio con amargura—. Eres el único que recuerda al niño que fui, pero ahora soy alguien totalmente distinto. Seré algo nuevo. Hseth y Hestra lo ven y aprovecharon la oportunidad. Yo tengo que aprovechar la mía. —Las ascuas se desprendían de sus hombros—. Todos los traidores que me quieren muerto arderán.

—Fuiste tú. —Dolor. Elo sentía dolor en el pecho, en el hombro y en los huesos todos los días. El dolor de estar a punto de perder a Arren, el dolor de miles de vidas perdidas, de ver a sus madres huir del país en el que lo habían criado. Pero Arren había sido su constante, su certeza. Esa nueva agonía lo golpeó por todas partes, hasta los pies—. Quemaste la mansión de los Craier, ¿verdad?

Arren parpadeó y las llamas vacilaron por la sorpresa.

—Sí —dijo—. Lessa Craier podría haberlo estropeado todo.

—Una casa noble al completo, Arren, su gente, sus hijos. —Inara era inocente; no sabía nada. La habría quemado también.

Arren frunció el ceño. Sus llamas parpadearon, se atenuaron y miró a Hseth. Era Arren y no era Arren. Era un hombre al que no conocía.

—Hacemos lo que debemos —dijo Hseth.

Arren se volvió hacia Elo.

—Hacemos lo que debemos —repitió.

No aguantaba más. Levantó la espada y se lanzó al ataque, pero lo rechazó una oleada de calor de Hseth. Arren, por un momento, se mostró afligido, pero volvió a adelantarse.

—No quería que fuera así, Elo —dijo Arren—. Pero tu corazón es el sacrificio que necesito para conseguir el poder de Hseth, su fuerza. Seré el primer hombre que se convierta en dios, inmortal, fuerte, sin ataduras a ningún altar. Aplastaré la rebelión antes de que empiece y les mostraré lo que el poder conseguirá para Middren. —Su corazón se avivó y avanzó—. Juntos, amigo mío, contigo a mi lado. Siempre.

A los dioses les encantaban los mártires.

Elo sintió que su voluntad flaqueaba, su determinación se agotaba y solo le quedaba el dolor.

—Querías acabar con los dioses —dijo en voz baja.

—Quería acabar con el caos —dijo Arren y su voz se mezcló con la de Hestra, como el humo que se funde en el fuego. Por encima de él, las llamas de Hseth corrían azules por su cuerpo y ondulaban de orgullo—. Hseth unió las tierras devastadas de Talicia. Una deidad, un propósito. La fe puede hacer cosas maravillosas, tú mismo me lo dijiste. Lo creías tan firmemente que lo dejaste todo atrás.

—Te dije que la gente debería ser libre para elegir.

—Me elegirán a mí o serán unos necios —espetó Arren—. Necios como mi madre, mis hermanos y mi hermana. Necios que no vieron nada en mí. Todos muertos. Todos se han ido. —Se irguió; ya no miraba a Elo, sino más allá de él, por encima—. Me has ofrecido tu corazón, Elogast. Aceptamos tu sacrificio. Un corazón humano por el corazón de una diosa. Para que el de Hseth se fusione con el mío y el de Hestra.

Elo parpadeó y en ese momento la diosa se movió y posó la mano en su pecho. Su voluntad lo atrapó y lo inmovilizó. El dolor era insoportable.

—Valdrá la pena, caballero —dijo Hseth y le clavó los dedos. Arren lo observó gritar, con el rostro impasible—. Para trasladar nuestro poder al mundo. Contarán historias sobre nosotros, más grandes que todos los dioses juntos. Desearán gloria, riquezas e imperios, hornos frescos y herrerías, fuego, sangre y furia, sacrificios; y dioses y reyes estarán unidos para siempre. Con esta ofrenda, le concederé un poder inimaginable. Eres lo último que Arren todavía ama y ha elegido perderte.

La mano le abrasó. Olía su propia carne quemada mientras la palma se hundía, abrumadora.

—¡Alto!

Una fuerza invisible hizo retroceder a Hseth. Trastabilló y se quedó inmóvil, una diosa salvaje controlada contra su voluntad. Elogast sintió un roce de viento y el aire frío de unas alas.

Estás bien, no estás herido, puedes moverte, puedes correr.

Elo se apartó de la mano helada y llameante, pero no huyó. Golpeó con la espada y el filo bridita la cortó. Hseth gritó y mientras lo hacía un cañón de pelo rojo, carne y rabia se lanzó contra la diosa.

—¡Kissen! —gritó Elo.

Dos espadazos de Kissen hicieron retroceder a Hseth. A la diosa se le erizaron los cabellos de furia y su carne de fuego volvió a formarse allí donde la habían herido.

—¡Arren, Hestra, marchaos! —gritó—. Yo me encargo de esto.

El cuerpo de ramas y llamas de Arren se desmoronó y cayó. El rey desapareció en un torrente de humo sanguinolento. Kissen se dio la vuelta y atrapó a Elo cuando cayó sobre una rodilla. El dolor lo cegaba y lo consumía. Aún sentía los dedos de Hseth en el pecho mientras buscaba su corazón.

Kissen sacó el frasco que guardaba bajo la coraza y lo abrió. Un chorro de agua plateada se precipitó hacia sus palmas. El agua de Aan. Sagrada. Una bendición en un vial. Apretó la mano contra la carne abrasada. El calor pasó de insoportable a tolerable y después le acercó los dedos a los labios para que tragara un poco del agua. Fuera lo que fuese lo que el calor de Hseth había hecho dentro de él, el agua lo calmó, lo limpió y lo curó. Recuperó el sentido y Kissen lo miró con un gran alivio. Se salpicó un poco de agua en el cuello y la cara. Llevaba una manopla de cuero y se puso la otra. Tenían cosidas placas de bridita.

—Noble idiota —dijo y lo ayudó a levantarse. A pesar del agua, apenas respiraba por el dolor. Hseth miraba a lo alto de los escalones, a Inara, que se acercaba mientras colocaba una flecha en el arco.

—¿Qué clase de ser eres tú? —dijo la diosa, pero Inara no se inmutó; tensó el arco y disparó.

Hseth agitó la mano y la flecha se consumió en el aire. La diosa echó el brazo hacia atrás y acumuló llamas para abatirla. Elo levantó la espada y gruñó mientras le abrasaba el pecho, pero asestó un golpe brutal en las faldas. Funcionó. Chilló y retrocedió, distraída de Inara. Las faldas de llamas eran parte de su carne y de su cuerpo, como el tañido de la campana. El filo de bridita las cortaba.

Hseth extendió el brazo hacia Elo y Kissen, y él lo recibió con la espada. Se le chamuscó la ropa y estalló en llamas, pero su pecho estaba protegido por el agua de Kissen. La diosa gruñó de dolor, pero empujó con más fuerza el filo de la espada; le daba igual cortarse para alcanzarlo.

Kissen lanzó una daga y otra, y una tercera. Mano, hombro, cara. Hseth retrocedió para protegerse los ojos y la veiga agarró a Elo.

—¡Corre, Elogast! —gritó y se sacó una calabaza pequeña del interior de la capa que lanzó por encima del hombro, directa al fuego de Hseth.

La calabaza estalló en una lluvia de fragmentos de bridita y desgarró las faldas de Hseth. Kissen se levantó la capa y se rodeó a sí misma y a Elo. La había cubierto con una segunda capa; una piel fina y arrugada que rechazó gran parte de las llamas, pero no los protegió de la metralla de bridita. Dos fragmentos atravesaron la tela, uno le rozó ligeramente a Elo el tobillo y el otro golpeó a Kissen en el hombro.

Hseth aulló. El ataque la había enfurecido más que dañado. El fuego se extendió como redes de llamas que recorrieron las losas. Inara corrió para acercarse y el infierno se arremolinaba a sus pies, como si lo repeliera. Skedi volaba por encima.

—¡Vienen los caballeros! —gritó el dios. Al decirlo, una flecha de los dos que ya habían llegado a la cima justo detrás de Ina le rozó las alas. No sabían a qué disparaban: al dios volador, a la diosa en llamas o a Elogast.

A Elogast o a Kissen.

La veiga no había visto las flechas; estaba centrada en Hseth. Elo la apartó de la zona expuesta junto cuando los proyectiles alcanzaron el lugar donde habían estado agazapados. Los caballeros hicieron sonar sus cuernos, que se mezclaron con los repiques de la campana mientras Hseth acumulaba poder. Intentó atacar de nuevo, pero Inara sacó otra flecha y se la disparó al ojo para distraerla. Le arañó la mejilla y le dio tiempo a Elo para agarrar también a la niña, mientras la diosa contraatacaba con un estallido de llamas. Lanzó un rugido, pero corrieron justo al borde de la llamarada y escaparon por poco.

Elo, Kissen e Inara se detuvieron detrás del altar del dios de la muerte cuando la llamarada los alcanzó y estalló contra las columnas. Desapareció cuando Hseth se distrajo con una andanada de flechas de los caballeros, que al ver algo grande y caliente, dedujeron que era un buen objetivo. Estaban menos preparados para la ira de Hseth. Estiró los brazos hacia ellos y envió un furioso fuego salvaje que atravesó el cielo y lo rasgó como el sonido de la campana. El cuerno se interrumpió cuando los dos caballeros se agacharon para ponerse a cubierto. Un tercero y un cuarto que venían detrás sucumbieron entre gritos a las llamas. Elo apartó la mirada. Era culpa suya.

—Elo, tu pecho —gimió Ina. Tenía los ojos desorbitados de horror mientras contemplaba la marca en carne viva de la mano de la diosa. La maldición de Lethen se le extendía por el hombro, a pesar de la prevención de Aan, y ambas se encontraban, dedo con dedo. Skedi bajó revoloteando para agacharse con ellos; respiraba con dificultad.

—Kissen lo ha aliviado, no te preocupes —dijo, sin mirar a Skedi mientras mentía. Con cada respiración notaba el agarre de Hseth, cómo se tensaba la piel quemada.

Kissen no los escuchaba; miraba fuera del altar, sin apartar la vista de Hseth. Retrocedió cuando el fuego volvió a golpearlos y el chillido de otro caballero resonó por encima del viento, las olas y la campana. No había forma de escapar sin enfrentarse a la diosa. Había hecho falta un batallón entero de caballeros y veiga para matar al dios de la guerra y Hseth era algo totalmente distinto. Un ser incontrolable. Si hubiera querido huir, lo habría hecho. En lugar de eso, esperaría a su presa hasta la eternidad.

—Saca a Inara de aquí —dijo Kissen—. Llévala a un lugar seguro.

—Kissen... —El dolor del pecho era casi cegador.

—Así no puedes luchar —dijo con tono serio—. El agua de Aan no basta. —No le gustó que no le insultara—. Va a por ti, Elo, y con razón. Sabes en lo que se ha convertido este rey insensato y puedes hacer algo al respecto. Eres una amenaza. Yo solo soy una matadioses. —En sus ojos se reflejaba la llama de Hseth—. Y mato dioses.

Era imposible que ganara. No contra Hseth. Inara negó con la cabeza y le agarró el brazo.

—Ya has intentado que me vaya —dijo Inara—. Skedi y yo podemos ayudarte.

Kissen le apretó la mano.

—Sé que sí. Pero aunque lográsemos derrotar a Hseth, pronto este lugar estará plagado de caballeros. Si te vas ahora, tendrás una oportunidad mientras estén distraídos. Ve a Lesscia, encuentra a la rebelión y arregla esto, antes de que otra ciudad caiga.

Miró a Elo. Tenía una mirada que conocía; la de alguien que ya había decidido su destino.

—Me dijiste que no regalara mi vida —dijo y le dio la mano. ¿Qué había hecho? Tenía la voz tensa y le costaba respirar por el dolor—. ¿Quieres que te deje hacer lo mismo?

—Esto no es un sacrificio —dijo Kissen mientras se vertía la última gota de agua de Aan en los brazos y las coronilla. Le plateó el pelo, las cejas y los ojos. Sonrió a Ina—. Es una venganza. —Miró de nuevo a Hseth, tan brillante que eclipsaba el amanecer—. Es una oportunidad que pensé que nunca tendría.

Elo había tenido razón. Había sido la diosa de fuego quien había quemado a su familia, y él las había reunido a las dos.

—Lo prometiste —gimió Inara, en un intento desesperado para que Kissen se quedara.

—Esto es más grande que nosotras, *liln* —dijo mientras se desabrochaba la capa interior, pesada con las herramientas de su oficio—. Esto es lo que hizo mi padre. Lo odié y lo siento. Ódiame si quieres, pero si no te salvo ahora, ¿qué clase de guardaespaldas sería? —La capa de lana encerada cayó, tintineando por los objetos, y se la entregó a Ina, sin quitarse la fina capa exterior—. La necesitarás para derrotar a los demonios —dijo y miró al dios de las mentiras piadosas.

Skedi se irguió sobre las patas traseras y se miraron. Kissen suspiró.

—No te metas en líos, Skediceth. Y tú, Elo, como dejes que le pase algo, te juro por todos los dioses que he matado que te perseguiré hasta el día de tu muerte.

—Se me ocurren cosas peores.

Ella sonrió y le brilló el diente de oro. Se inclinó hacia él. Lo besó una vez, rápido, y se levantó.

—Para que me dé suerte —dijo.

—¡Kissen! —gritó Inara e intentó agarrarla por la espalda, pero la veiga se apartó y salió a la plaza de los altares, con las mangas remangadas para mostrar las cicatrices de las quemaduras en los brazos. Elo no la detuvo. Todo lo que sabía había cambiado. Kissen tenía asuntos pendientes con los dioses.

Y él también.

CAPÍTULO TREINTA Y CINCO

Kissen

K issen fue a enfrentarse a su creadora.

Cuando Middren caiga a manos de los dioses... Era lo que había dicho Ennerast. ¿Era aquello a lo que se refería? ¿La rebelión, el rey dios y la diosa de fuego de Talicia? Entre todos reducirían la nación a cenizas. No lo permitiría.

La primera vez que había intentado invocar a Hseth, había sido en los altares talicianos del puerto. Maimee la había mandado a mendigar por primera vez, con la piel aún sensible por las cicatrices. Le habían dado una paliza por tocar la campana, ya que el guardián del altar era de los que consideraban que las quemaduras traían mala suerte.

La segunda vez, había estado en la frontera de Talicia con Pato, justo antes de que pidiera el vial de Aan. En las nieves donde terminaba Middren y empezaba Talicia, había tocado y tocado la campana de uno de los muchos altares de Hseth que habían levantado en las montañas; se había arriesgado a una avalancha. Pato había ido a buscarla y le había explicado por qué ningún dios acudiría: solo albergaba un deseo de muerte en el corazón.

Ya no necesitaba invocarla. Podía ir directamente a por ella.

Cuando salió de la cobertura del altar, levantó la capa de piel, que había comprado a una de las brujas herboristas que las fabricaban para los guardafuegos talicianos. Hseth le lanzó una llamarada que rodó por la piel como el aire hirviendo de una corriente de lava. El don de Aan le protegía los brazos, la garganta y la cara del calor. No duraría para siempre, pero quizá lo bastante para que Kissen le arrancara un pedazo a la diosa que había matado a su familia.

—¡Corred! —gritó.

Elo obedeció. Levantó a Inara y esprintó con la espada desenvainada hacia las escaleras, donde se abrió paso entre los caballeros restantes, sin tener en cuenta en absoluto sus heridas. Tiró de la niña, esquivó la espada de un caballero y la rechazó. Otro intentó agarrar a Inara, pero lo apartó de un puntapié. Skedi voló con ellos y usó los cuernos y las alas para distraerlos, protegerlos y guiarlos.

—¡Bribones! —gruñó Hseth y redirigió las llamas para arrollarlos—. Vuelve aquí, caballero; cumple con tu ofrenda.

Elo corrió justo por delante de la llamarada, pero dos de los caballeros que le perseguían no tuvieron tanta suerte y quedaron atrapados en sus bordes. Kissen aprovechó la distracción de la diosa para acercarse a ella y golpearla con la espada, pero solo le llegó hasta el muslo. Fue suficiente. Hseth tropezó y la agarró de la pierna con los guantes de bridita; empleó todo su peso para arrastrar a la diosa hacia abajo. Hseth perdió la puntería, aulló al sentir cómo el metal le abrasaba la pantorrilla y el fuego salió por los aires. Que supiera lo que era arder. Dio un manotazo, pero Kissen ya había rodado para alejarse; atravesó con el alfanje uno de los dedos de la diosa y se lo llevó consigo.

Había conseguido su atención. Chilló de rabia, poco acostumbrada al dolor. La sangre manaba de su herida, espesa, hedionda y caliente. La sangre de sus víctimas. Su expresión era aterradora, muy diferente del rostro que Kissen recordaba ver entre las llamas de su infancia. Más humana, más carnosa. Más parecido al de su madre.

Sí, parecía una mujer de Talicia, con el pelo salvaje y las trenzas retorcidas, los hombros anchos, las piernas fuertes y la nariz altiva. Parecía una reina. Talicia nunca había tenido reyes, reinas, ni gobernantes. No hasta Hseth.

¿Te atreves a desafiar la voluntad de una diosa? —dijo Hseth y el habla mental penetró en la cabeza de Kissen; derritió sus defensas con la misma facilidad como si fueran escarcha. Intentó no dejarse asustar. Tenía que mantener la calma y seguir distrayéndola, alejarla de Inara, Skedi y Elo—. *¿Tú que has sido bendecida por las llamas? Si me dejas aplastarlo ahora, te concederé una muerte rápida.*

—¿Ya quieres parar? —dijo Kissen y se apartó despacio de los escalones sin perder de vista a Hseth. Le escocía el hombro donde se le había clavado el fragmento de bridita.

—Una muerte lenta, entonces. Iré a por el caballero y la mestiza, y volveré a por ti.

Se volvió hacia las escaleras. Kissen la vio venir. Con toda la fuerza que tenía, lanzó una de las calabazas de fuego negro y bridita que le quedaban delante de Hseth. Explotó cuando la diosa la pisó, más cerca que la anterior, y la atravesó con perdigones de bridita. Hseth chilló, se agarró las heridas, humeantes y ardientes, y luego se abalanzó a por Kissen. La abofeteó con el dorso de la mano, más rápida que el fuego en el aceite, y la hizo caer.

La cabeza le dio vueltas por la fuerza de la caída, pero antes de que el segundo golpe la aplastara, le clavó la espada y mordió a Hseth en la palma. La diosa siseó y se retorció como si un gato acabara de arañarla.

—¿Pretendes detenerme, pequeña mortal? Me he comido a niños más grandes que tú antes de que saliera el sol en la mañana de su nacimiento.

Kissen se puso de pie e intentó disimular cuánto le costaba respirar. Se palpó el cinturón. Una bomba más. Si Hseth se le acercaba demasiado, le desgarraría su propia carne con más dolor que en el fuego de la diosa, y la suya tardaba más en volver a crecer. Sería el final y les habría conseguido a Elo e Inara apenas tiempo suficiente para morir un poco más tarde.

—Escapé de ti una vez, zorra sin sal; lo volveré a hacer.

Skedi no estaba para decirle que mentía.

Hseth se acercó más e hizo un mohín como una niña, claramente sin miedo.

—¿Te conozco? —dijo—. He quemado a mucha gente. Te he dejado unas cicatrices muy bonitas. Lástima que tuvieras que arruinarlas con las maldiciones de otro dios.

Hseth se movió. Kissen retrocedió, pero demasiado despacio. La agarró por la pierna falsa y la levantó en el aire; la dejó suspendida en alto para que quedaran frente a frente. Con la otra mano le tocó la mejilla, donde había muerto la maldición de la diosa de la belleza.

—Qué monada. No te queda bien. —Sonrió y envió fuego a su mano. Quería quemar la cicatriz. El aire se calentó. El agua de Aan le protegía la cara, pero no las piernas. Hseth se esforzó más cuando no gritó y las placas de metal de Yatho se calentaron y le abrasaron la carne de la pierna derecha.

—A lo mejor necesitas una a juego —dijo Kissen y apretó los dientes.

Lanzó un espadazo y golpeó a Hseth en la nariz. La tiró al suelo y Kissen aterrizó sobre el hombro, cerca del borde del acantilado. Rodó para reducir el impacto. Había soltado la espada larga, pero conservaba el alfanje e intentó no cortarse mientras se agarraba a las piedras del suelo para no caer por el borde. No había balaustradas que impidieran que se precipitara al mar desde las alturas.

Hseth se tocó el corte que le había hecho Kissen, con los ojos muy abiertos por la sorpresa.

—¿Te he hecho daño, niña? —La cicatriz no tardaría en desaparecer, como las otras heridas que le había hecho. Retiró la mano y avanzó.

La pierna de Kissen se había llenado de ampollas por el roce con la extremidad metálica; la espinilla postiza estaba doblada y combada. Se arrastró para ponerse de pie y se apoyó en la espada para levantarse.

—¿Maté a alguien a quien apreciabas, es eso? —Hseth se encogió hasta alcanzar un tamaño casi humano; su lengua estaba en llamas—. ¿Un amante o algo así? Pobrecita.

Kissen conocía a los dioses; sabía que no recordaban y tampoco les importaba nada. Después del primer cuerpo vinieron cientos.

Templó su ira y la afiló. Le quedaban una única calabaza de fuego negro y bridita, tres cuchillos y el alfanje.

—¿Lloraste, niña? —dijo Hseth—. ¿Suplicaste?

Kissen corrió. Contrarrestó el desequilibrio de la pierna rota y el tirón del hombro herido. Lanzó los cuchillos, uno, dos. Hseth se rio y la rodeó; esquivó las cuchillas con gracia y mofa. Kissen se dejó acorralar. Entonces contraatacó, lanzó el último cuchillo a la izquierda de Hseth y la calabaza a la derecha. La diosa esquivó el cuchillo y se interpuso en la trayectoria de la calabaza, que la alcanzó de lleno en el pecho. Le estalló en el cuerpo y convirtió su risa en un aullido de humo y acero. La sangre brotó y chisporroteó en las piedras.

No fue suficiente. Kissen retrocedió e intentó no sentir arcadas al recordar el olor de su propia sangre caliente en contacto con el metal hirviendo, el crepitar de la carne de su padre. Había apuntado bien y había acertado a Hseth en el centro, pero la bridita solo la había herido, como una picadura. No bastaba. La bomba era más fuerte de lo que Kissen podría conseguir con una espada y el daño no duraría. Se había quedado sin trucos.

Y Hseth lo sabía.

¿Qué aldea patética y lastimera era? —susurró, con los ojos encendidos de rabia. Kissen había recuperado la espada larga; la recogió y envainó el alfanje. Había esperado hacerle más daño. Pero aún conservaba la atención de la diosa. Era una hazaña, al menos, para una diosa antigua, una diosa salvaje hecha no de verdor, sino de fuego. Decidió sentirse orgullosa. Cuanto más tiempo soportara la ira de Hseth, más tiempo estarían a salvo Inara y Elo—. ¿Tenía siquiera un nombre?

Kissen se preparó. No temía a la muerte, pero no le gustaba el dolor. Lo conocía. No era agradable.

—El pueblo era Senkørsa —dijo.

Hseth ladeó la cabeza y fingió pensar. Hizo un gesto despectivo con la mano.

—Esa vieja ruina —dijo y soltó una carcajada—. ¿Por eso lloriqueas? Se hundió en el mar hace mucho. No valía nada. Nada de nada.

La pilló desprevenida. En un suspiro, Hseth convirtió su brazo en una lanza de fuego y la disparó hacia delante. Apuntó a la garganta de Kissen, que la rechazó una y dos veces con todas las fuerzas que le quedaban. Mantuvo la espada cerca del cuerpo y usó las dos manos para protegerse del ataque. A la diosa le dolía golpear la bridita con sus llamas, pero no lo suficiente como para molestarla. La parte delantera de su cuerpo estaba ensangrentada, sus faldas y su pelo llameaban salvajes. Kissen cedió terreno. El brazo de lanza de Hseth era recto y fuerte, sus llamas brillantes y verdaderas. Recibió sus golpes y retrocedió más.

—¿No me entregaron a una familia? —meditó Hseth—. Pues claro. Las mascotas de Osidisen. Viejo idiota.

Sonrió y se movió tan rápido que la lanza era un borrón de luz. Golpeó la guardia de Kissen y le atravesó la coraza de cuero hasta el hombro; le atravesó la carne, el fuego era tan afilado como cualquier espada. Kissen vio la llamarada antes de sentirla arder. Gritó entre dientes y agarró la lanza con la mano enguantada.

—Olvido los nombres de los que arden —dijo Hseth—. Apenas percibo al dios del mar cuando azota mis fronteras y derriba los acantilados. Tardó años en derrumbar las casas de tu pequeña aldea, como si eso fuera a detraer al mundo del poder que ofrezco.

La aldea, desaparecida. Asesinaron a su familia por riqueza y éxito y no ganaron nada. Todo desperdiciado.

Kissen apretó con fuerza la lanza y la apartó de su hombro, luego usó la espada para partirla en dos.

—Se llamaban Tidean, Lunsen y Mellsenro —dijo mientras el fuego de la lanza desaparecía. Se abalanzó sobre la diosa con la espada y Hseth reformó su arma para detenerla—. Kilean era mi madre y Bern mi padre. Eran gente sencilla que no hacía daño a nadie.

—Eran unos necios y murieron como necios —dijo Hseth y rechazó sus golpes.

Se giró y golpeó con fuerza, pero Kissen estaba preparada para el truco. Dio un paso lateral para esquivarla y atravesó con la espada el brazo de la diosa. Hseth enseñó los dientes y fue a desgarrarle el vientre, pero la veiga giró sobre la pierna rota y superó las defensas de la diosa. Estaba allí. Estaba cerca. Presionó la espada hacia el corazón.

Hseth lo estaba esperando. Dirigió todas las llamas de su cuerpo hacia el interior y le dejaron la piel blanca y cenicienta. Fluyeron hacia el punto que tocaba la espada y la calentaron hasta la locura; derritió la hoja incluso mientras la hería.

—Este mundo es mío —dijo—. ¿Quién necesita un dios de la guerra cuando tiene a una diosa del fuego? ¿Para qué sirve un dios de la riqueza cuando puedes fabricar la tuya propia? A la llama no le importa lo que se queme para avivarla. Eres una humana insignificante y dañada. No importas.

El calor era demasiado, incluso con el agua de Aan. Kissen sintió que las lágrimas acudían a sus ojos y se evaporaban. La campana repicaba, una y otra vez, con la presión ondulante del aire. Hseth era demasiado poderosa. No había forma de que le atravesara el corazón, ni en mil años.

Sin embargo, no necesitaba cortar. Necesitaba ser lista.

—Los dioses no siempre son tan brillantes, ni siquiera los más grandes. —Kissen sonrió, soltó la espada y agarró a Hseth por los brazos cenicientos. El metal cosido en los dedos de los guantes se enganchó a la carne de la diosa, la abrasó y la atrapó. Ni siquiera la diosa del fuego podía escapar de la bridita. Hseth gritó mientras Kissen la aprisionaba en un abrazo, a pesar de que las llamas le abrasaban la piel desprotegida—. Todas las vidas, hasta las más pequeñas, valen algo.

Habían llegado al borde de los altares, donde la había estado guiando. Saltó y se llevó a la diosa con ella desde la cornisa mientras la sujetaba con sus manos de guerrera y la arrastraba empleando su propio peso por el aire. El viento desgarró las llamas, su falda y su pelo se dispersaron. Hseth gritó cuando cayeron al mar en un enredo de agua y fuego.

CAPÍTULO TREINTA Y SEIS

Inara

L a vio caer. Se habían alejado bastante por las calles de la ciudad, siguiendo los caminos rectos que bordeaban los acantilados. Elo no conocía Blenraden tan bien como Kissen, así que optó por el camino más rápido. Ya no sentía reparos a la hora de herir a los caballeros que trataban de detenerlos. La mayoría estaban tan desconcertados por las luces del cielo que no les prestaban atención. También había algunos peregrinos reunidos en la costa para disfrutar del sol de la mañana que miraban asustados hacia los altares de los dioses salvajes.

—Mira —dijo uno y señaló.

Inara se volvió. Una luz brillante descendía por la pared del acantilado, enzarzada con una pequeña figura entre las llamas.

—Kissen —susurró. La luz se estrelló en el mar y se apagó—. Tenemos que volver. —Agarró a Elo—. Tenemos que encontrarla —suplicó.

Se le llenaron los ojos de lágrimas. Primero su madre, luego Kissen. Elo respiraba mal y mantenía una expresión de piedra. Miró al acantilado, desgarrado, y luego a Inara.

—Nadie sobreviviría a esa caída —dijo Skedi y se aferró con fuerza al hombro de la niña—. No en los brazos de una diosa del fuego. Ni siquiera Kissen.

Elo asintió. Se le había abierto la camisa alrededor de la terrible quemadura de Hseth. Inara había visto los colores de su ofrenda cuando la diosa intentó arrebatarle el corazón. El enorme poder de su amor por Arren, que escapaba de él a la mano de llamas, zafiro y plata por la angustia. Destrozado, explotado. El recuerdo de los colores era peor que la cicatriz de la herida.

—Nos lo ha pedido —dijo, con voz ronca. Sus colores giraban, el dorado del miedo y un dolor marrón rojizo salpicaban el zafiro. El dolor aumentaba—. Para salvarnos, Ina. Sabía lo que hacía.

«Sabía», dijo. Se había ido. Kissen se había ido.

—Mantente fuerte —dijo y tiró de ella hacia delante. Su voz era firme, pero no sus colores, que se quebraban y chocaban, enloquecidos por la pérdida. Aun así, avanzó. Inara comprendió que no tenía fuerzas para resistirse. Primero un paso, luego otro. Ella les había pedido que se fueran.

Ahogó las lágrimas y se las tragó. Ya lloraría después, cuando estuvieran a salvo. Era lo que le habría dicho Kissen.

Elo los conducía a los establos de la ciudad exterior, más abajo de los acantilados. Doblaban las esquinas a una velocidad vertiginosa en busca de la entrada a la ciudad, pero cuando la encontraron, estaba custodiada. Retrocedieron y se pegaron a la pared. Inara recuperó el aliento e intentó no hacer ruido.

—¡Elogast!

La niña le apretó la mano con fuerza. Era la voz de un hombre. Los había oído. Skedi preparó una mentira, pero Elo levantó la mano.

—Sir Elogast, sé que estás ahí.

Era Benjen. Si sabía que estaban allí, una mentira piadosa no bastaría. Debía de haber deducido el plan de huida de Elo, sin saber que su mentor había ido allí a morir. Elo se enderezó a pesar de la herida y soltó la mano de Inara.

—Encontremos otro camino —susurró ella—. Por favor, no puedo perderte a ti también.

A pesar del dolor, le sonrió.

—Aún no me has perdido. ¿Está solo?

Skedi voló hacia los tejados y volvió a bajar. Su vínculo con Inara seguía presente, pero más suelto, más relajado desde que se entendían.

—Está solo.

Los colores de Elo cambiaron. La certeza era en él un tono rosa frío. Salió, desenvainó e Inara se lo permitió.

—No tengo tiempo de luchar contigo, Benjen —dijo—. Déjanos pasar.

Inara se asomó por la esquina. Benjen también estaba preparado, con una espada nueva.

—Jamás pensé que fueras un tramposo escurridizo, Elogast —dijo Benjen—. Dejar que alguien me atacara por la espalda. Tampoco te creía un traidor. ¿Dónde están tus compañeros?

Kissen. Pensar en ella le dolía hasta en el alma.

—¿Dónde están los tuyos? —dijo Elo.

Benjen frunció el ceño.

—Lidiando con un problema de dioses. A juzgar por esa quemadura, tú eres el causante. Ríndete, Elo, por tu rey.

Elo soltó una carcajada.

—Mi rey —dijo—. No sirvo a un rey que traiciona a su propio pueblo. —Sonaba más seguro que nunca—. ¿Te enorgulleces de servir a un rey que hiere a inocentes?

—Elogast… —Benjen vaciló—. El rey Arren hace lo que debe.

—Lo que debe… —repitió Elo—. Pues yo también. —Levantó la espada—. Sir Benjen, he vuelto a tomar la espada y todos deberíais tener miedo.

Benjen saltó hacia adelante, giró la espada de izquierda a derecha y la torció con un golpe que atravesaría a Elo. Inara se llevó la mano a la boca para no gritar. Elo se apartó con agilidad y conservando la energía. Repelió la espada, cambió el peso del cuerpo y coló su hoja en el hueco que el caballero había dejado al descubierto. El metal brilló al cortar las piernas de Benjen por una grieta de la armadura.

Cayó. Golpeó el suelo con estrépito, intentó levantarse y se dio cuenta de que no podía. Volvió a intentarlo y se apoyó en la espada, pero Elo se la quitó de una patada y la lanzó al otro lado de la calle. Envainó. Su expresión pétrea se había resquebrajado y la ira lo dominaba.

—Ven —le dijo a Inara y le dio la espalda al caballero. Ella se apresuró a unirse a él, asombrada por la sencillez y la brutalidad con la que había abatido a su amigo. No era Elo el panadero; era Elogast el guerrero.

—Dijiste que morirías antes de traicionar a tu rey —gritó Benjen—. ¡Me lo dijiste!

—¿Qué pasa con él? —dijo Inara.

—Vivirá o morirá según le plazca —respondió con aire sombrío—. Yo no soy Kissen. Yo sí mato a personas.

—¡Elo, vuelve! —gritó Benjen—. Tu vida, tu sangre y tu corazón. ¡Lo juraste!

No se volvió y sus colores no vacilaron.

—¡Allí! —gritó Skedi cuando cruzaron los establos, agachados entre los cobertizos. Lo siguieron mientras volaba y encontraron tres yeguas y un caballo castrado que comían. Ninguno tenía silla ni riendas.

—Me adaptaré —dijo con una mueca de dolor al quitarse la chaqueta—. Hace tiempo que no monto a pelo.

—Espera.

Inara rebuscó en la capa de Kissen, tanteó frascos, cuentas y otros objetos antes de encontrar lo que buscaba: los últimos copos de avena de Piernas, racionados durante el viaje. Los sostuvo en alto y una yegua fue la primera en acercarse, no demasiado molesta por la herida abierta y el aspecto demacrado de Elo. Miró alrededor en busca de algo que les sirviera de riendas. ¿Cuánto tardarían? ¿Dejaría la yegua que se la llevaran o cocearía y se encabritaría como Piernas? Una patada en el pecho acabaría con Elo.

—¿Tethis?

Inara se dio la vuelta. Skedi, que estaba sentado a su lado y miraba al caballo como si fuera a evitar que se desbocara, se encogió, pero no lo bastante como para ocultarse. Conocía aquella voz; la había oído sin descanso en los primeros días de peregrinaje. Berrick. Y a su lado estaba Batseder.

Parecían cansados por el camino, pero estaban ilesos y llevaban con ellos un caballo, bien herrado y tranquilo, todavía ensillado. Batseder la miró, luego Elogast y a Skedi, que intentaba fingir que no existía. Lo habían visto; era imposible ocultarse con mentiras.

—Es un dios, ¿verdad? —preguntó la mujer y sus colores la envolvieron en un brillo de miedo, pero no de sorpresa; Inara recordaba que ya había visto a Skedi cuando escapaban en el bote.

—Por favor —dijo Ina, antes de que volviera a hablar—. Por favor, no hagáis ruido.

Batseder parpadeó. El brillo se suavizó.

—Panadero —dijo Berrick a Elo y luego sonrió—. Has perfeccionado mis empanadas, ahora… —Se detuvo con la cara desencajada al ver la quemadura.

—Tenemos que irnos —dijo Elo. Había encontrado un poco de cuerda en la puerta y estaba fabricando unas riendas caseras con un perno de madera—. Tenemos problemas.

—¿Qué le ha pasado a Enna, Tethis? —preguntó Batseder. Sonaba desconfiada.

Inara tragó saliva. Skedi buscó algo que decir.

No creo que mis mentiras cuajen —dijo.

La verdad servirá —respondió Ina. Agarró las manos de Batseder.

—No me llamo Tethis. Soy Inara Craier.

—¿Craier?

—Soy la heredera de la Casa Craier y el rey nos quiere muertos. Enna es… era una matadioses llamada Kissen. Ha muerto para protegernos. —Batseder se quedó con la boca abierta—. Elogast es un caballero que nos ayuda a Skediceth y a mí a volver a casa.

—Era un caballero —corrigió él. La yegua estaba cansada. Levantó la cabeza cuando Elo intentó ponerle las bridas y relinchó, irritada. Se estaba quedando sin energías.

—Tenemos que salir de Blenraden —dijo Inara y apretó los dedos de Batseder—. Tan rápido como podamos. Por favor. Ayudadnos.

La mujer apretó los labios. Compartió una mirada con Berrick.

—Estamos aquí gracias a… Kissen y a sir Elogast. Por supuesto que os ayudaremos. —Se apartó y tiró del caballo hacia delante. Se acercó dócilmente—. Llevaos a Peonía. Cargará con los dos sin problema; la compramos después de que los otros dieran la vuelta.

Inara dudó. ¿Debían? Rebuscó en la capa de Kissen en busca de unas monedas, pero lo primero que encontró fue el pequeño alicate que Kissen usaba para ajustarse la pierna. Se quedó paralizada y su voluntad estuvo a punto de quebrarse.

Berrick le dio una palmada en el hombro.

—No aceptaremos nada a cambio —dijo—. ¿Crees que a una curtidora y un zapatero les cuesta ganar dinero en el camino? —Batseder le pasó las riendas del caballo a Inara—. Hay comida en las alforjas. —La aupó al lomo—. ¿Estás bien? —preguntó.

—Lo estaré —dijo Inara, con la garganta apretada. Skedi voló hasta su hombro—. Estaremos bien.

Elo dejó la yegua. Cojeaba por un corte en el tobillo. Se templó y le puso una mano en el hombro de Berrick.

—¿Me ayudas? —preguntó. El hombre asintió y se arrodilló para poner las manos bajo la bota de Elo e impulsarlo. Se subió a la silla de montar detrás de Inara, con los colores del dolor a su alrededor.

—No olvidaremos vuestra amabilidad —dijo con la voz ronca a causa del esfuerzo necesario para no gritar.

—Ni nosotros la vuestra.

Elo vaciló y añadió:

—Hay un hombre herido ahí detrás. Ayudadlo. Si podéis.

La pareja asintió. Elo espoleó al caballo. Salieron de los establos y Peonía se mostró encantada de galopar, el repiqueteó de las piedras los acompañó mientras adelantaban a otros dos o tres peregrinos que acababan de llegar por la mañana. Se apartaron cuando el caballo pasó atronando, igual que los guardias de la puerta exterior, que estaban negociando con una anciana, ajenos al caos que se había desatado en la ciudad a sus espaldas.

Pasaron junto a granjas y las ruinas mientras el sol se elevaba en el cielo. Mantuvieron el ritmo aunque no hubiera indicios de que nadie los siguiera. Ya era de noche cuando llegaron a la casa vacía donde habían dejado a Piernas y el paciente caballo estaba pastando en la hierba frente al establo, feliz de esperar a su ama. Su ama, que no volvería. Elo se bajó de Peonía y casi cayó de rodillas; se sostuvo solo gracias a que se agarró a la silla de montar. La herida del pecho supuraba plasma y la camisa se le pegaba a la piel. El efecto del agua que Kissen le había aplicado se desvanecía.

Skedi saltó al suelo y adquirió el tamaño de un lobo junto a Elo para que el caballero se apoyase en él. Elo se agarró al pelaje entre las plumas de Skedi y se enderezó.

Inara saltó de la yegua y la llevó con Piernas. El caballo de Kissen relinchó, miró detrás de ella y volvió a relinchar. Buscaba a la veiga.

—No va a venir —dijo Inara y ató a Peonía a su lado. No la entendió. Siguió pastando. Inara contuvo la respiración y volvió junto a Elo.

—Siéntate —dijo y se metió entre los arbustos para sacar las alforjas de Kissen, los utensilios de cocina y la ginebra.

—Tenemos que seguir avanzando —dijo Elo.

—¿Hasta cuándo? ¿Hasta que colapsemos o hasta que nos atrapen los demonios? Aan dijo que ralentizaría la maldición, pero no la detendría. ¿Vendrán esta noche?

—Sí —consiguió pronunciar—. Solo ha limitado el número de invocaciones.

—Pues nos quedamos.

Elo cayó, como si sus palabras lo hubieran derribado, sin soltar a Skedi. Inara corrió hacia él, lo ayudó a levantarse y con la ayuda del dios lo acompañaron hasta el refugio del cobertizo. El sol se estaba poniendo. No les quedaba mucho tiempo.

—Busca las vendas —le dijo a Skedi mientras destapaba la ginebra. Había visto lo que había hecho Kissen. La vertió sobre la quemadura. Elo respiraba con dificultas, pero con cada movimiento se le tensaba el pecho y la marca de la mano palpitaba sobre su corazón. Elo le quitó la petaca y bebió un trago largo mientras Inara le apartaba la camisa de la herida. Sangraba donde la tela se había quedado pegada.

—Necesitas un sanador —dijo cuando Skedi le trajo las vendas. Desenrolló la gasa y trató de contener las arcadas mientras se la ponía en el pecho. La enrolló mientras las sombras de la noche se alargaban. No contaban con el tiempo de los días de verano; las tardes de primavera llegaban demasiado deprisa y la maldición de Lethen no se detenía por las heridas. La tinta negra se extendía por la piel de Elo.

—Necesito que lleves a Skedi, a Piernas y a Peonía a una distancia segura —dijo Elo mientras sostenía la venda para Inara ella pudiera envolverla mejor. Le rodeó la espalda y luego se pasó el rollo entre las manos en la parte delantera para formar las capas.

—No durarás ni una hora sin mí —replicó.

—No debes ir a Sakre —continuó Elo—. Busca a Canovan. Tu madre... era de los rebeldes; tal vez trabajaban juntos.

—Hablas como si ya hubieras muerto —dijo Inara, enfadada. No más muertes.

Elo apretó los dientes.

—No puedo morir —dijo y miró la capa de Kissen—. Tengo que vivir. —Rebuscó entre las cosas de la veiga para dar con alguna herramienta que les sirviera. Sacó un par de frascos con papel dentro y un rollo de cuentas. Estaba claro que no sabía usarlo. Sacó una cadena de bridita fina y lastrada con la que se mostró más satisfecho. Sobreviviremos a esto —dijo, tanto para sí mismo como para ella—. Tenemos que hacerlo.

Inara estiró los extremos de las vendas para rasgarlas y atarlas. La distrajo el símbolo de la maldición. Un hombre y una diosa lo habían creado para detener la misión de Elo, para impedir que un rey humano obtuviera un poder divino.

Como ella. Inara veía los colores como los dioses y podía romper su voluntad. Había hecho retroceder a Hseth.

Se concentró en la maldición. La sentía del mismo modo que veía los colores de Elo, como una maraña de voluntad. La voluntad de Canovan y la de Lethen: rojos oscuros y sangrientos, grises y verdes, el amarillo del miedo en pequeños destellos, como la luz de un farol. En su interior, la voluntad de Aan relucía como gotas de agua entre espinas, clara y brillante. Skedi levantó la vista. Elo también. El sol se escondía tras las montañas. El caballero respiró hondo, desenvainó la espada y se la apoyó en las piernas, listo para moverse.

—Es como el nudo de una promesa —murmuró Inara—. Como la promesa de Kissen de Osidisen. Los colores son como hilos.

—Ina —dijo Elo—, prepara la espada.

Los caballos se apartaron de las sombras crecientes; sintieron el cambio en el aire cuando se apagó la última luz.

Pequeña deshacedora, así la había llamado Aan. Había roto la voluntad de Skedi y había detenido al dios de la encrucijada. Había parado a la gran diosa del fuego. Aquella no era más que una pequeña maldición. Un nudo secreto que atraía a las bestias hacia ellos.

Un gruñido perturbó sus pensamientos, el olor a sangre, musgo y huesos. Inara levantó la vista; cinco bestias en vez de ocho se arrastraban desde la maleza a unas diez zancadas de distancia. No le dio las gracias a Aan; era más de lo que podían resistir sin Kissen.

—Quédate quieto —le dijo a Elo.

Él tragó saliva.

—Ina...

—Confía en mí y no te muevas.

Tomó aire y asintió. Inara le apretó el hombro con las manos. Elo se estremeció, pero ella no paró y lo sintió. La maraña, la maldición. Una voluntad. Empleó la suya, su deseo de estar a salvo, de salvarlo a él, de salvarse a ambos. La voluntad del amor, por Kissen, por Skedi, por su madre. La voluntad que detuvo a la diosa del fuego. El esmeralda era su color para el amor, el cerúleo y el violeta, su fuerza. Envolvió la maldición con sus colores y tiró.

La maldición empezó a ceder y se fue arrancando de la piel como una costra. Elo gruñó de dolor, pero aguantó. Las bestias avanzaban. Inara tiró con más fuerza. La escritura se escurrió, las raíces se arrancaron del hombro y se enredaron en sus dedos como veneno y tinta negra. Las gotas de Aan fueron con ella, se aferraban y temblaban.

La maldición llegó a su mano con la forma de una bola de sombras mientras las criaturas atacaban. Elo se levantó y atravesó a una de lado a lado con la espada. Otra se arrastró a su posición y saltó sobre el cadáver desintegrado. Elo se movió para proteger a Inara, detuvo a la bestia con la espada y la arrojó a un lado.

—¡Skedi! —gritó Inara. Él entendió lo que quería. Necesitaba una mentira. Skedi le arrebató el nudo retorcido de la maldición de la mano con sus zarpas y alzó el vuelo.

—¡Está aquí! —gritó—. *Está aquí.*

Se elevó hacia el atardecer con la maldición en las garras. Las criaturas gimieron, confusas, luego se dieron la vuelta y lo siguieron.

Skedi arrojó la cosa al campo lejano y huyó hacia atrás mientras las criaturas se lanzaban a por ella y se atacaban entre sí. Se arrancaron la carne de sombras de sus propios miembros y se desgarraron unas a otras con los dientes, porque no había nada más que encontrar. Elo observó con una mano en el hombro. Tenía el brazo herido ensangrentado y el pecho también, pero la espalda y el hombro estaban limpios. La maldición había desaparecido.

Se volvió y miró a Inara con sorpresa. La niña se miraba las manos mientras la luz se desvanecía y luego miró a Elo.

—No estoy a salvo —dijo—. Soy peligrosa. Iré contigo para vengar a mi madre, para vengar a Kissen. No volveré a quedarme atrás.

CAPÍTULO TREINTA Y SIETE

Kissen

Kissen no recordaba la caída en el agua. Solo el fuego. La agonía. Hseth rabiaba y hervía, la golpeaba, pero no la soltó. No lo haría. Hacía falta más que agua para matar a la diosa.

Pero estaban en el mar y la diosa del fuego tendría que enfrentarse a mucho más que el agua.

¡Osidisen! —llamó Kissen.

No era su mar, pero aun así acudió desde el norte a toda prisa, en un instante, y todos los océanos le dieron paso. Reconoció la oportunidad con solo oírla.

El agua cambió. A Kissen aún le quedaban suficientes instintos de su juventud para saber que era hora de soltarse. Liberó a Hseth y se alejó hacia atrás de una patada. Antes de que la diosa se moviera, el mar se agitó a su alrededor y se contrajo para azotarla por ambos lados con la voluntad de Osidisen y fuerza suficiente para apagarla en un parpadeo.

Hseth ya no estaba y solo un rastro de sangre quemada se desperdigaba por la corriente. En Middren y en Talicia, todos sus altares se habrían resquebrajado, hechos añicos; sus campanas se habrían roto y sus llamas se habrían apagado.

El dios del mar estaba con Kissen, una oscuridad cambiante en el agua que veía incluso mientras se le oscurecía la vista. Un hombre de ojos grises y barba de espuma. Osidisen.

—Eres tú —dijo, a la deriva junto a ella. Su rostro cambió y por un momento se convirtió en el de su padre, tan claro como lo había sido hacía años. Los recordaba.

Osidisen observó cómo se hundía y cómo las últimas burbujas de aire flotaban hacia la superficie, donde bailaba el sol. Kissen sabía que se moría. Al menos, no se quemaba.

Te has convertido en un ser extraño, chiquilla —dijo Osidisen mientras la tomaba entre sus brazos—. *Llevas mi nombre y me odias. Kis-sen-na. Nacida del amor del mar. ¿Morirás por rencor, todavía?*

Kissen cerró los ojos. Estaba demasiado débil y aturdida para moverse; la pierna derecha le pesaba. Le era imposible salvarse, pero no se lo pediría. A Osidisen, no. No usaría el último vestigio de la vida de su padre. La promesa moriría con ella. Al dios no le gustaría una bendición incumplida, pero lo superaría. Era lo único que podía hacer. Aferrarse al deseo de su padre y fastidiarlo.

Lo prometiste.

No fue la voz de Osidisen la que oyó en su cabeza, sino la de Inara. Inara, una niña extraña y sola en un mundo peligroso al borde de la ruina, sin familia, llena de miedo y rabia.

No, Kissen no la abandonaría a la vida que le había tocado. No por resentimiento. Su padre no lo habría querido.

Osidisen —llamó y abrió los ojos. La promesa de su pecho floreció con la luz del mar, verde, tenue y profunda.

El dios esperó.

Sálvame.

AGRADECIMIENTOS

Gracias a mi familia, a todos. A mis fieros, inteligentes e inquebrantables padres que trabajan más duro que nadie. Me criasteis con amor, me disteis el espacio necesario para afrontar mis propios retos y me ayudasteis a recoger los pedazos cuando me topé con mis límites. Intentaré no estamparme siempre tan fuerte.

A mi hermana, que es mi fuerza, y a mis hermanos, que me sostienen y me mantienen los pies en la tierra. Gracias por todas las semanas que dejasteis que pasara devorando o derramando historias por los rincones de la casa hasta que se ponía la luna y salía el sol, por todas las páginas que os rogué que leyerais una y otra vez. Gracias por ayudarme a creer que podía ser quien soy. Gracias también a mi abuela, que me aceptó y me quiso con toda mi extrañeza, y a Jane y Kath por vuestro arte y vuestro aliento. Gracias también a las personas que no leerán esto, pero sé que estarían orgullosas.

A Loulou Brown; me dijiste que era escritora a los catorce años y que todo lo demás eran detalles. Las chicas aprenden jóvenes que cuesta que las tomen en serio, pero tú me enseñaste que el primer paso es contigo misma. El tiempo que me dedicaste me hizo sentir que era real y no habría llegado tan lejos sin tu apoyo. Gracias.

Juliet Mushens, paciente, apasionada y decidida. Gracias por no rendirte conmigo; tus consejos y orientación han sido esenciales. Gracias también por crear una comunidad encantadora de escritores que se apoyan mutuamente, desde el principio ha sido un privilegio.

Gracias, por supuesto, a Natasha Bardon, por su perspicacia y su dedicación, y por el trabajazo que ha hecho para añadir color, estructura, vitalidad, ritmo y dar vida a este libro. Me siento muy orgullosa de trabajar contigo.

Al resto del equipo de HarperVoyager, Elizabeth Vaziri, Leah Woods, Laura Cherkas, Vicky Leech Mateos, Terence Caven, y a muchos más que no he llegado a conocer. Sois creadores de sueños y grandes trabajadores, y aprecio todo lo que hacéis. A Tom Roberts también, por una de las cubiertas más bonitas que he visto nunca y a mis fantásticas editoras de autenticidad: Annie Katz, Jennifer Owens y Helen Gould. Vuestro trabajo ha sido esencial.

Gracias a mis amigos, mis marras, Alice, Laura, Lauren, Abhaya, Aileen, Kate, Xin, Josh, los Alex, Greg, y tantos más; siempre me habéis apoyado sin dudas ni vacilaciones, y no tengo palabras para agradecéroslo lo suficiente. Todos me inspiráis, todo el tiempo. Yemi, gracias también por la *focaccia*, era la última pieza que nos hacía falta a mi caballero y a mí.

Gracias también a los escritores que me han cambiado la vida con su trabajo y su amistad; me habéis aportado sabiduría, hilaridad y un amor feroz. He aprendido mucho de todos vosotros, personas maravillosas: El Lam, Elizabeth May, mis escoceses de California, Saara El-Arifi, Katalina Watt, Kate Dylan y Tasha Suri. Y la escritora honoraria Carly Suri. Conoceros a algunos hace años y a otros en este último año ha sido muy esclarecedor.

Gracias a Ali por tu amabilidad, humor y cariño. Ha sido un privilegio para mí compartir estos extraños tiempos contigo, entre mensajes a larga distancia y notas de voz incoherentes. Si ahora ya crees que estoy loca, espera y verás.

Gracias a mí, espero que no te importe que lo diga. Gracias por la cabezonería. La volverás a necesitar. Esto es solo el principio.